圖一　曾國藩像

圖二　曾國藩故居藏書樓

面也力求明白可喻，達到學術普及化的要求。叢書自陸續出刊以來，頗受各界的喜愛，使我們得到很大的鼓勵，也有信心繼續推廣這項工作。隨著海峽兩岸的交流，我們注譯的成員，也由臺灣各大學的教授，擴及大陸各有專長的學者。陣容的充實，使我們有更多的資源，整理更多樣化的古籍。兼採經、史、子、集四部的要典，重拾對通才器識的重視，將是我們進一步工作的目標。

古籍的注譯，固然是一件繁難的工作，但其實也只是整個工作的開端而已，最後的完成與意義的賦予，全賴讀者的閱讀與自得自證。我們期望這項工作能有助於為世界文化的未來匯流，注入一股源頭活水；也希望各界博雅君子不吝指正，讓我們的步伐能夠更堅穩地走下去。

新譯曾文正公家書 目次

二、修　身

三、齊家

導讀

一、歷代家書簡介

中國是一個文化傳統十分深厚的國家，不但經史子集諸作浩如煙海，即如「家書」這種從內容到形式均頗為獨特的文化作品，同樣也是源遠流長。

西漢古籍整理研究專家劉向〈誡子歆書〉，警示兒子劉歆不要因為驟被擢用為黃門侍郎，少年得意而驕矜狂妄、不可一世。信中援引歷史成例及先正格言，將受福則易驕奢，驕奢則易及禍，禍福相倚，吉凶相隨的道理說得至為透徹。這是現存史料中最早的「誡子篇」。

東漢伏波將軍馬援〈誡兄子嚴敦書〉，告誡侄兒馬嚴、馬敦，不要議論他人長短，不要交結輕狂任俠之徒，而要學習龍伯高為人敦厚、慮事周詳、謙虛節儉、廉潔公正的君子之風；語語懇切，傳誦至今。

北宋史學家司馬光〈訓儉示康〉，反覆闡明「由儉入奢易，由奢入儉難」的道理，教育兒子司馬康以儉為榮，以儉為樂，養成廉潔品德，保持清白家風。司馬康聽從父教，崇尚節儉，勤奮好學，成為博古通今、「口不言財」的賢人。

明代改革家張居正〈示季子懋書〉，批評小兒子懋修「志騖於高遠，而力疲於兼涉」，指出為學必須腳踏實地，用力專一，才可望有成，坦露了父親望子成龍的急切心情。懋修聽從教誨，棄飄浮而務沉著，刻苦攻讀，終於在二十六歲時中了狀元。

到了近世，「曾文正公家書」以其篇幅之豐，內容之廣，啟人之深，影響之鉅，備受國人推崇，以致凡為人子弟、為人父兄而略識文字者，似不可不讀。

二、曾國藩生平概述與對家教之重視

曾國藩（一八一一—一八七二），乳名寬一，學名子城，字伯涵，號滌生，後更名國藩。生於湖南省湘鄉縣白楊坪（今屬雙峰縣荷葉鄉天坪村）。幼年即勤奮好學，博覽群書。曾就讀於長沙嶽麓書院。道光十八年中進士後，入京隨班朝賀，從此開始了官宦生涯。咸豐二年，以吏部侍郎身分，奉旨在家鄉幫辦團練，繼而在此基礎上擴編成為湘軍，戎馬征戰，平定太平天國，為延長滿清王朝的壽命，立下了汗馬功勞。病卒後，在詔授光祿大夫、太子太保、武英殿大學士、欽差大臣、兵部尚書、兩江總督、賞戴雙眼花翎、賞穿黃馬褂、世襲一等毅勇侯的頭銜上，還被追贈為太傅，並謚號文正。

這個在中國近代史上最為顯赫和最有爭議的人物，其生前身後，都可謂毀譽參半。既有「咸同中興第一名臣」的美譽，又有「曾剃頭」、「賣國賊」的惡名；門生故吏頌其為「立德立功立言三不朽，為師為將為相一完人」，孫中山先生卻斥其為「不明《春秋》大義」，是漢民族之「不肖子孫」。正如章太炎所說：「譽之則為聖相，讞之則為元兇。」儘管評論者因其立場觀點各異，而對曾國藩的功業行事如此褒貶不一，言人人殊，但對他的道德文章，尤其是對他的「唯愛之以德，不欲愛之姑息」的教育子弟之道，卻誰也不能不從心底佩服。在教育子弟方面，依照那個時代士大夫的標準來衡量，他確實可以說是獲得了完全的成功。

他有四個弟弟。大弟曾國潢，太學生，鹽運使銜，候選六部郎中。雖然一生未仕，但在家鄉經辦團練，調解是非，也算是個小有名望的鄉紳。二弟曾國華，咸豐八年十月與太平軍作戰，於安徽三河鎮陣亡。追贈為道員，謚愍烈，賞雲騎尉世職。三弟曾國荃，攻克金陵戰功卓著，歷官巡撫、總督兼南洋通商大臣等職，加太子少保銜。贈太傅，謚忠襄。季弟曾國葆，參與圍攻金陵，病死軍中。曾晉同知，並賞戴花翎。謚靖毅，追贈太常寺卿，加內閣學士銜。可謂一門之內，兄弟俱有功業。

大兒曾紀澤，詩文書畫俱佳，又以自學通英文。曾任駐英、駐法兼駐俄使臣，成為清季著名外交家。歷任兵部、刑部、吏部侍郎，都察院左副都御史，幫辦海軍衙門事宜大臣，官至總理各國事務衙門大臣。小兒曾紀鴻，雖不幸於三十四歲早逝，但於研究數學，已取得相當成就。著有《對數詳解》、《圓率考真圖解》等作，推算圓周率至百位之多，居當時世界領先地位。季女曾紀芬，撰有《自訂年譜》、《廉儉救國說》，前者甚有史料價值，後者頗具社會影響。孫輩出了著名詩人曾廣鈞和出使英、韓的外交大臣曾廣銓。曾孫輩也出了曾寶蓀、曾約農這樣的教育家和學者。其餘孫輩、曾孫輩人等，大都謹守家訓，各有造就。其侄孫、侄曾孫輩，也不乏才華出眾，頗具影響的人物。

清王朝有兩位「文正公」，一位是河南人湯斌，另一位就是這個湖南人曾國藩。據說得這個諡號頗不容易，不但在於其功業，而且在於其學行，因而他們也就不同於其他文武將相而高出世表。湯文正公之「澤」延綿幾世，我沒有考究；曾文正公之「澤」，卻顯然沒有四世而斬。

曾國藩早年就曾認為，君子必須重視「世澤」，即「修之於身，式之於家，必將有流風餘韻傳之子孫，化行鄉里」。在其《雜著・筆記二十七則》中，他曾將「世澤」分為三種：「詩書之澤」以讀書做學問傳家，「禮讓之澤」以品德高雅傳家，「稼穡之澤」以勤勞淳樸從事農耕傳家；並說這三種「世澤」之中，唯有「稼穡之澤」尤為「可大可久」。曾文正公之「澤」其所以四世而未斬，原因當然不一而足，但重視家書，重視家教，不可謂不是其中最為重要的一項。

家書是展示作者真情真知的文字，曾國藩對此十分重視。仕宦三十餘年間，凡有所書，他都必定親手寫作。即使是在軍情萬分緊急，乃至視力接近失明的情況下，也從未假手於人。為使諸弟重視家書，早在道光二十二年九月、十一月兩次〈致澄弟溫弟沅弟季弟〉信中，就曾反覆說明：「予生平於倫常中，惟兄弟一倫抱愧尤深。蓋父親以其所知者盡以教我，而我不能以吾所知者盡教諸弟，是不孝之大者也。」「余欲盡孝道，更無他事，我能教諸弟進德業一分，則我之孝有一分；能教諸弟進十分，則我之孝有十分；若全不能教弟成名，則我大不孝矣。」並且鄭重叮囑諸弟：「嗣後我寫諸弟信，總用此格紙，弟宜存留，每年裝訂成冊。」「諸弟寫信寄我，亦須用一色格紙，以便裝訂。」「其中好處，萬不可忽略看過。」「此後寫信來，諸弟各有專守之業，務須寫明。且須詳問極言，長篇累牘。使我讀其手書，即可知其志向識見。」「諸弟有心得，可以告我共賞之；有疑義，可以問我共析之。且書信既詳，則四千里外之兄弟不啻晤言一室，樂何如乎？」剖析何其曉暢，交代何其明白！為了防止丟失家書，他在日記中將所寄家書逐一登記，並及時告知收閱者，以便查詢。咸豐八年七月初七日〈致沅弟〉信中，就說到了這件事：「兄此出立有日記簿，記每日事件，茲鈔付一覽，可得其詳。此後凡寄家書，皆以此法行之，庶逐一悉告，不至遺漏。」到了同治年間，曾國藩家書，除了涉及敏感事宜及機要軍政謀劃的密件之外，大多錄有副本。同治二年九月初九日〈致沅弟〉一函中「至此間家信稿本，除謄信之李之真（自注：極慎密）外，並無一人得見」數語，即透露了這個事實。

這些，也正是「曾文正公家書」保存甚為完好的主要原因。但其家書，絕不止湖南嶽麓書社一九八五年十月廣為蒐集出版的一千四百五十九封之數。從近年來陸續發現的家書與其日記所載和現存家書的序號以及家書中所反映的情況綜合看來，文正公家書當尚有不少篇幅未能收入《曾國藩全集》。

三、曾國藩家書要旨

《曾國藩全集》所收家書，涉及的內容極為廣泛，有治學、修身、齊家、治政、治軍、處世、慰親等等。為切合更多讀者的需求，這本《新譯曾文正公家書》，暫時只選讀治學、修身、齊家三個方面的部分篇章。

(一)論治學

在曾國藩看來，學，然後方有根基；學，乃是立身行事之本。其一生行事，未嘗離開一個「學」字；其一生成就，也是得益於一個「學」字。他一生最值錢的物件，除了「當差者必不可少」的衣服之外，就是書籍。其一生嗜好，唯在讀書，公務途中坐轎乘船，也往往手不釋卷。臨終的前一天，他還閱讀了《理學宗傳》中的〈張子篇〉。

同治元年四月二十四日，他從安慶軍營寫信給紀澤說：「人之氣質，由於天生，本難改變，惟讀書則可變化氣質」，勉勵紀澤樹立堅強遠大的志向，讀書練字著意從「厚重」二字狠下功夫，藉以剔除柔弱輕浮積習，求得自我完善。這「讀書可以變化氣質」的議論，與英國哲學家弗蘭西斯·培根所謂「讀史使人明智，讀詩使人靈秀，數學使人周密，科學使人深刻，倫理使人莊重，邏輯修辭之學使人善辯」一樣，都是甚有哲理意義的見解。家書中，諸如告誡曾紀鴻多讀書以戒除驕傲懶惰氣習，勸導曾國潢多讀書以戒除鋪張豪奢作風，勸導曾國華多讀書以戒除蕩佚驕矜毛病，勸導曾國荃多讀書以戒除急躁自是情緒等等，都是這一見解的具體體現。

曾國藩認為：讀書為學的要道，貴在有志、有識、有恆。道光二十二年十二月二十日〈致諸弟〉信中，他說：「士人讀書，第一要有志，第二要有識，第三要有恆。有志，則斷不甘為下流；有識，則知學問無盡，不敢以一得自足，如河伯之觀海，如井蛙之窺天，皆無識者也；有恆，則斷無不成之事。此三者，缺一不可。」此處之所以強調「缺一不可」，是因為這三者有著密不可分的關聯：有志，是有識的前提條件，是有恆的基本動力；有恆，是有志的具體表現，是有識的重要保證；有識，則是有志、有恆的最佳結果。

對於「有志」，曾國藩有十分明確的解釋。他說：「讀書立志，須以困勉之功，志大人之學。」就是說，讀書為學，要立志成為聖賢人物。同年十月二十六日〈致諸弟〉信中，他說了一段更為詳明的話：「君子之立志也，有民胞物與之量，有內聖外王之業，而後不忝於父母之生，不愧為天地之完人。故其為憂也，以不如舜、不如周公為憂也，以德不修、學不講為憂也」，應該「悲天命而憫人窮」；「若夫一身之屈伸，一家之饑飽，世俗之榮辱得失、貴賤毀譽，君子固不暇憂及此也。」這段話，雖然本意在勸導曾國華不要因為「屈於小試」而「輒發牢騷」，實際上卻正是他自己立志為人的鵠的。

言「有識」，於為學而言，是指既博且專。但曾國藩在指導諸弟讀書時，更注重於後者。同年九月十八日〈致諸弟〉信中，他說：「求業之精，別無他法，曰專而已矣。」「若志在窮經，則須專守一經；志在作制義，則須專看一家文稿；志在作古文，則須專看一家文集。作各體詩亦然，作試帖亦然。萬不可以兼營並騖，兼營則必一無所能矣。」從專注的觀點生發開去，他主張讀書須單科獨進，守約以通博。他指點諸弟，讀經，則宜專主一經；讀史，則宜專熟一代；讀文集，則宜專攻一人；讀經讀史，均宜專主義理，用心專一而不紛亂；讀文讀詩，均宜目不旁顧，耳不旁聞，心不旁騖，虛心涵泳，樂得薰陶。唯其如此，才是不可移易的守約之道。

怎樣才能做到如此專注於一呢？曰「有恆」。他在「與弟書」中一再指出：「學問之道無窮，而總以有恆為主。」（道光二十四年十一月二十一日〈致諸弟〉）「凡人作一事，便須全副精神專注在此一事。首尾不懈，不可見異思遷，做這樣想那樣，坐這山望那山。人而無恆，終身一無所成。」（咸豐七年十二月十四日〈致沅弟〉）反之，如果讀書求學，能夠持有恆常，則是人生「第一美德」。

讀書求學，如何才能做到有恆？曾國藩認為，必須心中存一「耐」字。他告訴諸弟：「讀經有一『耐』字訣：一句不通，不看下句；今日不通，明日再讀；今年不精，明年再讀。此所謂『耐』也。」（道光二十三年正月十七日〈致諸弟〉）他告誡紀鴻：練字也有一個困知勉行的功夫，不可求效太捷。「困時切莫間斷，熬過此關，便可少進。再進再困，再熬再奮，自有亨通精進之日。不特習字，凡事皆有極困難之時，打得通的，便是好漢。」（同治五年正月十八日〈諭紀鴻〉）有恆心，才會有毅力。梁任公所謂「有毅力者成，反是者敗」，「成敗之數，視此而已」，也正是這個意思。

曾國藩在家鄉當過塾師，在翰苑曾飽讀詩書典籍，並指導過國荃課讀，還做過閱卷官、主考官，對於指導讀書為學，自然具有頗為豐富的經驗。關於讀書方法，他在家書中提出了兩項要點：一是「猛火煮」與「漫火溫」相結合，一是「看、讀、寫、作」四者並舉。他說：子思、朱子有言，「為學譬如熬肉，先須用猛火煮，然後用漫火溫」（道光二十二年九月十八日〈致諸弟〉），方可達到預期的目的。比如紀澤看《漢書》，就「須以勤敏行之，每日至少亦須看二十頁，不必惑於在精不在多之說。今日半頁，明日數頁，又明日耽擱間斷，或數年而不能畢一部。如煮飯然，歇火則冷，小火則不熟，須用大柴大火乃易成也」（咸豐六年十一月二十九日〈致澄弟〉）。這就是說，他主張求學者應該大量閱讀，高速閱讀，先求從宏觀的角度掌握概貌，弄清門徑，這就是所謂「猛火煮」。然後在精微處下功夫，擇其精者、要者，反覆閱讀，虛心涵泳，力求消化融會，豁然貫通，這就是所謂「漫火溫」。轉化為具體作法，看史籍，則涉獵宜多，宜速，多用「猛火煮」；讀詩文，則諷詠宜熟，宜專，多用「漫火溫」。咸豐八年七月二十一日信中，他指點紀澤說：「讀書之法，看、讀、寫、作，四者每日不可缺一。看者，如爾去年看《史記》、《漢書》、韓文、《近思錄》，今年看《周易折中》之類是也。讀者，如四書、《詩》、《書》、《易經》、《左傳》諸經，《昭明文選》、李杜韓蘇之詩、韓歐曾王之文，非高聲朗誦則不能得其雄偉之概，非密詠恬吟則不能探其深遠之韻。」「至於寫字，真行篆隸，爾頗好之，切不可間斷一日。既要求好，又要求快。」「至於作諸文，亦宜在二三十歲立定規模；過三十後，則長進極難。」他勉勵紀澤：「少年不可怕醜，須有狂者進取之趣，過時不試為之，則後此彌不肯為矣。」同治十年十月二十三日〈致澄弟沅弟〉信中，他又以「看、溫、習、作」四字「勖勉兒輩：一日看生書宜求速，不多閱則太陋；一日溫舊書宜求熟，不背誦則易忘；一日習字宜有恆，不善寫則如身之無衣，山之無木；一日作文宜苦思，不善作則如人之啞不能言，馬之跛不能行。四者缺一不可。」所有這些，正是國文教學傳統經驗的精鍊概括。

此外，在家書中，對於讀書作文，曾國藩還提出了一些很好的見解。比如，他教導紀澤、紀鴻要把讀書求學看成是人生樂事，從中探得情韻趣味，養得盎然生機，步入怡悅之境。只有在學海航行中找到了樂趣，才會有一股促人有恆的鬼使神差般的精神力量。又比如，他教導紀澤，看書不可不懂得選擇。知選擇，才會有專攻；有專攻，才能有發見。又比如，他教導紀澤，欲為學，除了要加緊學習王懷祖父子的小學訓詁之外，還要從細讀《文選》入手，學好詞章之學。詞章之學和訓詁之學一樣，都是寫好文章的根基。有了這個根基，加上文筆功夫的長進，則解經述史，凡所撰作，也就易於著手了。又比如，他指導紀鴻作文，要在氣勢方面痛下功夫，要使自己的文章能像蘇東坡所說的那樣，蓬蓬勃勃，有一股如同熱鍋中向上冒出的蒸蒸之氣。又比如，他教導紀澤，習字功夫，不外乎用筆與結構兩個方面：學習用筆，必須反覆揣摩古代書法家的墨跡；學習結構，必須反覆臨摹古代書法家的字帖。作文作賦，也必須認真模倣古代大家的間架結構與遣詞造句，才能有所樹立。他進而指出：無論古今何等文人，其下筆造句，總以「珠圓玉潤」四字為主。無論古今何等書家，其落筆結體，也是以「珠圓玉潤」四字為主。唯有用心模倣，夯實根基，悟得訣竅，才是學成的捷徑，創新的先導。這些，無疑都是可貴的經驗之談。

(二)論修身

關於修身，曾國藩在家書中同樣作了反覆闡述。前文已經提到，早在道光二十二年九月，他在翰苑學習時就曾寫信教導諸弟：「吾輩讀書，祇有兩事：一者進德之事，講求乎誠正修齊之道，以圖無忝所生；一者修業之事，操習乎記誦詞章之術，以圖自衛其身。」這就是說，讀書的目的有兩個，第一是為了提高思想道德修養，第二是為了提高文化知識水平。進德和修業，是人生的兩件大事；道德和學業，是為人的兩大財富。對於修身進德之事，讀書之人切切不可絲毫忽視。

曾國藩修身，十分注重「克己之學」。一是在名利方面能夠自我克抑，不求盛滿。他在翰苑自名其書舍為「求闕齋」，就是著意以盈滿為戒。他曾經對沅弟說自己平日最喜愛昔人「花未全開月未圓」之句，以為惜福之道、保泰之法，莫精於此。二是嚴於自我解剖。道光二十二年十一月，因為京寓中僱用的陳升為著一言不合而憤然離去，他便在十七日〈致諸弟〉

信中公開反省自己「主人意氣」太盛，不善於體貼下人，「頗有視如逆旅之意」，因而對方不願意盡忠，一氣之下，拂袖而去。由此一事，他說自己得到了一個教訓：對待下人要尊重，要體貼，「當視之如家人手足」，從感情方面注意與之「周到融洽」。從這件小事，我們也清楚地看到了曾國藩處理上下貴賤關係的原則，看到了他的嚴格自責的精神。

他要求自己如此，要求諸弟也是如此。同治元年五月十五日，他在安慶軍營寫信給沅甫和季洪說：「余忝竊將相，沅所統近二萬人，季所統四五千人，近世似此者曾有幾家？沅弟半年以來，七拜君恩，近世似弟者曾有幾人？」面對這種鼎盛情況，為了免招「人概天概」之禍，我們更要爭取主動，用「廉」、「謙」、「勞」三字自勉自抑，切不可自以為官高功大而盛氣凌人，隨心所欲。對於這番告誡，沅甫卻全不在意，反而以誰有權勢，誰就可以恃強凌弱的「天下大勢」相反駁。於是，五月二十八日，曾國藩又寫信告誡沅、季二弟，須知「天地之道」乃是剛柔互濟，不可偏廢。太柔則靡，太剛則折，因時因事制宜，方可自強自立。若是「一面建功立業，外享大名，一面求田問舍，內圖厚實」，只想天下好處獨自一人占盡，天下福祿獨自一人享盡，全無半點謙抑之心，即使大富大貴，勢必不能久長。

曾國藩修身，十分講求「清」「廉」。道光十八年，他做了京官。那時，收入頗為微薄，往往東扯西支，欠帳過年。二十三年六月，他放任四川正考官，得到了生平第一筆高額薪俸，十一月返京以後便寄奉一千兩白銀回家還債及餽贈戚族。他寫信給祖父母說：「孫所以汲汲餽贈者，蓋有二故：一則我家氣運太盛，不可不格外小心，以為持盈保泰之道。舊債盡清，則好處太全，恐盈極生虧；留債不清，則好中不足，亦處樂之法也。二則各親戚家皆貧而年老者，今不略為資助，則他日不知何如。自孫入都後，如彭滿舅曾祖、彭王姑母、歐陽岳祖母、江通十舅，已死數人矣。再過數年，則意中所欲餽贈之人，正不保何若矣。家中之債，今雖不還，後尚可還；贈人之舉，今若不為，後必悔之。」其清廉克己，憐親恤老之情，躍然紙上。

道光二十九年三月二十一日〈致諸弟〉信中，他更闡明了自己終身行事的準則：「予自三十歲以來，即以做官發財為可恥，以宦囊積金遺子孫為可羞可恨，故私心立誓，總不靠做官發財以遺後人。」「將來若作外官，祿入較豐，自誓除廉俸之外，不取一錢。」「除堂上甘旨之外，盡以周濟親戚族黨之窮者。此我之素志也。」七月十五日〈致諸弟〉信中，他又說道：「鄉間之穀貴至三千五百，此亙古未有者，小民何以聊生？吾自入官以來，即思為曾氏置一義田，以贍救孟學公以下貧民；為本境置義田，以贍救二十四都貧民。不料世道日苦，予之處境未裕。無論為京官者自治不暇，即使外放，或為學政，或為督撫，而如今年三江兩湖之大水災，幾於鴻嗷半天下。為大官者，更何忍於廉俸之外，多取半文乎？是義田之願，恐終不能償。然予之定計，苟仕宦所入，每年除供奉堂上甘旨外，或稍有盈餘，吾斷不肯買一畝田，積一文錢，必皆留為義田之用。此我之定計，望諸弟皆體諒之。」咸豐三年正月，他初出辦團練，即決心以「『不要錢，不怕死』六字時時自矢，以質鬼神，以對君父，即藉以號召吾鄉之豪傑。」咸豐六年十一月二十九日〈致澄弟〉信中，他說得更為直白：「凡帶勇之人，皆不免稍肥私橐。余不能禁人之不苟取，但求我身不苟取。以此風示僚屬，即以此仰答聖主。」總之，「不貪財」，「不苟取」，守清廉，這就是曾國藩的為官信條。他的一生行事，也確乎如是。

曾國藩自律如此，要求諸弟子侄也是如此。道光二十八年，曾國潢在家鄉攬事，與官府常有往來。六月十七日，曾國藩寫信勸誡：「澄侯在縣和八都官司，忠信見孚於眾人，可喜之至。朱嵐軒之事，弟雖二十分出力，尚未將銀錢全數取回。渠若以錢來謝，吾弟宜斟酌行之，或受或不受，或辭多受少，總以不好利為主」，「不貪財，不失信，不自是，有此三者，自然鬼服神欽，到處人皆敬重。此刻初出茅廬，尤宜慎之又慎。」對於老九沅甫的貪財，曾國藩多次予以批評。前文提及的同治元年五月十五日信中，他說得非常直率：「沅弟昔年於銀錢取與之際不甚斟酌，朋輩之譏議菲薄，其根實在於此。去冬之買犁頭嘴、栗子山，余亦大不謂然。以後宜不妄取分毫，不寄銀回家，不多贈親族，此『廉』字工夫也。」

自古以來，我國歷代政治家議論居官者的職守，大都強調「清」「慎」「勤」三字，曾國藩引為同調，並曾給予疏證說：「『清』字曰名利兩淡，寡慾清心，一介不苟，鬼伏神欽；『慎』字曰戰戰兢兢，死而後已，行有不得，反求諸己；『勤』字曰手眼俱到，心力交瘁，困知勉行，夜以繼日。」就是在五月十五日這封信中，他又將「清」「慎」「勤」改為「廉」「謙」「勞」，即銀錢取與要「廉」，言談舉止要「謙」，報效國事要「勞」，目的在於使其意義更為明白淺顯，讓沅甫「確有可下手之處」。

對於紀澤、紀鴻，曾國藩一再教育他們從生活儉樸處著手，涵養清廉美德。同治元年五月，紀鴻赴省城應考。二十七日，曾國藩寫信囑咐：「城市繁華之地，爾宜在寓中靜坐，不可出外遊戲征逐。」「凡世家子弟衣食起居，無一不與寒士相同，庶可以成大器；若霑染富貴氣習，則難望有成。吾忝為將相，而所有衣服，不值三百金，願爾等常守此儉樸之風。」同治五年，紀澤與母親回鄉居住，在澄侯叔主持下，修理富圫舊宅，花費甚多。曾國藩深知官敗離不開一個「貪」字，家敗離不開一個「奢」字，對於當官而積錢買田建房的奢華之舉，素來極為反感。因而於同治六年二月十三日從徐州寫信，嚴厲批評紀澤：「富圫修理舊屋，何以花錢至七千串之多？即新造一屋，亦不應費錢許多。余生平以大官之家買田起屋為可愧之事，不料我家竟爾行之！」

人生歷程有順有逆，順境易處，逆境難行。如何對待逆境？曾國藩在家書中對諸弟子侄反覆闡明了自己的認識和體驗。

曾國藩多次告誡紀澤、紀鴻，「凡富貴功名，皆有命定，半由人力，半由天事」（咸豐六年九月二十九日〈諭紀鴻〉），在很大程度上要受客觀因素的制約，誰也難期必得，切切不可稍生妄想。所以，「吾於凡事皆守『盡其在我，聽其在天』二語」（同治四年九月初一日〈諭紀澤〉）。這種「人力」與「天事」一半對一半的觀點，似乎在誘導受信者聽天由命，無所作為，其實不然。無論就修業而言，還是就進德而言，論者的主導傾向，恰恰在於強調自我奮鬥精神，勉勵他們徹底拋掉妄想，竭盡十分努力，作充分發揮主觀能動性的強者。

曾國藩曾多次勸導曾國荃，戰勝逆境，有個「悔」字訣，有個「硬」字訣。所謂「悔」，就是深刻反思，認真總結，「吃一塹」，力求「長一智」。所謂「硬」，就是「好漢打脫牙和血吞」，不怨天，不尤人，硬著頭皮，挺過難關。同治二年八月，曾國荃以浙江巡撫官銜呈上的奏章，受到朝廷的訓誡。朝廷嚴令他以後不要單獨以個人官銜奏事，更不要過問別處的軍政。受了這一當頭棒喝，他感到心情鬱悶。九月十一日，曾國藩從安慶軍營寫信予以開導，先是說明這種事情早有先例，不必過於看重；繼而說明為人臣子受了君父的訓誡，「祇宜加倍畏慎」；進而說明為人處世，應當常存臨深履薄之心，謹言慎行，「畏天命，則於金陵之克復付諸可必不可必之數，不敢絲毫代天主張」；「畏人言，則不敢稍拂輿論」；「畏訓誡，則轉以小懲為進德之基」。唯其如此，才能從「畏」「慎」二字之中培養出一種剛強之氣。

同治四年八月，曾國荃自恃功高，爭強鬥勝，貿然彈劾滿洲貴族官文，連及胡家玉。結果，官文被革除湖廣總督，胡家玉被革除軍機大臣，曾國荃自己也惹來了極大的麻煩。十二月初一日、初九日及翌年正月十四日，同治皇帝根據大學士官文等人的奏議，多次申斥曾國荃攻捻「調度無方」，「圍剿無力」，「不知所司何事」，「何以副朝廷之重」；「若僅以奏報鋪張、敷衍、搪塞為得計，該撫自問，當得何罪！」京城輿論，也深責曾國荃而共恕官文。同治六年二月，曾國荃又因其所部郭松林軍及彭毓橘軍連連潰敗，朝廷進而嚴責「交部議處」。在政治鬥爭的驚濤駭浪之中，他已處於四面受敵的尷尬境地。曾國藩怕他禁受不住這般衝擊，招來更大的災禍，正月初二日，從河南周家口軍營寫信，開導他對待逆境的最好辦法是「好漢打脫牙和血呑」，咬牙勵志，認真悔悟，蓄其氣而長其智。二月二十九日，從金陵官署寫信告誡：「此時須將劾官相之案、聖眷之隆替、言路之彈劾一概不管」；記住袁了凡的話，「從前種種，譬如昨日死；從後種種，譬如今日生」；視挫敗為上天磨練自己的大好機緣，咬緊牙關，「另起爐竈，重開世界」！三月初二日，又從金陵官署寫信勸慰：「事已至此，亦祇有逆來順受之法，仍不外『悔』字訣、『硬』字訣而已。」「弟當此艱危之際，若能以『硬』字法冬藏之德，以『悔』字啟春生之機，庶幾可挽回一二乎？」總之，曾國藩極力開導國荃，激勵他力守「悔」字「硬」字兩訣，改「剛愎」為「強毅」，引「吃塹」為「長智」，從此反求諸己，切實努力，安知大塹之後竟無大伸之日耶？

㈢論齊家

關於齊家，曾國藩在家書中也提出了不少重要見解和舉措。同治五年十二月初六日，他在〈致澄弟〉信中明確提出，齊家的要旨，就在於「出賢子弟」。他說：「家中要得興旺，全靠出賢子弟。若子弟不賢不才，雖多積銀、積錢、積穀、積產、積衣、積書，總是枉然。」「賢子弟」的標準是什麼呢？他在咸豐六年九月二十九日寫給紀鴻的信中，早已闡明了自己的看法：「凡人多望子孫為大官，余不願為大官，但願為讀書明理之君子。勤儉自持，習勞習苦，可以處樂，可以處約，此君子也。」這就是說，他所期望於子孫的，是要求他們能夠成為既知書識禮，又務勞作的勤儉孝友之人。有了這樣的子孫，這個家庭就有希望。這正是儒學「以人為本」觀點的鮮明體現。在同治五年六月初五日〈致澄弟〉信中，他又說道：「凡家道所以可久者，不恃一時之官爵，而恃長遠之家規；不恃一二人之驟發，而恃大眾之維持。」說這番話時，曾國藩本人早已是兩江總督、太子太保、一等侯爵，其弟國荃也早已是湖北巡撫、太子少保、一等伯爵。曾氏兄弟可謂位貴三公，權傾朝野；曾氏門庭可謂如日中天，達於極盛。面對如此殊榮，曾國藩並沒有陶醉，而是始終保持著清醒的頭腦，認為對於維持門庭興盛而言，「封爵開府」並不是可以長久依賴的法寶，唯有樹立良好的家規家風，培養一代又一代優秀子弟，才是持盈保泰、謀求發達的長遠之計。這裡又揭示了他的一個重要觀點，即對於齊家而言，良好的家規家教，是至為重要的圭璧。

中國的家庭，自古以來，就是一個十分重要的「社會單位」。每個人從出生到未成年以前，幾乎都脫離不了這個「襁褓」。即使成年之後，走向了社會，也仍然和這個「襁褓」有著異常密切的聯繫。因此，家庭教育狀況如何，對一個人的成長，有著十分重要的影響。因而凡是略有長遠眼光的家長和前輩，都很重視對其子弟和晚輩的教育督導。重視家庭教育，也正是曾氏家庭的特點。曾國藩說：「吾家代代皆有世德明訓，惟星岡公之教尤應謹守牢記。」（同治五年十二月初六日〈致澄弟〉）對於星岡公的教誨，他的確可謂刻骨銘心。咸豐十年九月二十四日，他寫信給沅弟、季弟說：「吾於道光十九年十一月初二日進京散館，十月二十八早侍祖父星岡公於階前，請曰：『此次進京，求公教訓。』星岡公曰：『爾的官是做不盡的，爾的才是好的，但不可傲。滿招損，謙受益，爾若不傲，更好全了。』遺訓不遠，至今尚如耳提面命。」同治五年六月初五日，他寫信給澄弟說：「余與沅弟同時封爵開府，門庭可謂極盛，然非可常恃之道。記得己亥正月，星岡公訓竹亭公曰：『寬一雖點翰林，我家仍靠作田為業，不可靠他吃飯。』此語最有道理，今亦當守此二語為命脈。」同治三年六月十六日午初，他寫信給正在金陵前線的沅弟說：自古以來，英雄豪傑的共同之處，在於能禁風浪。「吾家祖父教人，亦以『懦弱無剛』四字為大恥。故男兒自立，必須有倔強之氣。」其時，曾國荃已經率領湘軍轟開金陵外城，曾國藩未得捷報，仍然在藉祖父遺訓激勵他頂住風浪，迅奏膚功。由以上諸例，可以看到星岡公的訓導，對於曾國藩性格、器識的養成，具有何等重要的影響。

正因為獲益如此，他得出了一番更深刻的認識：家道要能興旺，全靠培養優秀子弟。而子弟之能否優秀，「六分本於天生，四分由於家教」（同治五年十二月初六日〈致澄弟〉）。因而上輩人必須給下輩人以正確引導，君子必須講求「世澤」，或以讀書做學問傳家，或以品德高雅傳家，或以從事農耕傳家。講求「世澤」者，不但應該「修之於身」，自己做堂堂正正的人，而且應該「式之於家」，教育子弟也做堂堂正正的人。只有這樣，才能算是「有流風餘韻傳之子孫，化行鄉里」，才能算是有「澤」於後人。其他如權勢、財產之類，都是難於長久的，反而容易助長子孫的驕奢淫逸之氣，貽害後世。道光二十九年四月十六日〈致諸弟〉信中，他說道：「吾細思，凡天下官宦之家，多祇一代享用便盡。其子孫始而驕佚，繼而流蕩，終而溝壑，能慶延一二代者鮮矣。商賈之家，勤儉者能延三四代；耕讀之家，謹樸者能延五六代；孝友之家，則可以綿延十代八代。我今賴祖宗之積累，少年早達，深恐其以一身享用殆盡，故教諸弟及兒輩，但願其為耕讀孝友之家，不願其為仕宦之家。」這就是說，財產、權勢並不能「長宜子孫」，唯有養成其篤於「孝友」的品德、善於「耕讀」的技能，才是「長宜子孫」之道。這番見解，既是受儒學文化的薰陶所致，更是星岡公「家教」觀點的直接繼承與發展。

為了做好這有關家教的「四分」功夫，曾國藩原打算寫一部「曾氏家訓」，「後因採擇經史，若非經史爛熟胸中，則割裂零碎，毫無線索；至於採擇諸子各家之言，尤為浩繁，雖鈔數百卷，猶不能盡收」，「然後知著書之難，故暫且不作」〈道光二十二年十二月二十日〈致諸弟〉〉。「曾氏家訓」雖然未能作成，但他依據父祖的遺訓，參以自己的閱歷，依舊借助家書載體，總結出了一套治家要旨，弘揚了曾氏家風。

第一是「和」——道光二十三年正月十七日，曾國藩在寫給父母的信中說：「家和則福自生。若一家之中，兄有言，弟無不從，弟有請，兄無不應，和氣蒸蒸而家不興者，未之有也。反是而不敗者，亦未之有也。伏望大人察男之志。」二月信中又說：「兄弟和，雖窮氓小戶必興；兄弟不和，雖世家宦族必敗。」「男深知此理」，「實以和睦兄弟為第一」。正月〈致諸弟〉信中也說：「但願兄弟五人，各各明白這道理，彼此互相原諒。兄以弟得壞名為憂，弟以兄得好名為快。兄不能使弟盡道得令名，是兄之罪；弟不能使兄盡道得令名，是弟之罪。若各各如此存心，則億萬年無纖芥之嫌矣。」咸豐四年八月十一日〈致諸弟〉信中，又說：

兄弟妯娌之間，不可有半點不和之氣。凡一家之中，『和』字能守得幾分，未有不興；不和，未有不敗者。」

自己在京為官，四個弟弟在鄉為民，如何使兄弟之間擺平利害，不生隔膜，關係融洽呢？曾國藩在道光二十九年三月二十一日〈致諸弟〉信中，主動剖明了自己的「終身大規模」：「至於兄弟之際，吾亦惟愛之以德，不欲愛之以姑息。教之以勤儉，勸之以習勞守樸，愛兄弟以德也；豐衣美食，俯仰如意，愛兄弟以姑息也。姑息之愛，使兄弟惰肢體，長驕氣，將來喪德虧行，是即我率兄弟以不孝也，吾不敢也。我仕宦十餘年，現在京寓所有，惟書籍、衣服二者。衣服則當差者必不可少，書籍則我生平嗜好在此，是以二物略多。將來我罷官歸家，我夫婦所有之衣服，則與五兄弟拈鬮均分。我所辦之書籍，則存貯利見齋中，兄弟及後輩皆不得私取一本。除此二者，予斷不別存一物以為宦囊，一絲一粟不以自私。此又我待兄弟之素志也。」曾國藩就是這樣，「以為父母之肖子，以為諸弟之先導」，自覺以長子、長兄的標準，恪盡「孝友」之道，謹守「和氣致祥」與「一家之計在於和」的古訓，成為了團結全家的紐帶。

第二是「勤」——咸豐四年六月初二日，曾國藩寫信給四位弟弟說：「勤則興，懶則敗，一定之理。願吾弟及吾兒姪等聽之省之。」所謂「一定之理」，即進德、修業、養生、治家，乃至治國，莫不可以勤惰卜之。這番「一定之理」，他曾於同治九年十一月初三日所書「習勞則神欽」一節文字中，說得至為精當。除此之外，他在家書中還屢有叮囑。如咸豐四年七月二十一日，他在〈致諸弟〉信中說：「一家能勤能敬，雖亂世亦有興旺氣象；一身能勤能敬，雖愚人亦有賢智風味。」八月十一日〈致諸弟〉信中，他又說道：「子侄除讀書外，教之掃屋、抹桌凳、收糞、鋤草，是極好之事，切不可以為有損架子而不為也。」對於子侄，令其習勞，對於女兒、兒媳，同樣嚴飭勤奮。咸豐六年二月初八日，他寫信給四位弟弟，拜託說：紀澤新婦「始至吾家，教以勤儉。紡績以事縫紉，下廚以議酒食，此二者，婦職之最要者也。孝敬以奉長上，溫和以待同輩，此二者，婦道之最要者也。」十月初二日在〈諭紀澤〉信中，又說道：「新婦初來，宜教之入廚作羹，勤於紡績，不宜因其為富貴子女不事操作。大、二、三諸女已能做大鞋否？三姑一嫂，每年做鞋一雙寄余，各表孝敬之忱，各爭針黹之工」，「余亦得察閨門以內之勤惰也。」迄至同治七年，他的女兒早已是貴不可言的「千金小姐」了，但他卻仍然給她們制訂了「衣、食、粗、細」四字缺一不可的、每天習勞的繁重功課單，並寫了四句話，作為勉勵之辭：「家勤則興，人勤則儉。能勤能儉，永不貧賤。」

咸豐十年閏三月二十九日，他曾寫信給在家主政的曾國潢，更將治家的日常內容歸納為八字訣。他說：「余與沅弟論治家之道，一切以星岡公為法，大約有八個字訣。其四字即上年所稱『書、蔬、魚、豬』也，又四字則曰『早、掃、考、寶』。」「星岡公生平於此數端最為認真，故余戲述為八字訣。」「此言雖涉諧謔，而擬即寫屏上，以祝賢弟夫婦壽辰，使後世子孫知吾兄弟家教，亦知吾兄弟風趣也。」八字訣中，除「考」字是要求誠修祭祀，「寶」字是要求善待戚族鄰里之外，其餘六字，「書」即讀書，「蔬」即種菜，「魚」即養魚，「豬」即餵豬，「早」即起早，「掃」即掃屋，講的都是要求勤奮。傳播這八字訣的用意，顯然是在要求子侄輩等不染官家習氣，保持淳厚家風。

第三是「儉」——曾國藩縱觀歷代史事，得出了一個結論：家敗，往往源於一個「奢」字。因而在家書中，他反覆強調一個「儉」字，認為治家儉而不奢，家道必可興隆，治身儉而不奢，居官必能清廉。同治三年八月二十四日，他在〈致澄弟〉信中說：「吾家子侄，人人須以『勤儉』二字自勉，庶幾長保盛美。觀《漢書・霍光傳》，而知大家所以速敗之故。」霍光是前漢大將軍，武帝、昭帝、宣帝三朝元老，總攬朝政二十年，兒孫及女婿無不高官厚祿，建陰宅，修陽第，奢靡無度，驕橫不已，最終族滅，連坐誅滅者數千家。霍光鼎盛時，茂陵有個姓徐的書生預言道：「霍氏必亡。夫奢則不遜，不遜必侮上。侮上者，逆道也。在人之右，眾必害之。霍氏秉權日久，害之者多矣。天下害之，而又行逆道，不亡何待！」奢則居官必貪，待人必驕，處身必逸。官敗離不開一個「貪」字，家敗離不開一個「奢」字，人敗離不開一個「逸」字，討人嫌離不開一個「驕」字，霍氏如此數毒俱全，不亡何待？以人為鑑，可以知得失。鑑於前人之失，曾國藩多次提醒沅甫，好大喜功，愛講排場，愛擺闊氣，這種大手大腳的作風不好，一切當於平實處用力；再三告誡澄侯，治家要在「儉」字上加功夫，用苦心，不可動輒坐轎，尤其不可僱四抬大轎進省城。不要害怕別人譏諷「寒村」、「慳吝」，不要貪圖別人誇獎「大方」、「豪爽」，凡事宜從節儉處著手。同治六年正月初四日〈致澄弟〉信中，他說得頗為動情：「吾家現雖鼎盛，不可忘寒士家風味。子弟力戒傲惰，戒傲以不大聲罵僕從為首，戒惰以不晏起為首。吾則不忘蔣市街賣菜籃情景，弟則不忘竹山坳拖牌車風景。昔日苦況，安知異日不再嘗之？」警哉，斯言！

第四是「謙」——曾國藩認為，「驕」字最令人厭惡，敗身、敗家，無不與之甚有關聯。他說：「長傲、多言二弊，歷觀前世卿大夫興衰及近日官場所以致禍福之由，未嘗不視此二者為樞機。」〈咸豐八年三月二十四日〈致沅弟〉〉而「余家後輩子弟，全未見過艱苦模樣，眼孔大，口氣大，呼奴喝婢，習慣自然，驕傲之氣入於膏肓而不自覺，吾深以為慮。」〈咸豐十年十月初四日〈致沅弟季弟〉〉因而他在祁門被困之時，於咸豐十年十一月十四日寫信給澄侯說：「家中萬事，余俱放心，唯子侄須教一『勤』字、一『謙』字。謙者，驕之反也；勤者，佚之反也。『驕奢淫佚』四字，唯首尾二字尤宜切戒。」次年正月初四日〈致澄弟〉信中又說：「天地間唯謙謹是載福之道，驕則滿，滿則傾矣。凡動口動筆，厭人之俗，嫌人之鄙，議人之短，發人之覆，皆驕也。」「吾家子弟滿腔驕傲之氣，開口便道人長短，笑人鄙陋，均非好氣象」，今後亟宜事事警改，切切不可倚勢驕人。

四、結語

總而言之，曾國藩對於家庭教育一環，極為看重，尤其勤於借助寫作家書來做這「四分」功夫。在他的現今已經刊出的近一千五百封家書中，三百四十餘封談到了關於治學、修身、齊家方面的內容。咸豐十一年三月十三日，他寫給紀澤、紀鴻的一封信，說得最為全面而簡明：「吾教子弟，不離『八本』、『三致祥』。八者曰：讀古書以訓詁為本，作詩文以聲調為本，養親以得歡心為本，養生以少惱怒為本，立身以不妄語為本，治家以不晏起為本，居官以不要錢為本，行軍以不擾民為本。三者曰：孝致祥，勤致祥，恕致祥。」同治五年十二月初六日，他給國潢寫信說：「吾近將星岡公之家規編成八句，云：『書、蔬、魚、豬，考、早、掃、寶，常說常行，八者都好；地、命、醫理，僧巫祈禱，留客久住，六者俱惱。』蓋星岡公於地、命、醫、僧、巫五項人，進門便惱，即親友遠客，久住亦惱。此『八好』『六惱』，我家世世守之，永為家訓。子孫雖愚，亦略有範圍也。」這「八本」、「八好」、「六惱」、「三致祥」，文詞雖極簡短，內容卻頗深廣，從讀書作文到立身養生，從事親齊家到治軍治政，可謂小大不捐，切實可行。這既是他自己治學修身處世的圭臬，也是他要求子弟言行不忘不離的準則。

對諸弟，對兒女，如此愛之以其道，作為兄長，作為父親，曾文正公可以說是道光、咸豐、同治年間中國士大夫的模範。其家書，對於今日之為兒女、為弟妹、為父母、為兄長者，理當仍有借鑑和啟迪。這就是我撰作《新譯曾文正公家書》的一點感受。諸君如有閒暇，拈來試作一番體味何如？

湯孝純

書於湘潭大學守拙齋

一、治學

稟父母　七月初四日

男❶國藩跪稟❷父母親大人萬福金安❸：

六月二十八日接到家書，係三月二十四日所發。知十九日四弟得生子，男等合室相慶。四妹生產雖難，然血暈❹亦是常事。且此次既能保全，則下次較為容易。男未得信時，常以為慮，既得此信，如釋重負。

【章　旨】此章言接到家信以後的感受。

【注　釋】❶男　書信中兒子對父母的自稱。❷稟　凡向上級或尊長陳述情況，均稱為「稟」。❸萬福金安　祝頌眾福俱全及金玉之體安康。❹血暈　因血崩而致昏厥。

【語　譯】男國藩跪稟父母親大人萬福金安：

六月二十八日接到家信，是三月二十四日寄出的。知道十九日四弟得了男孩，我們全都表示慶賀。四妹雖然難產，但因為失血過多而昏厥也是常見的事。並且這次既然能夠獲得保全，那麼，下次生產也就較為容易了。我沒有收到家信之時，常常為這件事而擔心，已經收到家信以後，真好像放下了一個大包袱。

六月底，我縣有人來京捐官❶王道嶐。渠在寧鄉界住，言四月縣考時，渠在城內并在彭興岐雲門寺、丁信風兩處面晤四弟、六弟。知案首❷是吳定五。男十三年在陳氏宗祠❸讀書，定五纔發蒙作起講❹，在楊畏齋處受業。去年聞吳春岡說定五甚為發奮，今果得志，可謂成就甚速。其餘前十名及每場題目，渠已忘記。後有信來，乞四弟寫出。

【章　旨】此章讚揚吳定五立志發憤，成就甚速。

【注　釋】❶捐官　捐納一定數額的款項或糧食，即可取得相應的官職（虛銜或實職）。❷案首　明、清時代的科舉制，縣、府考試及院試，獲取第一名者，稱為案首。❸宗祠　士庶人不能建立家廟，聯合族人設立祠堂，祭祀先祖，稱為宗祠。❹起講　明、清時，科舉考試規定要作八股文。每篇由破題、承題、起講、入手、起股、中股、後股、束股共八個部分組成。起講，為議論的開始。

【語　譯】六月底，我們縣有人來京城捐官（名叫王道嶐）。他在湘鄉與寧鄉的交界處住，說四月參加縣考時，曾經在縣城和在彭興岐（家住雲門寺）、丁信風兩家面見過四弟和六弟。從他那裡，我得知榜上第一名是吳定五。道光十三年，我在陳家祠堂讀書，吳定五剛剛開始練習作八股文的「起講」，在楊畏齋那裡學習。去年聽吳春岡說，吳定五讀書非常勤奮，如今果然得志了，可以算是成就極快。縣考中其餘前十名的姓名以及每場考試的題目，王道嶐說已經忘記了。以後有家信寄來時，請四弟寫明告訴我。

四弟、六弟考運不好，不必掛懷。俗語云：「不怕進得遲，只要中得快。」從前邵丹畦前輩❶甲名四十三歲入學❷，五十二歲作學政❸，現任廣西藩臺❹。汪朗渠鳴相於道光十二年入學，十三年點狀元❺。阮芸臺❻元前輩於乾隆五十三年縣、府試皆未取頭場，即於其年入學、中舉，五十四年點翰林❼，五十五年留館❽，五十六年大考❾第一，比放浙江學政，五十九年升浙江巡撫❿。些小得失，不足患，特⓫患業之不精耳。兩弟場中文若得意，可將原卷領出寄京；若不得意，不寄可也。

男等在京平安。紀澤兄妹二人體甚結實，皮色亦黑。

【章旨】此章勸慰四弟和六弟不要因為這次沒有考取秀才而憂慮，附帶報告在京諸人都平安。

【注釋】❶前輩　翰林最重輩分。凡先本人七科以上入翰林者稱老前輩，先本人七科以內者稱前輩。❷入學童生經過考試錄取後，進入府、州、縣學讀書，稱為入學或進學。入學者通稱為生員，即秀才。❸學政　即提督學政，主管一省的文教事宜。清末改為提學使。❹藩臺　即布政使，主管一省民政與財務。❺狀元　科舉考試以名列第一者為「元」。鄉試第一稱解元，會試第一稱會元，殿試第一稱狀元，別稱殿元。中狀元者，號為「大魁天下」，為科名中最高榮譽。❻阮芸臺　名元，字伯元，江蘇儀徵人。乾隆年間進士。官至雲貴總督、體仁閣大學士。一生以振興教育、提倡學術為本。曾主持編纂《經籍纂詁》、《十三經注疏》、《皇清經解》。卒諡「文達」。❼點翰林　明清時代，翰林院為儲備人才的場所，通過會試，選拔一部分人入院為翰林官。殿試朝考後，新進士之授翰林院庶吉士者，稱為「點翰林」。❽留館　翰林院庶吉士讀書三年，期滿舉行散館考試。考試後仍留翰林院授編修、檢討等職者，稱為「留館」。❾大考　清代制度，凡翰林出身的官員、詹事府少詹事以下、翰林院侍讀學士以下，每十年左右，臨時宣布召集考試，不許規避請假，稱為「大考」。成績最優者，予以特別升擢，往往自七品超升四品。劣等則處以降調、減俸、休致、罷斥等。❿巡撫　總管一省地方政務的長官，又稱為中丞、撫軍、撫臺等。⓫特　只；僅。

【語譯】四弟和六弟的考試運氣不好，不必記掛在心上。俗話說：「不怕進得遲，只要中得快。」從前，邵丹畦前輩（名甲名）四十三歲考取生員，五十二歲當了學政，現在擔任廣西布政使。汪朗渠（名鳴相）在道光十二年考取生員，十三年便中了狀元。阮芸臺（名元）前輩在乾隆五十三年縣試、府試中，第一場都沒有錄取，但就在當年考取生員，中了舉人，乾隆五十四年點了翰林，五十五年留在翰林院任職，五十六年在大考中得了第一，隨即出任浙江學政，五十九年升任了浙江巡撫。縣考失利這點小事，不值得憂慮，只要擔心自己的學業不能精進而已。兩位弟弟考試時的作文，倘若自己覺得滿意，可以把原來的試卷領取出來，寄給我看看；倘若覺得不滿意，不寄也行。

我們在京城都平安。紀澤兄妹二人身體很結實，膚色也是黑黑的。

逆夷❶在江蘇滋擾，於六月十一日攻陷鎮江❷，有大船數十只在大江游弋❸。江寧❹、揚州❺二府頗可危慮。然而天不降災，聖人在上，故京師❻人心鎮定。

【章　旨】此章言英軍仍在江蘇侵擾。

【注　釋】❶逆夷　此指英軍。前代強盛時，外國歲歲進貢，不敢違逆。此時國勢已衰，英人常在江浙等省滋事侵擾，不再如從前一樣服我王化，故稱逆夷。❷鎮江　府名。轄境相當今江蘇鎮江及丹陽、金壇兩縣地。❸游弋　謂大船航行的速度有如箭之飛射，實指軍事威脅。❹江寧　府名。轄境相當今江蘇南京及江寧、六合、江浦、溧水、高淳、句容等地。❺揚州　府名。轄境相當今江蘇寶應以南、長江以北、東臺以西、儀徵以東地。❻京師　國都的舊稱，指天子所居之地。

【語　譯】英國強盜在江蘇生事侵擾，在六月十一日攻陷了鎮江，有幾十條大船在長江中航行。江寧、揚州二府的局勢令人深為憂慮。然而老天爺沒有降災禍，皇帝安坐上位，所以京城仍然人心安定。

同鄉王翰城繼賢，黔陽人，中書科中書告假出京。男與陳岱雲❶亦擬送家眷南旋，與鄭莘田、王翰城四家同隊出京鄭名世任，給事中，現放貴州貴西道。男與陳家本於六月底定計，後於七月初一請人扶乩❷另紙錄出大仙示語，似可不必輕舉妄動，是以中止。現在男與陳家仍不送家眷回南也。

同縣謝果堂❸先生興嶢來京，為其次子捐鹽大使，男已請至寓陪席。其世兄❹與王道嶐尚未請，擬得便亦須請一次。

【章　旨】此章言不送家眷南歸的原因及宴請謝果堂諸事。

【注　釋】❶陳岱雲　陳源兗，湖南茶陵人。道光年間進士。曾國藩的親家。歷官江西吉安知府、池州知府。❷扶乩　迷信者求神降示的一種方法。由二人扶一丁字形的木架在沙盤上，謂神降時執木架畫字，能為人決疑治病，預示吉凶。稱為「扶乩」，或稱「扶鸞」。❸謝果堂　字堯山，湖南湘鄉人。散官改知縣，官至四川成都府知府。❹世兄　世代有交誼之家，平輩相稱為世兄。

【語　譯】同鄉王翰城（名繼賢，黔陽人，中書科中書）請假離開京城。我和陳岱雲也打算把家眷送回南方，和鄭莘田、王翰城四家結伴離京（鄭莘田名世任，官職為給事中，現任貴州貴西的道臺）。我和陳家原在六月底商定了計畫，後來在七月初一日請人扶乩（乩仙說的話抄在另一頁紙上），似乎應當不要隨意行動，因此也就中止了離京的計畫。現在我和陳家還是不送家眷回南方了。

我們縣的謝果堂先生（名興嶢）來到京城，為他的二兒子向朝廷捐錢，以求擔任鹽大使一職。我已經請他到家中來陪過席。他的公子和王道廬還沒有請，打算有機會時也要請一次。

正月間俞岱青❶先生出京，男寄有鹿脯❷一方，託彭山屺轉寄。俞後託謝吉人❸轉寄，不知到否。又四月託李昺岡榮燦寄銀寄筆，託曹西垣❹寄參，并交陳季牧❺處，不知到否。前父親教男養鬚之法，男僅留上脣鬚，不能用水浸透。色黃者多，黑者少。下脣擬待三十六歲始留。

男每接家信，嫌其不詳，嗣後更願詳示。

男謹稟　七月初四日

（道光二十二年）

【章旨】此章言託人捎帶鹿脯等物回家及自己留鬚諸事。

【注釋】❶俞岱青　湖南人，道光年間京官。❷脯　乾肉。❸謝吉人　湖南人，道光年間進士，應邀在曾國藩的寓所居住，後分發江西任職。❹曹西垣　湖南人，咸豐年間任安徽知縣。❺陳季牧　名源豫，湖南茶陵人，陳源兗之弟。

【語　譯】正月間，俞岱青先生離開京城時，我託他捎回一方鹿脯，請他找彭山屺轉送到我們家裡。俞先生後來是託謝吉人轉送的，不知收到沒有。此外，四月間我又託李昺岡（名榮燦）捎回銀兩和毛筆，託曹西垣捎回人參，都是送交陳季牧手中，也不知家中收到沒有。前次，父親教給我保養鬍鬚的方法，我只留著上嘴唇的鬍鬚，不善於用水浸透。黃色的多，黑色的少。下嘴唇的鬍鬚，打算等到三十六歲時才開始留。

我每次接讀家信，總嫌寫得不詳細，以後希望能寫得詳細一些。

男謹稟　七月初四日

【說　明】這封家信，多為當時的一些訊息：告知吳定五讀書勤奮，縣考名列前茅；告知英軍仍在江蘇侵擾，不但攻陷了鎮江，而且已經危及江寧和揚州；告知原本打算送家眷南歸，後來請人扶乩，見乩語不吉利而中止；告知已託人捎回鹿脯、銀兩等物，希望家中查收。但此信的主要用意，卻在勸慰四弟和六弟。

曾文正認為，四弟國潢和六弟國華的考運不佳，縣考失利，不必憂慮。「不怕進得遲，只要中得快」，大器終有晚成之日。邵丹畦、汪朗渠、阮芸臺等，就都是大器晚成的人物。因而勉勵四弟和六弟，不必為此次「些小得失」自卑自棄，只須擔心自己用志不能專一，學業不能精進而已。文正既是兄長，又是歷經七次才考上秀才，而今卻點了翰林的科場過來人，這番開導，自當能發揮教育和振奮的作用。

致澄弟溫弟沅弟季弟　九月十八日

四位老弟足下❶：

九弟行程，計此時可以到家。自任邱❷發信之後，至今未接到第二封信，不勝懸懸，不知道上不甚艱險否。四弟、六弟院試❸，計此時應有信，而摺差❹久不見來，實深懸望。

【章　旨】此章言未見諸弟來信，懸念不已。

【注　釋】❶足下　此為同輩相稱的敬辭。❷任邱　縣名，今屬河北。❸院試　由各省提督學政主持的考試。曾經縣試、府試錄取的童生，均可參加。錄取者即為生員，送入縣、府學宮，稱為入學。因為學政又稱提督學院，故名院試。❹摺差　專送公文的差人。

【語　譯】四位老弟足下：

按照九弟的行程，估計現在可以到家了。但從任邱寄來一封信以後，至今沒有接到九弟的第二封信，我非常掛念，不知道路途中是不是還不至於太艱險。四弟和六弟參加院試，估計這時也該有信來了，但摺差久久不見到來，實在使我深為懸念和盼望。

予身體較九弟在京時一樣，總以耳鳴為苦。問之吳竹如❶，云祇有靜養一法，非藥物所能為力。而應酬❷日繁，予又素性浮躁，何能著實養靜？擬搬進內城住，可省一半無謂之往還，現在尚未找得。予時時自悔，終未能洗滌自新。

【章　旨】此章言仍以耳鳴為苦，又悔不能靜養。

【注　釋】❶吳竹如　名廷棟，一字彥甫，安徽霍山人。道光拔貢，官至刑部右侍郎。為官四十年，清操絕俗。告老歸鄉後，日食不給，仍處之泰然。著有《拙修集》。❷應酬　交際往來。

【語　譯】我的身體跟九弟在京城的時候一樣，老是因為耳鳴而苦惱。請教吳竹如，他說只有安靜保養一法，不是藥物所能奏效的。但各種應酬一天比一天繁雜，我又向來性情急躁，哪裡能夠真正保持靜心狀態呢？打算搬進城內去住，這樣便可以節省一半沒有意義的耗費在往返途中的時間，但現在還沒有找到住所。我常常悔恨自己，始終沒能革除舊習，自求進步。

九弟歸去之後，予定剛日❶讀經，柔日❷讀史之法。讀經常懶散不沉著。讀《後漢書》❸，現已丹筆❹點過八本，雖全不記憶，而較之去年讀《前漢書》❺，領會較深。九月十一日起同課人議每課一文一詩，即於本日申刻❻用白摺寫。予文、詩極為同課人所讚賞。然予於八股絕無實學，雖感諸君獎藉❼之殷，實則自愧愈深也。待下次摺差來，可付課文數篇回家。予居家懶做考差❽工夫，即藉此課以摩厲考具❾，或亦不至臨場窘迫耳。

【章　旨】此章言自己的學習情況。

【注　釋】❶剛日　古時以干支紀日，凡天干逢甲、丙、戊、庚、壬五奇為「剛日」。❷柔日　凡天干逢乙、丁、己、辛、癸五偶為「柔日」。❸後漢書　南朝宋范曄撰，紀傳體東漢史。❹丹筆　紅色筆，又稱朱筆。讀書人多用以圈點句讀。❺前漢書　即《漢書》，東漢班固撰，紀傳體西漢史。❻申刻　十二時辰之一，指下午三點至五點之間。❼獎藉　獎進；推許。❽考差　指參加外差選拔考試。❾摩厲考具　磨練應考的本領。摩厲，即磨礪。此謂磨練。具，才具；本領。

【語　譯】九弟回老家以後，我訂立了一個逢剛日讀經書、逢柔日讀史書的制度。讀經書時，我往往懶散而不能深入。讀《後漢書》，現在已經用紅筆圈點了八本，雖然都還記不住，但比起去年讀《前漢書》，理解則較為深刻。從九月十一日開始，我們同在翰苑學習的人，商定每次集中學習時各人作一篇文章、一首詩，就在當天申刻用白摺子寫出來。我的文章和詩很受同學們的讚賞。然而我對於八股文，絲毫沒有紮實的功夫，雖然感激眾多同學的盛情讚譽，實際上內心的慚愧更深重。等下次送公文的差人來京城時，我可以託他們捎帶幾篇習作回家。我平常懶得為考外差而下功夫，便藉這樣的習作機會來鍛鍊應考的本領，或許也不至於會臨場束手無策吧。

吳竹如近日往來極密，來則作竟日之談，所言皆身心國家大道理。渠言有竇蘭泉❶者，雲南人，見道極精當平實。竇亦深知予者，彼此現尚未拜往。竹如必要予搬進城住，蓋城內鏡海❷先生可以師事，倭艮峰❸先生、竇蘭泉可以友事。師友夾持，雖懦夫❹亦有立志。子思❺、朱子❻言為學譬如熬肉，先須用猛火煮，然後用漫火❼溫。予生平工夫全未用猛火煮過，雖略有見識，乃是從悟境得來。偶用功，亦不過優游玩❽索已耳。如未沸之湯，遽用漫火溫之，將愈煮愈不熟矣。以是急思搬進城內，屏除一切，從事於克己❾之學。鏡海、艮峰兩先生亦勸我急搬。而城外朋友，予亦有思常見者數人，如邵蕙西、吳子序❿、何子貞⓫、陳代出雲是也。

【章　旨】此章言遷居的矛盾心情。

【注　釋】❶竇蘭泉　名垿，雲南羅平人。道光年間進士，曾任貴州知府。著有《銖寸錄》。❷鏡海　唐鑑，湖南善化（今望城縣）人。嘉慶年間進士。曾任太常寺卿，後主講金陵書院。有志洛閩之學，曾國藩拜其為師。著有《朱子年譜考異》、《學案小識》、《易牖》等。❸倭艮峰　名仁，蒙古正紅旗人。道光年間進士。歷官大理寺卿、工部尚書、文淵閣大學士、文華殿大學士等職。曾與曾國藩等人研討宋儒理學。著有《倭文端公遺書》。❹懦夫　怯弱而無氣節的男子。❺子思　孔伋，孔子之孫。戰國初期哲學家。相傳曾受業於曾子，孟子又受業於子思的門人，並發揮其倡導「誠」與「中庸」的學說，形成思孟學派。❻朱子　即朱熹，字元晦，徽州婺源（今屬江西）人。南宋哲學家、教育家。著有《四書章句集注》、《周易本義》、《詩集傳》、《楚辭集注》等。❼漫火　僅能使鍋中的水保持所需溫度的火力。❽玩　琢磨；研討。❾克己　克制自己的私慾；約束自己。❿吳子序　名嘉賓，江西南豐人。道光年間進士。治經學。古文深得歸有光法。著有《求自得之室文鈔》、《周易說》等。⓫何子貞　名紹基，號東洲，湖南道州（今道縣）人。道光年間進士。曾主講山東、湖南等地書院，於六經子史皆有著述。擅長書法，草書尤為一代之冠。著有《惜道味齋經說》、《說文段注駁正》、《東洲草堂詩文集》等。

【語　譯】吳竹如近來和我的交往極為密切，來了便作整天的交談，所講的都是有關修身養性治國齊家的大道理。他說有個叫竇蘭泉的（名垿，雲南人），見識極為精到實在。竇也非常瞭解我，但彼此之間，還沒有會過面。吳竹如一定要我搬進城中去住，因為城裡有唐鏡海先生可以作為良師，倭艮峰先生和竇蘭泉可以作為益友。良師益友兩相扶持，即使是一個懦弱之徒，也會有奮起立志之日。子思和朱子說過，治學好比熬肉，首先必須用猛火煮，然後再用漫火燉。我素來的學業，全都沒用烈火煮過，雖然稍微有點見識，也是從領悟中獲得的。偶然用點功夫，也不過是閒暇自得地琢磨探索而已。好比沒有煮沸的湯，急忙用漫火溫，會愈煮愈不熟的。因此，我急於想搬進城裡，排除一切干擾，從事於克己靜心方面的學習。唐鏡海和倭艮峰兩位先生，也勸我趕快搬遷。但是，住在城外的朋友，也有我想經常要見到的幾位，比如邵蕙西、吳子序、何子貞、陳岱雲，就是這樣的人物。

蕙西嘗言：「『與周公瑾❶交，如飲醇醪❷』，我兩人頗有此風味。」故每見輒長談不舍。子序之為人，予至今不能定其品。然識見最大且精，嘗教我云：「用功譬若掘井，與其多掘數井而皆不及泉，何若老守一井，力求及泉而用之不竭乎？」此語正與予病相合，蓋予所謂掘井多而皆不及泉者也。

何子貞與予講字極相合，謂我「真知大源，斷不可暴棄」。予嘗謂天下萬事萬理皆出於〈乾〉、〈坤〉二卦❸。即以作字論之：純以神行，大氣鼓蕩，脈絡周通，潛心內轉，此〈乾〉道也；結構精巧，向背有法，修短合度，此〈坤〉道也。凡乾以神氣言，凡坤以形質言。禮樂不可斯須❹去身，即此道也。樂本於〈乾〉，禮本於〈坤〉。作字而優遊自得真力瀰滿❺者，即樂之意也；絲絲入扣轉折合法，即禮之意也。偶與子貞言及此，子貞深以為然，謂渠生平得力，盡於此矣。陳岱雲與吾處處痛癢相關，此九弟所知者也。

【章旨】此章言與邵、吳、何、陳交往，彼此甚為相得。

【注釋】❶周公瑾　名瑜，廬江舒縣（今安徽舒城）人。三國時吳國名將。❷醇醪　味道醇濃的美酒。此處所引二語，是三國時吳人陳普的話。❸乾坤二卦　《周易》中的兩個卦名，代指陰陽兩種對立的情勢。前者象徵陽性或剛健，後者象徵陰性或柔弱。❹斯須　須臾；片刻。❺瀰滿　即瀰漫。充盈；飽滿。

【語譯】邵蕙西曾經對我說：「『和周公瑾交往，就好比喝味道純正的美酒，不知不覺就醉了』，我們兩人的交往，也很有這樣的情趣。」所以，每次見面就長談不止。吳子序的為人，我直到現在，仍然不能評定他的品位。然而他的見識最為廣博精深，曾經教誨我說：「用功好比挖井，與其多挖好幾口井而都見不到水源，哪裡比得上老是堅持深挖一口井，力求挖到源泉而使水用之不盡呢？」這番話正和我的毛病相合，因為我就是他所說的那種挖井雖多，但都沒有挖到水源的人。

何子貞跟我談書法，意見極相投合，認為我「真正懂得書法的根本原理，絕對不可自暴自棄」。我曾經說過，世間萬事萬理，都是從〈乾〉、〈坤〉二卦的義理中得到認識的。即以寫字而論：字的體勢全憑神力運行，大氣勃發激盪，脈絡圓通，精心內轉，這些，都屬於〈乾卦〉的精義；字的結構精巧，布局有法度，筆畫長短得體，這些，便是〈坤卦〉的精義。一般說來，乾是就精神氣韻而言，坤是就形體質地而言。對於個人修養而言，禮樂是不可片刻廢離的，也就是這個道理。樂的旨義植根於〈乾卦〉，禮的旨義植根於〈坤卦〉。寫字時閒適自得，精力充沛，就是樂的旨趣；絲絲入扣，轉折有度，就是禮的旨趣。我偶爾跟何子貞談到這些看法，何子貞認為很對，說他一生的受益之處，盡在其中了。陳岱雲和我的關係更為融洽，處處痛癢相關，這是九弟所瞭解的。

寫至此，接得家書，知四弟、六弟未得入學，悵悵然❶。科名有無遲早，總由前定，絲毫不能勉強。吾輩讀書，祇有兩事：一者進德之事，講求乎誠正修齊❷之道，以圖無忝❸所生；一者修業之事，操習乎記誦詞章之術，以圖自衛其身。進德之事，難以盡言；至於修業以衛身，吾請言之：

衛身莫大於謀食。農工商勞力以求食者也，士勞心以求食者也。故或食祿於朝，教授於鄉，或為傳食之客，或為入幕之賓❹，皆須計其所業，足以得食而無愧。科名者，食祿之階也，亦須計吾所業，將來不至尸位素餐❺，而後得科名而無愧。食之得不得，窮通❻由天作主，予奪由人作主；業之精不精，則由我作主。然吾未見業果精，而終不得食者也。農果力耕，雖有饑饉❼必有豐年；商果積貨，雖有壅滯必有通時；士果能精其業，安見其終不得科名哉？即終不得科名，又豈無他途可以求食者哉？然則特患業之不精耳。

【章　旨】此章主要闡明修業足以衛身的道理。

【注　釋】❶悵悵然　失意的樣子。❷誠正修齊　即誠意、正心、修身、齊家。這都是儒家所提倡的修養項目。《禮記・大學第四十二》：「古之欲明明德於天下者，先治其國；欲治其國者，先齊其家；欲齊其家者，先修其身；欲修其身者，先正其心；欲正其心者，先誠其意；欲誠其意者，先致其知。」❸忝　有愧。❹入幕之賓　凡軍中所用參謀、記室人員，因為都是在將帥的府署中供職，故稱入幕之賓。❺尸位素餐　居位食祿而不盡職。尸，主持。❻窮通　窮，困窘；走投無路。通，通達；處境順利。❼饑饉　指大災荒。穀不熟為饑，蔬不熟為饉。

【語　譯】寫到這裡，接到家中的來信，得知四弟和六弟因為沒能考取生員，心中十分懊惱。科舉功名的有無和遲早，全由命中注定，絲毫無法勉強。我們讀書，只有兩件事：一是增進道德的事，探究誠意、正心、修身、齊家的道理，以求無愧於生身的父母；一是提高學業的事，掌握和熟悉記誦詞章的功夫，以求自我保護。增進道德的事，難以完全說清楚；至於提高學業，以求自我保護，請讓我談一談：

自我保護，沒有比謀食更緊要的了。農夫、工匠和商販，都是靠體力勞動而求食的人；讀書人，都是靠腦力勞動而求食的人。所以，有的在朝廷領取俸祿，有的在鄉間講學教書，有的輾轉四方作食客，有的薦入府署當幕賓，都應當衡量自己的學識，足以獲得報酬而當之無愧。科舉功名，是獲取俸祿的階梯，也應當考慮我們的學業，將來不至於徒居其位而白吃閒飯，然後得到的功名才會問心無愧。飲食得到得不到，命運是困頓，還是順利，要由上天作主；官職是給予，還是剝奪，要由別人作主；學業精深，還是不精深，便由自己作主。然而我還沒有見到過學業確實精深，而始終得不到飲食的人。農夫果真努力耕作，雖然確有災荒的年成，但總會有豐收的年成；商販果真囤積了貨物，雖然確有滯銷的時候，但也必然會有暢銷的時候；讀書人果真能夠精通學業，何以見得他始終得不到科場的功名呢？即使最終得不到科場的功名，又難道沒有別的途徑可以求食嗎？這樣說來，就只須擔心學業不能精通而已。

求業之精，別無他法，曰專而已矣。諺曰「藝多不養身」，謂不專也。吾掘井多而無泉可飲，不專之咎❶也。諸弟總須力圖專業❷。如九弟志在習字，亦不必盡廢他業。但每日習字工夫，斷不可不提起精神，隨時隨事，皆可觸悟。四弟、六弟，吾不知其心有專嗜否。若志在窮❸經，則須專守一經；志在作制義❹，則須專看一家文稿；志在作古文❺，則須專看一家文集。作各體詩亦然，作試帖❻亦然。萬不可以兼營并騖，兼營則必一無所能矣。切囑切囑，千萬千萬。此後寫信來，諸弟各有專守之業，務須寫明。且須詳問極言，長篇累牘❼，使我讀其手書，即可知其志向識見。凡專一業之人，必有心得，亦必有疑義。諸弟有心得，可以告我共賞之；有疑義，可以問我共析之。且書信既詳，則四千里外之兄弟不啻❽晤言❾一室，樂何如乎？

【章旨】此章言學業求精之法，唯在一個「專」字。

【注　釋】❶咎　災禍；過錯。❷專業　指專攻一門學業。❸窮　鑽研；深究。❹制義　應試所作的文章，其文體為科舉考試制度所規定。此指八股文。也稱制藝、時藝等。❺古文　即散文，與六朝駢文相對言之。❻試帖　即試帖詩，也稱「賦得體」。為科舉考試所採用。❼牘　古時寫字用的木片。此指書版。❽啻　僅；只。❾晤言　對面交談。

【語　譯】追求學業精通，沒有其他辦法，一個「專」字而已。俗話說「藝多不養身」，講的就是不專。我挖井極多，但沒有水喝，就是不專的過錯。諸位弟弟全都應當努力謀求專守一業。如果九弟有志於書法，也不必全都拋開其他的學業。只是每天練字的時候，切切不可以不提起精神，隨時隨事，都可以觸動靈感，領悟到書法的道理。四弟和六弟，我不知道你們的心中有專一的愛好沒有。倘若有志於鑽研儒學經典，就應當專門讀通一部經書；倘若有志於寫好八股文，就應當專門閱讀一家的文稿；倘若有志於寫作古文，就應當專門閱讀一家的文集。寫作各種體制的詩也是這樣，寫作試帖詩也是這樣。切切不可以各種學業同時經營，齊頭並進，什麼方面都同時用功，就必然一項專長都不會有。我一再叮囑你們，千萬要注意。今後寫信來，諸位弟弟如果各有自己專攻的學業，務必要寫明白。而且應當詳細提問，暢言心得，長篇大論，使我讀到你們的親筆信，就能夠瞭解你們的志向和見識。凡是專攻一門學業的人，一定會有獨到的領悟，也一定會有疑惑不解的事理。諸位弟弟有了獨到的領悟，可以告訴我，共同欣賞，有了疑惑不解的事理，可以詢問我，共同剖析。而且書信寫得詳盡，那麼，遠隔四千里的兄弟，勝過在一間房子裡交談，這種歡樂有什麼能比得上呢？

予生平於倫常中，惟兄弟一倫抱愧❶尤深。蓋父親以其所知者盡以教我，而我不能以吾所知者盡教諸弟，是不孝之大者也。九弟在京年餘，進益無多，每一念及，無地自容。嗣後我寫諸弟信，總用此格紙，弟宜存留，每年裝訂成冊。其中好處，萬不可忽略看過。諸弟寫信寄我，亦須用一色格紙，以便裝訂。

謝果堂先生出京後，來信并詩二首。先生年已六十餘，名望甚重，與予見面，輒彼此傾心，別後又拳拳❷不忘，想見老輩愛才之篤。茲將詩并予送詩附閱，傳播里❸中，使共知此老為大君子也。

予有大銅尺一方，屢尋不得，九弟已帶歸否？頻年寄黃芽白菜子，家中種之好否？在省時已買漆否？漆匠果用何人？信來并祈❹詳示。

兄國藩手具❺ 九月十八日

（道光二十二年）

【章　旨】此章主要叮囑諸弟宜注意存留家書。

【注　釋】❶抱愧　心存慚愧。❷拳拳　緊握不捨。引申為懇切。❸里　特指故鄉。❹祈　請求。❺具　陳述。

【語　譯】我往常在倫理方面，只有在處理兄弟關係這一層上，所感到的慚愧最深。因為父親把他所知道的全部教給了我，我卻不能把自己所知道的全都教給弟弟們，這是最大的不孝。九弟住在京城一年多，進步不是很多，每當想到這一點，我就感到無地自容。今後我寫給弟弟們的信，都會用這種格子紙，弟弟們應當保存下來，每年裝訂成冊。信中講到對你們有益處的地方，千萬不可以粗略地看完了事。弟弟們寫信給我，也應當用規格一致的方格紙，以便裝訂。

謝果堂先生離開京城以後，來了信，並且附寄了兩首詩。先生的年紀已經六十餘歲，名望極大，跟我見面，就彼此都傾心交談，離別之後，又念念不忘，由此可以想見老一輩人愛才之心的深厚。現將謝先生的詩以及我贈給他的詩，一併寄給你們閱讀，並在故鄉傳播，使人們都知道這位老先生是個大君子。

我有一把大銅尺，多次找尋，沒有見到，九弟已帶回家了嗎？連年寄回的黃芽白菜籽，家中種了，收成好不好？你們在省城時，買好了漆沒有？漆匠，結果是用了誰？寫信來時，請一併詳細地告訴我。

兄國藩手具　九月十八日

【說　明】曾國藩有兄弟五人：老二曾國潢，字澄侯，比文正小十歲，族中排行第四，國藩稱其為「四弟」；老三曾國華，字溫甫，比國藩小十二歲，族中排行第六，國藩稱其為「六弟」；老四曾國荃，字沅甫，又字子植，比文正小十四歲，族中排行第九，國藩稱其為「九弟」；老五曾國葆，字季洪，又字事恆，比國藩小十八歲，族中排行最小，國藩稱其為「季弟」。正因為國藩在兄弟中居長，所以他自覺承擔起教導諸弟的責任。這封家信，就是他對於諸弟的教育篇。

信的前半部分，曾國藩詳細談到了自己在京城學習和交友的情況，要旨在於介紹求長進的辦法，一是借助習作，來磨練提高應考本領，二是借助「師友夾持」，來促進立志向上。信的後半部分，從諸弟未能考取生員，談到讀書務須注重進德與修業；學業欲求精進，關鍵在於自我，秘訣在於「專一」。這些，都是頗有啟迪的經驗之談。信中引用治學好比「熬肉」，用功譬如「掘井」之類的古訓，加上現身說法，既生動深刻，又親切感人，諸弟自可受到薰陶。

致澄弟溫弟沅弟季弟　正月十七日

諸位老弟足下：

正月十五日接到四弟、六弟、九弟十二月初五日所發家信。四弟之信三葉，語語平實。責我待人不恕，甚為切當。謂月月書信徒以空言❶責弟輩，卻又不能實有好消息，令堂上閱兄之書，疑弟輩粗俗庸碌，使弟輩無地可容云云。此數語，兄讀之不覺汗下。

【章旨】此章言接讀四弟來信，深感驚詫。

【注釋】❶空言　浮泛而不切實際的言談。

【語譯】諸位老弟足下：

正月十五日，我接到了四弟、六弟和九弟十二月初五日寄出的家信。四弟的信寫了三頁，句句平允實在。批評我待人不能寬容，極為恰當。說我每月寫信，徒然用一些空話來責備弟弟們，卻又不能有什麼實在的好作用，使得父母讀了我的信以後，便疑心弟弟們粗疏俗氣，庸庸碌碌，弄得弟弟們無地自容等等。這麼一些話，我讀了之後，驚恐得不覺冷汗直下。

我去年曾與九弟閑談，云為人子者，若使父母見得我好些，謂諸兄弟俱不及我，這便是不孝；若使族黨❶稱道我好些，謂諸兄弟俱不如我，這便是不弟❷。何也？蓋使父母心中有賢愚之分，使族黨口中有賢愚之分，則必其平日有討好底意思，暗用機計，使自己得好名聲，而使其兄弟得壞名聲，必其後日之嫌隙由此而生也。劉大爺、劉三爺兄弟皆想做好人，卒❸至視如仇讎。因劉三爺得好名聲於父母族黨之間，而劉大爺得壞名聲故也。今四弟之所責我者，正是此道理，我所以讀之汗下。但願兄弟五人，各各明白這道理，彼此互相原諒。兄以弟得壞名為憂，弟以兄得好名為快。兄不能使弟盡道得令名❹，是兄之罪；弟不能使兄盡道得令名，是弟之罪。若各各如此存心，則億萬年無纖芥之嫌矣。

【章旨】此章言兄弟之間應當互相維護對方的聲譽。

【注釋】❶族黨　親族。❷弟　同「悌」。此指友愛兄弟。❸卒　最後；終於。❹令名　好的名聲。令，善；美。

【語譯】我去年曾經跟九弟閒談過，講到作兒子的，倘若使得父母看成我好些，認為其餘兄弟都不如我，這就是不孝順父母；倘若使得親族都稱道我好些，認為其餘兄弟都不如我，這就是不友愛兄弟。為什麼呢？因為使得父母的心目中，對兒子們有了好壞之分，使得親族的議論中，對一家兄弟有了好壞之分，那麼，一定是他平時有了故意討好的用意，暗中使用心機計謀，使自己得了好名聲，而使自己的兄弟得了壞名聲，他和兄弟之間，將來的仇怨一定會由此而產生。我們家鄉的劉大爺和劉三爺兩兄弟都想當好人，終於發展到彼此看成讎敵。就是因為劉三爺在父母和親族中間得到了好名聲，而劉大爺得了壞名聲的緣故。現在四弟所批評我的，正是這個道理，所以，我讀著來信，恐懼得出了冷汗。只希望我們兄弟五人，個個都明白這番道理，彼此能互相諒解。哥哥要把弟弟得了壞名聲作為憂愁，弟弟要把哥哥得了好名聲作為快慰。哥哥不能使弟弟竭盡孝悌之道而得到好名聲，這是哥哥的罪過；弟弟不能使哥哥竭盡孝悌之道而得到好名聲，這是弟弟的罪過。假若人人都這樣著想，那麼，即使在一起相處億萬年，兄弟之間也不會有絲毫隔閡了。

至於家塾❶讀書之說，我亦知其甚難，曾與九弟面談及數十次矣。但四弟前次來書，言欲找館出外教書。兄意教館之荒功誤事，較之家塾為尤甚，與其出而教館，不如靜坐家塾。若云一出家塾便有明師益友，則我境之所謂明師益友者，我皆知之，且已夙夜❷熟籌之矣。惟汪覺庵❸師及陽滄溟❹先生，是兄意中所信為可師者。然衡陽❺風俗，只有冬學要緊，自五月以後，師弟皆奉行故事❻而已。同學之人，類皆庸鄙無志者，又最好訕笑人其笑法不一，總之不離乎輕薄而已。四弟若到衡陽去，必以翰林之弟相笑。薄俗可惡。鄉間無朋友，實是第一恨事。不惟無益，且大有損。習俗染人，所謂與鮑魚❼處，亦與之俱化也。兄嘗與九弟道及，謂衡陽不可以讀書，漣濱❽不可以讀書，為損友❾太多故也。今四弟意必從覺庵師遊，則千萬聽兄囑咐，但取明師之益，無受損友之損也。

【章　旨】此章言外出從師，須取明師之益，不受損友之害。

【注　釋】❶家塾　古時二十五家有閭，閭門之側有塾，謂之家塾。此指在家中延師教育子弟。❷夙夜　早晚；朝夕。❸汪覺庵　曾國藩在衡陽唐氏家塾讀書時的老師。❹陽滄溟　即歐陽滄溟，名凝祉，湖南衡陽人，曾國藩的岳父。❺衡陽　縣名，在湖南省南部。❻故事　成例；舊日的規章制度。❼鮑魚　鹽漬的魚。《孔子家語．

六本》：「如入鮑魚之肆，久而不聞其臭。」❽漣濱　書院名。其址在原湖南湘鄉縣境。❾損友　對自己有害的朋友。

【語　譯】至於說到在家塾讀書的事，我也知道其中頗有難處，曾經跟九弟面談過幾十次了。但四弟前次的來信，是說要找個學館外出教書。我覺得在學館中教書的荒廢和耽誤學業，比在家塾更為厲害，與其外出而教學館，不如靜坐在家塾讀書。如果說一離開家塾，便會有賢師益友，那麼，我們那一帶的所謂賢師益友，我都知道，並且已經從早到晚計算得爛熟了。只有汪覺庵老師和歐陽滄溟先生，是我內心信任可以當老師的人。但衡陽的習俗，只有冬天的教學看得要緊，從五月以後，老師和學生都是按照舊規行事，敷衍而已。同在一起讀書的人，大都是平庸淺陋、沒有志向，而又最喜歡譏笑別人。（他們取笑的辦法不一，總之離不開輕薄而已。四弟倘若到衡陽去讀書，他們必然會拿你是翰林的弟弟來取笑。這種淺薄的風氣令人可恨。）鄉村中沒有好的學友，實在是第一大令人遺憾的事情。不僅是不能受益，而且大有損害。習俗可以把人浸壞，所謂生活在鮑魚堆中，也會跟鮑魚一樣變得氣味難聞。我曾經和九弟談到，說衡陽石鼓書院不宜於讀書，湘鄉漣濱書院也不宜於讀書，是因為損友太多的緣故。現在四弟的想法是一定要到衡陽跟隨汪覺庵老師學習，那就務必要聽從我的吩咐，只可接受賢師的教益，不要染上損友的惡習。

接到此信，立即率厚二❶到覺庵師處受業。其束脩❷，今年謹具錢十掛❸。兄於八月準付回，不至累及家中。非不欲從豐，實不能耳。兄所最慮者，同學之人無志嬉遊，端節以後放散不事事，恐弟與厚二效尤❹耳。切戒切戒。凡從師必久而後可以獲益。四弟與季弟今年從覺庵師，若地方相安，則明年仍可從遊。若一年換一處，是即無恆者，見異思遷也，欲求長進難矣。

此以上答四弟信之大略也。

【章旨】此章言同意四弟國潢帶季弟國葆前往汪覺庵師處學習。

【注釋】❶厚二　指季弟國葆。❷束脩　原指十條乾肉，是一份薄禮。此指拜師的禮金。❸十掛　相當於八串錢。❹尤　錯誤；壞樣。

【語譯】四弟接到這封信，可立即帶領厚二到汪覺庵老師那裡去學習。拜師的費用，今年一定給你們準備十掛錢，我於八月間準時付回，不至於拖累家中。我並非不想多給，確實是力所不能。我最憂慮的，是同在一起學習的人沒有志向，只顧遊玩，端午節以後，更是自由放任，行為懶散，不問學業，只怕四弟和厚二會學壞樣。千萬要警惕，千萬要警惕！大凡拜師，一定要時間長久，然後才可以獲得教益。四弟與季弟今年跟從汪覺庵老師求學，倘若學習環境還可以，那麼，明年仍然可以跟他學習。假如一年換一個地方，這便是沒有恆心的人，便是見異思遷的行為，想求長進，也就難了。

這以上的文字，便是回答四弟來信的概要。

六弟之信，乃一篇絕妙古文。排奡❶似昌黎❷，拗很❸似半山❹。予論古文，總須有倔強不馴之氣，愈拗愈深之意，故於太史公❺外，獨取昌黎、半山兩家。論詩亦取傲兀不群者，論字亦然。每蓄此意，而不輕談。近得何子貞意見極相合，偶談一二句，兩人相視而笑。不知六弟乃生成有此一枝妙筆。往時見弟文，亦無大奇特者。今觀此信，然後知吾弟真不羈才也。歡喜無極，歡喜無極！凡兄所有志而力不能為者，吾弟皆可為之矣。

【章　旨】此章讚譽六弟來信的文氣矯健桀驁，竟是一篇絕妙古文。

【注　釋】❶排奡　矯健有力。❷昌黎　縣名，今屬河北省。唐代文學家韓愈自謂郡望昌黎，自稱昌黎韓愈，後人因稱其為韓昌黎。❸拗很　執拗；堅持不懈。很，通「狠」。❹半山　北宋散文家王安石，字介甫，號半山。❺太史公　西漢史學家司馬遷為太史令，人稱太史公。

【語　譯】六弟寫來的信，竟是一篇絕妙的散文。矯健的氣勢近似韓昌黎，執拗的勁頭近似王安石。

我議論散文，認為總得要有倔強不馴的氣勢和愈拗愈深的文意，所以在司馬遷以外，只效法韓愈和王安石兩家。議論詩詞，我也是推崇桀驁突變，不同於凡響的；議論書法，也是如此。心中常常保存這個想法，但不輕易跟別人談論。近來知道何子貞的意見，跟我極為投合，偶爾談論一二句，兩人往往會心而笑。不知道六弟竟然生成有這樣一手好文章。過去看了六弟的文章，也沒有什麼很奇特的地方。今天看了這封信，然後才知道我的六弟真正是個出類拔萃的人才。我真是高興不盡，高興不盡！凡是我有心想做而力不能幹的事，我的六弟都可以完成了。

信中言兄與諸君子講學，恐其漸成朋黨❶，所見甚是。然弟盡可放心。兄最怕標榜，常存暗然尚絅❷之意，斷不至有所謂門戶❸自表者也。信中言四弟浮躁不虛心，亦切中四弟之病，四弟當視為良友藥石❹之言。

信中又有「荒蕪已久」，「甚無紀律」二語，此甚不是。臣子與❺君親，但當稱揚善美，不可道及過錯；但當諭親於道，不可疵議❻細節。兄從前常犯此大惡，但尚是腹誹❼，未曾形之筆墨。如今思之，不孝孰大乎是？常與陽牧雲并九弟言及之，以後願與諸弟痛懲此大罪。六弟接到此信，立即至父親前磕頭，并代我磕頭請罪。

信中又言弟之牢騷，非小人之熱中，乃志士之惜陰。讀至此，不勝惘然❽，恨不得生兩翅忽飛到家，將老弟勸慰一番，縱談數日乃快。然嚮使諸弟已入學，則謠言必謂學院❾做情。眾口鑠金❿，何從辨起！所謂塞翁失馬⓫，安知非福？科名遲早，實有前定，雖惜陰念切，正不必以虛名縈懷耳。

【章　旨】此章重在辯析六弟來信中的是非。

【注　釋】❶朋黨　原指同類人物為自私目的而相互勾結。唐宋以後，專指士大夫各樹黨羽，互相傾軋。❷尚絅　加以掩飾。絅，同「褧」。用麻布製成的單罩衣。此處用為動詞，罩上；掩蓋。❸門戶　指結成黨派。❹藥石　藥物和砭石。此處用為比喻，意謂用規戒之言攻人過錯，如同用藥石治人疾病。❺與　於；對於。❻疵議　非議；指責。❼腹誹　嘴上不說，內心不以為然。❽惘然　頹然失意貌。❾學院　即提督學政，又稱學臺。❿眾口鑠金　語出《國語．周語》。意謂眾口一詞，容易混淆視聽。鑠，銷毀。⓫塞翁失馬　語本《淮南子．人間》。謂塞上牧馬人跑掉了一匹馬，鄰人都為主人痛惜。但數月之後，這匹馬又回來了，而且帶回了一群馬。比喻雖然暫時受到損失，但也可能因此得到好處，壞事也可以變成好事。

【語　譯】來信中說到我與這裡的諸位君子在一起研討學問，擔心我們會逐漸結為朋黨，這個意見很對。不過，弟弟完全可以放心。我最怕互相吹捧，常常想著暗中掩飾自己，斷然不至於會利用所謂門戶去自我顯示。信中所說的四弟，往往浮躁而不虛心，也確實點中了四弟的病根，四弟應當把這句話看成是好朋友送給的治病藥石。

來信中又有「學業荒廢已久」，「極無綱紀約束」兩句話，這說法很不對。大臣對於君王，兒子對於父親，只應當讚揚美德，不應當議論過錯；只可以當面講論大道，不可以背後非議細節。我從前常常犯有這種大罪過，但還只是內心有不滿，並沒有表露在文字中。現在反思起來，不孝之罪還有什麼比這個更大的呢？我曾經對歐陽牧雲及九弟談到過這一點，以後願意和弟弟們一道痛切懲戒這種大罪過。六弟接到這封信以後，要立即到父親跟前磕頭，並且要代替我磕頭謝罪。

來信中還說到六弟的牢騷，並非如小人的急切於名利仕進，而是有志之士痛惜時光的流逝。讀到這裡，我的心中有說不盡的傷感，真是恨不得生出兩翅急速飛到家中，將老弟勸解撫慰一番，和老弟暢談幾天才痛快。但是，當初假使各位弟弟已經錄取了生員，那麼一定會有謠言說是學臺做了人情。眾口鑠金，從何處能分辨清楚真相！所謂塞翁失馬，怎麼就知道不是好事呢？科舉場中，功名得遲得早，實際上也有命中注定的因素，你雖然痛惜時光流逝的心情很急切，但也不必把虛名纏繞在心頭上。

來信言看《禮記疏》❶一本半，浩浩茫茫，苦無所得，今已盡棄，不敢復閱，現讀朱子《綱目》❷，日十餘葉云云。說到此處，兄不勝悔恨。恨早歲不曾用功，如今雖欲教弟，譬盲者而欲導人之迷途也，求其不誤難矣。然兄最好苦思，又得諸益友相質❸證，於讀書之道，有必不可易者數端：

窮經必專一經，不可泛騖。讀經以研尋義理❹為本，考據❺名物為末。讀經有一「耐」字訣：一句不通，不看下句；今日不通，明日再讀；今年不精，明年再讀。此所謂「耐」也。讀史之法，莫妙於設身處地。每看一處，如我便與當時之人酬酢❻笑語於其間。不必人人皆能記也，但記一人，則恍如接其人；不必事事皆能記也，但記一事，則恍如親其事。經以窮理，史以考事，捨此二者，更別無學矣。

蓋自西漢以至於今，識字之儒約有三途：曰義理之學，曰考據之學，曰詞章之學。各執一途，互相詆毀❼。兄之私意，以為義理之學最大，義理明，則躬行有要，而經濟❽有本。詞章之學，亦所以發揮義理者也。考據之學，吾無取焉矣。此三途者，皆從事經史，各有門徑。吾以為欲讀經史，但當研究義理，則心一而不紛。是故經則專守一經，史則專熟一代，讀經史則專主義理。此皆守約❾之道，確乎不可易者也。

若夫經史而外，諸子❿百家，汗牛充棟⓫。或欲閱之，但當讀一人之專集，不當東翻西閱。如讀昌黎集，則目之所見，耳之所聞，無非昌黎，以為天地間，除昌黎集而外，更別無書也。此一集未讀完，斷斷不換他集。亦「專」字訣也，六弟謹記之。

讀經，讀史，讀專集，講義理之學，此有志者萬不可易者也。聖人復起，必從吾言矣。然此亦僅為有大志者言之。若夫為科名之學，則要讀四書文⓬，讀試帖、律賦⓭，頭緒甚多。四弟、九弟、厚二弟天質較低，必須為科名之學。六弟既有大志，雖不科名可也，但當守一「耐」字訣耳。觀來信言讀《禮記疏》似不能耐者，勉之勉之。

【章旨】此章詳言讀書之道。

【注　釋】❶禮記疏　書名。即《禮記正義》，《十三經注疏》之一，唐孔穎達奉敕撰。乾隆年間敕著。❷綱目　書名，即《通鑑綱目》。朱熹與其門人趙師淵等因司馬光《資治通鑑》而編纂《綱目》，仿《春秋》義例，以綱為經，以目為傳。❸質　通「詰」。問；詰問；討論。❹義理　意謂經義名理。❺考據　即考證。根據事實的考核和例證的歸納，提供一定的材料，作出結論。❻酬酢　應對；對答。❼詆毀　辱罵；攻訐。❽經濟　經世濟民；治理國家。❾約　簡要。❿諸子　此指先秦至漢初各個學派的著作。⓫汗牛充棟　極言書籍之多，多得堆滿屋子，高及棟梁；若是搬運，則牛馬必然累得出汗。⓬四書文　即八股文。⓭律賦　文體名。賦的一種形式。講求對仗，於音律、押韻均有嚴格規定。為唐宋科舉考試所採用。

【語　譯】來信說到讀《禮記疏》到一本半，覺得渺渺茫茫，頗為苦惱，沒有多少收穫，現在已經完全丟開，不敢再去翻閱，又正在讀朱子《綱目》，每天看十多頁等等。說到這一點，我真有說不盡的後悔和遺憾。遺憾自己早年沒有用功，如今雖然想指點弟弟，正好比盲人想給迷失路途的人當嚮導，要求他不指錯路是很難的。不過，我最喜歡刻苦思考問題，又可以找到眾多的朋友來討論辯證，因而對於讀書的方法，我認為有幾條是一定不可動搖的：

鑽研經書時，必須專門鑽研其中的一部，不可泛泛地追求廣博。學習經書時，要以研究探求義理為根本，以考證名物為末節。閱讀經書時，有一個「耐」字的秘訣：這一句沒有讀懂，就不讀下一句；今天沒有讀懂，明天應再讀；今年沒有精通，明年應再讀。這就是我所說的「耐」字訣。讀史書的方法，沒有比設身處地的去思考更好的了。每看到一處，好像我和當時的人就在那裡應酬談笑。不一定書中的每個人都能記住，只要記住一個人，就彷彿結交了這個人；不一定書中的每件事都能記住，只要記住一件事，就彷彿自己經歷了這回事。藉經書來精通義理，藉史書來思考現實，除了這兩點，就再沒有別的學問了。

大凡從西漢直到當今，讀書人做學問，大致有三條途徑：一叫義理之學，二叫考據之學，三叫詞章之學。彼此各守一條途徑，互相攻擊。我的看法是認為義理之學最重大，義理明晰了，便會自己行事有綱要，經世濟民有根本。詞章之學，也是用來發揮義理的。至於考據之學，我看沒有什麼可取的。這三條途徑，都是從事經史研究，各有法門。我認為要是研讀經史，只應當研究義理，這樣就可以用心專一而不紛亂。因此，研究經書，就專心固守一部經書，研究史書，就專心熟悉一個朝代，讀經讀史，都要專心注重義理。這些都是簡易可行的方法，確實是不可動搖的。

至於經史之外的書籍，諸子百家，可以說是汗牛充棟。你或許想要再讀其他書籍，也只應當攻讀某個人的專集，不應當東翻西看。比如讀韓昌黎的文集，那麼，眼睛所看到的，耳朵所聽到的，就應當沒有什麼不是韓昌黎的，一心覺得天地之間，除開韓昌黎的文集以外，就再也沒有別的書籍了。這一個集子沒有讀完，就絕不換讀其他的集子。這就是「專」字的秘訣，六弟要牢牢地記住。

讀經，讀史，讀專集，講求義理之學，這是有志向的讀書人，萬萬不可改易之做學問的途徑。即使是孔子、周公這樣的聖人復活過來，也必定會同意我的這句話的。但是，這也只是給有遠大志向的人說的。至於對鑽研科舉功名的學業而言，便要讀四書文，要讀試帖詩和講究對仗、音韻的律賦，頭緒很多。四弟、九弟、厚二弟天資比較低，必須鑽研科舉功名的學業。六弟既然懷有大志，即使不走科舉的道路，也是可以的，只是應當堅持一個「耐」字的訣竅而已。看來信，說到讀《禮記疏》，好像還不善於「耐」，勉力吧，勉力吧！

兄少時天分不甚低，厥❶後日與庸鄙者處，全無所聞，竅被茅塞❷久矣。及乙未到京後，始有志學詩、古文，并作字之法，亦洎無良友。近年得一二良友，知有所謂經學者、經濟者，有所謂躬行實踐者，始知范❸、韓❹可學而至也，馬遷、韓愈亦可學而至也，程❺、朱亦可學而至也。慨然思盡滌前日之污，以為更生之人，以為父母之肖子，以為諸弟之先導。無如體氣本弱，耳鳴不止，稍稍用心，便覺勞頓。每自思念，天既限我以不能苦思，是天不欲成我之學問也。故近日以來，意頗疏散，計今年若可得一差，能還一切舊債，則將歸田養親，不復戀戀於利祿矣。粗識幾字，不敢為非以蹈大戾❻已耳，不復有志於先哲矣。吾人第一以保身為要。我所以無大志願者，恐用心太過，足以疲神也。諸弟亦須時時以保身為念，無忽無忽。

【章旨】此章言志雄體弱，念以保身為要。

【注　釋】❶厥　其；此。❷茅塞　比喻思路閉塞。❸范　指范仲淹。北宋政治家、文學家。❹韓　指韓琦。北宋大臣，曾出任陝西安撫使，與范仲淹共同防禦西夏，時人稱為「韓范」。❺程　即二程：程顥、程頤，北宋理學奠基者。❻戾　罪。

【語　譯】我小時候天資不很低，後來每天跟平庸淺陋的人在一起，完全得不到什麼新的見聞，思路被長期阻塞了。及至道光十五年到了京城以後，才有志於學習詩和古文以及寫字的方法，但也一直沒有引路的良友。近年找到了一兩位良友，懂得了有所謂經學和經世濟民之學，有所謂身體力行、注重實踐的人，才知道像范仲淹和韓琦這樣的人物，可以通過學習而趕上，司馬遷和韓愈這樣的人物，也可以通過學習而趕上，二程和朱熹這樣的人物，也可以通過學習而趕上。因而滿懷感慨地想完全洗盡自己以前的汙濁，而成為一個新生的人，成為父母的好兒子，成為弟弟的好嚮導。無奈我的身體本來虛弱，耳鳴不停，稍微用點心思，便感到勞累困頓。我經常自己考慮，老天爺既然阻止我竭力思考，這就是老天爺不願意成就我的學問。所以，最近以來，我的思想情緒，很有些放鬆懶散，想著今年倘若能夠得到一份差事，能夠還清一切舊債，便將回到家鄉奉養父母，不再對於利祿戀戀不捨了。粗略認識幾個字，不敢為非作歹觸犯大罪而已，不再有志於追及前賢了。我們第一要以保養身體為最緊要。我之所以沒有大的志向，是恐怕用心過分，足以損傷精神。各位弟弟也必須常常把保養身體的事放在心上，不要疏忽，不要疏忽。

來信又駁我前書，謂必須博雅有才，而後可明理有用，所見極是。

兄前書之意，蓋以躬行為重，即子夏❶「賢賢易色」❷章之意。以為博雅者不足貴，惟明理者乃有用，特其立論過激耳。六弟信中之意，以為不博雅多聞，安能明理有用？立論極精。但弟須力行之，不可徒與兄辯駁見長耳。

【章　旨】此章言六弟謂必須博雅有才，方可明理有用之說，立論極精，但尚須見之力行。

【注　釋】❶子夏　姓卜，名商。孔子弟子。❷賢賢易色　意謂用好賢之心消除好色之慾。語出《論語・學而》：子夏曰：「賢賢易色；事父母，能竭其力；事君，能致其身；與朋友交，言而有信：雖曰未學，吾必謂之學矣。」

【語　譯】六弟的來信又反駁我的前一封信，認為必須學識淵博純正，富有才華，然後才能明辨義理，發揮作用，見解很對。我前一封信的意思，是強調以身體力行為重，也就是子夏「賢賢易色」章所說的意思。認為學識淵博純正的人，還不值得崇尚，唯有明晰義理的人，才能有所作為，僅是這一觀點過激而已。六弟信中所說的意思，是認為倘不博雅多聞，怎麼能夠明理有用呢？立論極為精當。只是弟弟還須注意努力躬行，不能只是跟我辯駁取勝罷了。

來信又言四弟與季弟從遊覺庵師，六弟、九弟仍來京中，或肄業城南❶云云。兄之欲得老弟共住京中也，其情如孤雁之求曹❷也。自九弟辛丑秋思歸，兄百計挽留，九弟當能言之。及至去秋決計南歸，兄實無可如何，只得聽其自便。若九弟今年復來，則一歲之內忽去忽來，不特堂上諸大人不肯，即旁觀亦且笑我兄弟輕舉妄動。且兩弟同來，途費須得八十金，此時實難措辦。弟云能自為計，則兄竊不信。曹西垣去冬已到京，郭雲仙❸明年始起程，目下亦無好伴。惟城南肄業之說，則甚為得計。兄於二月間準付銀二十兩至金竺虔❹家，以為六弟、九弟省城讀書之用。竺虔於二月起身南旋，其銀四月初可到。

弟接到此信，立即下省肄業。省城中兄相好的如郭雲仙、凌笛舟❺、孫芝房❻，皆在別處坐書院。賀蔗農、俞岱青、陳堯農、陳慶覃諸先生皆官場中人，不能伏案用功矣。惟聞有丁君者名敘忠，號秩臣，長沙廩生學問切實，踐履篤誠。兄雖未曾見面，而稔❼知其可師。凡與我相好者，皆極力稱道丁君。兩弟到省，先到城南住齋，立即去拜丁君託陳季牧為介紹，執贄❽受業。凡人必有師；若無師，則嚴憚之心不生。即以丁君為師，此外擇友則慎之又慎。昌黎曰：「善不吾與❾，吾強與之附；不善不吾惡❿，吾強與之拒。」一生之成敗，皆關乎朋友之賢否⓫，不可不慎也。

來信以進京為上策，以肄業城南為次策。兄非不欲從上策，因九弟去來太速，不好寫信稟堂上。不特九弟形迹矛盾，即我稟堂上亦必自相矛盾也。又目下實難辦途費，六弟言能自為計，亦未歷甘苦⓬之言耳。若我今年能得一差，則兩弟今冬與朱嘯山⓭同來甚好，目前且從次策。如六弟不以為然，則再寫信來商議可也。此答六弟信之大略也。

【章旨】此章言六弟和九弟宜即往省城學習。

【注釋】❶城南　指長沙城南書院。❷曹　夥伴。❸郭雲仙　名嵩燾，字伯琛，號又作筠仙，湖南湘陰人。道光年間進士。歷官廣東巡撫、兵部侍郎、首任駐英公使、駐法公使等職。主張學習西方科學技術，修鐵路，辦礦務，富強國家。著述有《使西紀程》、《史記札記》等。❹金竺虔　湖南人。官知縣。與曾國藩往來甚密。❺凌笛舟　又作荻舟。曾國藩的同鄉。善作律詩。❻孫芝房　名鼎臣，字子餘，湖南善化（今望城縣）人。道光年間進士。工詩與古文，著述總為《蒼筤集》。❼稔　熟悉；瞭解。❽贄　初次拜見老師時，所呈送的禮物。❾

不吾與　即不與吾。與，親附。❿不吾惡　即不惡吾。惡，厭棄。⓫否　通「鄙」。庸俗；鄙陋。⓬甘苦　此處偏指「苦」，困苦。⓭朱嘯山　曾國藩的同鄉，曾在京城考取教習。

【語譯】六弟的來信又說四弟和季弟跟從汪覺庵老師學習，自己和九弟仍然來京城，或者到城南書院修業等等。我想讓弟弟們同住京城，這種心情好比孤雁尋求伴侶一樣急切。從九弟道光二十一年秋天想回家，我曾經千方百計地勸留的情形，九弟應當能說明我的這種心情。及至去年秋天，他決意要回南方，我實在是無可奈何，只能隨其自便。倘若九弟今年又來，那麼，一年之中突然去，突然來，不僅是家中的眾位大人不會答應，就是旁觀的人，也將會譏笑我們兄弟舉止輕率。況且兩位弟弟一同來京，路費需要八十兩銀子，這件事，一時實在難以籌辦。六弟說能夠自己設法，我從內心不能相信。曹西垣去年冬天已經到達京城，郭雲仙明年才動身來京，目前也沒有好伴同行。唯有到城南書院學習的想法，算是極為合適。我在二月間一定送銀二十兩到金竺虔家，作為六弟、九弟進省城讀書的費用。金竺虔在二月起程回南方，這筆銀兩在四月初就可以收到。

六弟和九弟接到這封信，便可以立即進省城學習。省城中跟我友好的，像郭雲仙、凌笛舟、孫芝房，都在別處坐守書院。賀蔗農、俞岱青、陳堯農、陳慶覃等幾位先生，都已是官場中人，不能再伏案用功作學問了。只聽說丁先生（名叫敘忠，號秩臣，長沙廩生）學問紮實，行為厚道誠樸。我雖然沒有見過他的面，但熟知這個人可以作為老師。凡是跟我友好的人，都竭力稱讚他。二位弟弟到了省城，先到城南書院住進學舍，然後立即去拜訪丁先生（託陳季牧介紹），送上拜師的禮物，去當他的學生。大凡每個人都必須有老師；倘若沒有老師，便不會產生敬畏的心理。你們就拜請丁先生作為老師，此外，便要慎重而又慎重地選擇朋友。韓昌黎說過：「賢人不親近我，我要硬著頭皮去接近；不賢的人不厭棄我，我要堅決地不跟他交往。」人們一生的成敗，都和朋友的賢明與粗鄙密切相關，不可以不慎重。

六弟的來信把進京城看為上策，把在城南書院學習當作其次。我並非不想成全上策，是因為九弟來去變化得太快，不便寫信稟告父母親。不僅是九弟的舉止行為有矛盾，就是我稟告父母時，也必定會自相矛盾。另外，目前的確難於籌措路費，六弟說能夠自己設法，這也是沒有經歷過艱難的幼稚話而已。倘若我今年能夠獲得一個差事，那麼，二位弟弟今年冬天跟朱嘯山一同進京最好，眼下暫且屈從次策。假如六弟認為不對，便再來信商議也行。這些，是答覆六弟來信的簡要內容。

九弟之信，寫家事詳細，惜話說太短。兄則每每太長，以後截長補短為妙。堯階若有大事，諸弟隨去一人幫他幾天。牧雲接我長信，何以全無回信？毋乃嫌我話太直乎？扶乩之事，全不足信，九弟總須立志讀書，不必想及此等事。季弟一切皆須聽諸兄話。此次摺弁走甚急，不暇鈔日記本。餘容後告。

馮樹堂❶聞弟將到省城，寫一薦條，薦兩朋友，弟留心訪之可也。

兄國藩手具　正月十七日

（道光二十三年）

【章旨】此章要旨在於勉勵九弟立志讀書，勉勵季弟聽從諸兄教導。

【注釋】❶馮樹堂　名卓懷，湖南人。曾任曾國藩家的塾師。

【語譯】九弟的來信，寫家事相當詳細，可惜話說得太短。我卻每次說得太長，以後你我截長補短最好。朱堯階倘若有大事，弟弟們可以任去一人幫他幾天。歐陽牧雲接了我的長信，為什麼沒有一點回音呢？豈不是嫌我的話說得太直率了嗎？扶乩一類的事，完全不可相信，九弟一定要立志讀書，不必去想這類事情。季弟凡事都要聽各位兄長的話。這次送公文的差人走得太急，我沒有工夫鈔日記本了。其餘的事，請允許我以後再寫信告知。

馮樹堂聽說六弟和九弟要進省城，寫了一張推薦的便條，薦舉了兩個朋友，你們可以留心去拜訪。

兄國藩手具　正月十七日

【說明】這是家書中的長篇，內容十分廣泛，中心則是支持四弟和季弟往衡陽跟在汪覺庵老師身邊學習，支持六弟和九弟往城南書院修業，拜丁敘忠先生為師。而且反覆教導諸弟要嚴於敬師擇友，只取明師之益，不受損友之害，並引韓愈名言，強調親賢遠鄙至為重要，指出人生成敗，與交友賢鄙密切相關，不可不慎。

至於讀書之道，曾文正提出讀經，讀史，讀專集，研討義理，是有志者萬不可移的求學門徑，藉經書以精通義理，藉史書以思考現實，是求學者不可不牢記的要道，並從自己的切身體驗出發，總結了一個「耐」字訣，一個「專」字訣。他強調，讀經則必須專主一經，讀史則必須專熟一代，讀文集則必須專攻一人。今天沒讀懂，明天再復讀，今年沒精通，明年再專攻：這就是「耐」字訣。讀經史，則專究義理，用心專一而不紛亂；讀文集，則目不旁顧，耳不旁聞，心不旁騖，此集未讀完，斷斷不換他集：這就是「專」字訣。

這些，對於求學問而言，的確是極為寶貴的經驗。

致溫弟 六月初六日

溫甫六弟左右❶：

五月二十九、六月初一連接弟三月初一、四月二十五、五月初一三次所發之信，并四書文二首，筆仗實實可愛。

信中有云：「於兄弟則直達其隱❷，父子祖孫間不得不曲致其情。」此數語有大道理。余之行事，每自以為至誠可質天地，何妨直情徑行，昨接四弟信，始知家人天親❸之地，亦有時須委曲以行之者。吾過矣，吾過矣。

【章旨】此章讚揚六弟來信文筆可愛，而且所言大有道理。

【注釋】❶左右　書信中對平輩的提稱用語。表示尊敬。❷隱　隱衷。❸天親　指父母。

【語譯】溫甫六弟左右：

五月二十九、六月初一接連收到了弟弟在三月初一、四月二十五、五月初一共計三次寄來的信，並有兩篇八股文，文筆實實令人喜愛。

信中說道：「在兄弟之間，便可以直接表達自己內心的想法；在父子祖孫之間，當晚輩的卻不得不委婉曲折地表示自己的情懷。」這幾句話，有深刻的道理。我做事，往往自己認為只要是一片赤誠之心可以質對天地，怎麼不可以按照自己的想法、直截了當地去幹呢？昨天接到四弟的來信，才知道在一家人乃至父母的面前，有時候也必須曲意遷就而行事。我錯了，我錯了。

香海為人最好，吾雖未與久居，而相知頗深，爾以兄事之可也。丁秩臣、王衡臣兩君，吾皆未見，大約可為爾之師。或師之，或友之，在弟自為審擇。若果威儀可則、淳實宏通，師之可也；若僅博雅能文，友之可也。或師或友，皆宜常存敬畏之心，不宜視為等夷❶，漸至慢褻❷，則不復能受其益矣。

【章旨】此章言於師於友，都應慎重選擇；或師或友，都要常存敬畏之心。

【注釋】❶等夷　同等地位的人。❷慢褻　輕忽褻狎。

【語譯】曾香海的為人最好，我雖然沒有跟他長期相處，但彼此瞭解很深，你把他當作兄長對待，是很適宜的。丁秩臣、王衡臣二位先生，我都沒有見過，大約可以作你的老師吧。或者是當作老師，或者是當作朋友，都在於弟弟自己慎重選擇。倘若果真莊重的儀容可以作為榜樣，心地純樸，襟懷豁達，把他們尊為老師是合適的。倘若僅僅是博學儒雅，會作詩文，和他們交為朋友就可以了。或者尊為老師，或者交為朋友，都應當經常抱著敬畏的心理，不應當把他們看成為可以平起平坐的人，漸漸地輕薄放蕩起來，那樣就不能再得到他們的教益了。

爾三月之信所定功課太多，多則必不能專，萬萬不可。後信言已向陳季牧借《史記》❶，此不可不熟看之書。爾既看《史記》，則斷不可看他書。功課無一定呆法，但須專耳。余從前教諸弟，常限以功課。近來覺限人以課程❷，往往強人以所難，苟其不願，雖日日遵照限程，亦復無益。故近來教弟但有一「專」字耳。「專」字之外，又有數語教弟，茲特將冷金箋❸寫出，弟可貼之座右，時時省覽，并鈔一付寄家中三弟。

【章　旨】此章言《史記》不可不熟讀；欲求功課有進益，不可不守一「專」字。

【注　釋】❶史記　我國古代第一部紀傳體通史，作者司馬遷。❷課程　功課的進程。❸冷金箋　箋紙名。

【語譯】你三月的來信中給自己定的功課太多，太多了就肯定不能學得很專，萬萬不能這樣作。後來的信中說，你已經向陳季牧借了《史記》，這是一部不可不熟讀的史書。你既然在看《史記》，就絕不可同時再看其他的書。學習功課沒有固定的一成不變的法則，只是必須專一而已。我從前教導各位弟弟，常常給你們限定功課。近來發覺給別人限定功課的進程，往往會以難於做到的事去強求人家，如果他們不願意學習這些功課，即使天天遵照規定的進程去學習，也仍然沒有益處。所以，我近來教導弟弟的，只有一個「專」字而已。除了這個「專」字以外，我還有幾句話要教給弟弟，現在特意用冷金箋寫出來，你可以把它貼在座位右方，常常察看，並且謄鈔一幅寄給家中的三位弟弟。

香海言時文須學《東萊博議》❶，甚是。爾先須過筆圈點一遍，然後自選幾篇讀熟，即不讀❷亦可。無論何書，總須從首至尾通看一遍。不然，亂翻幾葉，摘鈔幾篇，而此書之大局精處茫然不知也。

【章旨】此章介紹學習八股文的方法。

【注釋】❶東萊博議　書名，宋呂祖謙撰。❷不讀　此言沒有讀熟。

【語譯】曾香海說作八股文要學《東萊博議》，這是很對的。你先要用筆圈點一遍，然後自己挑選幾篇熟讀，即使沒有讀熟也可以。無論是什麼書，總要從頭至尾通讀一遍。不如此，胡亂翻幾頁，隨意摘鈔幾篇，這部書的全貌和精華部分，就會茫然不知。

學詩從《中州集》❶入亦好，然吾意讀總集，不如讀專集。此事人人意見各殊，嗜好不同。吾之嗜好，於五古則喜讀《文選》❷，於七古則喜讀昌黎集，於五律則喜讀杜集❸，七律亦最喜杜詩，而苦不能步趨，故兼讀元遺山集❹。吾作詩最短於七律，他體皆有心得，惜京都無人可與暢語者。爾要學詩，先須看一家集，不要東翻西閱；先須學一體，不可各體同學。蓋明一體，則皆明也。凌笛舟最善為律詩，若在省，爾可就之求教。

【章　旨】此章言學詩當先讀一家集，先學一種體。

【注　釋】❶中州集　總集名。金代元好問編選。選錄金代二百四十九人的詩作，因作者多聚於中州（今河南一帶），故名。❷文選　總集名。南朝梁蕭統（昭明太子）編選，世稱《昭明文選》。為我國古代現存最早的詩文選集，是研究梁以前文學的重要參考資料。❸杜集　即《杜少陵集》。作者杜甫，字子美，自稱少陵野老。唐代大詩人。❹元遺山集　即《遺山集》。元遺山，名好問，字裕之，秀容（今山西忻縣）人。金代文學家。

【語　譯】學詩從《中州集》入門也好，但我的想法是讀總集不如讀專集。這件事，每個人的意見各有區別，愛好各有不同。我的愛好是，對於五言古詩，便喜歡讀《文選》，對於七言古詩，便喜歡讀韓昌黎的集子，對於五言律詩，則喜歡讀杜甫的詩集，七言律詩，也是最喜歡讀杜甫的，但苦惱的是不能學著做，所以也同時讀元遺山的詩集。我作詩，對於七言律詩最欠缺功夫，對於其餘各體，倒也都有些體會，遺憾的是，在京城沒有可以暢談的人。你要學習作詩，首先必須專讀一家的詩集，不要東翻西看；首先必須專學一種體裁，不可各種體裁同時兼學。因為明白了一種體裁以後，其他各種體裁就都明白了。凌笛舟最善於作律詩，如果他在省城，你便可以向他請教。

習字臨《千字文》❶亦可，但須有恆。每日臨帖一百字，萬萬無間斷，則數年必成書家矣。陳季牧最喜談字，且深思善悟。吾見其寄岱雲信，實能知寫字之法，可愛可畏，爾可從之切磋❷。此等好學之友，愈多愈好。

【章　旨】此章言習字之法。

【注　釋】❶千字文　帖名，蒙學課本。梁周興嗣撰。隋代開始流行。❷切磋　比喻學問方面的研究商討。

【語　譯】習字時臨摹《千字文》也可以，但必須有恆心。每天臨摹一百個字，切切不要間斷，幾年以後，就必定會成為書法家。陳季牧最喜歡談論寫字，而且思慮深入，善於領悟。我看過他寫給哥哥陳岱雲的信件，的確能懂得寫字的法度，令人喜愛，令人敬服，你可以跟他研討。這類好學的朋友，越多越好。

來信要我寄詩回南。余今年身體不甚壯健，不能用心，故作詩絕少，僅作〈感春詩〉七古五章。慷慨悲歌，自謂不讓陳臥子❶，而語太激烈，不敢示人。餘則僅作應酬詩數首，了❷無可觀。頃作〈寄賢弟詩〉二首，弟觀之以為何如？京筆現在無便可寄，總在秋間寄回。若無筆寫，暫向陳季牧借一支，後日還他可也。

兄國藩手草　六月初六日

（道光二十三年）

【章　旨】此章言自己的詩作情況。

【注　釋】❶陳臥子　名子龍，號大樽，松江華亭（今上海市松江）人。崇禎進士，南明抗清將領、文學家。

有《陳忠裕公全集》。❷了 全部；完全。

【語 譯】來信要我寄詩作回南方，我今年身體不大強健，不能多費腦筋，所以作詩極少，僅僅寫了五首七古〈感春詩〉。激昂慷慨，悲壯唱歎，自認為不亞於陳子龍，但是言語太激烈，不敢拿給別人看。其餘便只作了幾首應酬詩，完全沒有值得觀賞的地方。近來寫了一首〈寄賢弟詩〉，寄給你看看，你會認為怎麼樣？京城的毛筆現在沒有便當機會可以捎回，總能在秋天捎到。倘若沒有筆用，暫時向陳季牧借用一支，日後歸還給他就行了。

兄國藩手草 六月初六日

【說 明】年前，六弟曾溫甫曾經寫信給長兄曾國藩，要求走出家門，或進京師，或下省城，拜師求學。正月十七日，曾國藩覆信同意他的要求，建議他到長沙城南書院學習，答應付給學習費用，並出面向父親陳情，說諸弟志氣勃發，至為可喜，自己不敢再違拗他們的本意，恐傷兄弟和氣。六弟進城南之後，心情舒暢，立志奮發，寫信向長兄求教交友、拜師、尊長、作文、寫詩、習字諸事，曾國藩高興地寫了這封信，跟六弟一一商討。

曾國藩讚許六弟「於兄弟則直達其隱，父子祖孫間不得不曲致其情」的見解大有道理，認為這說明了當晚輩的在長輩面前說話，不但要有至誠的態度，而且有時還需要運用委婉曲折的方式，不能不顧長輩受得了或受不了，只圖自己痛快，怎麼想就怎麼說，並自悔二月十九日不該將四弟對父親有埋怨情緒、要求外出讀書的原信附寄回家，弄得四弟「受堂上之責」。

曾國藩贊成六弟提出的交友拜師的人選，並提出了交友拜師的原則：即「威儀可則、淳實宏通」者，宜尊為師，僅是「博雅能文」者，則可交為友。但無論於師於友，都應當常存尊重敬服之心，才能長久得到教益。

至於作八股文，曾國藩也贊成學習《東萊博議》，並指出要先通讀，而後選讀，跟讀其他書籍一樣，得弄清其全貌和精華處；習字，則贊成臨摹《千字文》，也指出不但必須持之以恆，而且要向行家請教習字之法。對於寫詩，曾國藩談得更為細緻。說自己對於五古，愛讀《文選》；對於七古，愛讀韓昌黎集；對於五律、七律，則愛讀杜甫詩集。要旨是認為讀總集不如讀專集，兼讀各家不如專讀一家，兼學諸體不如專學一體。總之，強調一個「專」字，一個「恆」字，再加「深思善悟」，這就是曾國藩談為學之道的精髓。

致澄弟溫弟沅弟季弟　五月十二日

四位老弟足下：

自三月十三日發信後，至今未寄一信。余於三月二十四日移寓前門內西邊碾兒胡同，與城外消息不通。四月間到摺差一次，余竟不知。迨既知，而摺差已去矣。惟四月十九歐陽小岑❶南歸，余寄衣箱銀物并信一件。四月二十四梁菉莊❷南歸，余寄書卷零物并信一件。兩信皆僅數語，至今想尚未到。四月十三黃仙垣南歸，余寄闈墨❸，并無書信，想亦未到。茲將三次所寄各物另開清單付回，待三人到時，家中照單查收可也。

【章　旨】此章通報三次託人捎帶銀物回家，希望家中照單查收。

【注　釋】❶歐陽小岑　名兆熊，字曉岑，又作筱岑，湖南湘潭人。善書法，工詩詞。有詩集行世。❷梁菉莊　名獻廷，湖南安化人。曾國藩同年進士。❸闈墨　每屆鄉試會試的試卷，由考官選定文字中式的，編刻成冊，叫做闈墨。

【語譯】四位老弟足下：

自從三月十三日給你們寄信以後，直到現在沒有再寄信。我於三月二十四日，遷居前門內西邊的碾兒胡同，跟城外消息不通。四月間送公文的差人到過京城一次，我竟然不知道。等到知道信息，摺差早已走了。只在四月十九日歐陽小岑回南方時，我託他捎回了衣箱銀兩等物，並附有一封信。四月二十四日，梁綦莊回南方，我託他捎回了書籍等零星物件，也附有一封信。兩封信都只有幾句話，估計現在還沒有到達。四月十三日，黃仙垣回南方，我託他捎回一批科考答卷，沒有書信，估計也沒有到達。現在我把三次託人帶回的各種物件，另開一張清單寄回，等待他們三人到達時，家中就可以照清單查收。

內城現住房共二十八間，每月房租京錢叁拾串❶，極為寬敞。馮樹堂、郭筠仙所住房屋皆清潔。甲三❷於三月二十四日上學，天分不高不低，現已讀四十天，讀至「自修齊，至平治」❸矣。因其年太小，故不加嚴，已讀者字皆能認。兩女皆平安，陳岱雲之子在余家亦甚好。內人身子如常，現又有喜❹，大約九月可生。

余體氣較去年略好，近因應酬太繁，天氣漸熱，又有耳鳴之病。今年應酬較往年更增數倍。第一為人寫對聯條幅，合四川、湖南兩省求書者幾日不暇給❺。第二公車❻來借錢者甚多，無論有借無借，多借少借，皆須婉言款待。第三則請酒拜客及會館公事。第四則接見門生❼，頗費精神。又加以散館❽、殿試❾則代人料理，考差則自己料理，諸事冗雜，遂無暇讀書矣。

【章旨】此章言京寓諸人近況以及自己應酬的繁雜情形。

【注釋】❶叁拾串　即三十貫。千文為貫，或稱串。❷甲三　曾紀澤的乳名。❸自修齊二句　宋人所編蒙學讀本《三字經》中語。修齊平治，即修身、齊家、治國、平天下。❹有喜　指懷孕。湘中方言。❺日不暇給　事務繁多，時間不夠支配。❻公車　漢以公家車馬遞送應舉的人，後因以「公車」為舉人入京應試的代稱。❼門生　科舉及第者對主考官自稱門生。❽散館　翰林院庶吉士進修三年後，所舉行的甄拔考核，稱為散館。❾殿試　又稱廷試，是皇帝對會試取錄的貢士，在殿廷上親發策問的考試。

【語譯】我現住的內城，共有二十八個房間，每月的租金，是京錢三十串，非常寬敞。馮樹堂和郭筠仙所住的房屋，都很清潔。甲三已於三月二十四日開始上學，天資不高也不低，現在已經讀了四十天，《三字經》讀到「自修齊，至平治」了。因為他的年齡太小，所以對他要求不嚴，已經讀過的字都能認得。兩個女兒都平安，陳岱雲的兒子住在我家，也還很好。妻子身體正常，現在又懷孕了，大約九月會生。

我的身體，比去年稍微要好一些，近來因為應酬太多，天氣漸漸變熱，又有耳鳴的毛病。今年的應酬比起往年，又增加了好幾倍。第一是給別人寫對聯條幅，四川和湖南兩省，合起來要我寫字的人幾乎應接不暇。第二是進京考試的舉人，來向我借錢的很多，不論有借無借，借多借少，都必須婉言對待。第三是請酒宴、拜會客人及長郡會館的事務。第四是會見門生，也很費精神。再加上散館和殿試時，要替別人料理，考差事時，要替自己料理，各種事務十分繁雜，也就沒有時間讀書了。

三月二十八大挑甲午科❶，共挑知縣四人，教官十九人，其全單已於梁菉莊所帶信內寄回。四月初八日發會試❷榜，湖南中七人，四川中八人，去年門生中二人，另有《題名錄》❸附寄。十二日新進士復試，十四發一等二十一名，另有單附寄。十六日考差，余在場，二文一詩，皆妥當無弊病，寫亦無錯落，茲將詩稿寄回。十八日散館，一等十九名。本家心齋取一等十二名，陳啟邁❹取二等第三名，二人俱留館。徐棻因詩內「皴」字誤寫「皺」字，改作知縣，良可惜也。二十二日散館者引見，二十六七兩日考差者引見。二十八日新進士朝考，三十日發全單附回。二十一日新進士殿試，二十四日點狀元，全榜附回。五月初四五兩日新進士引見。初一日，放雲貴試差。初二日，欽派大教習二人。初六日，奏派小教習六人，余亦與焉。

初十日奉上諭，翰林侍讀❺以下，詹事府洗馬❻以下，自十六日起每日召見二員。余名次第六，大約十八日可以召見。從前無逐日分見翰詹之例，自道光十五年始一舉行，足徵聖上勤政求才之意。十八年亦如之，今年又如之。此次召見，則今年放差大半，奏對稱旨者居其半，詩文高取者居其半也。

【章旨】此章言朝廷舉行多項考試及錄用人才的情況。

【注釋】❶大挑甲午科　乾隆以後定制，三科以上會試不中的舉人，挑選其中一等的任為知縣，二等的任以教職，六年舉行一次，名為大挑。甲午科，指道光十四年參加會試者。❷會試　明清時每三年一次，在京城舉行的考試，各省舉人皆可參加。考中者稱貢士。❸題名錄　即《登科錄》，科舉中登第人員的記錄。詳載鄉試、會試中式人數、姓名、籍貫、年歲，以及考官以下官職姓名，並三場題目。❹陳啟邁　字竹伯，湖南人。道光年間進士，歷官廣西左江道、江西巡撫等職。❺侍讀　官名。掌講讀經史等事。❻洗馬　官名。亦作先馬，為東宮官屬，職如謁者，太子出則為前導。清代不設太子官屬，但仍存此名，備作翰林官升轉用。

【語　譯】三月二十八日，朝廷召集道光十四年參加會試未中的舉人進行大挑，共選拔知縣四人，教官十九人，全部人員的名單，已經附在梁葊莊所帶的信中帶回。四月初八日，發布了會試榜，湖南考中七人，四川考中八人，去年我在四川的門生考中二人，另外有《題名錄》附寄給你們。十二日新進士舉行了復試，十四日發榜，獲得一等者二十一名，另外有名單附寄。十六日考差事，我到場應試，作了兩篇文章一首詩，都作得穩妥而沒出毛病，字也寫得沒有什麼失誤，現將詩稿寄回給你們。十八日散館考試，共錄取為一等的，有十九名，曾心齋被錄取為一等第十二名，陳啟邁被錄取為二等第三名，兩位都留在庶常館中。徐棻因為詩中的「皺」字誤寫成了「皺」字，被改任為知縣，確實可惜。二十二日，是在庶常館學習期滿者拜見皇上，二十六、二十七兩日，是參加考差事者拜見皇上。二十八日，是新進士參加殿廷考試，三十日發榜公布考試結果，現將全部名單寄給你們。二十一日，新進士參加殿試，二十四日確定狀元，也將全榜名單寄給你們。五月初四初五兩天，新進士拜見皇上。初一日，朝廷委任了雲南貴州的主考官。初二日，皇上親自委派了大教習二名。初六日，朝廷奏請皇上、批准並委派了小教習六名，我也在其中。

初十日，接到皇上的諭旨，翰林院侍讀以下、詹事府洗馬以下的官員，從十六日開始，皇上每天召見二人。我的名字排在第六，大約在十八日可以受到召見。以前沒有皇上逐日分別召見翰林和會事的先例，從道光十五年才開始舉行，足以證明皇上勤勉治政、廣求人才的心意。道光十八年，也舉行過一次，今年又是如此。這次召見以後，今年將會有一大半人員得到委任。其中回答策問使皇上感到滿意的人，將占半數，因為詩文寫得好、得分高而被錄取的，也將占到半數。

五月十一日接到四月十三家信，內四弟、六弟各文二首，九弟、季弟各文一首。四弟東皐❶課文甚潔淨，詩亦穩妥。〈則何以哉〉一篇亦清順有法，第詞句多不圓足，筆亦平沓❷不超脫。平沓最為文家所忌，宜力求痛改此病。六弟筆氣爽利，近亦漸就範圍。然詞意平庸，無才氣崢嶸❸之處，非吾意中之溫甫也。如六弟之天姿不凡，此時作文，當求議論縱橫，才氣奔放，作為如火如荼❹之文，將來庶有成就。不然一挑半剔，意淺調卑，即使獲售❺，亦當自慚其文之淺薄不堪。若其不售，則又兩失之矣。今年從羅羅山❻遊，不知羅山意見如何。吾謂六弟今年入泮❼固妙，萬一不入，則當盡棄前功，壹志從事於先輩大家之文。年過二十，不為少矣，若再扶牆摩壁，役役於考卷截搭❽下題之中，將來時過而業仍不精，必有悔恨於失計者，不可不早圖也。余當日實見不到此，幸而早得科名，未受其害。嚮使至今未嘗入泮，則數十年從事於吊渡映帶❾之間，仍然一無所得，豈不靦顏❿也哉！此中誤人終身多矣。溫甫以世家⓫之子弟，負過人之姿質，即使終不入泮，尚不至於飢餓，奈何亦以考卷誤終身也？九弟要余改文詳批，余實不善改小考文，當請曹西垣代改，下次摺弁付回。季弟文氣清爽異常，喜出望外；意亦層出不窮。以後務求才情橫溢，氣勢充暢，切不可挑剔敷衍，安於庸陋。勉之勉之，初基不可不大也。書法亦有褚字⓬筆意，尤為可喜。總之，吾所望於諸弟者，不在科名之有無，第一則孝弟為端，其次則文章不朽。諸弟若果能自立，當務其大者遠者，毋徒汲汲於進學也。

馮樹堂、郭筠仙在寓看書作文，功無間斷。陳季牧日日習字，亦可畏也。四川門生留京約二十人，用功者頗多。餘不盡書。

兄國藩草　五月十二日

（道光二十四年）

【章　旨】此章言作文當求議論縱橫，才氣奔放；為學當求力行孝悌，文章不朽，而不在科名之有無。

【注　釋】❶東皋　泛指田野。❷平沓　文意平淡，語句煩瑣重複。❸崢嶸　高峻、突出貌。❹如火如荼　形容氣勢蓬勃旺盛。❺獲售　指科舉考試得中。❻羅羅山　字仲岳，號澤南，湖南湘鄉人。精於理學。著有《周易附說》等。❼入泮　入學；進學。學校稱為泮宮。明清時，凡州、縣考試新進生員，須入學宮拜謁孔子像，因稱入學為「入泮」或「遊泮」。❽截搭　八股題中的名稱。❾吊渡映帶　八股文的寫作術語。❿靦顏　害羞；臉紅。⓫世家　享有祿秩之家，即謂做官人家。⓬褚字　褚遂良，字登善，錢塘（今浙江杭州）人。唐代書法家，工楷隸，後人稱其字為褚字。

【語　譯】五月十一日，我接到四月十三日寄來的家信，其中有四弟和六弟的文章各兩篇，九弟和季弟的文章各一篇。四弟描寫田野風光的習作，文筆非常潔淨，詩也作得穩妥。〈則何以哉〉一篇，寫得清麗通順而有法度，但是用詞遣句，多有不圓通的地方，文筆也平淡重複而不高超脫俗。文筆平淡重複，是作文者的最大忌諱，應當力求痛改這個弊病。六弟的文筆爽利，近來也逐漸能合於規矩。但是遣詞命意，都很平庸，沒有才氣出眾的地方，不是我心意中的溫甫。像六弟這樣不平凡的資質，這時候的文章，應當力求議論無拘無束，才氣蓬勃橫逸，寫出如火如荼的篇章來，將來也許會有成就。不然的話，只能在細節上尋找毛病，立意浮淺，格調低微，即使得到了科名，也會要羞愧自己的文章淺薄不堪。倘若文章換取不到科名，那就更是兩頭都失塌了。六弟今年跟從羅羅山學習，不知道羅山的意見如何。我認為六弟今年能夠考取生員固然很好，萬一沒能考取，便應當拋棄以前準備參加科舉考試的那些學業，一心一意轉向攻讀先輩大家的文章。年齡已過二十，不算小了，倘若再依傍他人，亦步亦趨，終日勞苦不休地埋頭於猜測考卷的八股文題之類，將來時光已過，而學業仍然不能精進，必然會悔恨自己當初打錯了主意，因而不可不早作謀劃。我當時也確實沒有看到這一點，幸虧較早地獲得了科名，沒有遭受這番損害。假使我至今還沒有考取生員，那麼，幾十年埋頭於鑽研八股試帖的起承轉合，仍然是毫無所獲，難道不會羞愧嗎？這條求取科名的路途中，誤人終身的事多著呢。溫甫作為一個官家子弟，具有超出常人的天資，即使終身不進州縣學堂，也還不至於忍飢挨餓，為什麼也要因為埋頭於八股文考卷堆中而貽誤終身呢？九弟要我詳細批改作文，我確實不善於批改應試縣考的文章，將請曹西垣代為批改，下次由送公文的差人捎回。季弟的文章，氣韻異常清爽，使我喜出望外，季弟文章的命意，也層出不窮。以後務必要力求才情橫溢，氣勢充盈暢達，切不可只求在細節方面將就應付，滿足於平庸淺陋。努力努力，開始的基礎不能不打得牢固廣大。季弟的書法，也有褚字的意味，尤其令人高興。總之，我對於各位弟弟的期望，不在於有沒有獲得科舉功名，而在於第一要從孝悌方面爭先，其次要使文章永不磨滅。各位弟弟，倘若真能自求建樹，就應當追求重大而長遠的目標，不能只是急切地希望考上一個秀才。

馮樹堂和郭筠仙，住在我這裡讀書寫文章，用功從不間斷。陳季牧天天練字，也很值得敬佩。

我在四川錄取的門生，留在京城的約有二十人，用功的很多。其餘情況，不全寫了。

兄國藩草　五月十二日

【說　明】這封家信，重點是談弟弟們的學業問題。曾國藩首先肯定了弟弟們在詩文習作方面的進步：語言潔淨，文筆爽利，謀篇清順有法，已入作文範圍。接著，便指出了存在的缺陷：詞意平庸，筆力平沓。而這類弊病，最為文家忌諱。曾國藩認為，寫文章應當向先輩大家學習，力求議論縱橫，才情奔放，氣勢如火如荼。這樣，即使科名不利，文章也可以傳之不朽。

與此緊密相聯的是，曾國藩還明確指出，科舉考試，雖然能予人功名，但也往往使讀書人一生「役役於考卷截搭卜題之中」，「數十年從事於吊渡映帶之關，仍然一無所得」，到頭來反而戕害靈性，讓人扶牆摩壁，亦步亦趨之外，別無他技，「此中誤人終身多矣」。因而他鄭重告誡四位弟弟：我所期望於你們的，不在科名之有無，第一要以孝悌為端，第二要求文章不朽。你們假如真能自求建樹，就應當追求重大而長遠的目標，不能只是終日奔忙在求取科名的途徑之中，弄得時光流逝、學業不精，而貽誤了終身。

這些，正是曾國藩二十四歲考中舉人，跨出湖南，步入京都，在良師益友的啟迪下，由時文而入於古文，由文學而進於知道的切身體悟之語。

致澄弟溫弟沅弟季弟　十月二十一日

四位老弟足下：

前次回信內有四弟詩，想已收到。九月家信有送率五詩五首❶，想已閱過。

【章旨】此章詢問兩次所寄詩篇的收讀情況。

【注釋】❶送率五詩五首　嶽麓書社一九八六年版《曾國藩全集．詩文》題作〈送妹夫王五歸五首〉。率五，王待聘，曾國蕙的丈夫。

【語譯】四位老弟足下：

前一次寄回的信中，附有四弟的詩篇，想必你們已經收到。九月寄回的家信中，附有送給王率五的五首詩，估計你們也已經看過了。

吾人為學最要虛心。嘗見朋友中有美材者，往往恃才傲物❶，動謂人不如己。見鄉墨❷則罵鄉墨不通，見會墨❸則罵會墨不通，既罵房官❹，又罵主考，未入學者則罵學院。平心而論，己之所為詩文，實亦無勝人之處；不特無勝人之處，而且有不堪對人之處。只為不肯反求諸己，便都見得人家不是，既罵考官，又罵同考而先得者。傲氣既長，終不進功，所以潦倒一生而無寸進也。

【章　旨】此章言為學最要虛心，恃才傲物者，縱有美材，也終將潦倒一生而無寸進。

【注　釋】❶物　眾人；群眾。❷鄉墨　指鄉試中式的墨卷。❸會墨　指會試中式的墨卷。❹房官　指幫助評閱試卷的同考官。

【語　譯】我們讀書學習，最要虛心。我曾經見過朋友中有資質很好的人，往往仗著自己的才華傲視他人，動輒就說別人不如自己。見到鄉試的詩文，就罵鄉試的詩文不通，見到會試的詩文，就罵會試的詩文不通；既罵房考官，又罵主考官；沒有進學的，就罵學臺。平心靜氣而言，他自己所作的詩文，實在也沒有勝過別人的地方；不只是沒有勝過別人的地方，而且還有不堪跟別人匹敵的地方。只因為他不願意反過來責求自己，便總看成是別人的不對，既罵考官，又罵和自己一道參加考試而先獲得功名的人。傲氣既滋長，終日不肯進取用功，所以一生失意而沒有絲毫進步。

余平生科名極為順遂，惟小考七次始售❶。然每次不進，未嘗敢出一怨言，但深愧自己試場之詩文太醜而已。至今思之，如芒在背❷。當時之不敢怨言，諸弟問父親、叔父及朱堯階便知。蓋場屋❸之中，祗有文醜而僥倖者，斷無文佳而埋沒者，此一定之理也。

【章旨】此章言自己小考七次不售而無怨言的緣由。

【注釋】❶售　指科考及第。今謂考取、考中。❷如芒在背　好比芒刺在背。形容畏忌不安。❸場屋　特指科舉時考試士子的地方，言在廣場中為屋。也稱科場。

【語譯】我這一生，在科舉功名方面十分順利，只是參加縣考，七次才考取。然而每次落榜後，從來沒有敢發一句牢騷，只是深深地慚愧自己在考場上作的詩文太醜陋而已。直到今天，回想起來，也還是好像芒刺在背。當時不敢發怨言的情形，弟弟們問一問父親、叔父和朱堯階就知道了。在科場之中，只有詩文醜陋而僥倖中榜的人，決沒有詩文俱妙而被埋沒的人，這是必然的道理。

三房❶十四叔非不勤讀，只為傲氣太勝，自滿自足，遂不能有所成。京城之中，亦多有自滿之人，識者見之，發一冷笑而已。又有當名士❷

者，鄙科名為糞土❸，或好作詩古，或好講考據，或好談理學，囂囂然❹自以為壓倒一切矣。自識者觀之，彼其所造，曾無幾何，亦足發一冷笑而已。故吾人用功，力除傲氣，力戒自滿，毋為人所冷笑，乃有進步也。

【章　旨】此章言力除傲氣，力戒自滿，學業方能有所進步。

【注　釋】❶房　此指家族的分支。❷名士　此指恃才放達，不拘小節的人。❸糞土　穢土，比喻惡劣鄙賤的事物。❹囂囂然　傲慢貌。

【語　譯】三房的十四叔讀書，並非不勤奮，只是因為傲氣太重，自我滿足，因而不能有所成就。京城裡，也有一些自滿的人，有學識的人見了他們，只是發一聲冷笑而已。又有一些作為名士的人，鄙視科舉功名，把功名看成糞土一般，有的好作詩和古文，有的好講考據，有的好談理學，傲氣十足地自以為可以壓倒一切。在有學識的人看來，他們的造詣並沒有多少，也只能供別人發一聲冷笑而已。所以，我們用功學習時，要努力掃除傲氣，要努力戒止自滿，不要被別人冷笑，才會有所進步。

諸弟平日皆恂恂❶退讓，第累年小試不售，恐因憤激之久，致生驕惰之氣，故特作書戒之，務望細思吾言而深省焉。幸甚❷幸甚。

國藩手草　十月二十一日

（道光二十四年）

【章　旨】此章言寫這封信的用意，在於勸導諸弟戒除驕惰氣習。

【注　釋】❶恂恂　謙恭謹慎貌。❷幸甚　書信中習用語，表示殷切希望之意。

【語　譯】弟弟們平日都謙恭謹慎，溫和禮讓，但連年以來，參加縣試都沒有實現願望，我擔心你們會因為長期心情憤激而導致產生驕傲懶惰的習氣，所以，特意寫了這封信告誡你們，希望你們務必要仔細地思考我的話，而深刻地加以檢點，這正是我殷切希望的。

國藩手草　十月二十一日

【說　明】這封「與弟書」，主旨在告誡諸弟務必掃除傲氣，力戒自滿，才能有所進步。

曾國藩談了自己的經歷，說自己在科名方面，雖然頗為順利，但起步時並不如意，從十四歲開始應童子試，歷經七次，直到二十三歲，才考入縣學。即使如此，自己也從不敢發一句怨言，而總是自愧功夫未到，詩文太醜。曾國藩也談了自己的見聞，說曾經見到過一些朋友，確有美材，但因為恃才傲物，而牢騷滿腹，不善於反思，終於一生潦倒而無寸進。

總之，在曾國藩看來，人生途中，時有利與不利，但欲求進取，任何時候，都必須勤奮謙遜，不自滿足，才有可能達到預期的目的。

致澄弟溫弟沅弟季弟　十一月二十一日

四位老弟足下：

前月寄信，想已接到。余蒙祖宗遺澤、祖父教訓，幸得科名，內顧無所憂，外遇無不如意，一無所觖❶矣。所望者再得諸弟強立，同心一力，何患令名之不顯？何患家運之不興？欲別立課程，多講規條，使諸弟遵而行之，又恐諸弟習見而生厭心；欲默默而不言，又非長兄督責之道。是以往年常示諸弟以課程，近來則只教以「有恆」二字。所望於諸弟者，但將諸弟每月功課寫明告我，則我心大慰矣。乃諸弟每次寫信，從不將自己之業寫明，乃好言家事及京中諸事。此時家中重慶❷，外事又有我料理，諸弟一概不管可也。以後寫信，但將每月作詩幾首，作文幾首，看書幾卷，詳細告我，則我歡喜無量。諸弟或能為科名中人，或能為學問中人，其為父母之令子一也，我之歡喜一也。慎弗以科名稍遲，而遂謂無可自力也。如霞仙❸今日之身份，則比等閒之秀才高矣。若學問愈進，身份愈高，則等閒之舉人、進士又不足論矣。

【章　旨】此章囑咐諸弟宜將每月功課的進展情況示知。

【注　釋】❶觖　不滿意。❷重慶　此指祖父母和父母雙雙健在。❸霞仙　劉蓉，字孟容，湖南湘鄉人。官至四川布政使、陝西巡撫。著有《思辨錄疑義》等。

【語　譯】四位老弟足下：

上個月我寄給你們的信，想必已經收到。我承蒙祖宗遺留下來的恩澤和祖父及父親的教導，幸運地獲得了科舉功名，內顧前程，沒有什麼擔憂，與外間交往，也沒有什麼不如意，完全沒有不滿足的了。我所期望的是，再得到各位弟弟的自強自立，同心協力，哪裡還用擔心美名不能顯耀？哪裡還用擔心家運不會興旺呢？我想要給你們另外訂立學習進度，多講一些規矩要求，使你們遵照施行，又怕你們見慣了這些而產生厭倦心理；想要默不作聲，又不合乎長兄應當督責弟弟們不斷長進的原則。因此，往年我常給你們規定課程，近來就只教以「有恆」這兩個字。我盼望各位弟弟的是，只要把你們每月自己所做的功課在信中寫明告訴我，那麼，我的心裡就特別欣慰了。但你們每次寫信來，從不把自己的學業情況寫明白，卻喜歡談論家事以及京城的一些事。現在家中有祖父輩和父輩健在，外面的事情又有我料理，你們一概不管，也是可以的。你們以後給我寫信時，只要把自己每月寫了幾首詩，作了幾篇文章，看了幾卷書，詳細地告訴我，我就高興得無法形容了。各位弟弟或者能成為科舉功名中的人物，或者能成為學問中的人物，這都同樣是父母的好兒子，也都同樣令我歡喜。切不要因為科舉功名來得稍微遲了一些，就認為沒有辦法盡自己的力量了。像劉霞仙今天的身分地位，就比尋常的秀才還要高。倘若他的學問更進一步，身分地位也就會更高一層。那麼，尋常的舉人和進士，又不值得提了。

學問之道無窮，而總以有恆為主。兄往年極無恆，近年略好，而猶未純熟。自七月初一起，至今則無一日間斷。每日臨帖百字，鈔書百字，看書少亦須滿二十頁，多則不論。自七月起，至今已看過《王荊公❶文集》百卷，《歸震川❷文集》四十卷，《詩經大全》二十卷，《後漢書》百卷，皆朱筆加圈批。雖極忙，亦須了本日功課，不以昨日耽擱而今日補做，不以明日有事而今日預做。諸弟若能有恆如此，則雖四弟中等之資，亦當有所成就，況六弟、九弟上等之資乎？

【章旨】此章介紹自己堅持學習的具體作法。

【注釋】❶王荊公　即王安石，字介甫。北宋政治家、文學家，神宗時為相，封荊國公，故世稱荊公。❷歸震川　即歸有光，字熙甫，號震川，昆山（今屬江蘇）人。明代散文家，學者稱為震川先生。

【語譯】鑽研學問的方法是無窮的，但是總要以有恆心為主。我往年極沒有恆心，近年來稍微好了一些，然而還沒有達到爐火純青的境地。自從七月初一開始，直到今日，沒有間斷過一天。我每天要臨摹字帖寫一百個字，鈔書一百個字，看書至少也要滿二十頁，多則不限定。從七月開始到今天，我已經看完《王荊公文集》一百卷，《歸震川文集》四十卷，《詩經大全》二十卷，《後漢書》一百卷，都用紅筆作了圈點。即使非常忙碌，也要做完當日的功課，不因為昨天耽誤而今天補做，也不因為明天有事而今天先做。各位弟弟倘若能像這樣有恆心，那麼，即使是四弟這樣的中等天資，也應該會有所成就，何況是六弟、九弟那樣的上等天資呢？

明年肄業❶之所，不知已有定否。或在家，或在外，無不可者。謂在家不可用功，此巧於卸責者也。吾今在京，日日事務紛冗，而猶可以不間斷，況家中萬萬不及此間之紛冗乎？樹堂、筠仙自十月起，每十日作文一首，每日看書十五頁，亦極有恆。諸弟試將朱子《綱目》過筆圈點，定以有恆，不過數月即圈完矣。若看注疏，每經亦不過數月即完。切勿以家中有事而間斷看書之課，又弗以考試將近而間斷看書之課。雖走路之日，到店亦可看；考試之日，出場亦可看也。

兄日夜懸望，獨此「有恆」二字告諸弟，伏願諸弟刻刻留心。幸甚幸甚。

兄國藩手草　十一月二十一日

（道光二十四年）

【章旨】此章囑咐諸弟要有恆心，不要間斷看書的進程。

【注釋】❶肄業　此指修習學業。

【語譯】明年學習的地方，不知道你們已經確定了沒有。或是在家，或是在外，都沒有什麼不可以。說在家不便於用功，這是巧妙地推卸責任。我如今在京城，每天的事務，都是紛繁雜亂，但仍然可以不間斷學業，何況家中的事務，萬萬比不上我這裡繁雜呢？馮樹堂和郭筠仙從十月開始，每隔十天寫一篇文章，每天讀十五頁書，也都很有恆心。你們試著把朱熹的《通鑑綱目》用筆圈點一遍，制定一個恆常不變的日程，用不了幾個月就可以完成。假如是看注疏，每部經書也不過幾個月就可以看完。切不要因為家中有事，便間斷看書的進程，也不要因為考試臨近，便間斷看書的進程。即使是在應考趕路的時日，到了旅店也可以看書；在考試的時日，出了考場也可以看書。

我日夜牽掛盼望，只拿這「有恆」二字告訴各位弟弟，唯願你們時時注意。這是我殷切盼望的。

兄國藩手草　十一月二十一日

【說　明】曾國藩欲盡兄長之道，督責諸弟，所堅持的辦法有二：一是言教，一是身教。

在這封信中，他說：求學的門道很多，但總須以有恆為主。諸弟若能有恆心，即使像四弟這樣的中等資質，也必能有所成就；六弟和九弟有上等資質，自然更不待言。不論是成為科舉功名中的人物，還是成為學問中的人物，都一樣有出息，一樣是父母的好兒子。切不可因為科名來得稍遲一些，而放棄了自己應作的努力。這種諄諄教誨，就是很有說服力的「言教」。

在這封信中，他引自身的行事為例，說明學問的得來，就是獲益於「有恆」二字。例如從七月開始到現在，就讀書而言，他已經讀完《王荊公文集》、《歸震川文集》、《詩經大全》、《後漢書》，共計二百六十卷。無論怎樣忙，每天至少要讀二十頁，從不間斷。此外，每天還要臨帖一百字，鈔書一百字，也是按日完成。這種現身說法，就是很有影響力的「身教」。

如此言教身教雙管齊下，作用自應不同尋常。

致澄弟溫弟沅弟季弟

二月初一日

四位老弟足下：

去年十二月二十二日寄去書函，諒已收到。頃接四弟信，謂前信小注中誤寫二字。其詩比即付還，今亦忘其所誤謂何矣。

【章　旨】此章言寄發書函與收閱來信的情況。

【語　譯】四位老弟足下：

去年十二月二十二日，我寄發的信件，想必已經收到。不久前，接到四弟的來信，說前次書函的小字注釋中，寫錯了兩個字。所注釋的那首詩，當即已經寄回家中，如今也忘記寫錯的是指哪兩個字了。

諸弟寫信總云倉忙，六弟去年曾言城南寄信之難，每次至撫院賚奏廳❶打聽云云，是何其蠢也！靜坐書院三百六十日，日日皆可寫信，何必打聽摺差行期而後動筆哉？或送至提塘❷，或送至岱雲家，皆萬無一失，何必問了無關涉之賫奏廳哉？若弟等倉忙，則兄之倉忙殆過十倍，將終歲無一字寄家矣。

【章旨】此章批評諸弟「倉忙」之說。

【注釋】❶撫院賫奏廳　撫臺衙門中辦理摺奏的處所。❷提塘　各省駐京負責傳遞本省文書的武官。

【語譯】你們寫信總是說事務繁忙，六弟去年還曾說在城南書院寄信很困難，每次要到巡撫衙門的賫奏廳去打聽信息等等，這是多麼愚蠢啊！一年三百六十日，整天靜坐在書院裡，天天都可以寫信，何必要打聽到送公文的差人的出發日期，然後才能動筆呢？或者把信送到提塘家，或者把信送到陳岱雲家，都會萬無一失，何必去問完全沒有關係的賫奏廳呢？若說弟弟們繁忙，那麼我的繁忙，大概要超過你們十倍，就會全年也沒有一個字寄回家裡了。

〈送王五詩〉第二首❶，弟不能解，數千里致書來問，此極虛心，余得信甚喜。若事事勤思善問，何患不一日千里？茲另紙寫明寄回。家塾讀書，余明知非諸弟所甚願，然近處實無名師可從。省城如陳堯農、羅羅山皆可謂明師，而六弟、九弟又不善求益；且住省二年，詩文與字皆無大長進。如今我雖欲再言，堂上大人亦必不肯聽。不如安分耐煩，寂處里閭❷，無師無友，挺然特立，作第一等人物。此則我之所期於諸弟者也。昔婺源❸汪雙池先生一貧如洗，三十以前在窯上為人傭工❹畫碗，三十以後讀書，訓蒙❺到老，終身不應科舉。卒著書百餘卷，為本朝有數名儒。彼何嘗有師友哉？又何嘗出里閭哉？余所望於諸弟者，如是而已，然總不出乎「立志」「有恆」四字之外也。

【章旨】此章勉勵諸弟立志有恆，安心自學，爭取作第一等人物。

【注釋】❶送王五詩第二首　原題為〈送妹夫王五歸五首〉，第二首云：飄然棄我即山林，野服黃冠抵萬金。滾滾污塵得少闢，茫茫歧路一長吟。梁鴻旅食妻孥共，蘇季貧歸憂患深。東去大江蘆荻老，皇天颯颯正秋霖。❷里閭　鄉里；鄉村。❸婺源　縣名，今屬江西。❹傭工　出賣勞力；打工。傭，受人僱用。❺訓蒙　俗稱教訓幼童。

【語譯】〈送王五詩〉第二首，弟弟不能理解，數千里路程，寫信來問，這是很虛心的，我收讀來信之後十分高興。倘若事事勤於思考，善於發問，何必擔心不會一日千里地前進？現在我將解釋另外寫明寄回。在家塾讀書，我很清楚你們不很願意，然而近處實在沒有名師可以跟從。省城裡像陳堯農、羅羅山，都可以稱得上是賢明的老師，但六弟和九弟，又不善於獲取教益；況且在省城住了兩年，寫詩、作文和書法，都沒有多大長進。如今我即使想再進言讓你們到省城讀書，家中各位大人也一定不會答應。不如安於現有條件，克制煩躁情緒，靜靜地待在家塾，即使沒有良師的教誨，沒有益友的切磋，也可以挺拔傑出，成為第一流人才。這就是我對弟弟們的期望。從前婺源縣的汪雙池先生，家境貧窮，一無所有，三十歲以前，在瓷窯廠給別人當僱工畫碗，三十歲以後才讀書，教習幼童，一直到老，終身沒有參加科舉考試。最終著書一百多卷，成為當代極為難得的有名學者。他哪裡曾經有過良師益友呢？又哪裡曾經離開過本鄉本土呢？我對於你們所期望的，如此而已，總是不會超出「立志」「有恆」四個字之外。

買筆付回，刻下實無妙便，須公車歸乃可帶回。大約府試院試可得用，縣試則趕不到也。諸弟在家作文，若能按月付至京，則余請樹堂看。隨到隨改，不過兩月，家中又可收到。書不詳盡，餘俟續具。

兄國藩手草　二月初一日

（道光二十五年）

以後繼續陳述。

【章　旨】此章答應付筆及批改詩文等事。

【語　譯】買筆捎回，眼下確實沒有好機會，要等參加會試的舉人南歸時才能帶回。大約府試和院試時可以用得著，縣試就趕不上了。你們在家寫的詩文，倘若能夠按月捎到京城，那麼，我就請馮樹堂批閱。可以隨到隨改，不超過兩個月，家中又可以收到。信寫得不詳盡，其餘的事情且待以後繼續陳述。

兄國藩手草　二月初一日

【說　明】這封與弟書，曾文正藉弟弟來信問詩一事，熱情地讚揚了他們的虛心好學精神，並進一步鼓勵他們：「若事事勤思善問，何患不一日千里？」因其勢而利導之，是一種很科學的教育方法，曾國藩深知此道，往往用之。

幾位弟弟嫌棄鄉間師友條件不好，不樂意在家塾讀書。因為國華和國荃曾在省城城南書院讀了兩年，詩文書法也未見多大進步，所以曾國藩勸導他們安於現有條件，克服煩悶情緒，靜心靜意在家塾用功，即使沒有良師益友，也可以挺拔傑出，成為第一流的人才。並舉婺源縣的汪雙池的自學有成事跡為例，告誡諸弟：成才的關鍵不在於外界條件，而在於「立志」「有恆」四字而已。

諭紀澤　十月初二日

字諭❶紀澤兒：

胡二等來，接爾安稟，字畫尚未長進。爾今年十八歲，齒已漸長，而學業未見其益。陳岱雲姻伯之子號杏生者，今年入學，學院批其詩冠❷通場。渠❸係戊戌二月所生，比爾僅長一歲，以其無父無母家漸清貧，遂爾勤苦好學，少年成名。爾幸托祖父餘蔭，衣食豐適，寬然無慮，遂爾酣豢❹佚❺樂，不復以讀書立身為事。古人云：勞則善心生，佚則淫心生；孟子❻云：生於憂患，死於安樂；吾慮爾之過於佚也。

【章旨】此章批評紀澤貪圖安逸，學業沒有長進。

【注釋】❶諭　上告下的通稱。紀澤，字劼剛，號夢瞻，排行甲三。駐英、法、俄使臣。襲侯爵，謚惠敏。❷冠　位居第一。❸渠　他。❹豢　本言餵養，此指吃喝。❺佚　通「逸」。安閒；逸樂。❻孟子　名軻，字子輿，鄒（今山東鄒縣）人。戰國時思想家、政治家、教育家。

【語譯】字諭紀澤兒：

胡二等人到來時，我接到了你稟告平安的來信，看到你的字，筆畫沒有長進。你今年十八歲，年齡已經漸漸增長，學業卻沒有看到明顯的長進。陳岱雲姻伯的兒子名叫杏生的，今年考上了生員，提督學政評價他的詩，在整個考場中算第一位。他是道光十八年二月出生，比你只大一歲，因為他無父無母，家中逐漸貧寒，於是勤學苦讀，少年成名。你幸運地承蒙祖父留下的福澤，衣食豐足，舒適安閒，無憂無愁，因而沉溺於吃喝安樂的生活，不再把讀書成名當作一回事。古人說：勤勞就會形成善良的思想，安逸就會萌發邪惡的念頭。孟子說：憂患能使人生存，安樂能致人死地。我擔心你是過於安樂了。

新婦初來，宜教之入廚作羹，勤於紡績，不宜因其為富貴子女不事操作。大、二、三諸女已能做大鞋否？三姑一嫂，每年做鞋一雙寄余，各表孝敬之忱，各爭針黹❶之工；所織之布，所寄衣襪等件❷，余亦得察閨門以內之勤惰也。

【章旨】此章叮囑新婦要學會紡紗、績麻和做針線工夫。

【注釋】❶針黹　指縫紉、刺繡等針線工夫。❷所寄衣襪等件　原抄本頂批：「此處似有闕文。」

【語　譯】新媳婦剛來我家，應當指導她進廚房做菜餚，努力紡紗績麻線，不應當因為她是富貴人家的子女就不作這類事情。老大、老二、老三這三個姑娘學會了做大人鞋子沒有？三個小姑、一個嫂子，每年各做一雙布鞋寄給我，每人表達自己的孝心，每人展示自己針線工夫的精緻。從所織的布疋，所寄來的衣服襪子等件，我也能夠看出她們在閨房內是勤勞，還是懶惰。

余在軍中不廢學問，讀書寫字未甚間斷。惜年老眼矇，無甚長進。爾今未弱冠❶，一刻千金，切不可浪擲光陰。

【章　旨】此章叮囑紀澤不可浪費時光。

【注　釋】❶弱冠　古代男子二十歲行冠禮，正是年少之時，故稱二十歲為「弱冠」。

【語　譯】我在軍中，並沒有荒廢學業，讀書寫字，也沒怎麼間斷過。可惜年紀老了，兩眼昏矇，沒有什麼長進。你如今還不到二十歲，一刻可值千金，千萬不能虛度光陰。

四年所買衡陽之田，可覓人售出，以銀寄營，為歸還李家款。父母存，不有私財，士庶人且然，況余身為卿大夫乎？

【章　旨】此章叮囑紀澤將衡陽的田地賣掉。

【語　譯】咸豐四年所購置的衡陽的田地，可以找人賣掉，把銀子寄來軍營，作為歸還李家的款項。父母在世，兒子不能私積財產，一般的士子和老百姓尚且如此，何況我身為士大夫呢？

余癬疾復發，不似去秋之甚。李次青❶十七日在撫州❷敗挫，已詳寄沅甫函中。現在崇仁❸加意整頓，三十日獲一勝仗。口糧缺乏，時有決裂之虞，深用❹焦灼。

爾每次安稟詳陳一切，不可草率。祖父大人之起居，闔家之瑣事，學堂之功課，均須詳載。切切此諭。

滌生手諭　十月初二日

（咸豐六年）

【章　旨】此章言身體及軍事近況。

【注　釋】❶李次青　名元度，湖南平江人。道光年間舉人。累官浙江布政使、雲南按察使等職。著有《四書廣義》、《國朝先正事略》等。❷撫州　府名，屬江西。今臨川縣即其舊治。❸崇仁　縣名，屬江西。❹用　因；

由。

【語　譯】我的癬病又復發了，不像去年秋天那麼厲害。李次青十七日在撫州戰敗受挫，情況我已詳細寫明在沅甫的信中。現在他在崇仁認真地整頓，三十日，打了一個勝仗。口糧不足，軍隊時時有分裂的可能，因此我十分焦急。

你每次報告平安的家信，要詳盡地說明一切，不可草率了事。祖父大人的飲食起居，全家的細微事務，學校的功課進程，都要詳細寫出。切切記住我的這番教諭。

滌生手諭　十月初二日

【說　明】曾國藩原有個長子，名叫禎第，因為出天花，不到一歲半就病死了。所以曾紀澤是實際上的長子。紀澤的悟性很好，曾國藩愛之甚篤，責之甚嚴。從這封信中，即可識其梗概。

曾紀澤是三月入贅，與賀家小姐成婚的，八個月以後，才寫了一封信託胡二帶到江西，給父親稟報平安。曾國藩唯恐其成家太早，荒廢學業，所以接信後，很快就在南昌軍營寫了這封信。信中，曾國藩首先批評了紀澤貪戀安逸生活，學業未見長進。接著，便用陳杏生勤苦好學、少年成名的事例相激勵，用古人的名言作啟發，用自己的體會來引導，旨在教育紀澤珍惜時光，發憤上進，以安於佚樂為戒，以讀書成名為事，做個有所作為的人。

諭紀澤　十一月初五日

字諭紀澤兒：

接爾安稟，字畫略長進，近日看《漢書》。余生平好讀《史記》、《漢書》、《莊子》❶、韓文四書，爾能看《漢書》，是余所欣慰之一端也。

【章旨】此章言對紀澤愛讀《漢書》，甚感欣慰。

【注釋】❶莊子　又稱《南華經》，道家經典之一。戰國時宋國哲學家莊周及其後學所著。

【語譯】字諭紀澤兒：

接到你稟報平安的信，看到你的字有了一些長進，知道你近來在讀《漢書》。我一生愛讀《史記》、《漢書》、《莊子》和韓愈古文這四種書，你能讀《漢書》，這是我所感到欣慰的一件事。

看《漢書》有兩種難處：必先通於小學❶、訓詁❷之書，而後能識其假借奇字；必先習於古文辭章之學，而後能讀其奇篇奧句。爾於小學、古文兩者皆未曾入門，則《漢書》中不能識之字、不能解之句多矣。欲通小學，須略看段氏《說文》❸、《經籍纂詁》❹二書。王懷祖名念孫，高郵州人先生有《讀書雜志》❺，中於《漢書》之訓詁極為精博，為魏晉以來釋《漢書》者所不能及。欲明古文，須略看《文選》及姚姬傳❻之《古文辭類纂》二書。班孟堅❼最好文章，故於賈誼❽、董仲舒❾、司馬相如❿、東方朔⓫、司馬遷⓬、揚雄⓭、劉向⓮、匡衡⓯、谷永諸傳，皆全錄其著作；即不以文章名家者，如賈山⓰、鄒陽⓱等四人傳、嚴助⓲、朱買臣⓳等九人傳、趙充國⓴屯田之奏、韋元成議禮之疏以及貢禹㉑之章、陳湯㉒之奏獄，皆以好文之故，悉載巨篇。如賈生之文，既著於本傳，復載於〈陳涉傳〉、〈食貨志〉等篇；子雲之文，既著於本傳，復載於〈匈奴傳〉、〈王貢傳〉等篇；極之充國讚酒箴，亦皆錄入各傳。蓋孟堅於典雅瑰瑋之文，無一字不甄採。爾將十二帝紀閱畢後，且先讀列傳。凡文之為昭明暨姚氏所選者，則細心讀之；即不為二家所選，則另行標識㉓之。若小學、古文二端，略得途徑，其於讀《漢書》之道思過半矣。

【章旨】此章言讀《漢書》的門徑。

【注釋】❶小學　此指文字學。因兒童入小學先學文字，故名。❷訓詁　此即訓詁學。指我國傳統的研究詞義的學科，重在研究古代詞義。❸段氏說文　謂段玉裁所撰著的《說文解字注》。段氏為清代文字、聲韻、訓詁學家、經學家。❹經籍纂詁　訓詁學著作，阮元主編。一百六十卷。❺讀書雜志　校勘和訓詁學著作，八十二卷。王念孫撰。❻姚姬傳　名鼐，安徽桐城人。散文家。室名惜抱軒，人稱惜抱先生。著有《惜抱軒全集》。編選有總集《古文辭類纂》等。❼班孟堅　名固，扶風安陵（今陝西咸陽）人。東漢史學家、文學家。歷二十餘年撰成《漢書》。❽賈誼　西漢政論家、文學家，洛陽（今屬河南）人。時稱賈生。撰有〈弔屈原賦〉、〈鵩鳥賦〉及〈陳政事疏〉、〈過秦論〉等。❾董仲舒　廣川（今河北棗強）人。西漢哲學家，今文經學大師。著有《春秋繁露》及《董子文集》。❿司馬相如　字長卿，蜀郡成都（今屬四川）人。西漢辭賦家。⓫東方朔　字曼倩，平原厭次（今山東惠民）人。西漢文學家。善辭賦，以〈答客難〉較為有名。⓬司馬遷　字子長，夏陽（今陝西韓城）人。西漢史學家、文學家和思想家。所著《史記》，是我國古代第一部紀傳體通史。⓭揚雄　一作楊雄，字子雲，蜀郡成都人。西漢文學家、哲學家、語言學家。著有〈長楊賦〉、〈甘泉賦〉及《法言》、《方言》等。⓮劉向　本名更生，字子政，沛（今江蘇沛縣）人。西漢經學家、目錄學家、文學家。明人輯有《劉中壘集》。⓯匡衡　字稚圭，東海承（今山東蒼山蘭陵鎮）人。西漢經學家。⓰賈山　潁川（郡治在今河南禹縣）人。西漢政論家。⓱鄒陽　齊（郡治今山東東部）人，西漢文學家。⓲嚴助　會稽吳（今江蘇吳縣）人。西漢辭賦家。⓳朱買臣　字翁子，西漢吳縣（今屬江蘇）人。曾官會稽太守。⓴趙充國　字翁孫，隴西上邽（今甘肅天水）人。西漢大將。曾在西北屯田，對當地農業生產的發展起了重要作用。㉑貢禹　字少翁，琅琊（今山東諸城）人。

西漢大臣，對時政多有諫諍。㉒陳湯　字子公，山陽瑕丘（今山東兗州東北）人。西漢元帝時，曾領兵抗擊匈奴。㉓識　通「誌」。記。

【語　譯】讀《漢書》有兩種難處：必須先弄懂文字學和訓詁學的書籍，然後才能認識其中的假借字和奇特字；必須先瞭解古文的章法，然後才能讀通其中的奇篇奧句。你在文字訓詁、古文章法兩方面，都還沒有入門，那麼，《漢書》中不能認識的文字、不能理解的語句，就會有很多。想要讀通文字、訓詁，必須大致讀一讀段玉裁的《說文解字注》和阮元主編的《經籍纂詁》這兩部書。王懷祖（名念孫，高郵人）先生撰有《讀書雜志》，其中對於《漢書》的詞語解釋十分精闢通博，是魏晉以來解釋《漢書》的著作所趕不上的。想要明瞭古文，必須大致讀一讀《文選》和姚姬傳的《古文辭類纂》這兩部書。班孟堅最喜歡散文，所以在賈誼、董仲舒、司馬相如、東方朔、司馬遷、揚雄、劉向、匡衡、谷永等人的傳記中，全部收錄了他們的著作；縱使不是以文章出名的人，比如賈山和鄒陽等四人的傳記、嚴助和朱買臣等九人的傳記、趙充國關於屯田的奏議、韋元成議論禮儀的上疏，以及貢禹的奏章、陳湯的奏獄，都因為是好文章的緣故，全部將這些長篇巨著收錄了。又比如賈誼的文章，既收錄在他的本傳裡，又收錄在〈陳涉傳〉、〈食貨志〉等篇中；揚子雲的文章，既收錄在他的本傳裡，又收錄在〈匈奴傳〉、〈王貢傳〉等篇中；甚至連充斥全國的讚酒和誡酒一類的文字，也都收錄在作者各自的傳中。班孟堅對於典雅瑰麗的文章，沒有一個字不採錄的。你將十二篇帝紀看完之後，暫且先讀列傳。凡是《昭明文選》和姚鼐《古文辭類纂》所選的文章，你都要細心地讀一讀；倘若不是被這兩家所選的文章，你便另外作上標記。如果在文字訓詁和古文兩方面大略找到了門徑，這對於掌握閱讀《漢書》的方法而言，我想是思慮過半了。

世家子弟最易犯一「奢」字、「傲」字。不必錦衣玉食❶而後謂之奢也，但使皮袍呢褂俯拾即是，輿馬僕從習慣為常，此即日趨於奢矣。見鄉人則嗤其樸陋，見雇工則頤指氣使❷，此即日習於傲矣。《書》❸稱「世祿之家，鮮克由禮」，《傳》❹稱「驕奢淫佚，寵祿過也」。京師子弟之壞，未有不由於「驕」、「奢」二字者，爾與諸弟其戒之。至囑至囑。

滌生手諭　十一月初五日

（咸豐六年）

【章旨】此章叮囑紀澤兄弟應當努力戒除「驕」「奢」二字。

【注釋】❶錦衣玉食　精美的衣食。指豪奢生活。❷頤指氣使　憑下巴的動作和鼻孔的哼氣來指揮人。形容態度傲慢。❸書　指《尚書》，也稱《書經》。儒家經典之一。為中國上古史的彙編。引文見偽古文《尚書・畢命》篇。❹傳　「傳」，是指闡述儒家經義的文字。此指《左傳》。引文原句為：「驕奢淫佚，所自邪也。四者之來，寵祿過也。」見〈隱公三年〉傳。

【語　譯】做官人家的子弟，最容易犯的是一個「奢」字，一個「傲」字。不一定要過錦衣玉食的生活之後，才能稱得上是奢侈，只要是皮袍呢褂隨處亂拋，出門就是車馬僕從跟隨在後，習以為常，這就是日益走向奢侈了。看到鄉下人，就嗤笑他質樸粗俗，看到僱工，就粗聲惡氣地指揮斥責，這就是日益養成傲慢的習氣了。《尚書》曾說：「世代享受俸祿的富貴人家，很少有能夠按照禮的原則行事的。」《左傳》曾說：「驕縱豪奢，荒淫逸樂，都是由於恩寵俸祿太多的緣故。」京城裡的富貴子弟之所以變壞，沒有誰不是由於「驕」「奢」二字造成的，你和弟弟們應當引以為戒。這是我最重要的囑咐。

滌生手諭　十一月初五日

【說　明】前面已經提到，對於學問之道，曾國藩十分強調攻讀史書，認為借助歷史，可以考察現實，認識現實。所以，當知道曾紀澤在讀《漢書》時，他倍感欣慰，立即寫信予以指點。

曾文正明確指出：想要讀懂《漢書》，必須有兩方面的準備：一是必須事先認真讀一讀段玉裁的《說文解字注》、阮元的《經籍纂詁》、王念孫的《讀書雜志》，讀通文字學和訓詁學的要義，然後才能認識其中的通假字和古文奇字；二是必須事先認真讀一讀《昭明文選》和《古文辭類纂》，大致瞭解古代散文的章法，然後才能讀通其中的奧句奇篇。這種讀書指導，切實而具體，對於曾紀澤而言，固然是航行「漢海」的指南；即使對於今日有志於鑽研《史》《漢》的學子，也是一個很寶貴的提示。

諭紀澤　七月二十一日

字諭紀澤兒：

余此次出門，略載日記，即將日記封每次家信中。聞林文忠❶家書，即係如此辦法。爾在省，僅至丁❷、左❸兩家，餘不輕出，足慰遠懷。

【章　旨】此章言保存日記的辦法。

【注　釋】❶林文忠　林則徐，字少穆，福建侯官（今閩侯）人。與龔自珍、黃爵滋、魏源等人提倡經世之學。曾任湖廣總督，嚴禁鴉片，成效卓著。著有《林文忠公政書》、《信及錄》等。❷丁　指丁義方，湖南益陽人。積軍功歷擢都司、參將、副將、總兵等職。❸左　指左宗棠，字季高，湖南湘陰人。歷官浙江巡撫、陝甘總督、兩江總督等職。曾任欽差大臣，督辦新疆軍務，率軍平定新疆。門人輯有《左文襄公全集》。

【語　譯】字諭紀澤兒：

我這次出征，概要地寫了日記，隨時將日記封寄在每次家信中。聽說林文忠公的家書，也是用了這種辦法。你在省城，只到丁義方和左季高家走訪，其餘時間不輕易出去，這足以寬慰我這遠方人的心懷。

讀書之法，看、讀、寫、作，四者每日不可缺一。看者，如爾去年看《史記》、《漢書》、韓文、《近思錄》❶，今年看《周易折中》❷之類是也。讀者，如四書❸、《詩》❹、《書》、《易經》❺、《左傳》❻諸經、《昭明文選》、李❼杜韓蘇❽之詩、韓歐❾曾❿王之文，非高聲朗誦，則不能得其雄偉之概；非密詠恬吟，則不能探其深遠之韻。譬之富家居積，看書則在外貿易，獲利三倍者也；讀書則在家慎守，不輕花費者也。譬之兵家戰爭，看書則攻城略地，開拓土宇者也；讀書則深溝堅壘，得地能守者也。看書如子夏之「日知所亡」⓫相近，讀書與「無忘所能」相近，二者不可偏廢。至於寫字，真行篆隸，爾頗好之，切不可間斷一日。既要求好，又要求快。余生平因作字遲鈍，吃虧不少。爾須力求敏捷，每日能作楷書一萬則幾矣。至於作諸文，亦宜在二三十歲立定規模；過三十後，則長進極難。作四書文，作試帖詩⓬，作律賦，作古今體詩，作古文，作駢體文⓭，數者不可不一一講求，一一試為之。少年不可怕醜，須有狂者進取之趣，過時不試為之，則後此彌不肯為矣。

【章　旨】此章言讀書之法：看、讀、寫、作，每日不可缺一。

【注　釋】❶近思錄　書名，南宋朱熹和呂祖謙合撰，摘錄北宋周敦頤、程顥、程頤、張載的言論編輯而成。取《論語・子張》「切問而近思」之義命名，是闡述儒家性理的概論之作。❷周易折中　書名，康熙時李光地奉敕撰，係採摭說《易》諸家之言，加以折中而成。❸四書　係〈大學〉、〈中庸〉、《論語》、《孟子》的合稱。朱熹撰《四書章句集注》，其名始立。此後，長期成為科舉取士的初級標準書。❹詩　《詩經》的簡稱。中國最早的詩歌總集，孔子時即有「詩三百」之名。❺易經　即《周易》，簡稱《易》。「易」有變易、簡易、不易三義，相傳係周人所作，故名《周易》。❻左傳　又稱《春秋左氏傳》。舊傳為春秋時左丘明所傳，近人則認為是戰國初人依據各國史料編成。史學、文學價值均高。❼李　指李白，字太白，號青蓮居士，祖籍隴西成紀（今甘肅秦安）人。唐代大詩人。❽蘇　指蘇軾，字子瞻，號東坡居士，眉山（今屬四川省）人。北宋文學家、書畫家。❾歐　指歐陽修，字永叔，號醉翁，又號六一居士，吉水（今屬江西省）人。北宋文學家、史學家。❿曾　指曾鞏，字子固，南豐（今屬江西省）人。北宋文學家。⓫日知所亡　語出《論語・子張》：「子夏曰：『日知其所亡，月無忘其所能，可謂好學也已矣。』」亡，同「無」。⓬試帖詩　詩體名。也稱「賦得體」。唐代以來科舉之詩，多為五言六韻或八韻的排律，以古人詩句或成語為題，冠以「賦得」二字。⓭駢體文　文體名。全篇以雙句（即儷句、偶句）為主，講究對仗和聲律。

【語　譯】讀書的方法，默看、朗讀、寫字、作文，這四項，每天不能缺少一項。所謂默看，比如你去年看《史記》、《漢書》、韓愈的文集、《近思錄》，今年看《周易折中》之類，就是如此。所謂朗讀，比如四書、《詩經》、《尚書》、《易經》、《左傳》等經書，《昭明文選》、李白、杜甫、韓愈、蘇軾的詩，韓愈、歐陽修、曾鞏、王安石的散文，不高聲朗誦，就不能體會到它們的雄偉氣勢；不細詠沉吟，就不能探測到它們的幽深餘韻。好比富貴人家囤積資財，看書便是在外交易，可能獲取三倍的利潤；朗讀便是在家守財，不作輕易花費。又好比兵家打仗，看書便是攻城占地、開拓疆土；朗讀便是挖壕固壘、奪地而後堅守。看書，便和子夏所說的「每天應該瞭解自己所沒有懂得的知識」相近，讀書，便和子夏所說的「每月不要忘記自己已經學得的技能」相近，二者不可缺一。至於寫字，楷書、行書、篆書、隸書，你很愛好，切不可間斷一天。既要力求寫得好，又要力求寫得快。我平日因為寫字太慢，吃虧不少。你必須力爭敏捷，每天能寫一萬個正楷字就差不多了。至於寫作各類文章，也應該在二三十歲確立格局；過三十歲以後，求長進就很難了。作八股文，作試帖詩，作律賦，作古體詩，作近體詩，作散文，作駢體文，這些都不能不一一加以研究，一一嘗試寫作。年輕時不要怕出醜，必須有勇猛進取的志向，轉折關頭不嘗試著寫作，那麼，這以後就更不肯寫作了。

至於作人之道，聖賢千言萬語，大抵不外「敬」「恕」二字。「仲弓問仁」❶一章，言「敬」「恕」最為親切。自此以外，如「立則見參於前也，在輿則見其倚於衡也」❷；「君子無眾寡，無小大，無敢慢，斯為泰而不驕；正其衣冠，儼然人望而畏，斯為威而不猛。」❸是皆言「敬」之最好下手者。孔言「欲立立人，欲達達人」❹；孟言「行有不得，反求諸己」❺，「以仁存心，以禮存心」❻，「有終身之憂，無一朝之患」❼。是皆言「恕」之最好下手者。爾心境明白，於「恕」字或易著功，「敬」字則宜勉強行之。此立德之基，不可不謹。

科場❽在即，亦宜保養身體。余在外平安，不多及。

滌生手諭　舟次樵舍下去江西省城八十里　七月二十一日

（咸豐八年）

【章　旨】此章言做人之道，不外「敬」「恕」二字。

【注　釋】❶仲弓問仁　《論語・顏淵》：「仲弓問仁。子曰：『出門如見大賓，使民如承大祭。己所不欲，勿施於人。在邦無怨，在家無怨。』」意謂仲弓請教什麼是仁德，孔子說：出門辦事，好像去會見貴賓，指使百姓，好像去承當盛大祀典。自己所不喜歡的，就不要強加於人。在朝廷做事時，心無怨言，不做官時，在家裡也心無怨言。仲弓，姓冉，名伯牛。孔子弟子。❷立則見參於前也二句　語出《論語・衛靈公》：「子張問行。子曰：『言忠信，行篤敬，雖蠻貊之邦行矣；言不忠信，行不篤敬，雖州里行乎哉？立，則見其參於前也；在興，則見其倚於衡也。夫然後行。』」子張書諸紳。」意謂言必忠信，行必篤敬，才合乎做人之道。❸君子無眾寡七句　語出《論語・堯曰》：「(子曰）君子無眾寡，無小大，無敢慢，斯不亦泰而不驕乎？君子正其衣冠，尊其瞻視，儼然人望而畏之，斯不亦威而不猛乎？」斯，這。儼然，莊嚴貌。❹欲立立人二句　語出《論語・雍也》：「夫仁者，己欲立而立人，己欲達而達人。能近取譬，可謂仁之方也已。」立人，使別人能夠自立。達人，使別人能夠通達。❺行有不得二句　語出《孟子・離婁上》：「孟子曰：『愛人，不親，反其仁。治人，不治，反其智。禮人，不答，反其敬。行有不得者，皆反求諸己，其身正而天下歸之。』」意謂任何行為如果沒有得到預期的效果，便反躬自責。諸，「之於」的合音。❻以仁存心二句　語出《孟子・離婁下》：「孟子曰：『君子所以異於人者，以其存心也。君子以仁存心，以禮存心。』」意謂用「仁」「禮」的原則，來存心養性。❼有終身之憂二句　語出《孟子・離婁下》：「(孟子曰）是故君子有終身之憂，無一朝之患也。」意謂長期保持憂患意識，便不會有突發的災難。❽科場　科舉考試的場所。此指科舉考試。

【語　譯】至於做人的原則，聖人賢人千言萬語，大都不外乎「敬」「恕」二字。《論語》中「仲弓問仁」一章，孔子講解「敬」「恕」二字最為親切。除此而外，比如說「站立時，彷彿看見『忠信篤敬』幾個字浮現在我們面前；在車廂裡，彷彿看見『忠信篤敬』幾個字刻在橫木上」；「君子無論人多人少，無論勢力強大弱小，都不敢輕慢，這就是安泰矜持而不驕傲；君子衣冠端整，恭謹莊重，別人見了，就產生敬畏心理，這就是威嚴而不兇暴。」這些，都是講「敬」字最容易著手的地方。孔子說「自己想要自立，也要扶持別人自立，自己想要通達，也要幫助別人通達」；孟子說「行事達不到預期目的時，就要回過頭來檢查自己」，「把仁愛蓄養在心中，把禮義蓄養在心中」，「終身保持憂懼感，哪一天也不會有災禍」。這些，都是講「恕」字最容易著手的地方。你的心胸明朗豁達，在「恕」字方面也許容易著力，在「敬」字方面則應當盡力去做。這是建立功德的基石，不可不謹慎行事。

科舉考試的時日就在眼前，你應當注意保養身體。我在外一切平安，不多敘及。

滌生手諭　舟次樵舍下去江西省城八十里　七月二十一日

【說明】曾國藩在家鄉當過塾師，在京城輔導過九弟國荃等人的課業，在翰苑當過主考官，對於指導讀書一事，甚有經驗。這篇家訓中所談到的「看、讀、寫、作」四字，就是國文教學歷來所強調的要訣。他或列書名，或作比方，或引古訓，將這四字的要領講得十分透徹。好文章要勤於誦讀，「非高聲朗誦，則不能得其雄偉之概；非密詠恬吟，則不能探其深遠之韻」；作文須練習多種文體，須激勵學生趁著富有「狂者進取之趣」的少年時期立定規模。這些，尤其是國文教學的要言妙道。

諭紀澤 八月初三日

字諭紀澤：

八月一日，劉曾撰來營，接爾第二號信并薛曉帆信。得悉家中四宅平安，至以為慰。

【章旨】此章言接到家信，甚感欣慰。

【語譯】字諭紀澤：

八月初一日，劉曾撰來到軍營，我接到了你捎來的第二號家信和薛曉帆的來信。得知家中四房都平安，感到十分欣慰。

汝讀四書無甚心得，由不能「虛心涵泳❶，切己❷體察」。朱子教人讀書之法，此二語最為精當。爾現讀〈離婁〉❸，即如〈離婁〉首章「上無道揆，下無法守」，吾往年讀之，亦無甚警惕。近歲在外辦事，乃知上之人必揆諸道，下之人必守乎法。若人人以道揆自許，從心而不從法，則下凌上矣。「愛人不親」章❹，往年讀之，不甚親切。近歲閱歷日久，乃知治人不治者，智不足也。此「切己體察」之一端也。「涵泳」二字，最不易識，余嘗以意測之。曰：涵者，如春雨之潤花，如清渠之溉稻。雨之潤花，過小則難透，過大則離披，適中則涵濡而滋液；清渠之溉稻，過小則枯槁，過多則傷澇，適中則涵養而浡興❺。泳者，如魚之游水，如人之濯足。程子❻謂魚躍於淵，活潑潑地；莊子言濠梁觀魚，安知非樂？此魚水之快也。左太沖❼有「濯足萬里流」之句，蘇子瞻有夜臥濯足詩，有浴罷詩，亦人性樂水者之一快也。善讀書者，須視書如水，而視此心如花如稻如魚如濯足，則「涵泳」二字，庶可得之於意言之表。爾讀書易於解說文義，卻不甚能深入，可就朱子「涵泳」「體察」二語❽悉心求之。

【章　旨】此章闡釋朱熹「虛心涵泳，切己體察」的讀書方法，要求紀澤悉心探求。

【注　釋】❶涵泳　沉浸；游泳。❷切己　親身感受。❸離婁　《孟子》篇名之一。❹愛人不親章　《孟子・離婁上》第四章。❺浡興　勃然興起。❻程子　北宋哲學家程顥。❼左太沖　名思，齊國臨淄（今屬山東淄博）人。西晉文學家。「濯足萬里流」為〈詠史〉（其五）中名句。❽涵泳體察二語　指朱熹在《詩集傳》序中所言讀《詩》之法：「諷詠以昌之，涵濡以體之。」亦即章首所謂「虛心涵泳，切己體察」。

【語　譯】你讀四書沒有什麼心得，是由於不能靜心涵濡，親身體察。朱熹教人讀書的方法，這兩句最為精闢恰當。你現在讀《孟子・離婁》，比如〈離婁〉第一章說：「上面沒有道術可度量，下面就沒有法度可遵守。」我過去讀這兩句話，也沒有什麼警覺。近年在外面辦事，才懂得在上位的人，必須掌握道術，在下面的人，必須遵守法度。倘若人人都以道術的度量者自己稱許自己，隨心所欲而不服從法度，就會下級凌駕於上級。「愛人不親」一章，過去讀了，不感到怎麼親切。近年以來，經歷世事的時日一久，我才懂得治理別人而沒有治理好，是由於智慧不夠。這是我親身體驗到的一點。「涵泳」二字，最不容易理解，我曾經按照自己的意想作過推測。我說：所謂「涵」，好比春雨滋潤鮮花，好比清澈的渠水澆灌禾苗。雨水滋潤鮮花，雨量太小，便難以濕透根鬚，雨量太大，便會淋得花朵披散下垂，雨量適中，便會朵朵含珠，滋潤欲滴；渠水澆灌禾苗，水太少，便會弄得禾苗枯乾，水太多，便會造成禾苗浸泡受損，水適中，禾苗才能得到涵養而生機旺盛。所謂「泳」，好比魚游水，好比人洗腳。程顥說，魚在深潭中跳躍，活潑自然；莊周說，人們在濠水橋上看魚，怎麼知道魚不快樂？這是魚和水的快樂。左太沖有「濯足萬里流」的名句，蘇子瞻有寫夜臥洗腳的詩，有寫洗澡後的詩，也是人性喜歡水的一種樂趣。善於讀書的人，要把書看成是水，而把自己的心思看成是鮮花，是禾苗，是游魚，是洗腳，那麼，「涵」「泳」二字，大概就可以從字面之外，探得其中的含義了。你讀書，對於解說文義容易接受，卻不太善於深入體會，可以從朱子的「涵泳」「體察」兩個詞語入手，盡心探求。

鄒叔明❶新刊地圖甚好。余寄書左季翁，託購致十副。爾收得後，可好藏之。薛曉帆銀百兩宜璧還❷。余有覆信，可并交季翁也。此囑。

父滌生字　八月初三日

（咸豐八年）

【章　旨】此章囑收藏地圖及歸還銀兩。

【注　釋】❶鄒叔明　名漢章，湖南新化人。精於歷史地理之學。任湘軍水師將領，為太平軍所殺。❷璧還　敬辭。歸還借用之物。

【語　譯】鄒叔明新刻印的地圖很好。我已寫信給左季高翁，託他購送十幅。你收到之後，應好好收藏。薛曉帆的一百兩銀子，應該全部歸還。我有回信，可以一併交給左季高翁。特此叮囑。

父滌生字　八月初三日

【說 明】四書是〈大學〉、〈中庸〉、《論語》、《孟子》的合稱。前二者本是《禮記》中的兩篇文章，南宋淳熙年間，朱熹將其挑選出來，與《論語》、《孟子》配合，編撰了《四書章句集注》，四書之名由此確立。從此以後，《集注》也就成了朝廷規定的開科取士的標準用書。

曾國藩認為，四書中講了許多關於經世濟民、修身養性的道理，是儒學要義的精華，應當認真熟讀。當得知紀澤讀四書沒有多少心得時，他便在從江西瑞洪趕往貴溪的軍旅途中，匆匆寫了這封信，授以讀書方法。

曾國藩指出，書要讀得進去，要讀得有心得，有主動性，必須按照朱熹的方法行事：靜心涵泳，親身體察。為了把問題說明白，他不但用自己讀《孟子・離婁》的親身感受，講解了「體察」二字，而且用富有文學色彩和生活哲理的比喻，詳細闡釋了「涵泳」一詞。其中將詩書當成是雨露，是清渠，將讀書人求學的迫切心思，比作是鮮花，是禾苗，是游魚的說法，尤其富有詩意和啟迪作用。

諭紀澤 八月二十日

字諭紀澤兒：

十九日曾六來營，接爾初七日第五號家信并詩一首，具悉。次日入闈❶，考具皆齊矣。此時計已出闈還家。

【章旨】此章言家信和詩均已收到。

【注釋】❶闈 試院；考場。舊時科舉考試關防嚴密，稱鎖闈，簡稱闈。

【語譯】字諭紀澤兒：

十九日曾六來到軍營，我收到了你初七日的第五號家信及一首詩，內容已經全部知道。第二天你就要進入科舉考場，考試條件都已齊備。現在估計已經退出考場，回到家裡了。

余於初八日至河口❶。本擬由鉛山入閩，進搗崇安❷，已拜疏矣。

光澤❸之賊竄擾江西，連陷瀘溪❹、金溪❺、安仁❻三縣，即在安仁屯踞。

十四日派張凱章❼往剿。十五日余亦回駐弋陽❽。待安仁破滅後，余乃由瀘溪雲際關入閩也。

【章旨】此章言自己已回兵駐紮在弋陽。

【注釋】❶河口 鎮名，今屬江西鉛山。❷崇安 縣名，今屬福建。毗鄰江西。❸光澤 縣名，今屬福建。與江西接界。❹瀘溪 縣名，今江西資溪。❺金溪 縣名，在江西東南部。❻安仁 縣名，今江西餘江。❼張凱章 名運蘭，湖南湘鄉人。積軍功，升至福建按察使。❽弋陽 縣名，今屬江西。

【語譯】我於初八日到達河口。本來計畫由鉛山縣進入福建，直接攻擊崇安縣城，已經上了奏章。光澤縣境內的太平軍，卻騷擾江西，連續攻陷了瀘溪、金溪、安仁三縣，我便在安仁縣城屯兵坐守。十四日，派張凱章軍前往圍剿。十五日，我也返回，屯駐在弋陽。等到攻破安仁，剿滅敵軍之後，我當從瀘溪縣雲際關進入福建。

爾七古詩，氣清而詞亦穩，余閱之忻慰。凡作詩，最宜講究聲調。余所選鈔五古九家、七古六家，聲調皆極鏗鏘❶，耐人百讀不厭。余所未鈔者，如左太沖、江文通❷、陳子昂❸、柳子厚❹之五古，鮑明遠❺、高達夫❻、王摩詰❼、陸放翁❽之七古，聲調亦清越異常。爾欲作五古七古，須熟讀五古七古各數十篇。先之以高聲朗誦，以昌其氣；繼之以密詠恬吟，以玩其味。二者並進，使古人之聲調，拂拂然❾若與我之喉舌相習，則下筆為詩時，必有句調湊赴腕下。詩成自讀之，亦自覺琅琅❿可誦，引出一種興會來。古人云：「新詩改罷自長吟」，又云：「煅詩未就且長吟」，可見古人慘澹⓫經營之時，亦純在聲調上下工夫。蓋有字句之詩，人籟⓬也；無字句之詩，天籟⓭也。解此者，能使天籟人籟湊泊而成，則於詩之道思過半矣。

【章旨】此章言作詩最宜講究聲調，學詩則宜先熟讀古詩。

【注釋】❶鏗鏘　形容聲音響亮和諧。❷江文通　名淹，濟陽考城（今河南蘭考）人。南朝梁文學家。❸陳子昂　字伯玉，梓州射洪（今屬四川）人。唐代文學家。❹柳子厚　名宗元，河東解（今山西運城解州鎮）人，世稱柳河東。唐代文學家、哲學家。❺鮑明遠　名照，東海（郡治今山東蒼山縣南）人。南朝宋文學家。❻高達夫　名適，德州蓨（今河北景縣）人。唐代詩人。❼王摩詰　名維，原籍祁地（今山西祁縣），其父遷居於蒲州（今山西永濟西），遂為河東人。唐代詩人、畫家。❽陸放翁　名游，字務觀，山陰（今浙江紹興）人。南宋大詩人。❾拂拂然　微風吹動貌。❿琅琅　清朗響亮的聲音。⓫慘澹　思慮深至貌。⓬人籟　人口吹奏出來的聲音。⓭天籟　自然界的音響。借指不事雕琢、深得自然之趣的詩歌。

【語　譯】你作的七言古詩，意境清新，用詞也穩妥，我讀了感到欣慰。大凡作詩，最應當講究聲調。我所選鈔的《十八家詩鈔》，五言古詩有九家，七言古詩有六家，聲調都很鏗鏘有力，令人百讀不厭。我沒有選鈔的，比如左太沖、江文通、陳子昂、柳子厚的五言古詩，鮑明遠、高達夫、王摩詰、陸放翁的七言古詩，節奏也異常清脆悠揚。你想作五言古詩和七言古詩，必須熟讀五言古詩和七言古詩各數十首。首先用高聲朗誦，用來加強它的氣勢；然後用細聲輕調緩緩沉吟，藉以欣賞它的韻味。兩個方面結合進行，使古人的聲調，如春風吹拂似地和自己的喉舌互相熟悉，那麼，下筆寫詩的時候，一定會有詩句韻調爭赴筆下。詩寫成之後，自己誦讀，也會覺得琅琅上口，引出一種興味來。古人說：「新詩改好以後，自己高聲吟詠」，又說：「詩句推敲未妥，姑且放聲吟詠」。可見古人苦心吟詩的時候，也是盡在聲調方面下功夫。大概有字句的詩，是人為的聲調；沒有字句的詩，是天然的聲調。懂得了這一點，便能使天然、人工兩種聲調凝聚而成，那麼，對於作詩的方法，也就想到一大半了。

爾好寫字，是一好氣習。近日墨色不甚光潤，較去年春夏已稍退矣。以後作字，須講究墨色。古來書家，無不善使墨者。能令一種神光活色浮於紙上，固由臨池❶之勤、染翰❷之多所致，亦緣於墨之新舊濃淡，用墨之輕重疾徐，皆有精意運乎其間，故能使光氣常新也。

【章旨】此章言寫字必須講究墨色。

【注釋】❶臨池　指學習書法。池，墨池。❷染翰　指寫字。翰，毛筆。

【語譯】你愛好寫字，是一種好習慣。但近來寫的字，墨色不很明亮潤澤，比起去年春夏，已經有些退步了。以後寫字，必須講究墨色。自古以來的書法家，沒有不善於用墨的。能讓一種神光活色浮在紙上，固然是由於練習書法勤奮，寫的字多，才達到的結果，但也是因為對於採墨的新舊濃淡，用墨的輕重緩急，都有精到的思慮運行其中，所以才能使光澤常新。

余生平有三恥：學問各途，皆略涉其涯涘❶，獨天文算學，毫無所知，雖恆星❷五緯❸亦不識認，一恥也；每作一事，治一業，輒有始無終，二恥也；少時作字，不能臨摹一家之體，遂致屢變而無所成，遲鈍而不適於用。近歲在軍，因作字太鈍，廢閣殊多，三恥也。爾若為克家之子❹，當思雪此三恥。推步❺算學，縱難通曉，恆星五緯，觀認尚易。

家中言天文之書，有十七史❻中各〈天文志〉，及《五禮通考》❼中所輯觀象授時一種。每夜認明恆星二三座，不過數月，可畢識矣。凡作一事，無論大小難易，皆宜有始有終。作字時，先求圓勻，次求敏捷。若一日能作楷書一萬，少或七八千，愈多愈熟，則手腕毫不費力。將來以之為學，則手鈔群書，以之從政，則案無留牘。無窮受用，皆自寫字之勻而且捷生出。三者皆足彌吾之缺憾矣。

【章旨】此章言自己生平有三恥：不懂天文數學，辦事有始無終，寫字遲鈍；叮囑紀澤成為「克家之子」，彌補這一缺憾。

【注釋】❶涯涘　本指水邊，此處泛指邊際。❷恆星　此指經常出現的星座。❸五緯　指金、木、水、火、土，五大行星。❹克家之子　能繼承父祖事業的子弟。❺推步　指推算曆法。意謂日月轉運於天，猶如人的步行，可以推算而知。❻十七史　指《史記》、《漢書》、《後漢書》、《三國志》、《晉書》、《宋書》、《南齊書》、《梁書》、《陳書》、《後魏書》、《北齊書》、《周書》、《隋書》、《南史》、《北史》、《新唐書》、《新五代史》。❼五禮通考　清秦蕙田編撰，二百六十二卷。繼清初徐乾學《讀禮通考》而作。

【語譯】我生平有三點羞恥：各類學問都大致涉獵到了邊際，唯獨對於天文、數學，毫無所知，即使是經常在運行的二十八星座和金木水火土五星，也不能辨認，這是第一恥；每做一件事情，進行一項事業，往往有始無終，這是第二恥；年輕時寫字，不善於臨摹一家的字體，因而致使多次變化而無成就，書寫遲鈍而不適用。近年來在軍營中，因為寫字太遲鈍，廢棄擱置不寫的情況很多，這是第三恥。你如果是繼承父業的兒子，應當想著洗雪這三恥。推算天象曆法之學，縱使難以精通，二十八星宿、金木水火土五星，還是容易辨認的。家中講天文的書籍，有十七史中的各篇《天文志》及《五禮通考》中輯錄的觀測天象、區別時令的類書。每天晚上辨認常見的星星二三座，用不了幾個月，就可以全部認識了。凡是做一件事情，不論大小難易，都應該有始有終。練字的時候，先求圓滿、勻稱，再求敏捷。倘若一天能寫一萬正楷字，少的時候，或者寫上七八千字，寫得越多，就越熟練，那麼，手腕就會毫不費力。將來用這個本領來做學問，便可以親手鈔錄群書；用這個本領從事政務，便可以几案上沒有積壓的公文。說不盡的適用，都來自於寫字的勻稱而且敏捷。以上三點，都足以彌補我的缺憾。

今年初次下場，或中或不中，無甚關係。榜後即當看《詩經》注疏。以後窮經讀史，二者迭進。國朝大儒，如顧❶、閻❷、江❸、戴❹、段❺、王❻數先生之書，亦不可不熟讀而深思之。光陰難得，一刻千金。以後寫安稟來營，不妨將胸中所見，簡編所得，馳騁議論，俾余得以考察爾

之進步，不宜太寥寥。此諭。書於弋陽軍中

父滌生字　八月二十日

（咸豐八年）

【章旨】此章叮囑紀澤研讀經史，二者應當交替進行。

【注釋】❶顧　即顧炎武，字寧人，江蘇昆山人。學者稱亭林先生。明清之際思想家、學者。❷閻　即閻若璩，字百詩，號潛丘，山西太原人。清代經學家。❸江　即江永，字慎修，婺源（今屬江西）人。清代經學家、音韻學家。❹戴　即戴震，字東原，安徽休寧人。清代思想家、學者。❺段　即段玉裁，字若膺，號茂堂，江蘇金壇人。清代文字、訓詁、聲韻學家，經學家。❻王　即王念孫，字懷祖，號石臞，江蘇高郵人。清代音韻訓詁學家。

【語譯】今年初次下考場，也許可以考上，也許考不上，這都沒有什麼關係。但發榜之後，就應當看《詩經》注疏。以後研讀經書史書，二者應該交替進行。本朝的大學者：如顧炎武、閻若璩、江永、戴震、段玉裁、王念孫等先生的著作，也不能不熟讀深思。時光難得，一刻千金。以後寫報安信來軍營，不妨將胸中的見解，讀書的心得，放開思路議論，使我可以考察你的進步，不要寫得太簡短。此諭。書於弋陽軍中

父滌生字　八月二十日

【說　明】曾國藩年輕時，曾經洗雪過一恥。道光十二年，應湘鄉縣試，列為「備取」，僅允許以「佾生」資格註冊。李肖聃《星廬筆記》載：「昔曾文正童試七次，乃得入學。一次，學使廖某斥曾生：『子誠文理欠通，發充佾生。』文正終身以為大辱。」從此，曾國藩更發憤學文。十三年，又應湘鄉縣試，終於正式錄取入學。十四年，鄉試得中舉人。十八年三月會試，中了進士，四月朝考，拔為庶常。從此，在翰苑平步青雲，舊恥早已不見蹤影。

這封家信，曾國藩又提出了「生平三恥」：不懂天文數學，辦事有始無終，寫字遲鈍；叮囑紀澤克家興業，代為彌補這些欠缺和遺憾。這種特殊的教育方式很起作用，對於曾紀澤的學業養成，激勵很大。曾紀澤後來不但頗通經史，而且刻苦學習英文，廣泛涉獵近代西方的數學、物理、化學，並著文介紹推廣。這些作為，顯然是得益於文正公的誘導與啟迪。

諭紀澤 九月二十八日

字諭紀澤兒：

聞兒經書將次讀畢，差用少慰。自「五經」❶外，《周禮》❷、《儀禮》❸、《爾雅》❹、《孝經》❺、《公羊》❻、《穀梁》❼六書自古列之於經，所謂「十三經」也。此六經宜請塾師口授一遍。爾記性平常，不必求熟。「十三經」外，所最宜熟讀者，莫如《史記》、《漢書》、《莊子》、韓文四種。余生平好此四書，嗜之成癖❽，恨未能一一詁釋箋疏，窮力討治。自此四種而外，又如《文選》、《通典》❾、《說文》、《孫武子》❿、《方輿紀要》⓫、近人姚姬傳所輯《古文辭類纂》、余所鈔十八家詩，此七書者，亦余嗜好之次也。凡十一種，吾以配之「五經」、「四書」之後，而《周禮》等六經者，或反不知篤好，蓋未嘗致力於其間，而人之性情，各有所近焉爾。吾兒既讀「五經」、「四書」，即當將此十一書尋究一番，縱不能講習貫通，亦當思涉獵其大略，則見解日開矣。

滌生手諭　九月二十八日

（咸豐八年）

【章　旨】此章言曾紀澤應讀的書目。

【注　釋】❶五經　五部儒家經典，即《詩》、《書》、《易》、《禮》、《春秋》。❷周禮　亦稱《周官》或《周官經》。儒家經典之一。❸儀禮　簡稱《禮》，亦稱《禮經》或《士禮》。儒家經典之一。❹爾雅　我國最早解釋詞義的專著。唐宋時，遂列為「十三經」之一。❺孝經　儒家經典。論述孝道，宣傳宗法思想，漢代遂列為「七經」之一。❻公羊　即《公羊春秋》，亦稱《春秋公羊傳》。儒家經典之一。舊題為戰國時公羊高撰。❼穀梁　即《穀梁春秋》，亦稱《春秋穀梁傳》。儒家經典之一。舊題穀梁赤撰。❽癖　積久成習的嗜好。❾通典　書名，唐杜佑撰。記載歷代典章制度的沿革。❿孫武子　即《孫子兵法》，我國最早的軍事學專著。春秋時齊國軍事家孫武所撰。⓫方輿紀要　地理學專著。清顧祖禹撰。

【語　譯】字諭紀澤兒：

聽說你的經書將要讀完，我為此稍覺欣慰。在五經之外，《周禮》、《儀禮》、《爾雅》、《孝經》、《公羊》、《穀梁》六種書籍，自古列入經書之中，這就是所謂「十三經」。這六種經書，應當請私塾老師講解一遍。你的記憶力一般，不必要求背誦。「十三經」以外，最應當熟讀的，沒有什麼書比得上《史記》、《漢書》、《莊子》和韓愈的文集。我生平喜愛這四種書，愛得已成癖好，遺憾的是，沒有一一加以注釋，全力探討研究。在這四種書之外，又如《昭明文選》、《通典》、《說文解字》、《孫子兵法》、《方輿紀要》，以及近人姚鼐所編選的《古文辭類纂》和我所編的《十八家詩鈔》這七種書，也在我的嗜好之列。共計這十一種書，我把它們配在「五經」、「四書」之後，而《周禮》等六種經書，有時反而不知道一心一意地愛好，大概是對於六經沒有盡力研讀過，而人的性情各自有所傾向而已。你已經讀了「五經」、「四書」，就應該將這十一種書研究一番，即使不能研究透徹，也應該想著涉獵其大致內容，見解也就日益開闊了。

滌生手諭　九月二十八日

【說　明】經史子集四部書刊，汗牛充棟，如何讀法？曾國藩在江西建昌軍營中寫信給紀澤，告訴他熟讀「四書」、「五經」之後，應請私塾老師講授，通讀《周禮》、《儀禮》、《爾雅》、《孝經》、《公羊》、《穀梁》等六經。在這「十三經」之外，還應將《史記》、《漢書》、《莊子》、韓文等十一種書籍探討一番。曾文正認為，求學問有了這般基礎，見識就可望日益開闊了。由此，既可以看出獲得中國傳統學術修養的不易，也可以看出文正公對曾紀澤治學的要求，是何等嚴格了。

諭紀澤　十月二十五日

字諭紀澤：

十月十一日接爾安稟，內附隸字一冊。二十四日接澄叔信，內附爾臨〈元教碑〉❶一冊。王五及各長夫❷來，具述家中瑣事甚詳。

【章旨】此章言已收到來信及習字本等。

【注釋】❶元教碑　即〈玄秘塔碑〉，全稱為〈大達法師玄秘塔銘〉。唐碑。正書。裴休撰文，柳公權書。❷長夫　此指湘軍中長期僱用的民伕。

【語譯】字諭紀澤：

十月十一日，我接到了你的請安信，信內附有你習的隸書一冊。二十四日，接到了澄侯叔的信，信內附有你臨摹的〈元教碑〉一冊。王五及各長夫來營，家中的細微之事，都敘說得很詳盡。

爾信內言讀《詩經》注疏之法，比之前一信已有長進。凡漢人傳❶

注、唐人之疏❷，其惡處在確守故訓❸，失之穿鑿❹；其好處在確守故訓，不參私見。釋「謂」為「勤」，尚不數見，釋「言」為「我」，處處皆然。蓋亦十口相傳之詁，而不復顧文氣之不安。如〈伐木〉❺為文王與友人入山，〈鴛鴦〉❻為明王交於萬物，與爾所疑〈螽斯〉❼章解，同一穿鑿。朱子《集傳》，一掃舊障，專在涵泳神味，虛而與之委蛇❽。然如〈鄭風〉❾諸什，注疏以為皆刺忽者固非，朱子以為皆淫奔者，亦未必是。爾治經之時，無論看注疏，看宋傳，總宜虛心求之。其愜意者，則以朱筆識❿出；其懷疑者，則以另冊寫一小條，或多為辨論，或僅著數字。將來疑者漸晰，又記於此條之下。久久漸成卷帙⓫，則自然日進。高郵王懷祖先生父子，經學為本朝之冠，皆自札記得來。吾雖不及懷祖先生，而望爾為伯申氏⓬甚切也。

【章　旨】此章言《詩經》注疏的方法。

【注　釋】❶傳　闡釋經義。❷疏　指為古書舊注所作的闡釋或進一步發揮的文字。❸故訓　即訓詁，也叫「訓故」、「詁訓」，意即解釋古書中字詞的意義。❹穿鑿　義理本不可通，而強求其通。義猶「附會」。❺伐木　《詩・小雅》篇名。❻鴛鴦　《詩・小雅》篇名。❼螽斯　《詩・周南》篇名。❽委蛇　隨便應付。❾鄭風　《詩經》十五國風之一。❿識　通「幟」。標誌；記號。⓫卷帙　篇章；書籍。可舒捲者，叫卷；編次者，叫帙。⓬伯申氏　王引之，字伯申，號曼卿。清訓詁學家。繼承其父王念孫之業，著有《經傳釋詞》、《經義述聞》等。

【語　譯】你信中所談到的《詩經》注疏的方法，比起前一封信來，已經有了進步。凡是漢代人的傳注，唐代人的義疏，其缺點在於墨守舊有的解釋，過失在穿鑿；其優點在於堅守舊有的解釋，不參雜個人意見。把「謂」解釋為「勤」，還不多見；把「言」解釋為「我」，處處都如此。大概也是十口相傳的訓詁，不再顧及文氣不順。比如說〈伐木〉是寫文王與友人入山，說〈鴛鴦〉是寫賢王與萬民交往，跟你所懷疑的〈螽斯〉章的解釋，是同樣的牽強附會。朱熹的《詩集傳》，一掃舊有的障礙，專注於領會神韻意味，活脫地、隨順投合機趣。然而如〈鄭風〉中各篇，注疏認為都是諷刺太子忽的詩，固然不正確，朱熹認為都是淫蕩私奔的詩，也未必是對的。你研讀經書時，不論是看漢唐的注疏，看宋代的解釋，都應當虛心地探求本意。其中滿意的地方，就用朱筆標出；懷疑的地方，就用另外的本子記上一小段，或者多作辨析論證，或者只寫上幾個字。將來疑點漸漸明瞭，又記在這條下面，久而久之，逐漸成卷成冊，學識便自然一天天長進了。高郵王懷祖先生和他的兒子，經學的成就是本朝最高的，都是從筆記中得來的。我雖然比不上王懷祖先生，但是非常懇切地希望你成為王伯申。

爾問時藝❶可否暫置，抑或它有所學。余惟文章之可以道古，可以適今者，莫如作賦❷。漢魏六朝❸之賦，名篇巨制，具載於《文選》，余嘗以〈西征〉、〈蕪城〉及〈恨〉、〈別〉等賦示爾矣。其小品賦，則有《古賦識小錄》。律賦，則有本朝之吳穀人❹、顧耕石❺、陳秋舫❻諸家。爾若學賦，可於每三、八日作一篇大賦，或數千字，小賦或僅數十字，或對或不對，均無不可。此事比之八股文略有意趣，不知爾性與之相近否。爾所臨隸書〈孔宙碑〉，筆太拘束，不甚鬆活，想係執筆太近毫之故，以後須執於管頂。余以執筆太低，終身吃虧，故教爾趁早改之。〈元教碑〉墨氣甚好，可喜可喜。郭二姻叔❼嫌左肩太俯，右肩太聳。吳子序❽年伯欲帶歸示其子弟。爾字姿於草書尤相宜，以後專習真、草二種，篆隸置之可也。四體并習，恐將來不能一工。

【章　旨】此章言作賦與習字。

【注　釋】❶時藝　明清時，稱八股文為時文，又稱時藝。藝即文。❷賦　文體名。講求文采、韻律，兼具詩歌與散文的性質。發展到唐宋時代，接近於散文的，稱為「文賦」；接近於駢文的，稱為「駢賦」、「律賦」。❸六朝　三國吳、東晉、南朝宋、齊、梁、陳，都以建康（吳名建業，今江蘇南京）為國都，歷史上合稱「六朝」，是三國兩晉南北朝這段歷史時期的泛稱。❹吳穀人　名錫麒，字聖徵，浙江錢塘（今杭州市）人。乾隆進士，官至祭酒。文學家。善詩工詞曲，其駢體文清華明秀，尤名重一時。❺顧耕石　名元熙，字麗丙。嘉慶進士，官至翰林院侍讀。文學家、書法家。所作詩與古文，辭俱雋雅。❻陳秋舫　名沆，字太初，湖北蘄水（今浠水）人。嘉慶進士，官至翰林院修撰。文學家。詩風沖夷平淡。著述有《詩比興箋》等。❼郭二姻叔　指郭崑燾。曾國藩與其兄郭嵩燾為兒女親家。❽吳子序　名嘉賓，江西人。與曾國藩為鄉試同年，故曾紀澤應稱之為「年伯」。

【語　譯】你問八股文可不可以暫時擱置，或者學些其他的文體。我想文章可以述古、可以適今的，沒有什麼比得上賦。漢魏六朝的賦，名篇傑作，全都收錄在《文選》之中，我曾經把〈西征賦〉、〈蕪城賦〉及〈恨賦〉、〈別賦〉等給你看過了。小品賦，則有《古賦識小錄》。律賦，則有本朝的吳穀人、顧耕石、陳秋舫各家。你倘若學賦，可以每逢三日、八日作一篇大賦，或幾千字，小賦或只幾十字，或對偶，或不對偶，都沒有什麼不可以。這件事，比作八股文略有趣味，不知你的生性是否與此相近。你所臨摹的隸書〈孔宙碑〉，筆畫太拘束，不很靈活，想是握筆太近筆頭的緣故，以後應當握在筆桿的頂端。我因為握筆太低，一生吃虧，所以教你趁早改正。〈元教碑〉墨氣很好，可喜可喜。郭二姻叔嫌左肩太低，右肩太高。吳子序年伯想要帶回去給他的子弟看。你的字體姿態很適合作草書，以後專門練習楷書、草書，篆書、隸書放下不寫，也是可以的。四種字體同時學習，恐怕將來一種也不能精。

余癬疾近日大癒，目光平平如故。營中各勇夫病者，十分已好六七。惟尚未復元，不能拔營進剿，良深焦灼。

【章　旨】此章言自己及營中勇夫的身體情況。

【語　譯】我的癬病近來好了許多，視力平平，和從前一樣。軍營中生病的士卒、民伕，已好了十分之六七。只是仍未恢復元氣，不能出征剿敵，的確深為焦急。

聞甲五❶目疾十癒八九，忻慰之至。爾為下輩之長，須常常存個樂育諸弟之念。君子之道，莫大乎與人為善，況兄弟乎？臨三、昆八，係親表兄弟，爾須與之互相勸勉。爾有所知者，常常與之講論，則彼此並進矣。此諭。

滌生手諭　十月二十五日

【章　旨】此章叮囑紀澤須常存樂育諸弟之念。

【注　釋】❶甲五　即曾紀梁，曾國潢之子。曾國藩定曾氏子侄輩排號為「科甲鼎盛」。

【語　譯】聽說甲五的眼病已經好了十分之八九，我欣慰到了極點。你是晚輩中最年長的，必須常常存有樂於培育諸位弟弟的思想。君子的為人處事原則，沒有比與人為善更重要的了，何況是兄弟呢？臨三、昆八，是親表兄弟，你要跟他們互相勉勵。你所懂得的，常常和他們談論，那麼彼此就可同時進步了。此諭。

滌生手諭　十月二十五日

【說　明】這篇家訓，談了讀《詩經》注疏、作賦和習字等項的要領，還談了作兄長的責任。進德修業二者，時時不忘兼顧，這正是曾國藩家書在內容方面的一個重要特點。

於學問之道而言，曾文正認為貴在發現——他提出一個很重要的方法，即比較的方法。他將漢人鄭玄的傳注、唐人孔穎達的義疏和宋人朱熹的《集傳》，作了扼要的對比，指出漢唐人的優點在「確守故訓，不參私見」，缺點在不敢突破，失之穿鑿；《集傳》敢於一掃舊障，注重涵泳神味，把《詩》不再當作政治教本，而當作文學作品來讀，其缺點卻又未免武斷，失之偏頗。因而他指示曾紀澤，研治《詩經》時，不論看注疏、看宋傳，都應開動腦筋，放出眼光，虛心探求。並且學習王念孫先生父子之法，將自己的辯證記載下來，長期積累，疑點自明，學問也就日益增進了。

諭紀澤

三月初三日清明

字諭紀澤：

三月初二日接爾二月二十日安稟，得知一切。內有賀丹麓先生墓誌❶，字勢流美，天骨開張，覽之忻慰。惟間架間有太鬆之處，尚當加功。大抵寫字祇有用筆、結體兩端。學用筆，須多看古人墨迹；學結體，須用油紙摹古帖。此二者，皆決不可易之理。小兒寫影本，肯用心者，不過數月，必與其摹本字相肖。吾自三十時，已解古人用筆之意，祇為欠卻間架工夫，便爾作字不成體段。生平欲將柳誠懸❷、趙子昂❸兩家合為一爐，亦為間架欠工夫，有志莫遂。爾以後當從間架用一番苦功，每日用油紙摹帖，或百字，或二百字，不過數月，間架與古人逼肖而不自覺。能合柳、趙為一，此吾之素願也。不能，則隨爾自擇一家，但不可見異思遷耳。

不特寫字宜摹仿古人間架，即作文亦宜摹仿古人間架。《詩經》造句之法，無一句無所本。《左傳》之文，多現成句調。揚子雲為漢代文宗❹，而其《太玄》摹《易》，《法言》摹《論語》，《方言》摹《爾雅》，《十二箴》摹《虞箴》，〈長楊賦〉摹〈難蜀父老〉，〈解嘲〉摹〈客難〉，〈甘泉賦〉摹〈大人賦〉，〈劇秦美新〉摹〈封禪文〉，〈諫不許單于朝書〉摹《國策．信陵君諫伐韓》，幾於無篇不摹。即韓、歐、曾、蘇諸巨公之文，亦皆有所摹擬，以成體段。爾以後作文作詩賦，均宜心有摹仿，而後間架可立，其收效較速，其取徑較便。

前信教爾暫不必看《經義述聞》，今爾此信言業看三本，如看得有些滋味，即一直看下去。不為或作或輟，亦是好事。惟《周禮》、《儀禮》、《大戴禮》❺、《公》、《穀》、《爾雅》、《國語》❻、《太歲考》❼等卷，爾向來未讀過正文者，則王氏《述聞》，亦暫可不觀也。

【章　旨】此章言寫字作文作詩賦，均宜心有摹倣，而後間架可立，收效較速，取徑較便。

【注　釋】❶墓誌　埋在墓中刻有死者傳記的石刻。上蓋下底，蓋刻標題，底刻誌銘。❷柳誠懸　名公權，京兆華原（今陝西耀縣）人。唐代書法家。❸趙子昂　名孟頫，浙江湖州人。元代書畫家、文學家。❹文宗　指廣受宗仰的文人。❺大戴禮　書名。亦稱《大戴記》或《大戴禮記》。相傳為西漢戴德編纂。❻國語　書名。相傳為春秋時左丘明著。記載周、晉、魯、楚、齊、鄭、吳、越諸國史事。❼太歲考　書名。太歲，舊曆紀年所用值歲干支的別名。

【語　譯】字諭紀澤：

三月初二日，我收到了你二月二十日的通報平安信。

你的信中，鈔有賀丹麓先生的墓誌，字體的筆勢流暢舒展，整體骨架開闊雄偉，看了之後，我感到十分欣慰。只是間架結構有太鬆散的地方，還需要作些努力。寫字的功夫，大抵只有用筆和結構兩方面。學習用筆，必須多看古人墨跡；學習結構，必須用油紙摹寫古帖。這兩點，都是不可更改的途徑。小孩子習寫影本，願意用心的，不過幾個月，一定與摹本的字相像。我從三十歲的時候，已經懂得古人用筆的意趣，只因為欠缺間架功夫，因而寫字不成體式。我平生想把柳誠懸、趙子昂兩家融合為一，也是因為間架欠缺功夫，有志而無法實現。你以後應當從間架方面下一番苦功，每天用油紙臨摹字帖，或者寫一百字，或者寫二百字，不過幾個月，間架結構，便會不知不覺地和古人十分相似。能把柳、趙融為一家，這是我向來的願望。不能，就隨你自選一家，只是不可見異思遷而已。

不僅寫字應該摹倣古人的間架結構，就是寫文章，也應該摹倣古人的間架結構。《詩經》造句的方法，沒有一句無根據。《左傳》的文句，大都是現成句調。揚子雲為漢代的文宗，可是他的《太玄》摹倣《周易》，《法言》摹倣《論語》，《方言》摹倣《爾雅》，《十二箴》摹倣《虞箴》，〈長楊賦〉摹倣〈難蜀父老〉，〈解嘲〉摹倣〈客難〉，〈甘泉賦〉摹倣〈大人賦〉，〈劇秦美新〉摹倣〈封禪文〉，〈諫不許單于朝書〉摹倣《戰國策·信陵君諫伐韓》，幾乎沒有哪篇不是摹倣的。就是韓愈、歐陽修、曾鞏、蘇軾諸位大師的文章，也都有所摹擬，而後成就體式。你以後作文、作詩、作賦，都應該內心有所摹倣，然後間架可以樹立。這個辦法，收效比較快速，上路比較便捷。

我在前次的信中，教你暫時不必看《經義述聞》，你的這次來信說，現在已經看了三本，假如看得有些滋味，就一直看下去。辦事不或做或停，也是好事。只有《周禮》、《儀禮》、《大戴禮》、《公羊傳》、《穀梁傳》、《爾雅》、《國語》、《太歲考》等書，你向來沒有讀過正文，因而王引之《經義述聞》的有關部分，也可以暫時不看。

爾思來營省覲❶，甚好。余亦思爾來一見。婚期既定五月二十六日，三四月間自不能來。或七月晉❷省鄉試❸，八月底來營省覲亦可。身體雖弱，處多難之世，若能風霜磨煉，苦心勞神，亦自足堅筋骨而長識見。沅甫叔向最羸弱❹，近日從軍，反得壯健，亦其證也。贈伍嵩生之君臣畫像乃俗本，不可為典要。奏摺稿當鈔一目錄付歸。餘詳諸叔信中。

滌生手諭　三月初三日清明

（咸豐九年）

【章　旨】此章言可於八月底來營探望。

【注　釋】❶省覲　探望；拜見。❷晉　進。❸鄉試　明清兩代每三年一次在各省城（包括京城）舉行的考試。凡本省生員與監生、蔭生、官生、貢生及經科考、錄科、錄遺考試合格者，均可應考。考中者，稱為舉人。因考試在秋季舉行，故又稱為秋闈。❹羸弱　瘦弱；疲弱。

【語　譯】你想來軍營看望我，很好。我也想你來見一面。婚期已經定在五月二十六日，三四月間自然不能來。或者七月進省城參加鄉試，八月底來軍營探望也可以。你的身體雖然瘦弱，處在多難的時代，倘若能夠經受風霜磨練，苦心勞神，也自然可以強健筋骨，增長見識。沅甫叔素來體質最虛弱，近年從軍之後，反而顯得壯健，就是很好的證明。送給伍嵩生的君臣畫像是俗本，不能作為典範。奏摺稿應當謄鈔一個目錄託人帶回。其餘事項，詳見給各位叔叔的信中。

滌生手諭　三月初三日清明

【說　明】曾國藩於寫字、作文，甚為愛好，軍務之餘，往往著力為之。這封家書，就是他在江西撫州軍營中所寫，悉心教給紀澤習字、作文之法。

曾國藩指出：習字功夫，不外乎用筆與結構兩個方面；學習用筆，必須反覆揣摩古代書法家的墨跡，學習結構，必須反覆臨摹古代書法家的字帖。作文、作賦，也必須認真模倣古代大家的間架結構和遣詞造句，才能有所樹立。他說：漢代文宗揚雄，所作甚多，幾乎無一不是模倣。韓、歐、三蘇，文壇巨擘，也都各有摹擬，而後自成體段。總之，用心模倣，才是學成的捷徑，創新的先導。文正公此論，於國文教學而言，今日仍有「決不可易之理」。

諭紀澤　四月二十一日

字諭紀澤：

前次於諸叔父信中，覆示爾所問各書帖之目。鄉間苦於無書，然爾生今日，吾家之書，業已百倍於道光中年矣。買書不可不多，而看書不可不知所擇。以韓退之為千古大儒，而自述其所服膺之書，不過數種：曰《易》、曰《書》、曰《詩》、曰《春秋左傳》、曰《莊子》、曰〈離騷〉❶、曰《史記》、曰相如、子雲。柳子厚自述其所得，正者：曰《易》、曰《書》、曰《詩》、曰《禮》、曰《春秋》❷；旁者：曰《穀梁》、曰《孟》《荀》❸、曰《莊》《老》❹、曰《國語》、曰〈離騷〉、曰《史記》。二公所讀之書，皆不甚多。本朝善讀古書者，余最好高郵王氏父子，曾為爾屢言之矣。今觀懷祖先生《讀書雜志》中所考訂之書，曰《逸周書》❺、曰《戰國策》❻、曰《史記》、曰《漢書》、曰《管子》❼、曰《晏子》❽、曰《墨子》❾、曰《荀子》、曰《淮南子》❿、曰《後漢書》、曰《老》《莊》、曰《呂氏春秋》⓫、曰《韓非子》⓬、曰《楊子》⓭、曰《楚辭》⓮、曰《文選》，凡十六種；又別著《廣雅疏證》⓯一種。伯申先生《經義述聞》⓰中所考訂之書，曰《易》、曰《書》、曰《詩》、曰《周官》⓱、曰《儀禮》、曰《大戴禮》、曰《禮記》、曰《左傳》、曰《國語》、曰《公羊》、曰《穀梁》、曰《爾雅》，凡十二種。王氏父子之博，古今所罕，然亦不滿三十種也。余於「四書」、「五經」之外，最好《史記》、《漢書》、《莊子》、韓文四種，好之十餘年，惜不能熟讀精考。又好《通鑑》⓲、《文選》及姚惜抱所選《古文辭類纂》、余所選《十八家詩鈔》四種，共不過十餘種。早歲篤志為學，恆思將此十餘書貫串精通，略作札記，仿顧亭林、王懷祖之法。今年齒衰老，時事日艱，所志不克成就，中夜思之，每用愧悔。澤兒若能成吾之志，將四書、五經及余所好之八種，一一熟讀而深思之，略作札記，以誌所得，以著所疑，則余歡欣快慰，夜得甘寢，此外別無所求矣。至王氏父子所考訂之書二十八種，凡家中所無者，爾可開一單來，余當一一購得寄回。

【章　旨】此章言看書須知選擇，且宜熟讀深思，略作札記。

【注　釋】❶離騷　戰國時代楚國詩人屈原所作的抒情長詩。❷春秋　編年體史書，為孔子依據魯史《春秋》修訂而成。儒家經典之一。❸孟荀　孟，書名，即《孟子》。戰國時思想家、教育家孟軻及其弟子萬章等著。儒家經典之一。荀，書名，即《荀子》。戰國時思想家、教育家荀況所著。❹老　書名，即《老子》。又稱《道德經》、《老子五千文》，道家的主要經典。相傳為春秋時思想家老聃著。❺逸周書　書名。原名《周書》，連序共七十一篇。❻戰國策　書名。戰國時遊說之士的策謀和言論彙編。西漢末劉向編訂為三十三篇。❼管子　書名。舊題為春秋時齊國政治家管仲撰，實係後人託名之作。原本八十六篇，今存七十六篇。❽晏子　書名，即《晏子春秋》。舊題為春秋時齊國政治家晏嬰撰，實係後人託名之作。❾墨子　書名。墨家學派的著作總彙，現存五十三篇，是研究春秋戰國之際思想家墨翟和墨家學說的基本材料。❿淮南子　書名，又稱《淮南鴻烈》。西漢淮南王劉安集其門客蘇非、李尚、伍被等著。⓫呂氏春秋　書名，又稱《呂覽》。戰國末期秦相呂不韋邀集門客共同編撰而成的雜家代表作。⓬韓非子　書名。集先秦法家學說大成的代表作。戰國末期哲學家韓非死後，後人搜集其遺著，並加入他人的有關論述編輯而成。⓭楊子　楊朱，魏國人。戰國初期哲學家。相傳他反對墨子的「兼愛」，也反對儒家的倫理思想，主張「貴生」、「重己」、「全性葆真，不以物累形」，重視個人生命的保存，反對別人的侵奪，也反對侵奪別人。他沒有留下著作。《列子》中有〈楊朱篇〉，不一定可靠。⓮楚辭　總集名。

西漢劉向收集屈原、宋玉等人的辭賦編輯而成。⓯廣雅疏證　清代學者王念孫所著訓詁學書。博搜漢以前古訓，由古音以求古義，創見良多。⓰經義述聞　清代學者王引之所撰訓詁文字學著作。其中訓釋，大都述其父王念孫之說，故名。⓱周官　書名，又稱《周官經》，亦即《周禮》。⓲通鑑　史書名，即《資治通鑑》，北宋史學家司馬光撰。

【語譯】字諭紀澤：

前次在給你諸位叔父的信中，答覆了你所問的各種書目和字帖的詳細情況。鄉間最愁無書可看，然而你生在今天，我們家的藏書，已經是道光年間的一百倍了。買書不可不多，但是看書卻不可不懂得選擇。韓退之是千百年來的大文人，但他說自己所衷心信服的書，不過幾種：《易經》、《尚書》、《詩經》、《春秋左傳》、《莊子》、〈離騷〉、《史記》、司馬相如的文章、揚子雲的文章。柳子厚說自己所受益的書，主要的有：《易經》、《尚書》、《詩經》、《禮記》、《春秋》；為輔的有：《穀梁傳》、《孟子》、《荀子》、《莊子》、《老子》、《國語》、〈離騷〉、《史記》。二人所讀的書，都不很多。本朝善於讀古書的，我最喜歡江蘇高郵的王氏父子，曾經對你多次說過了。現在看王念孫先生《讀書雜志》中所考訂的書，有《逸周書》、《戰國策》、《史記》、《漢書》、《管子》、《晏子》、《墨子》、《荀子》、《淮南子》、《後漢書》、《老子》、《莊子》、《呂氏春秋》、《韓非子》、〈楊子〉、《楚辭》、《文選》，共十六種；又另著《廣雅疏證》一種。王引之先生《經義述聞》中所考訂的書，有《易經》、《尚書》、《詩經》、《周官》、《儀禮》、《大戴禮》、《禮記》、《左傳》、《國語》、《公羊傳》、《穀梁傳》、《爾雅》，共十二種。王氏父子的淵博，古今少有，但他們所涉及的古書，也不足三十種。我在「四書」、「五經」之外，最愛好《史記》、《漢書》、《莊子》和韓愈的文章，共四種，雖已喜愛了十多年，可惜至今未能熟讀和精確考訂。又愛好《資治通鑑》、《昭明文選》、姚鼐所選編的《古文辭類纂》以及我自己選編的《十八家詩鈔》四種，總共不過十餘種。我早年專心治學，總想把這十多種書貫串精通，簡要地寫成札記，倣效顧炎武、王念孫的辦法。如今年歲已老，國事一天比一天艱難，立志要做的事情不能完成，半夜想起來，常常因此悔恨。澤兒你倘若能夠實現我的意願，將「四書」、「五經」以及我所愛好的八種著述，一一熟讀深思，簡要地寫成札記，記下心得，闡明疑難，那麼，我就歡喜欣慰，夜裡能睡得安穩，除此而外，別無所求了。至於王氏父子所考訂的二十八種書，凡是家中沒有的，你可以開一份清單來，我會一一購買寄回。

學問之途，自漢至唐，風氣略同；自宋至明，風氣略同。國朝又自成一種風氣，其尤著者，不過顧、閻百詩、戴東原、江慎修、錢辛楣❶、秦味經❷、段懋堂、王懷祖數人，而風會所扇，群彥❸雲興。爾有志讀書，不必別標漢學之名目，而不可不一窺數君子之門徑。凡有所見所聞，隨時稟知，余隨時諭答。較之當面問答，更易長進也。

滌生手諭　四月二十一日

（咸豐九年）

【章　旨】此章指示紀澤，應努力探求顧炎武等名家做學問的途徑。

【注　釋】❶錢辛楣　名大昕，字曉徵，又號竹汀，江蘇嘉定（今屬上海市）人。學者。治學涉及面很廣，於音韻訓詁，尤多創見。❷秦味經　名蕙田，字樹峰，江蘇金匱（今無錫市）人。清代大臣兼學者。所著《五禮通考》，體大思精。❸群彥　眾多的名士。

【語　譯】學問的途徑之中，從漢朝到唐朝，風氣大致相同；從宋朝到明朝，風氣也大致相同。本朝卻又自成一種風氣，尤其顯著的是，不過顧炎武、閻若璩、戴震、江永、錢大昕、秦蕙田、段玉裁、王念孫幾個人領頭，但風氣所向，群才興起如雲。你有志讀書，不必另外標舉漢學的名目，但不可不探求以上幾位名家做學問的方法。凡是你看到的、聽到的，隨時稟告我，我隨時答覆。這比當面問答，更容易長進。

滌生手諭　四月二十一日

【說　明】這篇家訓，曾國藩對曾紀澤治學，作了兩個重要指點。首先，他告訴紀澤，看書不可不懂得選擇。如韓愈、柳宗元，是唐代大散文家，但他們愛看的書，每人不過十幾種；王念孫父子是當代著名學者，以學識淵博著稱，他們愛看的書，共計不過三十種；自己早年曾專心學問，愛看的書，只不過八種而已。知選擇，才會有專攻；有專攻，才能有發見。其次，他告訴紀澤，當代的學術風氣相當重視訓詁考覈之功，學者多認為只有通過訓詁和名物考證，才能通經明道，闡明儒學義理。顧炎武、黃宗羲倡之於前；戴震、惠棟繼響於後；段玉裁、王念孫父子繼承而發揚之，以致樸學盛興。因此，想要學有所成，須向當代名家學習，力求掌握名家做學問的門徑。

諭紀澤　五月初四日

字諭紀澤兒：

余送叔父母生日禮目，魚翅二斤太大，不好帶，改送洋帶二根。此帶頗奇，可鬆可緊，可大可小，大而星岡公❶之腹可用也，小而鼎二、三之腰亦可用也。此二根皆送軒叔❷，春羅❸送叔母。

【章　旨】此章言送叔父母壽禮事。

【注　釋】❶星岡公　曾國藩的祖父，名玉屏，字星岡。❷軒叔　曾國藩的叔父，名驥雲，號高軒。❸春羅　絲織物名。

【語　譯】字諭紀澤兒：

我送叔父母生日禮單，魚翅二斤太大，不好捎帶，改送洋帶二根。這種洋帶很奇特，可以鬆，可以緊，可以大，可以小。大到星岡公的肚子可以圍，小到鼎二、鼎三的腰也可以繫。這兩根都送給高軒叔，春羅送給嬸母。

爾作時文，宜先講詞藻。欲求詞藻富麗，不可不分類鈔撮體面話頭。近世文人，如袁簡齋❶、趙甌北❷、吳穀人❸，皆有手鈔詞藻小本。此眾人所共知者。阮文達公為學政時，搜出生童夾帶❹，必自加細閱。如係親手所鈔，略有條理者，即予進學；如係請人所鈔，概錄陳文者，照例罪斥。阮公一代閎儒，則知文人不可無手鈔夾帶小本矣。昌黎之「記事提要❺」、「纂言鉤元❻」，亦係分類手鈔小冊也。爾去年鄉試之文，太無詞藻，幾不能敷衍成篇。此時下手❼工夫，以分類手鈔詞藻為第一義。

【章　旨】此章言寫文章須注意積累詞藻。

【注　釋】❶袁簡齋　名枚，字子才，又號隨園老人，浙江錢塘（今杭州市）人。清代詩人。❷趙甌北　名翼，字雲崧，江蘇陽湖（今武進）人。清代史學家、文學家。❸吳穀人　名錫麒，字聖徵，浙江錢塘（今杭州市）人。清代文學家。❹夾帶　指考試時，考生私帶手鈔本之類入場。❺要　要點；綱領。❻元　同「玄」。此處避康熙（玄燁）諱，改「玄」作「元」。指精微的義理。語出〈進學解〉。❼下手　動手；著手。

【語　譯】你作八股文，應當先講究詞藻。想要求得詞藻富麗，不可不分類鈔摘精彩的詞語。當代文人，如袁簡齋、趙甌北、吳穀人，都有親手鈔摘的詞藻小本。這是大家都知道的。阮文達公任提督學政的時候，搜出考生的夾帶，必定親自仔細審閱。如果是親手鈔錄，大致有些條理的，就允許取錄為生員；如果是請人鈔錄，一概鈔襲舊文的，照例懲罰申斥。阮元是當代大學者，就知道文人不可以沒有手鈔的夾帶小本子。韓昌黎〈進學解〉中所說的「記事者必提其要」、「纂言者必鉤其玄」，也是分類手鈔的小本子。你去年鄉試的文章，太缺乏詞藻，幾乎不能應付成篇。這時你所著手的功夫，要把分類手鈔詞藻作為第一重要的事。

爾此次覆信，即將所分之類開列目錄，附稟寄來。分大綱子目，如倫紀類為大綱，則君臣、父子、兄弟為子目；王道類為大綱，則井田❶、學校為子目。此外各門可以類推。爾曾看過《說文》、《經義述聞》，二書中可鈔者多。此外如江慎修之《類腋》及《子史精華》❷、《淵鑑類函》❸，則可鈔者尤多矣。爾試為之。此科名之要道，亦即學問之捷徑也。此諭。

父滌生字　五月初四日

（咸豐九年）

【章　旨】此章叮囑紀澤，覆信時即將詞藻分類目錄一併寄來。

【注　釋】❶井田　即井田制，相傳為殷周時代的一種土地制度。此處借指田賦。❷子史精華　清康熙時纂輯。摘錄子史中的名言名句，分類排比而成。❸淵鑑類函　康熙時張英等輯。摘錄明嘉靖以前的事類和文章，分類彙編而成。

【語　譯】你這次覆信，就要把詞藻的分類列成目錄，附在信中寄來。要分大綱和細目，比如倫理綱紀類是大綱，那麼，君臣、父子、兄弟，就是細目；仁政德治類是大綱，那麼，井田、學校，就是細目。此外，各門可以類推。你曾經看過許慎的《說文解字》、王引之的《經義述聞》，這兩部書中，可供鈔寫的內容很多。除此以外，像江慎修的《類腋》及聖祖時期編纂的類書《子史精華》、《淵鑑類函》，可供鈔寫的就更多了。你試著鈔寫吧！這是獲取科舉功名的重要方法，也是求得學問的捷徑。此諭。

父滌生字　五月初四日

【說　明】文章要寫得漂亮，必須講究詞藻。如果缺乏詞藻，文章就會像個臉色蒼白的貧血兒。如何才能使得詞藻富麗呢？曾國藩告訴紀澤，必須下一番鈔寫記誦功夫。即根據平日讀書所得和作文需要，將鈔錄的詞藻列出大綱，析成細目，分門別類，強作記誦，運用起來，才能記事提要，纂言鉤玄，得心應手。當代文人袁簡齋、趙甌北、吳穀人，都有手鈔的詞藻小本子，都在這方面下過笨功夫。笨拙中可得靈巧，這既是成就科名的重要方法，也是積累學識的簡捷途徑。

諭紀澤

六月十四日辰刻

字諭紀澤兒：

接爾二十九、三十號兩稟，得悉《書經注疏》看〈商書〉已畢。《書經注疏》頗庸陋，不如《詩經》之該博。我朝儒者，如閻百詩、姚姬傳諸公，皆辨別古文《尚書》之偽。孔安國❶之傳，亦偽作也。蓋秦燔書後，漢代伏生❷所傳，歐陽❸及大小夏侯❹所習，皆僅二十八篇，所謂今文《尚書》者也。厥後孔安國家有古文《尚書》，多十餘篇，遭巫蠱❺之事，未得立於學官，不傳於世。厥後張霸有《尚書百兩篇》，亦不傳於世。後漢賈逵❻、馬❼、鄭❽作古文《尚書》注解，亦不傳於世。至東晉梅賾❾始獻古文《尚書》并孔安國傳，自六朝唐宋以來承之，即今通行之本也。自吳才老❿及朱子、梅鼎祚⓫、歸震川，皆疑其為偽。至閻百詩遂專著一書以痛辨之，名曰《疏證》。自是辨之者數十家，人人皆稱偽古文、偽孔氏也。《日知錄》⓬中略著其原委。王西莊⓭、孫淵如⓮、江艮庭⓯三家皆詳言之《皇清經解》中皆有江書，不足觀。此亦六經⓰中一大案，不可不知也。

【章　旨】此章言真正的古文《尚書》已經失傳，傳世的古文《尚書》以及孔安國的傳注，都是偽作。

【注　釋】❶孔安國　西漢經學家，孔子十二世孫。相傳他曾得孔子住宅壁中所藏古文《尚書》，後失傳。❷伏生　名勝，濟南（今山東章丘南）人。西漢今文《尚書》的最早傳授者。今本今文《尚書》二十八篇，即由他傳授而存。❸歐陽　歐陽生，即歐陽和伯，千乘（今山東高青東）人。伏生弟子。西漢今文尚書學「歐陽學」的開創者。❹大小夏侯　指夏侯勝和夏侯建，東平（今屬山東）人。夏侯勝，字長公，西漢今文尚書學「大夏侯學」的開創者。夏侯建，字長卿，西漢今文尚書學「小夏侯學」的開創者。❺巫蠱　漢武帝時，嬪妃互相嫉妒，各自指使女巫以法術蠱害人，招致武帝嚴辦。❻賈逵　字景伯，扶風平陵（今陝西咸陽西北）人。東漢經學家、天文學家。撰有《春秋左氏傳解詁》、《國語解詁》等，已佚。❼馬　馬融，字季長，扶風茂陵（今陝西興平東北）人。東漢經學家、文學家。遍注《周易》、《尚書》、《毛詩》、三禮、《論語》、《孝經》等。❽鄭　鄭玄，字康成，北海高密（今屬山東）人。東漢經學家。馬融門生。遍注群經，稱為「鄭學」。❾梅賾　字仲真，東晉汝南（今湖北武昌）人。獻偽古文《尚書》及偽《尚書孔氏傳》，東晉君臣信以為真。❿吳才老　名棫，建安（今福建建甌）人。南宋音韻訓詁學家。⓫梅鼎祚　字禹金。明代戲曲作家。此處有誤，應是梅鷟。梅鷟曾撰《尚書考異》和《尚書譜》，對偽古文《尚書》表示懷疑。⓬日知錄　書名。讀書札記，顧炎武著。⓭王西莊　名鳴盛，字鳳喈，一字禮堂，「西莊」是其別字，江蘇嘉定（今屬上海市）人。清史學家、經學家。撰有《尚書後案》等。⓮孫淵如　名星衍，江蘇陽湖（今武進）人。清經學家。撰有《尚書今古文注疏》等。⓯江艮庭　名聲，字鱷濤，江蘇元和（今吳縣）人。清經學家。撰有《尚書集注音疏》等。⓰六經　六部儒家經典。即於《詩》、《書》、《禮》、《易》、《春秋》五經之外，另加《樂經》。

【語　譯】字諭紀澤兒：

接到你第二十九號、三十號兩封信，知道《尚書注疏》你已經看完了〈商書〉部分。《尚書注疏》相當平庸淺陋，比不上《詩經注疏》的完備廣博。當代的學者，像閻百詩、姚姬傳幾位先生，都明察當今流傳的古文《尚書》是偽作。孔安國的注解，也是偽作。秦代焚書以後，漢代伏生所傳授的，歐陽和伯及夏侯勝、夏侯建所研習的，都只有二十八篇，就是人們所說的今文《尚書》。其後孔安國家裡有古文《尚書》，多出十餘篇，正遇上宮廷裡發生了巫蠱事件，沒有能夠立於學官，也沒有在社會上傳布。其後張霸有《尚書百兩篇》，也沒有在社會上流傳。後漢賈逵、馬融、鄭玄撰寫的古文《尚書》注解，也沒有在社會上流傳。到東晉時，梅賾才獻上古文《尚書》和《尚書孔氏傳》，從六朝、唐、宋以來，相沿繼承，就是今天通行的本子。從吳才老及朱熹、梅鷟、歸有光，都懷疑這是偽作。到閻百詩，就專門寫了一部書，徹底加以辯駁，書名叫做《古文尚書疏證》。從此，辨偽的有幾十家，人人都說是偽古文《尚書》、偽《尚書孔氏傳》。《日知錄》中，簡略地敘述了這件事的來龍去脈。王西莊、孫淵如、江艮庭三家，都曾詳細地加以敘述。《皇清經解》中都收有江艮庭的書，不值得看。）這也是六經中的一大公案，不可不知道。

爾讀書記性平常，此不足慮。所慮者第一怕無恆，第二怕隨筆點過一遍，並未看得明白。此卻是大病。若實看明白了，久之必得些滋味，寸心若有怡悅之境，則自略記得矣。爾不必求記，卻宜求個明白。

【章旨】此章言讀書一怕沒有恆心，二怕沒有看得明白。

【語譯】你讀書的記憶力平平，這不值得憂慮。所憂慮的，第一怕沒有恆心，第二怕只是隨筆點過一遍，並沒有看得明白。這可是大弊病。倘若確實看明白了，久而久之，一定能夠嘗到一些味道，內心倘若有了喜悅的情境，就自然大致記住了。你不必要求強記，卻應當求個明白。

鄧先生❶講書，仍請講《周易折中》。余圈過之《通鑑》，暫不必講，恐污壞耳。爾每日起得早否？并問。此諭。

滌生手示　六月十四日辰刻

（咸豐九年）

【章　旨】此章言當仍請鄧先生講授《周易折中》。

【注　釋】❶鄧先生　即鄧汪瓊，號瀛皆。塾師。

【語　譯】鄧汪瓊先生講書，仍然請他講授《周易折中》。我圈點過的《資治通鑑》，暫時不必講解，恐怕汙損。你每天起得早嗎？附帶問及。此諭。

滌生手示　六月十四日辰刻

【說　明】這篇家訓，也是在江西撫州軍營中寫的。因為曾紀澤的信中，曾說到《尚書注疏》已經讀完《商書》部分，於是曾國藩便談到了古文《尚書》的真偽問題。他告訴紀澤，真正的古文《尚書》早已失傳，傳世的古文《尚書》和《尚書孔氏傳》是東晉梅賾獻給當朝的偽作。南宋時，吳棫、朱熹等人已經開始懷疑，到清代樸學大師閻若璩作《古文尚書疏證》，對偽作痛加辯駁，才算了卻這樁綿延一千三百餘年的公案。

此外，曾國藩又針對紀澤信中顧慮「記性不好」的問題，指出讀書時記憶力平平，並不值得憂慮，值得憂慮的是：一怕沒有恆心，見異思遷，到頭來一無所獲；二怕隨筆圈點一遍，便算了事，囫圇吞棗，淺嘗輒止，並沒有真正弄明白。這些，才是大弊病。如果能夠持之以恆，真個弄明白了，久而久之，內心就會感到有樂趣，自然也就能記住了。提倡寓樂於學，讀書講求進入「怡悅之境」，這種見解，不是酷愛讀書，且深有所得者，不能道出。

諭紀澤

閏三月初四日

字諭紀澤：

初一日接爾十六日稟，澄叔已移寓新居，則黃金堂老宅，爾為一家之主矣。昔吾祖星岡公最講求治家之法，第一起早，第二打掃潔淨，第三誠修祭祀，第四善待親族鄰里。凡親族鄰里來家，無不恭敬款接。有急必周濟❶之，有訟必排解❷之，有喜必慶賀之，有疾必問，有喪必弔。此四事之外，於讀書、種菜等事尤為刻刻留心。故余近寫家信，常常提及書、蔬、魚、豬四端者，蓋祖父相傳之家法也。爾現讀書無暇，此八事，縱不能一一親自經理，而不可不識得此意。請朱運四先生細心經理，八者缺一不可。其誠修祭祀一端，則必須爾母隨時留心，凡器皿第一等好者留作祭祀之用，飲食第一等好者亦備祭祀之需。凡人家不講究祭祀，縱然興旺，亦不久長。至要至要。

【章旨】此章叮囑紀澤必須深刻懂得祖傳治家之法。

【注釋】❶周濟　即「賙濟」，救濟。❷排解　排難解紛。

【語譯】字諭紀澤：

初一日，我接到了你上月十六日的信，澄侯叔已經移居新宅，那麼，黃金堂舊宅，你就是一家之主了。從前，我的祖父星岡公最講究治家的方法，第一起床早，第二庭院要打掃乾淨，第三誠心誠意對待祭祀，第四好好對待親族鄰居。凡是親族鄰居來到家裡，沒有不恭敬款待和迎接的。有急難，一定要接濟他們；有爭端，一定要替他們排難解紛；有喜事，一定要向他們表示慶賀；有疾病，一定要慰問；有喪事，一定要弔唁。這四件事情之外，對於讀書、種菜等事，尤其要時時注意。所以，我近來寫家信，常常提到讀書、種菜、養魚、餵豬四個方面，因為這是祖父傳下來的家法。你如今正在讀書，沒有空閒時間，這八件事，即使不能一樁一樁親自經管，但也不能不懂得這個道理。請朱運四先生細心照料，八項缺一不可。其中誠心對待祭祀一事，必須由你母親隨時留意，所有第一等好的器皿，要留作祭祀使用，第一等好的飲食，要預備作祭祀的需求。凡是不講究祭祀的人家，即使興旺，也不會長久。最為重要，最為重要。

爾所論看《文選》之法不為無見。吾觀漢魏文人，有二端最不可及：一曰訓詁精確，二曰聲調鏗鏘。《說文》訓詁之學，自中唐以後人多不講，宋以後說經尤不明故訓，及至我朝巨儒始通小學❶。段茂堂、王懷祖兩家，遂精研乎古人文字聲音之本，乃知《文選》中古賦所用之字，無不典雅精當。爾若能熟讀段、王兩家之書，則知眼前常見之字，凡唐宋文人誤用者，惟六經不誤，《文選》中漢賦亦不誤也。即以爾稟中所論《三都賦》❷言之，如「蔚若❸相如，皭若❹君平❺」，以一「蔚」字該括相如之文章，以一「皭」字該括君平之道德，此雖不盡關乎訓詁，亦足見其下字之不苟矣。至聲調之鏗鏘，如「開高軒❻以臨山，列❼綺窗而瞰江」，「碧出萇宏❽之血，鳥生杜宇❾之魄」，「洗兵海島，刷馬江洲」，「數軍實乎桂林之苑❿，饗戎旅乎落星之樓⓫」等句，音響節奏，皆後世所不能及。爾看《文選》，能從此二者用心，則漸有入理處矣。

【章　旨】此章言漢魏文人最注重訓詁精確，聲調鏗鏘，讀《文選》要從這兩方面用心。

【注　釋】❶小學　漢代指文字學。隋唐以後，則為文字學、訓詁學、音韻學的總稱。❷三都賦　即〈蜀都賦〉、〈吳都賦〉、〈魏都賦〉。西晉左思作。相傳構思十年始成，賦成之後，豪貴人家競相傳鈔，洛陽為之紙貴。❸蔚若　即蔚然，形容文采華美。❹皭若　即皭然，潔白貌，形容品德潔白無瑕。❺君平　即嚴君平，名遵，蜀（今四川）人。西漢隱士，著有《道德真經指歸》。❻軒　窗戶。❼列　通「裂」。開。❽萇宏　或作萇弘，春秋時人。傳說他死後三年，鮮血化為碧玉。❾杜宇　傳說中的古代蜀國國王，號稱望帝。據說他死後，魂魄化為杜鵑鳥（即子規）。❿桂林之苑　即桂林苑，吳國的苑囿之一，是蓄養禽獸的場所。⓫落星之樓　即落星樓，吳國都城的名樓，是宴饗賓客的場所。

【語　譯】你所說的讀《文選》的方法，不算沒有見識。我觀察漢魏時代的文人，有兩方面最令人追趕不上：一是對古書字句的解釋精確，二是遣詞造句聲調鏗鏘。《說文》訓詁方面的學問，從唐代中期以後，人們大都不很講究，宋代以後解釋經書，尤其不明瞭訓詁，直到我們當代的大學者，才精通語言文字學。段玉裁、王念孫兩家，精心研究古人文字、聲音的本源，因而懂得《文選》中古賦所用的字，沒有不典雅精當的。你倘若能夠熟讀段、王兩家的書，便知道眼前常見的字，凡是唐宋文人用錯的，只有六經不錯，《文選》中漢賦也不錯。就拿你信中所談到的〈三都賦〉來說，例如「蔚若相如，皭若君平」，用一個「蔚」字來概括司馬相如的文章，用一個「皭」字來概括嚴君平的道德，這雖然不全是訓詁的問題，但也足可看出左思用字的不草率了。至於聲調鏗鏘，例如「開高軒以臨山，列綺窗而瞰江」，「碧出萇宏之血，鳥生杜宇之魄」，「洗兵海島，刷馬江洲」，「數軍實乎桂林之苑，饗戎旅乎落星之樓」等句，音響節奏，都是後世所趕不上的。你讀《文選》，能從這兩方面用心，就逐漸掌握深入理趣的門徑了。

作梅❶先生想已到家，爾宜恭敬款接。沅叔既已來營，則無人陪往益陽❷，聞胡宅專人至吾鄉迎接，即請作梅獨去可也。爾舅父牧雲❸先生身體不甚耐勞，即請其無庸來營。吾此次無信，爾先致吾意，下次再行寄信。此囑。

滌生手示　閏三月初四日

（咸豐十年）

【章旨】此章叮囑紀澤要恭敬接待陳作梅，並轉告歐陽牧雲不要來軍營。

【注釋】❶作梅　姓陳，名鼎，江蘇溧陽人。進士，曾任曾國藩幕府。❷益陽　縣名，今屬湖南益陽。❸牧雲　姓歐陽，湖南衡陽人。曾國藩妻兄。

【語譯】陳作梅先生想必已經到達我們家，你應當恭恭敬敬地款待。沅甫叔已經來軍營，就沒有人陪同往益陽，聽說胡家派專人到我們家鄉來迎接，就請陳作梅獨自去好了。你舅父歐陽牧雲先生，身體不太經得起勞苦，就請他不要來軍營了。我這次沒有給他寫信，你先轉達我的想法，我下次再給他寄信。此囑。

閏三月初四日　滌生手示

【說　明】這篇家訓，是曾國藩在安徽宿松軍營中寫給紀澤的。這時，紀澤已經二十二歲，曾國潢搬遷新居之後，他便是老屋之主了，因而文正公教導他必須恪守祖傳治家方法。

接著，又談到了讀《文選》的問題。曾國藩指出，漢魏文人十分注重訓詁精確，聲調鏗鏘，讀《文選》若能從這兩方面用心，就逐漸掌握深入理趣的門徑了。讀《文選》，強調從訓詁、聲韻入手，這既是從作品本身的實際出發，也是對宋明以來，偏重講求義理，卻不明於故訓的不良學風的批判。這正與上年四月〈諭紀澤〉信中，曾國藩所提出的「不必別標漢學之名目」，但需學習國朝「樸學」之風的旨意，是完全一致的。

諭紀澤 四月二十四日

字諭紀澤兒：

十六日，接爾初二日稟并賦二篇。近日大有長進，慰甚。

無論古今何等文人，其下筆造句，總以「珠圓玉潤」四字為主。無論古今何等書家，其落筆結體，亦以「珠圓玉潤」四字為主。故吾前示爾書，專以一「重」字救爾之短，一「圓」字望爾之成也。世人論文家之語圓而藻麗者，莫如徐陵❶、庾信❷，而不知江淹❸、鮑照❹則更圓，進之沈約❺、任昉❻則亦圓，進之潘岳❼、陸機❽則亦圓，又進而溯之東漢之班固、張衡❾、崔駰❿、蔡邕⓫則亦圓，又進而溯之西漢之賈誼、晁錯⓬、匡衡、劉向則亦圓。至於馬遷、相如、子雲三人，可謂力趨險奧，不求圓適矣；而細讀之，亦未始不圓。至於昌黎，其志意直欲陵駕子長、卿、雲三人，戛戛⓭獨造，力避圓熟矣；而久讀之，實無一字不圓，無一句不圓。爾於古人之文，若能從江、鮑、徐、庾四人之圓步步上溯，直窺卿、雲、馬、韓四人之圓，則無不可讀之古文矣，即無不可通之經史矣。爾其勉之。余於古人之文，用功甚深，惜未能一一達之腕下，每歉然⓮不怡耳。

【章旨】此章言不論作文、寫字，總以珠圓玉潤為主。

【注釋】❶徐陵　字孝穆，東海郯（今山東郯城）人。南朝陳文學家，編有《玉臺新詠》。❷庾信　字子山，南陽新野（今屬河南）人。北周文學家。❸江淹　字文通，濟陽考城（今河南蘭考）人。南朝梁文學家。❹鮑照　字明遠，東海（郡治今山東蒼山縣南）人。南朝宋文學家。❺沈約　字休文，吳興武康（今浙江德清武康鎮）人。南朝梁文學家。❻任昉　字彥昇，樂安博昌（今山東壽光）人。南朝梁文學家。❼潘岳　字安仁，滎陽中牟（今屬河南）人。西晉文學家。❽陸機　字士衡，吳郡吳縣華亭（今上海市松江）人。西晉文學家。❾張衡　字平子，南陽西鄂（今河南南召之南）人。東漢文學家、科學家。❿崔駰　字亭伯，涿郡安平（今屬河北）人。東漢文學家。⓫蔡邕　字伯喈，陳留圉（今河南杞縣南）人。東漢文學家、書法家。⓬晁錯　潁川（治今河南禹縣）人。西漢政論家。⓭戛戛　介然獨立貌。⓮歉然　內心不安貌。

【語譯】字諭紀澤兒：

十六日，我接到了你上月初二日的信和兩篇賦。近來，你大有進步，我感到極為欣慰。

不論古代、現代什麼樣的文人，他們動筆造句，總要以「珠圓玉潤」四字作為主要標準。不論古代、現代什麼樣的書法家，他們落筆寫字，也總要以「珠圓玉潤」四字作為主要標準。所以我以前寫給你的信，專門用一個「重」字補救你的短處，用一個「圓」字希望你有所成就。當代人評論文學家的語言圓轉，而詞藻華麗的，沒有誰比得上徐（陵）、庾（信），卻不知道江（淹）、鮑（照）更為圓轉，進而沈（約）、任（昉）也很圓轉，進而潘（岳）、陸（機）也很圓轉，進而上溯到東漢的班（固）、張（衡）、崔（駰）、蔡（邕）也圓轉，又進而上溯到西漢的賈（誼）、晁（錯）、匡（衡）、劉（向）也很圓轉。至於司馬遷、司馬相如、揚子雲三人，可以說是力追奇險深奧，不求圓轉流暢了；可是仔細品味，也未嘗不圓通。至於韓昌黎，他的志趣是要超過司馬子長、司馬長卿、揚子雲三人，介然獨自創新，努力避免圓熟；可是，經常讀他的文章，實在是沒有一個字不圓熟，沒有一句話不圓熟。你對於古人的文章，倘若能夠從江淹、鮑照、徐陵、庾信四人的圓轉，一步一步的向前追溯，一直窺察到司馬長卿、揚子雲、司馬遷、韓昌黎四人的圓熟，就沒有讀不懂的古文了，也就是沒有讀不通的經書、史書了。你應當努力做到。我對於古人的文章，用的功夫很深，可惜沒能一一寫出來，常常為此而心情不舒暢。

江浙賊勢大亂，江西不久亦當震動，兩湖亦難安枕。余寸心坦坦蕩蕩，毫無疑怖。爾稟告爾母，盡可放心。人誰不死？只求臨終心無愧悔耳。家中暫不必添起雜屋，總以安靜不動為妙。

【章旨】此章言局勢危惡，家中諸事總以安靜不動為妙。

【語譯】江蘇、浙江一帶，太平軍大肆作亂，江西不久也會震動，湖南、湖北的人們，也難睡得安穩。我的內心，倒是坦坦蕩蕩，毫無疑慮驚恐。你告訴你母親，完全可以放心。哪個人不會死？只求臨死時，內心沒有慚愧悔恨而已。家裡暫時不要添造閒雜房屋，總要以安靜不動為穩妥。

寄回銀五十兩，為鄧先生束脩❶。四叔四嬸四十生日，余先寄燕窩一匣、秋羅一匹，容日續寄壽屏。甲五婚禮，余寄銀五十兩、袍褂料一付，爾即妥交。賦立為發還。

滌生手示　四月二十四日

（咸豐十年）

【章旨】此章言捎寄的錢物及其用途。

【注釋】❶束脩　此指致送教師的酬金。

【語　譯】寄回五十兩白銀，作為鄧瀛皆老師的教學酬金。你四叔和四嬸四十歲生日，我先寄回一匣燕窩、一疋秋羅，容我以後再寄壽屏。甲五的婚禮，我寄贈五十兩銀子、一副袍褂料子，你可迅速妥善交付。兩篇賦，立刻發還給你。

滌生手示　四月二十四日

【說　明】曾國藩十年翰苑生涯，不但認真研讀了經學、史學，也認真研習了書法、詩文，而且發現了後者的一個共同特點：「無論古今何等文人，其下筆造句，總以『珠圓玉潤』四字為主。無論古今何等書家，其落筆結體，亦以『珠圓玉潤』四字為主。」於散文而言，則是講求語言婉轉，氣韻流暢。從西漢政論家賈誼、晁錯，乃至「力趨險奥，不求圓適」的司馬遷、司馬相如、揚雄，一直到強調「戛戛獨造，力避圓熟」的唐代大散文家韓愈，莫不如此。他進而認為，掌握了這個特點，「則無不可讀之古文矣，即無不可通之經史矣」。

對於這番心得，曾國藩十分珍視，歎息自己雖於古代散文愛之甚篤，用功甚深，但由於軍務倥偬，不能將體會一一寫出。因而在這篇家訓中，鄭重叮囑紀澤：不論作文、寫字，總以「珠圓玉潤」為主，「爾其勉之」！

諭紀澤　正月十四日

字諭紀澤：

正月十三四連接爾十二月十六、二十四兩稟，又得澄叔十二月二十二一緘、爾母十六日一緘，備悉一切。

【章　旨】此章言連接四封家信，全知家中諸事。

【語　譯】字諭紀澤：

正月十三、十四日，接連收到你上年十二月十六日和二十四日的兩封來信，又收到你澄侯叔十二月二十二日的一封來信、你母親十六日的一封來信，全部知道了家中的一切情況。

爾詩一首閱過發回。爾詩筆遠勝於文筆，以後宜常常為之。余久不作詩，而好讀詩，每夜分輒取古人名篇高聲朗誦，用以自娛。今年亦當間作二三首，與爾曹❶相和答，仿蘇氏父子❷之例。爾之才思，能古雅而不能雄駿，大約宜作五言，而不宜作七言。余所選十八家詩，凡十厚冊，在家中，此次可交來丁帶至營中。爾要讀古詩，漢魏六朝，取余所選曹❸、阮❹、陶❺、謝❻、鮑、謝❼六家，專心讀之，必與爾性質相近。至於開拓心胸，擴充氣魄，窮極變態，則非唐之李杜韓白❽、宋金之蘇黃❾陸元❿八家不足以盡天下古今之奇觀。爾之質性，雖與八家者不相近，而要不可不將此八人之集，悉心研究一番，實六經外之巨制，文字中之尤物⓫也。

【章　旨】此章勉勵紀澤多寫五言，並宜專心閱讀曹阮陶謝等六家古詩及悉心研究李杜韓白等八家詩集。

【注　釋】❶爾曹　你們。曹，輩。❷蘇氏父子　指北宋蘇洵及其子蘇軾、蘇轍。❸曹　曹植，字子建，譙（今安徽亳州）人。三國魏詩人。詩作多為五言。❹阮　阮籍，字嗣宗，陳留尉氏（今屬河南）人。三國魏文學家、思想家。其詩專長五言。❺陶　陶淵明，一名潛，字元亮，潯陽柴桑（今江西九江）人。東晉大詩人。❻謝　謝靈運，陳郡陽夏（今河南太康）人。曾襲封康樂公，世稱謝康樂。南朝宋詩人。❼謝　謝朓，字玄暉，陳郡陽夏（今河南太康）人。南朝齊詩人。❽白　白居易，字樂天，其先太原（今屬山西）人，後遷居下邽（今陝西渭南東北）人。中唐詩人。❾黃　黃庭堅，字魯直，分寧（今江西修水）人。北宋詩人、書法家。❿元　元好問，字裕之，號遺山，秀容（今山西忻縣）人。金文學家。⓫尤物　此指珍貴的物品。

【語譯】你寄來的一首詩，我已經看了，現寄回。你詩的筆力，遠遠超過了散文的筆力，以後應當常常寫詩。我很久不作詩了，但喜歡讀詩，每天夜間，便取出古人的名篇高聲朗誦，用來自樂。今年我也將間或寫上二三首，與你們互相唱和，倣效蘇家父子的先例。你的才情詩思，能夠達到古雅，但不能達到雄駿，大約只適合寫五言詩，而不適合寫七言詩。我所選的十八家詩，共有十大本，放在家裡，這次可交來我處的兵丁帶到軍營。你要讀古詩，在漢魏六朝人中，可取我所選的曹子建、阮嗣宗、陶淵明、謝康樂、鮑明遠、謝玄暉六家的詩作，專心攻讀，這些人的格調，肯定和你的個性相近。至於開拓胸懷，擴充氣魄，極盡變化，則不讀唐代李太白、杜工部、韓昌黎、白樂天和宋金時代蘇東坡、黃魯直、陸放翁、元遺山等八位名家的作品，就不能夠全面領略詩家筆下所描畫的，天下古今罕見的雄奇瑰偉的景觀。你的氣質和個性，雖然與這八家不很相近，但從全局而言，不可不將這八家詩集盡心研究一番。他們的詩作，確實是除六經以外的巨作，是文學中的珍品。

爾於小學粗有所得，深用為慰。欲讀周漢古書，非明於小學無可問津❶。余於道光末年，始好高郵王氏父子之說，從事戎行，未能卒業，冀爾竟其緒❷耳。

【章旨】此章言欲讀通周、漢古書，必須通曉文字訓詁學。

【注釋】❶津　渡口。引申為途徑。❷緒　事業。此指學業。

【語譯】你對傳統的文字訓詁學，略微有了一些心得，我深感欣慰。要想讀懂周、漢古書，不通曉文字、訓詁學，是無法找到入門的途徑的。我從道光末年，才喜愛高郵王念孫父子的學說，但因為從軍打仗而沒能完成學習，希望你能完成我所沒有完成的學業。

余身體尚可支持，惟公事太多，每易積壓。癬癢迄未甚愈。家中索用銀錢甚多，其最要緊者，余必付回。《京報》❶在家，不知係報何喜。若節制❷四省，則余已兩次疏辭矣。此等空空體面，豈亦有喜報耶？葛家信一封、扁字❸四個付回。澄叔處此次未寫信，爾將此呈閱。

滌生手示　正月十四日

（同治元年）

【章旨】此章言身體近況等事。

【注釋】❶京報 清代民營日報，根據官府「邸報」加以翻印。用以傳知朝廷文告及官吏任免情況等。❷節制 指揮管轄。❸匾字 即匾額題字。匾，即「匾」。

【語譯】我的身體還可以支持，只是公事太多，常常容易積壓。癬癢的毛病，至今沒有明顯好轉。家中要用的銀錢數量太多，其中最要緊的用項，我一定會寄回。《京報》送到了家裡，不知報的是什麼喜訊。倘若是說讓我統管和指揮蘇、皖、贛、浙四省軍政事務，那麼，我已經兩次送呈奏疏辭謝過了。這種全無實際意義的體面，難道也有什麼喜訊可報嗎？

寫給葛罣山家的一封信、四個匾額題字一併付回。澄侯叔那裡，這次沒有另外寫信，你可把這封信送上給他過目。

滌生手示 正月十四日

【說明】這篇家訓，是曾國藩從安慶軍營中，寫給在湘鄉老家讀書的紀澤的。年前，曾紀澤寄奉了兩封信、一首詩。曾國藩見其詩有長進，筆法已遠勝於作文，便勉勵紀澤以後宜多作詩，教他從自己的才情出發，多寫五言，並多讀曹植、阮籍、陶潛、謝靈運、鮑照、謝朓六家名篇，使自己的個性得到陶冶。此外，又教他將李白、杜甫、韓愈、白居易、蘇軾、黃庭堅、陸游、元好問八家名作，悉心研究一番，全面領略詩家筆下的「天下古今之奇觀」，使自己的心胸得到開拓，氣魄得到擴充。

至於周、漢古書，則必須通曉傳統小學，方可問津。曾國藩認為，王念孫父子，既是本朝經學之冠，又是甚有創見的訓詁專家，最可欽敬。然其著述，並非長篇大論，多自短言札記中得來。自己生平最好《史記》、《漢書》、《莊子》、韓文四種，曾經計畫悉心研究王氏父子之說，而後將《史記》、《漢書》諸作「一一詁釋箋疏，窮力討治」，遺恨「從事戎行，未能卒業」。因而在這封家信中，叮囑紀澤子承父志，於治經之途，虛心研討，多所積累，完成自己欲研習王氏父子之說的未竟之業。

諭紀澤紀鴻　四月二十四日

字諭紀澤、紀鴻❶兒：

今日專人送家信，甫❷經成行，又接王輝四等帶來四月初十之信（爾與澄叔各一件），藉悉一切。

【章　旨】此章言王輝四等帶來的信件已經收到。

【注　釋】❶紀鴻　字栗誠，排行科一。精通算學。著有《對數詳解》、《圓率考真圖解》。❷甫　才；方。

【語　譯】字諭紀澤、紀鴻兒：

今天派專人送家信，送信人剛動身上路，又接到了王輝四等人帶來的四月初十日的信（你和澄侯叔各有一件），藉此知道了家中的一切近況。

爾近來寫字，總失之薄弱，骨力不堅勁，墨氣不豐腴，與爾身體向來輕字之弊，正是一路毛病。爾當用油紙摹顏❶字之〈郭家廟〉❷、柳字之〈琅琊碑〉、〈元秘塔〉❸，以藥其病。日日留心，專從「厚重」二字上用功。否則字質太薄，即體質亦因之更輕矣。人之氣質，由於天生，本難改變，惟讀書則可變化氣質。古之精相法者，并言讀書可以變換骨相。欲求變之之法，總須先立堅卓之志。即以余生平言之，三十歲前最好吃煙，片刻不離，至道光壬寅十一月二十一日立志戒煙，至今不再吃。四十六歲以前作事無恆，近五年深以為戒，現在大小事均尚有恆。即此二端，可見無事不可變也。爾於「厚重」二字，須立志變改。古稱金丹換骨，余謂立志即丹也。

滿叔四信偶忘送，故特由馹❹補發。此囑。

滌生示　四月二十四日

（同治元年）

【章旨】此章言讀書可以變化氣質，其變化之法，在於先立堅卓之志。

【注釋】❶顏 顏真卿，字清臣，京兆萬年（今陝西西安）人。歷官至吏部尚書、太子太師，封魯郡公。世稱「顏魯公」。唐代書法家。傳世書碑有〈多寶塔碑〉、〈李元靖碑〉、〈顏家廟碑〉等。❷郭家廟 當為〈顏家廟碑〉。字帖名。❸元秘塔 即〈玄秘塔〉，是臨柳公權書體的重要摹本。此為避康熙「玄燁」諱而將「玄」寫作「元」。❹馹 驛站專用車。

【語譯】你近來寫字，老是失於單薄柔弱，骨力不強勁，墨氣不豐裕，跟你體性向來輕浮的弊害，正是一樣的毛病。你應當用油紙臨摹顏體字的〈郭家廟碑〉、柳體字的〈琅琊碑〉、〈玄秘塔碑〉，用來治療這個毛病。天天留心臨摹，專心從「厚重」二字上用功夫。不然的話，字體太單薄，氣性也就因此會更加輕浮了。人的氣質是由先天生成的，本來難以改變，只有讀書便可以使氣質起變化。古代精通相面術的人，都說讀書可以變換人的骨相。要想尋求改變氣質的方法，總得首先樹立堅強遠大的志向。就拿我的經歷來說，三十歲以前，最愛好抽煙，片刻都離不開，到道光二十二年十一月二十一日立志戒煙，至今沒有再吸。四十六歲以前，我做事總是沒有恆心，最近五年，我以此作為深刻教訓，現在無論做大事小事，都可以堅持不懈了。就這兩樁事例可以看出，沒有什麼事是不可以改變的。你對於「厚重」二字，必須立志狠下功夫。古人說，服用金丹可以奪胎換骨，我認為立志就是服用金丹。

滿叔的四封信偶然間忘記交給專差了，所以特地從驛站補發。此囑。

滌生示 四月二十四日

【說 明】這封家信，是曾國藩從安慶軍營寫給兒子紀澤和紀鴻的。曾紀澤五歲時即愛好寫字，放學後仍繼續寫，寫到晚上八九點還不肯睡。雖然向來頗為勤奮，但曾國藩發覺其字體仍然是失之薄弱，骨力不堅勁，墨氣不豐腴，因而指出書法與人的氣質相關，唯有讀書練字，可以變化人的氣質；進而勉勵紀澤樹立堅強遠大的志向，用心臨摹「顏柳」，著意從「厚重」二字狠下功夫，藉以剔除輕浮習氣，求得自我完善。此中曾國藩關於「讀書可以變化氣質」之論，與英國哲學家弗蘭西斯·培根所謂「讀史使人明智，讀詩使人靈秀，數學使人周密，科學使人深刻，倫理使人莊重，邏輯修辭之學使人善辯」，「知識能改變人的性格」一樣，都是富有哲理意義的見解。

諭紀澤　五月十四日

字諭紀澤兒：

接爾四月十九日一稟，得知五宅平安。

爾《說文》將看畢，擬先看各經注疏，再從事於詞章之學❶。余觀漢人詞章，未有不精於小學訓詁者。如相如、子雲、孟堅，於小學皆專著一書，《文選》於此三人之文著錄最多。余於古文，志在效法此三人，并司馬遷、韓愈五家。以此五家之文，精於小學訓詁，不妄下一字也。爾於小學，既粗有所見，正好從詞章上用功。《說文》看畢之後，可將《文選》細讀一過。一面細讀，一面鈔記，一面作文，以仿效之。凡奇僻之字，雅故之訓，不手鈔則不能記，不摹仿則不慣用。自宋以後，能文章者不通小學，國朝諸儒，通小學者又不能文章，余早歲窺此門徑，因人事太繁，又久歷戎行，不克卒業，至今用為疚憾。爾之天分，長於看書，短於作文。此道太短，則於古書之用意行氣，必不能看得諦當❷。目下宜從短處下工夫，專肆力於《文選》，手鈔及摹仿二者皆不可少。待文筆稍有長進，則以後詁經讀史，事事易於著手矣。

【章　旨】此章勉勵紀澤眼下宜專門致力於學習《文選》，藉以提高寫作能力。

【注　釋】❶詞章之學　指詩文寫作技巧方面的學問。❷諦當　準確；得當。

【語　譯】字諭紀澤兒：

接到你四月十九日發來的一封信，我知道了老家五房人全都平安。

你即將看完《說文解字》，準備先看群經的注疏，再研究詞章方面的學問。我觀察漢代人的詞章，沒有哪一家不精通文字、音韻學和訓詁學的。如司馬相如、揚子雲、班孟堅對於文字音韻學，都專門撰有著述，《昭明文選》對這三個人的文章，也收錄最多。我在散文寫作方面，立志效法這三個人，以及司馬遷、韓愈，共五家。因為這五家的文章，對於文字音韻和訓詁，都很精到，不隨便下一個字。你在文字音韻方面，已經略有見地，正好從寫作詩文方面用功。《說文》看完以後，可以把《文選》細讀一遍。一面細讀，一面鈔記，一面作文，加以倣效。凡是怪異生僻的字詞，雅正有據的注解，不親手鈔錄，就不能記住，不加摹倣，就用不熟練。從宋代以後，善於寫文章的人，不精通文字音韻學；本朝精通文字音韻學的一些學者，又不善於寫文章。我早年曾經探測過這方面的門徑，但因為人事太繁雜，又長期從軍打仗，沒能把學業完成，至今因此引為極大的遺憾。你的天資，擅長看書，不擅長作文。作文之道太欠缺，那麼，對於古書的立意行文的好處，必定不能看得仔細得當。你當前應該從自己的欠缺處下功夫，專門致力於學習《文選》，手鈔和摹倣的功夫都不可少。等到寫作能力有了長進，那麼，以後解經讀史，事事也就容易著手了。

此間軍事平順。沅、季兩叔皆直逼金陵❶城下。茲將沅信二件寄家一閱。惟沅、季兩軍進兵太銳，後路蕪湖❷等處空虛，頗為可慮。余現籌兵補此瑕隙，不知果無疏失否。

【章旨】此章通報前線形勢。

【注釋】❶金陵　南京的別稱。❷蕪湖　市名，今屬安徽。

【語譯】這裡的戰事比較順利。沅甫和季洪兩位叔叔都已經進逼金陵城下。現在我把沅甫叔的兩封信寄給家裡看看。只是沅甫、季洪兩軍進兵太急，後方蕪湖等地兵力空虛，很值得憂慮。我正在籌調軍隊填補這個空隙，不知能不能真正做到沒有疏失。

余身體平安。惟公事日繁，應覆之信積閣甚多，餘件尚能料理，家中可以放心。此信送澄叔一閱。余思家鄉茶葉甚切，迅速付來為要。

滌生手示　五月十四日

（同治元年）

【章　旨】此章言自己的近況。

【語　譯】我身體平安。只是公事一天比一天繁雜，應該回覆的信件，積壓擱置了很多，其餘的事還能料理，家中可以放心。這封信，可以送給澄侯叔看看。我想吃家鄉茶葉的心情很急切，請務必迅速付來。

滌生手示　五月十四日

【說　明】曾國藩對於古文，學習甚有興趣。他發現宋代以後，會寫文章的人，大都不精通小學；本朝精通小學的大儒，卻又往往不會寫文章；只有漢代的文章家，沒有哪一家不精通小學訓詁的。因而在寫作方面，他立志學習司馬相如、揚雄、班固和司馬遷，另加一個韓愈，認為這五家的文章，不亂用一字一句，最為規範可法。

曾紀澤在小學方面，學習大有進境，這使文正公十分高興。他除了曾勉勵紀澤加緊學習王懷祖父子之說以外，這裡又教導紀澤從細讀《昭明文選》入手，學好詞章之學，努力提高文筆功夫。

曾國藩明確示諭紀澤，學好小學訓詁及詞章之學，是寫好文章的根基，而待文筆功夫長進之後，則解經讀史，凡所著述，也就事事易於著手了。

諭紀澤紀鴻　七月初三日

字諭紀澤、紀鴻兒：

紀澤於陶詩之識度不能領會，試取〈飲酒〉二十首、〈擬古〉九首、〈歸田園居〉五首、〈詠貧士〉七首等篇反覆讀之，若能窺其胸襟之廣大，寄託之遙深，則知此公於聖賢豪傑皆已升堂入室❶。爾能尋其用意深處，下次試解說一二首寄來。

【章　旨】此章指點紀澤選讀陶詩。

【注　釋】❶升堂入室　讚揚人們在學問或技能方面已經達到很高的造詣。升，登上。

【語　譯】字諭紀澤、紀鴻兒：

紀澤對於陶淵明詩作的見識和氣度，不能夠領會，可以試著選取他的〈飲酒〉二十首、〈擬古〉九首、〈歸田園居〉五首、〈詠貧士〉七首等篇什，反覆誦讀，倘若能夠窺探到詩人襟懷的廣闊，寄託的深遠，那就知道這位先生對於聖賢豪傑的學習，已經登堂入室了。你如果能夠尋味出這些詩篇用意的深奧之處，下次可試著解說一二首寄來。

又問有一專長❶，是否須兼三者乃為合作？此則斷斷不能。韓無陰柔之美，歐無陽剛之美，況於他人而能兼之？凡言兼眾長者，皆其一無所長者也。鴻兒言此表❷範圍曲成，橫豎相合，足見善於領會。至於純熟文字，極力揣摩固屬切實工夫，然少年文字，總貴氣象崢嶸，東坡所謂蓬蓬勃勃如釜上氣。古文如賈誼〈治安策〉、賈山〈至言〉、太史公〈報任安書〉、韓退之〈原道〉、柳子厚〈封建論〉、蘇東坡〈上神宗書〉，時文如黃陶庵❸、呂晚村❹、袁簡齋、曹寅穀，墨卷❺如《墨選觀止》、《鄉墨精銳》中所選兩排三疊之文，皆有最盛之氣勢。爾當兼在氣勢上用功，無徒在揣摩上用功。大約偶句多，單句少，段落多，分股少，莫拘場屋之格式。短或三五百字，長或八九百字千餘字，皆無不可。雖係四書題，或用後世之史事，或論目今之時務，亦無不可。總須將氣勢展得開，筆仗使得強，乃不至於束縛拘滯，愈緊愈呆。

【章　旨】此章言年輕人寫文章，貴在講求氣勢。

【注　釋】❶專長　指在太陽、少陽、太陰、少陰四者任何一方面的特長而言。❷此表　指「古文四象表」。❸黃陶庵　名淳耀，字蘊生，蘇州嘉定（今屬上海市）人。明代文學家，古詩多擬陶潛。❹呂晚村　名留良，字用晦，崇德（今浙江桐鄉）人。明清之際思想家。❺墨卷　即科考中式者文章選錄。

【語　譯】紀鴻兒又問，假如在作文中，已經具有了一方面的專長，是不是必須同時兼有另外三方面的長處，才能算是十全十美的文章呢？這當然是絕對做不到的。韓愈的文章，也沒有陰柔之美，歐陽修的文章，也沒有陽剛之美，對於別人而言，哪裡能夠兼備各種長處呢？凡是說自己兼有眾家之長的人，都是一無所長的人。紀鴻兒說，這個四象表的界限，是曲折構成，橫豎互相配合，足可以看出紀鴻兒還是善於領會的。至於把文章寫得純熟，盡力去悉心揣度，固然是切實的功夫，然而年輕人撰寫文章，總是貴在氣象不平凡，像蘇東坡所說的，要蓬蓬勃勃，如同由鍋中向上冒出的熱氣。古文中，像賈誼的〈治安策〉、賈山的〈至言〉、司馬遷的〈報任安書〉、韓愈的〈原道〉、柳宗元的〈封建論〉、蘇軾的〈上神宗書〉，八股文中，像黃陶庵、呂晚村、袁簡齋、曹寅穀等人的文章，科考試卷中，像《墨選觀止》、《鄉墨精銳》所選的兩排三疊的文章，都具有最充沛的氣勢。你應當同時在氣勢方面下功夫，不要只在模倣方面下功夫。簡要說來，偶句多些，單句少些，段落多些，分股少些，不要拘泥於科舉考試的格式。短的或者寫三五百字，長的或者寫八九百字、一千多字，都沒有什麼不可以。即使是從四書中找題目，或者採用後代的史實，或者議論當今的時務，也沒有什麼不可以。總而言之，作文時，一定要把氣勢展得開闊，文筆用得強勁，才不至於束縛、拘泥、呆板，因為氣勢拘束愈緊，文筆就愈呆板。

嗣後，爾每月作五課揣摩之文，作一課氣勢之文。講揣摩者送師閱改，講氣勢者寄余閱改。四象❶表中，惟氣勢之屬太陽者，最難能而可貴。古來文人，雖偏於彼三者，而無不在氣勢上痛下工夫。兩兒均宜勉之。此囑。

滌生手示　七月初三日

（同治四年）

【章　旨】此章叮囑紀澤、紀鴻應在作文氣勢方面痛下功夫。

【注　釋】❶四象　曾國藩根據邵雍的「四象」之說，將古文「四屬」與之搭配，稱為「古文四象」：「識度，即太陰之屬；氣勢，則太陽之屬；情韻，少陰之屬；趣味，少陽之屬。」並輯成《古文四象》選本。

【語　譯】從此以後，你們每月寫五篇揣摩詞語的文章，寫一篇講究氣勢的文章。講究揣摩的文章，送給你們的老師去批改，講究氣勢的文章，寄給我來批改。在「四象表」中，唯有氣勢屬於太陽之氣，最是難能可貴。自古以來，文章家雖然偏重於其他三方面，但是，沒有誰不在氣勢方面狠下功夫。你們二人，都應該在這方面努力。此囑。

滌生手示　七月初三日

【說明】曾國藩為了使紀澤、紀鴻的學業能迅速進步，曾經多次在信中提出，要紀澤、紀鴻對於所閱讀的書籍，以及領略古人文章意蘊方面的問題，盡量各攄所見，有疑難，則可以隨時得到解答。這封家訓，就是他在徐州軍營回答紀澤、紀鴻，所提出的關於讀詩和作文方面的問題的。

曾國藩指出，就個人氣質而言，紀澤適宜多讀陶詩。而想要領會陶詩的見識和氣度，就必須反覆誦讀陶潛的〈飲酒〉、〈擬古〉、〈歸田園居〉、〈詠貧士〉一類代表作品，藉以窺察詩人廣闊的胸襟，深遠的寄託和聖賢豪傑式的人格，進而尋味出其詩作的用意深處。

對於紀鴻提出的作文問題，曾國藩更為詳盡地指出，有文氣就有文勢，有見識就有法度，有感情就有韻調，有意蘊就有趣味。古人的絕好文章，大致在這四方面必定有某一方面的長處，但也不可能眾美畢備。在這「四象表」中，只有氣勢屬於太陽之氣，最為難能可貴。所以，年輕人學寫文章，應該在氣勢方面痛下功夫，要使自己的文章，像蘇東坡所說的那樣，蓬蓬勃勃，有一股如同熱鍋中向上冒出的蒸蒸之氣。

這種耳提面命式的指點，對於紀澤、紀鴻的早日學成，無疑是大有裨益的。

諭紀鴻　正月十八日

字諭紀鴻：

爾學柳帖〈琅琊碑〉，效其骨力，則失其結構，有其開張，則無其挽搏❶。古帖本不易學，然爾學之尚不過旬日，焉能眾美畢備，收效如此神速？

【章　旨】此章言古帖甚不易學，不可急求速效。

【注　釋】❶挽搏　相互刮摩以協調。

【語　譯】字諭紀鴻：

你臨摹柳公權的字帖〈琅琊碑〉，倣效它的骨力，卻失去了它的結構，有了它的開擴，又失去了它的協調。古人的字帖，本來就不容易學，而你學習柳字還不過十天，怎麼能把它的各種優點一下都學到手，收效這樣神速呢？

余昔學顏柳帖，臨摹動輒數百紙，猶且一無所似。余四十以前在京所作之字，骨力間架皆無可觀，余自愧而自惡之。四十八歲以後，習李北海❶〈嶽麓寺碑〉，略有進境，然業歷八年之久，臨摹已過千紙。今爾用功未滿一月，遂欲遽躋❷神妙耶？余於凡事皆用困知勉行工夫，爾不可求名太驟，求效太捷也。以後每日習柳字百個，單日以生紙❸臨之，雙日以油紙摹之。臨帖宜徐，摹帖宜疾，專學其開張處。數月之後，手愈拙，字愈醜，意興愈低，所謂困也。困時切莫間斷，熬過此關，便可少❹進。再進再困，再熬再奮，自有亨通精進之日。不特習字，凡事皆有極困極難之時，打得通的，便是好漢。余所責爾之功課，并無多事，每日習字一百，閱《通鑑》五葉，誦熟書一千字或經書或古文、古詩，或八股試帖，從前讀書即為熟書，總以能背誦為止，總宜高聲朗誦，三八日作一文一詩。此課極簡，每日不過兩個時辰❺，即可完畢，而看、讀、寫、作四者俱全。餘則聽爾自為主張可也。

【章　旨】此章言習字須用困知勉行的功夫。

【注　釋】❶李北海　名邕，字泰和，揚州江都（今屬江蘇）人。唐代書法家。曾官北海太守，人稱「李北海」。存世碑刻有〈麓山寺碑〉、〈雲麾將軍李思訓碑〉等。❷躋　登臨；達到。❸生紙　未經加工的粗澀紙。❹少稍；略微。❺時辰　計時單位。一晝夜分為十二個時辰，每個時辰相當於現在的兩個小時。

【語　譯】我從前學習顏真卿、柳公權的字帖，臨摹時往往就是幾百張紙，但還全無相似之處。我四十歲以前，在京城所寫的字，骨力、間架，全沒有什麼可觀，連自己都感到愧疚和厭惡。四十八歲以後，學習李北海的〈嶽麓寺碑〉，略微有了長進，然而已經過了八年之久，臨摹用的紙張，也已經超過千數。如今你用的功夫還不到一個月，就想很快地達到神妙的境地嗎？我對於任何事情，都是用遇困而求知，勉力而實行的功夫，你不可追求名聲太急，追求成效太快。以後你每天要寫一百個柳體字，單日用生紙做照著寫，雙日用油紙蒙著摹畫。做照著寫的時候，要慢一點，蒙著摹畫的時候，要快一些，要專門學習字帖的開闊雄偉氣勢。幾個月以後，手會顯得愈來愈笨拙，字也會顯得愈來愈醜陋，興趣也會顯得愈來愈低，這就是所說的困境。陷入困境時，切不要間斷，熬過了這一關，便可以略有長進。再長進，再困頓，再苦熬，再奮發，自然會有通達順利，精心奮進的一天。不僅是練習寫字，做任何事情都有一段十分困難的時期，能夠打通這一關的，便是一個有膽識、有作為的男子漢。我所要求你的功課，並沒有多少事要做，每天練習寫一百個字，讀《資治通鑑》五頁，背誦熟書一千個字（或經書，或古文、古詩，或八股文、試帖詩，從前讀過的書，就是熟書，總之，以能背誦為止，應當高聲朗讀），每月逢三日、八日作一篇文章、寫一首詩。這些功課極為簡單，每天不會超過兩個時辰，就可以做完，而看書、朗讀、寫字、作文四方面全都具備了。餘下的時間，可以隨你自由支配。

爾母欲與全家住周家口，斷不可行。周家口河道甚窄，與永豐河❶相似，而余住周家口亦非長局，決計全眷回湘。紀澤俟全行復元，二月初回金陵。余於初九日起程也。此囑。

正月十八日

（同治五年）

【章旨】此章言決計全眷回湘。

【注釋】❶永豐河 曾國藩家鄉永豐鎮（今雙峰縣城）旁的小河。

【語譯】你母親想和全家都住在周家口，這主張斷然不可實行。周家口的河道很狹窄，跟永豐河相似，而且我住在周家口，也不是長久之計，因而決心讓全部家眷回湖南。紀澤等身體完全復原後，二月初將回金陵。我準備在二月初九日起程。此囑。

正月十八日

【說　明】這封家書，是曾國藩在徐州軍營寫給紀鴻的。紀鴻願意習字，但情緒急躁，急於求成。曾國藩以自己的經歷告訴他，習字有個手顯得愈來愈笨，字顯得愈來愈醜，興致顯得愈來愈低的困惑過程，堅持闖過這一關，才是進境。不但習字，大凡學習任何一項功課，都須反覆經過再長進，再困頓，再苦熬，再奮發這樣一個歷程，而後才有「亨通精進之日」。因而訓誡紀鴻，不可求名太急，求效太速，而應當提高自覺性，在「困知勉行」方面狠下功夫。

諭紀澤 十月十一日

字諭紀澤兒：

九月二十六日接爾初九日稟，二十九、初一等日接爾十八、二十一日兩稟，具悉一切。二十三如果開船，則此時應抵長沙❶矣。二十四之喜事❷，不知由湘陰❸舟次❹而往乎？抑自省城發喜轎乎？

【章旨】此章詢問辦喜事的情況。

【注釋】❶長沙　府名。清即為湖南省省會所在。❷喜事　指四女出嫁郭家。❸湘陰　縣名，今屬湖南。❹舟次　乘船。次，停留之處。

【語譯】字諭紀澤兒：

九月二十六日，我接到了你初九日的來信，二十九、初一等日，又接到了你十八日、二十一日的兩封來信，知道了所有的情況。二十三日如果開船，那麼，這時應當抵達長沙了。二十四日的喜事，不知道是從湘陰坐船去的呢？還是從省城坐喜轎去的呢？

爾讀李義山❶詩，於情韻既有所得，則將來於六朝文人詩文，亦必易於契合。

凡大家名家之作，必有一種面貌，一種神態，與他人迥不相同。譬之書家羲❷、獻❸、歐❹、虞❺、褚❻、李、顏、柳，一點一畫，其面貌既截然不同，其神氣亦全無似處。本朝張得天❼、何義門❽雖稱書家，而未能盡變古人之貌。故必如劉石庵❾之貌異神異，乃可推為大家。詩文亦然，若非其貌其神迥絕群倫，不足以當大家之目。渠既迥絕群倫矣，而後人讀之，不能辨識其貌，領取其神，是讀者之見解未到，非作者之咎也。爾以後讀古文古詩，惟當先認其貌，後觀其神，久之自能分別蹊徑。今人動指某人學某家，大抵多道聽途說，扣槃捫燭❿之類，不足信也。君子貴於自知，不必隨眾口附和也。

【章旨】此章言辨識古人詩文蹊徑之法。

【注　釋】❶李義山　名商隱，號玉谿生，懷州河內（今河南沁陽）人。晚唐詩人。❷羲　王羲之，字逸少，琅琊臨沂（今屬山東）人。人稱「王右軍」。東晉書法家。❸獻　王獻之，字子敬。王羲之第七子。官至中書令，人稱「王大令」。東晉書法家。❹歐　歐陽詢，字信本，潭州臨湘（今湖南長沙）人。唐初書法家。字學二王（羲之、獻之），自成面目，人稱「歐體」。❺虞　虞世南，字伯施，越州餘姚（今屬浙江）人。官至秘書監，封永興縣子，人稱「虞永興」。唐初書法家。❻褚　褚遂良，字登善，錢塘（今浙江杭州）人，一作陽翟（今河南禹縣）人。封河南郡公，世稱「褚河南」。書法家。與歐陽詢、虞世南、薛稷並稱唐初四大書家。❼張得天　初名默，又名照，亦字長卿，號涇南、天瓶居士，華亭（今上海市松江）人。清代書法家、戲曲作家。❽何義門　名焯，初字潤千，更字屺瞻，號茶仙，長洲（今江蘇吳縣）人。學者稱義門先生。清初校勘家。❾劉石庵　名墉，字崇如，山東諸城人。清代書法家。❿扣槃捫燭　語出蘇軾〈日喻〉：「生而眇者不識日，問之有目者。或告之曰：『日之狀如銅槃。』扣槃而得其聲。他日聞鐘，以為日也。或告之曰：『日之光如燭。』捫燭而得其形。他日揣籥，以為日也。」後因以「扣槃捫燭」比喻認識片面。

【語　譯】你讀李義山的詩，在情韻方面，既然有了一些心得，那麼，將來對於六朝文人詩文的領悟，也必定易於符合原意。

凡是大家名家的作品，一定有一種面貌，有一種神態，與他人的作品迥然不同。譬如書法家王羲之、王獻之、歐陽詢、虞世南、褚遂良、李邕、顏真卿、柳公權，他們的一點一畫，面貌既截然不同，神韻也完全沒有相似之處。本朝的張得天、何義門，雖然號稱書法家，卻沒有能夠完全改變古人的面貌。所以，一定要像劉石庵那樣面貌不同，神韻也不同，才可以推許為大家。詩文也是如此，倘若他的面貌，他的神韻，不是遠遠超出眾人，就不值得列入大家的行列。他既然遠遠超出眾人了，而後人讀了他的作品，不能辨識他的作品面貌，領會他的作品神韻，這便是讀者的見解還沒有達到那個境地，不是作者的過錯了。你以後讀古文、古詩，只應當首先辨認它的面貌，然後觀察它的神韻，久而久之，自然能分別出途徑來。今人動輒就指認某人是學某家，大概多半是道聽途說，屬於瞎子敲槃、盲人摸燭之類，不值得相信。君子貴在有自己的見解，沒有必要去隨聲附和別人的說法。

余病已大愈，尚難用心，日內當奏請開缺❶。近作古文二首，亦尚入理，今冬或可再作數首。

唐鏡海先生沒時，其世兄❷求作墓誌，余已應允，久未動筆，并將節略失去。爾向唐家或賀世兄處蔗農先生子，鏡海丈婿也，索取行狀❸節略寄來。羅山文集年譜未帶來營，亦向易芝生先生渠求作碑甚切索一部付來，以便作碑，一償夙諾。

紀鴻初六日自黃安❹起程，日內應可到此。餘不悉。

滌生手示　十月十一日

（同治五年）

【章　旨】此章言作古文、作墓誌、作碑文諸事。

【注　釋】❶開缺　官吏因不能留任，免除其所任職務，待另選人接任，稱為「開缺」。❷世兄　兩家世代有交誼者，平輩相稱為世兄；對世交晚輩，也可以用此稱呼。此指前者。❸行狀　原指人的品行或事跡。後多用為文體名，是記述死者世系、籍貫、生卒年月和生平概略的文章。❹黃安　縣名，即今湖北紅安。

【語　譯】我的病已經好多了，只是還很難用心思考，這幾天打算奏請朝廷免職。近日寫了兩篇古文，還算切合事理，今年冬天，也許還可以再寫幾篇。

唐鏡海先生去世時，他家的世兄請我作墓誌銘，我已經答應，但很久沒有動筆，並且把生平簡介遺失了。你向唐家或賀世兄那裡（蔗農先生的兒子，鏡海老丈的女婿），再要一份生平簡介寄來。羅澤南的文集和年譜，我沒有帶到軍營中來，你也可向易芝生先生（他求我寫碑文很急切）要一部付來，以便於撰寫碑文，實現我往日的承諾。

紀鴻初六日從黃安動身，近日應當可以到達這裡。其餘事，不再詳述。

滌生手示　十月十一日

【說　明】大凡文學家、藝術家，都強調獨運匠心，自成面目。唐代文學家韓昌黎，要求自己的創作「唯陳言之務去」，書法家李北海說：「學我者死，似我者俗」，反對一味摹倣。曾國藩看出了這一特點，在河南周家口軍營中，寫信給紀澤時指出，凡是大家名家的作品，一定有一種面貌，有一種神韻，與他人的作品迥不相同。書法作品如此，詩文作品也是如此。進而指點紀澤，閱讀古文古詩，應當站得高些，首先辨認作品的面貌，繼而領悟作品的神韻，然後識得作者的創作蹊徑。不盲從，不附和，學會用自己的心思，用自己的眼光，這樣才會不斷有進步。

諭紀澤　三月二十二日

字諭紀澤兒：

十八日寄去一信，言紀鴻病狀。十九日請一醫來診，鴻兒乃天花痘喜❶也。余深用憂駭，以痘太密厚，年太長大，而所服十五六七八九等日之藥，無一不誤。闔署惶恐失措，幸託痘神佑助，此三日內轉危為安。茲將日記由鄂轉寄家中，稍為一慰。再過三日灌漿❷，續行寄信回湘也。

【章旨】此章言紀鴻出痘情況。

【注釋】❶天花痘喜　天花痘是一種由病毒引起的烈性傳染病，患者頗危險。然而一旦病癒，則具有終身免疫力，故又稱「痘喜」。❷灌漿　痘瘡化膿水出，病毒既去，病則痊癒，俗稱「灌漿」。

【語譯】字諭紀澤兒：

十八日寄出了一封信，說的是紀鴻的病情。十九日請了一位醫生來診治，原來紀鴻兒得的是天花痘喜。我因此深感憂慮和驚駭，因為出痘太密，紀鴻年齡太大，而且十五、十六、十七、十八、十九等幾天所服的藥，沒有一副不是下錯了的。整個官署驚惶失措，幸虧依託痘神保佑，這三天裡轉危為安了。現在把日記從湖北轉寄回家中，使你們稍稍得到寬慰。再過三天痘瘡便將灌漿，我會繼續往湖南老家寄信。

爾與澄叔二月二十八日之信頃已接到。爾七律十五首圓適深穩，步趨義山，而勁氣倔強處頗似山谷。爾於情韻、趣味二者皆由天分中得之。凡詩文趣味約有二種：一曰詼詭之趣，一曰閑適之趣。詼詭之趣，惟莊、柳之文，蘇、黃之詩。韓公詩文，皆極詼詭。此外實不多見。閑適之趣，文惟柳子厚遊記近之，詩則韋❶、孟❷、白傅❸均極閑適。而余所好者，尤在陶之五古、杜之五律、陸之七絕，以為人生具此高淡襟懷，雖南面❹王不以易其樂也。爾胸懷頗雅淡，試將此三人之詩研究一番，但不可走入孤僻一路耳。

余近日平安，告爾母及澄叔知之。

滌生手示　三月二十二日

（同治六年）

【章　旨】此章叮囑紀澤著重研究陶、杜、陸三家詩。

【注　釋】❶韋　韋應物，京兆長安（今屬陝西）人。曾官江州、蘇州等地刺史，故稱韋江州或韋蘇州。唐代詩人。❷孟　孟浩然，襄州襄陽（今屬湖北）人。唐代詩人，詩與王維齊名。❸白傅　指白居易。白曾任太子少傅。❹南面　古時以面向南為尊位，帝王的座位面向南，因而稱居帝位為「南面」。

【語　譯】你與澄侯叔二月二十八日的信，不久之前，我已經收到。你寫的十五首七律，婉轉流暢，深沉穩健，走的是李義山的路，而遒勁執拗的地方，又很像黃山谷。你在情韻、趣味兩方面，都是從天分中得到的。凡是詩文的趣味，大約有兩種：一種是詼諧詭怪的趣味，一種是閒適恬淡的趣味。詼諧詭怪的趣味，只有莊周、柳子厚的散文，蘇東坡、黃山谷的詩歌。韓退之的詩歌和散文，都很詼諧詭怪。除此以外，實在不多見。閒適恬淡的趣味，散文只有柳子厚的遊記風格相近似，詩歌便是韋應物、孟浩然、白居易，他們的作品，都很閒適恬淡。但我所愛好的，尤其在於陶潛的五言古詩、杜甫的五言律詩、陸游的七言絕句。我認為，人生具有這樣高尚恬淡的胸懷，即使拿帝王的尊位，也不會肯交換他的樂趣。你的胸懷很清雅恬淡，可以試著把這三人的詩歌研究一番，只是不能陷入孤僻古怪的歧途。

我近來平安，轉告你母親及澄侯叔知道。

滌生手示　三月二十二日

【說　明】這封家信，是曾國藩在金陵官署中寫給曾紀澤的。文正公認為，紀澤的稟性氣質過於清高，清高則容易柔弱，但只要志趣高遠，柔弱就可以變為剛強；清高又容易刻薄，但只要胸懷坦蕩，刻薄也可以變成寬厚。正因為吟詩可以陶冶情性，蕩滌襟懷，宏闊氣度，因而曾國藩看到紀澤的詩作，在情韻和趣味兩方面，都有所進步的時候，便因勢利導，及時給予指點：指出詩趣有詼詭與閒適兩大類型，自己所好，在於後者，尤所愛者，則是陶靖節的五古、杜工部的五律、陸放翁的七絕，因為這類詩什，不但具有和諧的韻律，而且展示了詩人自身的高尚恬淡的胸懷。無意於追求科場榮名、官場利祿的人，經常吟詠和習作這類詩篇，簡直是天下最大的樂趣，人間罕見的福氣；並進而勉勵紀澤，可以嘗試將陶潛、杜甫、陸游這三家詩研究一番，效法其高潔胸襟，灑脫情趣，但不可陷入孤僻險怪、肆意放縱的歧途。

二、修身

致澄弟溫弟沅弟季弟　十月二十六日

十月二十一接九弟在長沙所發信，內途中日記六葉，外藥子❶一包。二十二接九月初二日家信，欣悉以慰。

【章　旨】此章言九弟來信及家信均已收到。

【注　釋】❶藥子　酒麴。

【語　譯】十月二十一日，我接到了九弟在長沙寄來的信，內有九弟回鄉途中的日記六頁，另外還有酒麴一包。二十二日，又接到了九月初二日寄出的家信，得知一切，我感到十分欣慰。

自九弟出京後，余無日不憂慮，誠恐道路變故❶多端，難以臆揣❷。及讀來書，果不出吾所料。千辛萬苦，始得到家。幸哉幸哉！鄭伴之不足恃，余早已知之矣。郁滋堂如此之好，余實不勝感激。在長沙時，曾未道及彭山屺，何也？又為祖母買皮襖，極好極好，可以補吾之過矣。

【章　旨】此章言得知九弟終於安全到家，深感幸運。

【注　釋】❶變故　意外發生的事故。❷臆揣　猜測估量。

【語　譯】自從九弟離開京城以後，我沒有一天不在憂慮，生怕路途之中變故太多，難以預測。等到讀了來信，果然不出我的預料。經歷千辛萬苦，方始回到家中。幸運幸運！結伴同行的鄭莘田不可依靠，我早已知道了。郁滋堂待九弟這樣的好，我確實感激不盡。九弟在長沙時，竟然沒有提及彭山屺，這是為什麼呢？九弟又為祖母買了皮襖，很好很好，可以彌補我的過失了。

觀四弟來信甚詳，其發奮自勵之志，溢於行間。然必欲找館❶出外，此何意也？不過謂家塾離家太近，容易耽擱，不如出外較清淨耳。然出外從師，則無甚耽擱；若出外教書，其耽擱更甚於家塾矣。且苟能發奮自立，則家塾可讀書，即曠野之地、熱鬧之場亦可讀書，負薪❷牧豕❸，皆可讀書。苟不能發奮自立，則家塾不宜讀書，即清淨之鄉、神仙之境皆不能讀書。何必擇地？何必擇時？但自問立志之真不真耳！

【章　旨】此章激勵四弟奮起自立。

【注釋】❶館　教館；私人教讀的場所。❷薪　柴草。西漢時，會稽太守朱買臣，幼年家貧，砍柴為生。挑柴草回家時，將書本置於擔頭，邊趕路，邊讀書。❸豕　豬。漢時，有成宮牧豕聽經故事。

【語譯】我看了四弟的來信，寫得很詳細，奮起自勵的志氣，充滿了字裡行間。但卻一定要找一個教館外出教書，這是什麼用意呢？不過是認為自家辦的私塾離家太近，容易受到干擾而耽誤學業，不如去到外地，較為清淨而已。然而要是外出拜師求學，便沒有什麼干擾耽誤；倘若是出外教書，那對學業的干擾耽誤，就會比在家塾中讀書更厲害了。況且要是能夠奮起自立，那麼，在家塾中固然可以讀書，在空曠的原野，或是在熱鬧的場所，也一樣可以讀書，就是一邊背著柴草，或是一邊放豬，也都可以讀書。要是不能奮起自立，那麼，在家塾中不適宜讀書，即使是在清淨的地方、神仙的住處，也都不能讀書。何必挑揀地方？何必挑揀時間？只要責問自己所立的志向，真確不真確而已！

六弟自怨數奇❶，余亦深以為然。然屈於小試輒發牢騷❷，吾竊笑其志之小，而所憂之不大也。君子之立志也，有民胞物與❸之量，有內聖外王❹之業，而後不忝於父母之生，不愧為天地之完人。故其為憂也，以不如舜❺、不如周公❻為憂也，以德不修、學不講為憂也。是故頑民梗化❼則憂之，蠻夷❽猾夏❾則憂之，小人在位、賢才否閉❿則憂之，匹夫匹婦不被⓫己澤則憂之。所謂悲天命而憫人窮，此君子之所憂也。若夫一身之屈伸，一家之饑飽，世俗之榮辱得失、貴賤毀譽，君子固不暇憂及此也。六弟屈於小試，自稱數奇，余竊笑其所憂之不大也。

【章　旨】此章激勵六弟立志應當遠大，胸懷應當高尚。

【注　釋】❶數奇　運數乖舛，與時不合。❷牢騷　壓抑不平之感。❸與　同輩；朋友。北宋哲學家張載提出：「民吾同胞，物吾與也。」❹內聖外王　內具聖人的才華，施之於外，則能施行「王道」，一統天下。❺舜　傳說中，父系氏族社會後期部落聯盟的領袖，史稱虞舜。孔子曾讚揚舜是聖人，說他擁有天下而不占為私有。❻周公　姓姬，名旦。西周初年政治家。他制禮作樂，建立典章制度，主張「明德慎罰」，孔子尊為聖人。❼梗化　頑固不化，不服王法。❽蠻夷　泛指四方文化落後的民族。❾猾夏　侵擾華夏（中國）。❿否閉　阻絕不通。⓫被　受到；獲得。

【語　譯】六弟埋怨自己命運不濟，我也認為確實是如此。然而在縣府考試中，受到委屈就發牢騷，我卻要暗笑他的志向太小，而且所憂患的事物也不大。君子樹立志向，應當具有把人民都看成是自己的同胞、把萬物都看成是自己的朋友的器量，應當建樹使自己成為聖人、使天下太平一統的業績，然後才能無愧於父母的養育，不愧為天地間的完人。所以，君子所生的憂患，是以自己比不上虞舜和比不上周公作為憂患，是以自己的德操不能修養好和學業不能鑽研精作為憂患。因此，頑劣之徒，不服從教化的時候，君子便憂愁；蠻夷侵擾中原的時候，君子便憂愁；小人得勢、賢才受到排擠的時候，君子便憂愁；平民百姓得不到君子的德澤的時候，君子便憂愁。所謂哀傷時世的不幸，憐恤人民的困苦，這就是君子的憂愁。至於個人身世的浮沉，一家數口的飢飽，世俗之人所關心的榮辱得失、貴賤毀譽，君子本來就沒有時間考慮這些問題。六弟在縣試中偶有委屈，便自稱命運不好，我因而暗笑他所憂慮的事情意義不大啊！

蓋人不讀書則已，亦即自名曰讀書人，則必從事於〈大學〉❶。〈大學〉之綱領有三：明德❷、新民❸、止至善，皆我分內事也。若讀書不能體貼到身上去，謂此三項與我身了❹不相涉，則讀書何用？雖使能文能詩，博雅自詡❺，亦只算得識字之牧豬奴❻耳，豈得謂之明理有用之人也乎？朝廷以制藝取士，亦謂其能代聖賢立言，必能明聖賢之理，行聖賢之行，可以居官蒞民❼、整躬率物❽也。若以明德、新民為分外事，則雖能文能詩，而於修己治人之道，實茫然不講，朝廷用此等人作官，與用牧豬奴作官何以異哉？然則既自名為讀書人，則〈大學〉之綱領，皆己身切要之事明矣。其條目有八，自我觀之，其致功之處，則僅二者而已：曰格物❾，曰誠意❿。

【章　旨】此章言研讀〈大學〉的重要性及其要訣。

【注　釋】❶大學　《禮記》篇名。宋以後，與〈中庸〉、《論語》、《孟子》合稱為四書。❷明德　美德。明，潔淨。〈大學〉云：「大學之道，在明明德，在親民，在止於至善。」❸新民　即親民，關懷愛護人民。❹了　完全。❺詡　誇耀。❻牧豬奴　放豬娃；放豬倌。❼蒞民　臨民；管理民眾。❽物　眾人。❾格物　推究事物的原理。❿誠意　使意念忠誠。

【語　譯】大凡人們不讀書便罷，倘若自稱為讀書人，就一定要研讀〈大學〉。〈大學〉的綱領有三條：培養美德，愛護百姓，以盡善盡美為終極目標，這些都是我們分內的事情。倘若讀了書，不能落實到自己的行動中去，認為這三條跟我自身全不相關，那麼，讀了書有什麼用處呢？即使會寫文章，會作詩詞，自己誇耀淵博儒雅，也只算得上是認得幾個字的放豬倌而已，怎麼能稱為明理有用的人才呢？朝廷用八股文選拔人才，也是認為這些人，能夠替聖賢說話，一定能夠彰明聖賢的道理，施行聖賢的作為，可以當官管理百姓，嚴格要求自己，當好眾人的表率。倘若把培養美德、愛護百姓，看作是自己分外的事情，那麼，即使會作文，會寫詩，而對於修養自身、治理民眾的道理，實際上模糊不清，全不探究，朝廷用這種人做官，跟用放豬倌做官，有什麼不同呢？

如此說來，那麼，既然自己號稱是讀書人，〈大學〉的綱領，就都是自身最為重要的事，這個道理是很明白的。這綱領的細目有八項，依我看來，其中最具實際功用的，僅有兩條而已：一條是格物，一條是誠意。

格物，致❶知之事也；誠意，力行之事也。物者何？即所謂本末之物也。身、心、意、知、家、國、天下皆物也，天地萬物皆物也，日用常行之事皆物也。格者，即物而窮其理也。如事親定省❷，物也；究其所以當定省之理，即格物也。事兄隨行，物也；究其所以當隨行之理，即格物也。吾心，物也；究其存心之理，又博究其省察❸涵養以存心之理，即格物也。吾身，物也；究其敬身之理，又博究其立齊坐尸❹以敬身之理，即格物也。每日所看之書，句句皆物也；切己體察、窮究其理即格物也。此致知之事也。所謂誠意者，即其所知而力行之，是不欺❺也。知一句便行一句，此力行之事也。此二者并進，下❻學在此，上❼

達亦在此。

【章　旨】此章剖析「格物」「誠意」旨義。

【注　釋】❶致　達到；獲得。❷定省　即「昏定晨省」的省略語。《禮記‧曲禮上》：「凡為人子之禮，冬溫而夏清，昏定而晨省。」這是子女侍奉父母的日常禮節：晚間服侍就寢，早上省視問安。❸省察　認識；察看。❹坐尸　坐直；端坐。❺欺　欺騙；虛偽。❻下　此指人情。❼上　此指天理、自然法則。

【語　譯】格物，是獲取知識、智慧的事；誠意，是身體力行的事。物，是指什麼呢？就是指從根本到枝葉、從起源到終結的一切事物。身體、心志、意念、知識、家庭、國家、天下，都屬於物；天地萬物，都屬於物；每天用的，經常作的，都屬於物。格，就是針對事物，而窮究其中的道理。比如兒女侍奉父母，晚上服侍就寢，早晨省視問安，這就是物；研究所以應當昏定晨省的道理，這就是格物。對待兄長，要順從兄長的指揮，這就是物；研究所以應當順從指揮的道理，這就是格物。我們的思想，這就是物；研究我們存在這種思想的緣由，進而廣泛地推究人們之所以要認識、培養並獲得這種思想的道理，這就是格物。我們自身，這就是物；研究我們自身行事謹慎的緣由，進而廣泛地推究人們之所以要肅立端坐、行事謹慎的道理，這就是格物。每天所看的書，句句都是物；親身體察，並且弄通其中的道理，這就是格物。這些，都是獲取知識的事情。所謂誠意，就是把自己所懂得的道理，努力去實行，這就是不虛偽。懂得一句，便實行一句，這就是身體力行的事。格物和誠意，二者並進，學習人情事理的奧秘在此，通達天理的奧秘也在於此。

吾友吳竹如，格物工夫頗深，一事一物，皆求其理。倭艮峰先生，則誠意工夫極嚴，每日有日課冊❶，一日之中，一念之差，一事之失，一言一默❷皆筆之於書❸。書皆楷字，三月則訂一本。自乙未年❹起，今三十本矣。蓋其慎獨之嚴，雖妄念偶動，必即時克治，而著之於書。故所讀之書，句句皆切身之要藥。茲將艮峰先生日課鈔三葉❺付歸，與諸弟看。余自十月初一日起，亦照艮峰樣，每日一念一事，皆寫之於冊，以便觸目克治，亦寫楷書。馮樹堂與余同日記起，亦有日課冊。樹堂極為虛心，愛我如兄，敬我如師，將來必有所成。余向來有無恆之弊，自此次寫日課本子起，可保終身有恆矣。蓋明師❻益友，重重夾持，能進不能退也。本欲鈔余日課冊付諸弟閱，因今日鏡海先生來，要將本子帶回去，故不及鈔。十一月有摺差，准鈔幾葉付回也。

余之益友，如倭艮峰之瑟僩❼，令人對之肅然；吳竹如、竇蘭泉之精義，一言一事，必求至是；吳子序、邵蕙西之談經，深思明辨；何子貞之談字，其精妙處，無一不合，其談詩尤最符契❽。子貞深喜吾詩，故吾自十月來，已作詩十八首。茲鈔二葉，付回與諸弟閱。馮樹堂、陳岱雲之立志，汲汲不遑❾，亦良友也。鏡海先生，吾雖未嘗執贄❿請業⓫，而心已師之矣。

【章　旨】此章言自己和師友實踐「格物」「誠意」的情況。

【注　釋】❶日課冊　即日記本。課，考核；檢查。❷默　靜默；不語。❸書　此指簿冊。即日記本。❹乙未年　即道光十五年。此以干支紀年。❺葉　同「頁」。❻明師　即良師。明，此指賢明。❼瑟僩　莊嚴貌。❽符契　吻合；默契。❾遑　閒暇。❿贄　此指拜見老師的禮物。⓫請業　向人請教學業中的有關問題。

【語　譯】我的朋友吳竹如，格物的功夫很深，對於每一件事物，都要探求其中的道理。倭艮峰先生，則對於誠意的功夫極為嚴格，每天都記日記，將自己一天之中，每一個有差錯的想法，每一件做錯的事情，一動一靜，都要記錄在日記本上。寫的都是正楷字，三個月裝訂成一本。從道光十五年記起，現在已經三十本了。他在獨處時，謹慎嚴肅，即使是不規矩的想法偶然萌生，也一定要即刻克服懲治，並且要記錄在日記本上。所以，他讀過的書，句句都是他自己的重要藥石。現在我將艮峰先生的日記，鈔寫三頁寄回，給你們看看。我從十月初一日起，也照艮峰那樣，把自己每天的每一個念頭、每一件事情，都寫在日記本上，以便目光所及，就能提醒自己克服、懲處缺點，也是用正楷書寫。馮樹堂和我在同一天開始記事，也有日記本。樹堂非常虛心，像對待兄長一樣愛戴我，像對待老師一樣尊敬我，將來一定會有成就。我向來有辦事不能堅持到底的毛病，從這次寫日記起，可以保證終身行事能持之有恆了。因為有良師益友，層層督促，只能前進，不能後退了。本打算把我的日記鈔寫寄回，給你們看看，因為今天唐鏡海先生到我這裡來，要把我的日記本帶回去看，所以，來不及鈔寫。十一月，會有送公文的專差到湖南，我一定鈔寫幾頁付回家。

我的益友，像倭艮峰的嚴肅謹慎，令人見了便肅然起敬；吳竹如、竇蘭泉的精通義理，每句話、每件事，總是力求達到完全正確；吳子序、邵蕙西的談論經典，思慮精深，辨析明白；何子貞的品評書法，那些精妙的地方，沒有一處是評得不合適的；他品評詩詞，尤其恰如其分。子貞十分喜歡我的詩，所以，我從十月以來，已經寫了十八首。現在鈔上二頁，寄回給你們讀讀。馮樹堂、陳岱雲的立志，心情急切，毫不鬆懈，也是良友。唐鏡海先生，我雖然沒有正式施行拜師請教的禮數，但內心中，已經把他尊為老師了。

吾每作書與諸弟，不覺其言之長，想諸弟或厭煩難看矣。然諸弟苟有長信與我，我實樂之，如獲至寶。人固各有性情也。

余自十月初一日起記日課，念念欲改過自新。思從前與小珊有隙，實是一朝之忿❶，不近人情，即欲登門謝罪。恰好初九日小珊來拜壽，是夜余即至小珊家久談。十三日與岱雲合伙，請小珊吃飯。從此歡笑如初，前隙盡釋矣。

【章旨】此章言與鄭小珊前隙盡釋。

【注釋】❶忿　激忿不平。

【語譯】我每次給你們寫信，總是不覺得信中的話寫得太多，猜想你們也許感到厭煩，難於看完。然而你們如果有長信給我，我是會高興得如獲至寶的。人，本來就各有各的性情。

我從十月初一日開始寫日記，念念不忘要改正錯誤，重作新人。想起從前跟鄭小珊有隔閡，確實是一時激忿，不近人情，便想登門道歉。恰好初九那天小珊來拜壽，當夜我便到小珊家促膝長談。十三日，我與岱雲共同請小珊吃飯。從此歡聲笑語，一如當初，以前的隔閡，全都消除了。

金竺虔報滿❶用知縣，現住小珊家，喉痛月餘，現已全好。李筆峰在湯家如故。易蓮舫要出門就館，現亦甚用功，亦學倭艮峰者也。同鄉李石梧❷已升陝西巡撫。兩大將軍❸皆鎖拿解京治罪，擬斬監候❹。英夷之事，業已和撫❺，去銀二千一百萬兩，又各處讓他碼頭五處❻。現在英夷已全退矣。兩江總督牛鑒❼，亦鎖解刑部❽治罪。

近事大略如此。容再續書。

兄國藩手具 十月二十六日

（道光二十二年）

【章　旨】此章略述京城近事。

【注　釋】❶報滿　此指欽點翰林三年任職期滿。❷李石梧　名星沅，字子湘，湖南湘陰人。道光進士，選庶吉士，授編修。官歷陝西知府、陝西按察使、陝西巡撫、陝甘總督等職。❸兩大將軍　此指靖逆將軍奕山和揚威將軍奕經。❹斬監候　指將判處斬刑的罪犯，暫作監禁，待秋審、朝審後，再行決定是否執行。❺和撫　以議和的方式加以撫慰。❻碼頭五處　指《南京條約》中，清政府同意對英國開放廣州、福州、廈門、寧波、上海等五處為通商口岸。❼牛鑒　字鏡堂，號雪樵，甘肅武威人。鴉片戰爭期間，任兩江總督。因臨陣脫逃被革職。❽刑部　主管法律、刑罰事宜的中央政務機關。

【語　譯】金竺虔任職期滿，被任命為知縣，如今住在鄭小珊家。咽喉疼痛了一個多月，現在已經完全好了。李筆峰仍舊住在湯海秋家。易蓮舫要出外找館教書，現在也十分用功，他也是向倭艮峰學習的人。同鄉李石梧，已經提升為陝西巡撫。奕山、奕經兩名大將軍都被捉拿，押送京城懲治，準備判處斬監候罪。英國強盜侵擾的事，已經簽訂和約，花費白銀二千一百萬兩，又在廣州等地，讓出五個通商口岸。現在英國軍隊已經全部退走了。曾經擔任兩江總督的牛鑑，也被逮捕，押送刑部治罪。

京城近事的概況，就是這些。其餘事項，請讓我以後寫信再談。

兄國藩手具　十月二十六日

【說　明】這封家信，主要是開導四弟和六弟的。曾國潢、曾國華兄弟二人，因為府縣考試落第，未能考取生員而悶悶不樂。國潢要求離開家塾，外出教書，找個清淨處所，免得干擾耽誤學業。國華則埋怨自己命運不好，更有牢騷。曾國藩開導前者，指出只要立定志向，振奮精神，到處都能把書讀好。進步與否，主要因素在於自身，而不在於場所環境的影響。開導後者立志應當遠大，要有「民胞物與之量，內聖外王之業」；胸懷應當高尚，要關心時世的艱危和人民的困苦，不可為一己的小試失利而牢騷滿腹。然後講到讀書，必須明白修身治世的大道理，把《大學》的「明德」、「新民」、「止至善」作為切身要事，並重點剖析了「格物」和「誠意」兩條要目，扼要介紹了自己和師友勤於實踐的情形。曾國藩訓導諸弟，堅持從高處著眼，談倫常，講品行，使之擴充見識，樹立大志，而且不遺餘力，誨之諄諄，聽之者自當深得啟迪。

致澄弟溫弟沅弟季弟　十一月十七日

諸位賢弟足下：

十月二十七日寄弟書一封，內信四葉、鈔倭艮峰先生日課三葉、鈔詩二葉，已改寄蕭莘五先生處，不由莊五爺公館❶矣。不知已到無誤否。

【章　旨】此章查詢家信的收閱情況。

【注　釋】❶公館　此指富豪大家的住宅。

【語　譯】諸位賢弟足下：

十月二十七日，我寄給你們一封信，其中有信四頁、鈔錄倭艮峰先生的日記三頁、鈔錄詩篇二頁，已經改寄往蕭莘五先生那裡，不經過莊五爺的公館了。不知道是不是已經準確如期地寄到。

十一月前八日已將日課鈔與弟閱，嗣後每次家信，可鈔三葉付回。日課本皆楷書，一筆不苟，惜鈔回不能作楷書耳。馮樹堂進功最猛❶，余亦教之如弟，知無不言。可惜九弟不能在京與樹堂日日切磋❷，余無日無刻不太息❸也。九弟在京半年，余懶散不努力。九弟去後，余乃稍能立志，蓋余實負九弟矣。余嘗語❹岱雲曰：「余欲盡孝道，更無他事，我能教諸弟進德業一分，則我之孝有一分；能教諸弟進十分，則我之孝有十分；若全不能教弟成名，則我大不孝矣。」九弟之無所進，是我之大不孝也。惟願諸弟發奮立志，念念有恆，以補我不孝之罪。幸甚幸甚。

【章　旨】此章言自己是把教育諸弟進步作為對父母竭盡孝道的標尺。

【注　釋】❶猛　快速；迅猛。❷切磋　原指把骨角玉石加工製成器物，此指學業方面的商討研究。❸太息　深深地歎息。❹語　相告。

【語　譯】十一月，前八天的日記已經鈔給你們看了，今後每次寫家信，都可以鈔錄三頁寄回。日記本上寫的都是楷書，一筆也不草率，可惜鈔寫寄回時，顧不得寫正楷了。馮樹堂進步最快，我對他的教育，也像對弟弟一樣，凡是我所知道的，沒有哪一點不給他講解。可惜九弟不能留在京城，和樹堂天天商討鑽研，我無時無刻不為此深深歎息。九弟在京城居住了半年，那時，我懶散而不努力。九弟離京以後，我才逐漸能立志上進，確實對不起九弟了。我曾經對陳岱雲說：「我要對父母盡孝道，再沒有別的事情，我能教導弟弟們在品德學業方面進步一分，我的孝道就有了一分；能教導弟弟們進步十分，我的孝道就有了十分；假如完全不能教導弟弟們成就功名，我就是大不孝了。」九弟在京城沒有進步，這就是我的極大的不孝。只希望弟弟們奮發立志，念念不忘，持之有恆，能彌補我的罪責，我就太幸運了。

岱雲與易五，近亦有日課冊，惜其識不甚超越。余雖日日與之談論，渠究不能悉心領會，頗疑我言太誇❶。然岱雲近極勤奮，將來必有所成。

【章旨】此章讚揚陳岱雲勤奮好學，將來必有所成。

【注釋】❶誇　虛誇。

【語譯】陳岱雲和易五，近日也有了日記本，可惜他們的器識還不很高遠。我天天跟他們交談討論，他們始終不能盡心領會，很懷疑我的言論太沒有根據。然而陳岱雲近來極為勤奮，將來一定會有成就。

何子敬近待我甚好，常彼此做詩唱和。蓋因其兄欽佩我詩，且談字最相合，故子敬亦改容加禮❶。子貞現臨隸字，每日臨七八葉，今年已千葉矣。近又考訂《漢書》之訛❷，每日手不釋❸卷。蓋子貞之學長於五事：一曰《儀禮》精，二曰《漢書》熟，三曰《說文》精，四曰各體詩好，五曰字好。此五事者，渠意皆欲有所傳於後。以余觀之，此三者余不甚精，不知淺深究竟何如。若字，則必傳千古❹無疑矣。詩亦遠出時手之上，不❺能卓然成家。近日京城詩家頗少，故余亦欲多做幾首。

【章旨】此章言何紹基擅長書法和詩，必能卓然成家。

【注釋】❶禮　此指恭敬。❷訛　錯誤。❸釋　放下。❹千古　指年代久遠。❺不　似是「亦」字之誤。

【語譯】何子敬近來待我非常好，常常彼此作詩唱和。大概是因為他的哥哥何子貞佩服我的詩，而且談論書法，意見最相投合，所以，何子敬也改變了態度，對我更加恭敬。何子貞現在臨摹隸書，每天寫七八頁，今年已經積累上千頁了。近來，他又在考校訂正《漢書》的錯誤，每天手不離書。何子貞的學問，在五方面有特長：一是《儀禮》專精，二是《漢書》諳熟，三是《說文解字》精通，四是各種體式的詩寫得好，五是字寫得漂亮。這五方面，他的意願是都要能流傳後世。依我看來，《儀禮》、《漢書》、《說文解字》這三項，我不很精熟，不知他的深淺究竟怎樣。若是書法，定將流傳千古，這是毫無疑問的。他的詩，也遠遠超出同時高手之上，能夠不同凡響，自成一家。近來京城善於寫詩的人很少，所以，我也準備多作幾首。

金竺虔在小珊家住，頗有面善心非之隙。唐詩甫❶亦與小珊有隙。余現仍與小珊來往，泯然❷無嫌，但心中不甚愜洽❸耳。曹西垣與鄒雲陔❹十月十六起程，現尚未到。湯海秋❺久與之處，其人誕言太多，十句之中僅一二句可信。今冬嫁女二次：一係杜蘭溪之子，一係李石梧之子入贅❻。黎樾翁❼亦有次女招贅。其婿雖未讀書，遠勝於馮舅矣。李筆峰尚館海秋處，因代考供事❽，得銀數十，衣服煥然一新。王翰城捐知州，去大錢八千串。何子敬捐知縣，去大錢七千串。皆於明年可選實缺❾。黃子壽處，本日去看他，工夫甚長進，古文有才華，好買書，東翻西閱，涉獵❿頗多，心中已有許多古董⓫。何世兄亦甚好，沈潛⓬之至，雖天分不高，將來必有所成。吳竹如近日未出城，余亦未去，蓋每見則耽擱一天也。其世兄亦極沈潛，言動中禮，現在亦學倭艮峰先生。吾觀何、吳兩世兄之姿質，與諸弟相等，遠不及周受珊⓭、黃子壽，而將來成就，何、吳必更切實。此其故，諸弟能看書自知之。願諸弟勉之而已。

此數人者，皆後起不凡之人才也。安得諸弟與之聯鑣並駕⓮，則余之大幸也。

【章　旨】此章介紹師友及其子弟的學行情況，讚揚吳、何二世兄都將是後起之秀。

【注　釋】❶唐詩甫　名李杜，湖南人。道光進士，官陝西靖邊知縣。❷泯然　全然；淨盡貌。❸愜洽　快意，和諧。❹鄒雲陔　一作芸陔、雲階，湖南湘鄉人。曾為曾國藩家傳遞過書信。❺湯海秋　名鵬，湖南益陽人。道光進士，歷官戶部員外郎、御史。性鯁直，勇於言事。著有《止信筆初稿》、《雜記》、《見聞雜事》、《明林》、《七經補疏》等。❻入贅　指男子就婚於女家，並成為女方家庭的成員。❼黎樾翁　名吉雲，字雲徵，號樾喬，亦作月喬，湖南湘潭人。散館授編修。官至江南道監察御史。❽供事　京中吏員之一。❾實缺　清代定制，以額定之官職，經正式任命者為實缺，其委派署理者為署缺。❿涉獵　指泛覽群書，不一定作深入鑽研。⓫古董　此指有關古文方面的學問。⓬沈潛　此指沉靜柔和。⓭周受珊　一作壽山、壽珊，名開錫，湖南益陽人。曾入曾國藩幕府。官至布政使。⓮聯鑣並駕　本指車馬齊頭並進，不分前後，此指學問相等。鑣，馬具。與「銜」配合使用，「銜」在口內，「鑣」在口旁。

【語　譯】金竺虔在鄭小珊家住，很有些面和心不和的隔閡。唐詩甫也和鄭小珊有隔閡。我現在仍然與鄭小珊來往，完全消除了猜忌，只是內心還不太融洽而已。曹西垣和鄒雲陔十月十六日動身，現在還沒有到達。湯海秋跟我相處已經很久，這個人荒誕的言談太多，十句話中，僅有一二句可信。今年冬天，他嫁了兩個女兒：一個是嫁給了杜蘭溪的兒子，一個是招了李石梧的兒子作上門女婿。黎樾喬老前輩的二女兒，也招了上門女婿。他的這位女婿，雖然沒有讀書，卻遠遠超過了馮舅。李筆峰仍然在湯海秋家教書，因為代人考取了供事，得了數十兩白銀，衣服穿得煥然一新。王翰城捐錢求當知州，花費大錢八千串。何子敬捐錢求當知縣，花費大錢七千串。他們都在明年可以得到官職。黃子壽那裡，今天我去看他，學業功夫很有長進，古文方面頗有才華，喜歡買書，東翻西閱，接觸面很廣，胸中已經裝了許多古文知識。何世兄也很好，生性十分沉靜柔和，雖然天資不高，將來必有成就。吳竹如近日沒有出城，我也沒有到他那裡去，因為每相見一次，便要耽擱一天。他家世兄也極為沉靜柔和，言談舉止，都合禮數，現在也在學習倭艮峰先生的榜樣。我看何、吳兩位世兄的天資稟賦，跟弟弟們差不多，遠遠比不上周受珊和黃子壽，而將來的成就，何、吳二人，一定更為切實。這中間的緣故，弟弟們看了我的信，就能夠自己察覺。唯願弟弟們努力而已。這幾個人，都是後起的不平凡的人才。要是能夠使弟弟們跟他們並駕齊驅，那就是我的大幸了。

季仙九❶先生到京服闋❷，待我甚好，有青眼❸相看之意。同年會課，近皆懶散，而十日一會如故。

余今年過年，尚須借銀百五十金，以五十還杜家，以百金用。李石梧到京，交出長郡館公費，即在公項借用，免出外開口更好。不然，則尚須張羅也。

【章　旨】此章言自己的學習生活近況。

【注　釋】❶季仙九　湖南人。道光進士。歷官浙江、安徽學政、吏部侍郎、山西巡撫。❷服闋　父母死後，兒子須守喪三年，期滿方可脫除喪服，此制稱為「服闋」。「闋」即終了之意。❸青眼　眼睛平視，眼珠在中間，圓且青，表示對他人的尊重或喜愛。

【語　譯】季仙九先生到京城後，守喪已經期滿，他待我很好，有另眼相看的意思。同年們在一起習作考核，近來都有些懶散，但十天一次的集合研習，依然照常進行。

我今年過年，還得借銀一百五十兩，用五十兩歸還杜家，留下一百兩自家使用。李石梧到了京城，交出了長郡會館的公款，我就在公款中借用，免得出外開口向人挪借，這樣更好。否則，便還得外出張羅。

門上陳升，一言不合而去，故余作〈傲奴〉詩❶。現換一周升作門上，頗好。余讀《易．旅卦》「喪❷其童僕」，象❸曰：「以旅與下，其義喪也。」解之者曰：「以旅與下者，謂視童僕如旅人，刻薄寡恩，漠然無情，則童僕亦將視主上如逆旅❹矣。」余待下雖不刻薄，而頗有視如逆旅之意，故人不盡忠。以後余當視之如家人手足也，分❺雖嚴明而情貴周通。賢弟待人亦宜知之。

【章　旨】此章言跑了僕人之後的感慨。

【注　釋】❶傲奴詩　詩云：君不見蕭郎老僕如家雞，十年笞楚心不攜。君不見卓氏雄資冠西蜀，頤使千人百人伏。今我何為獨不然，胸中無學手無錢。平生意氣自許頗，誰知傲奴乃過我！昨者一語天地睽，公然對面相勃谿。傲奴誹我未賢聖，我坐傲奴小不敬。拂衣一去何翩翩，可憐傲骨撐青天。噫嘻乎，傲奴！安得好風吹汝朱門權要地，看汝倉皇換骨生百媚！❷喪　損失；失去。❸象　指《周易》卦爻等符號所顯示的象徵意義。❹逆旅　旅舍。逆，迎。旅，旅客。❺分　名分。指人的名位及其應守的職責。

【語　譯】家中僱用的陳升，為著一句話不合意而離去了，所以，我寫了一首〈傲奴〉詩。現在改僱了一個周升，很好。我讀《易．旅卦》「喪其童僕」一語，卦象說：「以旅與下，其義喪也。」解釋卦象的人說：「『以旅與下』這句話，是說主人把童僕看作旅途之人，對他刻薄而缺少恩惠，態度冷漠，沒有什麼感情，那麼，童僕也就會把主家看成是旅舍了。」我對待下人，雖然不刻薄，但很有點把他們看作是住店的旅客的意思，所以他們對我不願竭盡忠心。從今以後，我應當把他們看成是自家兄弟一樣，主僕之間的名分，雖然應當嚴肅分明，但在情義方面，卻要崇尚周到融洽。賢弟們對待下人，也應該懂得這一點。

余每聞摺差到，輒望家信。不知能設法多寄幾次否。若寄信，則諸弟必須詳寫日記數天，幸甚。余寫信，亦不必代諸弟多立課程，蓋恐多看則生厭。故但將余近日實在光景❶寫示而已，伏惟❷諸弟細察。

兄國藩手具　十一月十七日

（道光二十二年）

【章　旨】此章言盼望諸弟勤寄信與日記來京。

【注　釋】❶光景　景況；情形。❷伏惟　書信中常用的表敬之辭，意即希望、敬請。

【語　譯】我每次聽到送公文的差人到來的時候，就盼望會有家信。不知道你們能不能設法多寄幾次信來。倘若寄信，弟弟們還必須詳細寫上幾篇日記，一併寄來，那就好極了。我寫信，也不一定要代替弟弟們多規定功課的進程，怕的是你們看多了，會產生厭惡感。所以，只是把我近來的實際情況寫明而已，敬請弟弟們仔細明察。

兄國藩手具　十一月十七日

【說　明】前文已經談到，曾國藩作為兄長，對於督導弟弟長進，是很有責任感的。這封家信即已揭示，他把這種舉動，化為了自己修身「盡孝道」的體現。他明確地對陳岱雲說：「我能教諸弟進德業一分，則我之孝有一分；能教諸弟進十分，則我孝有十分；若全不能教弟成名，則我大不孝矣。」正因為如此，他不厭其詳地在信中，介紹自己的師友及其子弟的品德、學業、資質等各方面的情況，如陳岱雲的勤奮好學，何子貞的聰慧多才，黃子壽的博覽群書，何、吳兩家世兄的沉靜切實，其意都在使弟弟們受到啟發和激勵。

曾國藩在弟弟們面前，不但熱情讚揚他人的優點，而且能公開剖析自己的缺點。比如更換僕人一事，他便在〈傲奴〉詩中和讀《易・旅卦》時，都作了自我解剖。他說自己「主人意氣」太盛，不能體貼下人，「而頗有視如逆旅之意」，因而對方不願盡忠，一氣之下，拂袖而去。由此，他得到一個教訓：對待下人，要尊重，要體貼，「當視之如家人手足」，名分雖然應當嚴肅分明，但在情感方面，卻要注重周到融洽。這一主張，體現了曾文正處理上下、貴賤關係的原則。他用現身說法的方式，來教導弟弟，旨在力求能收到感染、薰陶之效。

致溫弟沅弟　三月初十日

六弟、九弟左右：

三月八日接到兩弟二月十五所發信，信面載第二號，則知第一號信未到。比去提塘❶追索，渠云并未到京，恐尚在省未發也。以後信宜交提塘掛號，不宜交摺差手，反致差錯。

來書言自去年五月至十二月，計共發信七八次。兄到京後，家人僅檢出二次：一係五月二十二日發，一係十月十六日發。其餘皆不見。遠信難達，往往似此。

【章旨】此章通報收信情況，感歎遠信難達。

【注釋】❶提塘　官名。督、撫派員駐在京城，傳遞有關本省的文書，稱為提塘官。此指提塘官駐地。

【語譯】六弟、九弟左右：

三月初八日，我接到你們二月十五日寄出的信，信封上寫明是第二號，才知道第一號信還沒有寄到。隨即到提塘追查，他們說那封信還沒有到達京城，恐怕仍在省城沒有寄出。以後的信，應該交給提塘掛號，不可以交到送公文的差人手上，不然，反而會招來差錯。

來信說，從去年五月至十二月，總共給我寄過七八次信。我回到京城以後，家裡人僅找出兩次的來信：一次是五月二十二日寄出的，一次是十月十六日寄出的。其餘幾封，都沒有看到。遠方的信難於寄到，往往就像這樣。

臘月信有「糊塗」字樣，亦情之不能禁者。蓋望眼欲穿之時，疑信雜生，怨怒交至。惟骨肉之情愈摯，則望之愈殷；望之愈殷，則責之愈切。度日如年，居室如圜牆❶，望好音如萬金之獲，聞謠言如風聲鶴唳❷；又加以堂上之懸思，重以嚴寒之逼人，其不能不出怨言以相詈❸者，情之至也。然為兄者觀此二字，則雖曲諒其情，亦不能不責之；非責其情，責其字句之不檢點耳。何芥蒂❹之有哉？

至於回京時有摺弁南還，則兄實不知。當到家之際，門幾如市❺，諸務繁劇，吾弟可想而知。兄意謂家中接榜後所發一信，則萬事可以放心矣，豈尚有懸掛者哉？來書辨論詳明，兄今不復辨。蓋彼此之心雖隔萬里，而赤誠不啻❻目見，本無纖毫之疑，何必因二字而多費唇舌？以後來信，萬萬不必提起可也。

【章　旨】此章申言前信只責「糊塗」二字用得不當，心中並無芥蒂，以後不必再提。

【注　釋】❶圜牆　牢獄。❷風聲鶴唳　形容極度驚慌。❸詈　責罵。❹芥蒂　比喻積藏在心中的怨恨或不快。❺市　集市；集中做買賣的場所。❻不啻　無異。

【語　譯】你們臘月的來信中，有說我「糊塗」的字樣，這也是情緒不能自禁的表現。因為急切盼望的時候，猜疑與信賴拌和在一起，怨恨和憤怒交相而至。正是因為骨肉親情愈真摯，盼望也就愈懇切；盼望之情愈懇切，責備也就愈痛徹。你們由於得不到我的消息而感到度日如年，覺得坐在家裡就像蹲在牢房一樣難熬，盼得了我的好信息，就像得到了萬兩黃金，聽到了謠言，就像風聲鶴唳，驚恐不安；再加上家中幾位老人的牽掛叨念，嚴冬寒氣的逼人，你們不能不出怨言而責罵我，這也是骨肉親情深厚到了極點。但我看到這「糊塗」二字的時候，雖然能曲意體諒到你們的心情，卻也不能不予以責備；並非責備你們的怨怒情緒，而是責備你們用詞遣句不加檢點而已。我的內心哪裡積藏著什麼不快呢？

至於我從四川回到京城時，有送公文的差人回南方，我是確實不知道。我剛到寓所的時候，門庭幾乎就像集市，各種事務繁重，弟弟們可以想見。我以為家中接到我在四川發榜後所寄出的那封信，就什麼事都可以放心了，哪裡還會再懸心掛肚的呢？你們的來信，辯明得很詳細，我現在不再分辯了。因為彼此的身心雖然懸隔萬里，但那片赤誠，卻無異於能親眼看到，相互之間，本來沒有絲毫的猜疑，何必因為那兩個字而多費唇舌呢？以後來信，切切不要再提及此事就行了。

所寄銀兩，以四百為饋贈族戚之用。來書云：「非有未經審量之處，即似稍有近名之心。」此二語推勘❶入微，兄不能不內省者也。又云：「所識窮乏之得我而為之，抑逆知家中必不為此慷慨，而姑為是言。」斯二語者，毋亦擬阿兄不倫❷乎？兄雖不肖，亦何至鄙且奸至於如此之甚？所以為此者，蓋族戚中，有斷不可不一援手❸之人，而其餘則牽連而及。

【章　旨】此章申明欲作饋贈之舉的緣由。

【注　釋】❶推勘　推究考核。❷不倫　不類；不像樣。❸援手　救助。

【語　譯】我捎回的銀兩，拿四百兩作為饋贈宗族親戚的費用。你們的來信說：「不是有未經慎重考慮的地方，就是似乎有撈取名聲的念頭。」這兩句評論推考得深入細微，我不能不作自我反省。來信又說：「兄長是覺得自己所認得的貧窮族戚，需要自己去救助，但又預料家中的老人，肯定不會去做這樣慷慨大方的事情，因而只是聊且說說而已。」這兩句評價，不是把我想像得太不像樣了嗎？我雖然不賢明，又怎麼會卑鄙奸詐到這樣嚴重的地步呢？我之所以想要做這種饋贈措施，是因為宗族親戚中，有絕不可不稍作救助的人。其餘的人，則是因為連帶而涉及到的。

兄己亥年至外家，見大舅陶穴❶而居，種菜而食，為惻然❷者久之。通十舅送我，謂曰：「外甥做外官，則阿舅來作燒火夫也。」南五舅送至長沙，握手曰：「明年送外甥婦來京。」余曰：「京城苦，舅勿來。」舅曰：「然。然吾終尋汝任所也。」言已泣下。兄念母舅皆已年高，饑寒之況可想。而十舅且死矣，及今不一援手，則大舅、五舅者，又能霑我輩之餘潤❸乎？十舅雖死，兄意猶當恤其妻子，且從俗為之延僧，如所謂道場❹者，以慰逝者之魂而盡吾不忍死其舅之心。我弟我弟，以為可乎？

蘭姊、蕙妹家運皆舛❺。兄好為識微❻之妄談，謂姊猶可支撐，蕙妹再過數年則不能自存活矣。同胞之愛，縱彼無觖望❼，吾能不視如一家一身乎？

歐陽滄溟先生夙債甚多，其家之苦況，又有非吾家可比者。故其母喪，不能稍隆厥禮。岳母送余時，亦涕泣而道。兄贈之獨豐，則猶徇世俗之見也。

楚善叔為債主逼迫，搶地❽無門，二伯祖母嘗為余泣言之。又泣告子植❾曰：「八兒❿夜來淚注，地濕圍徑五尺也。」而田貨⓫於我家，價既不昂，事又多磨。嘗貽書於我，備陳吞聲飲泣之狀。此子植所親見，兄弟嘗欷歔⓬久之。

丹閣叔與寶田表叔，昔與同硯席⓭十年，豈意今日雲泥⓮隔絕至此！知其窘迫難堪之時，必有飲恨於實命之不猶⓯者矣。丹閣戊戌年，曾以錢八千賀我，賢弟諒其景況，豈易辦八千者乎？以為喜極，固可感也；

以為釣餌，則亦可憐也。

任尊叔見我得官，其歡喜出於至誠，亦可思也。

竟希公[16]一項，當甲午年抽公項三十二千為賀禮，渠兩房[17]頗不悅。祖父曰：「待藩孫得官，第一件先復竟希公項。」此語言之已熟，特各堂叔不敢反脣相稽[18]耳。同為竟希公之嗣，而菀枯[19]懸殊若此。設造物者一旦移其菀於彼二房，而移其枯於我房，則無論六百，即六兩亦安可得耶？

六弟、九弟之岳家，皆寡婦孤兒，槁餓無策，我家不拯之，則孰拯之者？我家少八兩，未必遂為債戶逼取；渠得八兩，則舉室回春。賢弟試設身處地而知其如救水火也。

彭王姑[20]待我甚厚，晚年家貧，見我輒泣。茲王姑已沒，故贈宜仁王姑丈，亦不忍以死視王姑之意也。騰七則姑之子，與我同孩提[21]長養。各舅祖則推祖母之愛而及也。彭舅曾祖，則推祖父之愛而及也。陳本七、鄧升六二先生，則因覺庵師而牽連及之者也。

其餘饋贈之人，非實有不忍於心者，則皆因人而及。非敢有意討好沽名釣譽，又安敢以己之豪爽，形㉒祖父之刻嗇，為此奸鄙之心之行也哉？

【章　旨】此章條分縷析族戚家境，表明自己的心跡。

【注　釋】❶陶穴　即窯洞。陶，通「窯」。❷惻然　悲痛貌。❸餘潤　比喻力所能及的照顧。❹道場　江南習俗，人死後，家屬或延請道師來家，鼓樂唱誦，或延請僧尼來家，誦經拜佛，祭祀悼念死者，稱為做道場。❺舛　相違拗；不順暢。❻微　此指玄妙難明的理數。❼觖望　不滿意；埋怨。❽搶地　撞地；觸地。❾子植　即曾國荃。❿八兒　即曾楚善，在族中排行第八。⓫貨　此指買進。⓬欷歔　歎氣；抽噎聲。⓭同硯席　借指同學。硯席，亦作「研席」。硯臺與座席，指代學習。⓮雲泥　借指天地。⓯猶　如；同。⓰竟希公　指曾祖父曾竟希。⓱房　指家族的分支。⓲稽　計較。⓳菀枯　茂盛與枯槁。⓴王姑　祖父的姊妹，稱王姑。㉑孩提　幼兒。㉒形　對照；顯露。

【語　譯】道光十九年，我到外祖父家去，看到大舅住在窯洞裡，靠吃自己種的蔬菜為生，內心為此而傷痛了很久。江通十舅送別我時，對我說：「外甥如果在外地當了官，舅舅就來給你當燒火夫。」江南五舅送我到長沙，握著我的手說：「明年我送外甥媳婦到京城來。」我說：「京城生活苦，舅舅不要來。」舅舅說：「好。但我以後總要尋到你的住地的。」說完，眼淚濟濟而下。

我想到舅舅都是年事已高，如今飢寒交迫的狀況，可想而知。況且十舅已經死了，不趁現在伸手救助，大舅、五舅還能霑上我們的好處嗎？十舅雖然死了，我想還應當周濟他的妻子兒女，並且依照風俗，為他請幾個僧人，做做所謂道場之類，用以安慰去世者的亡魂，而略盡我們不忍讓舅舅那樣淒涼地死去的心意。我的弟弟呀我的弟弟，你們認為可以嗎？

蘭姐、蕙妹家中的氣運都不順心。我喜歡作看破玄機的妄談，認為蘭姐的生活還可以支撐，蕙妹再過幾年就無法活命了。以兄弟姐妹的情分，即使她們不抱怨，我們能夠不把她們看成是一家人，看成是和自身一樣嗎？

歐陽滄溟先生欠的舊債極多，他家的窮苦狀況，又有不是我們家可以相比的。所以他的母親去世時，他不能把喪事的禮儀辦得稍微隆重一些。岳母送別我時，也是熱淚雙流而訴說苦情。我提出贈送他家的銀錢最多，也還是依照地方風俗的觀念行事。

楚善八叔被債主逼迫，除了以頭撞地，別無門路，二伯祖母曾經對我哭著訴說過。她又哭著告訴子植說：「八兒夜晚哭泣，淚水浸濕了周圍五尺大一塊地面。」他的田地由我家買進，價錢既不高，事情又多挫折。他曾經寫信給我，詳細訴說了吞聲銜淚的苦情。這是子植所親眼見到過的，我們兄弟倆，曾經因此而悲歎了許久。

丹閣十叔與寶田表叔，往昔跟我同學十年，哪裡想到今天我在天上、他們在地下，懸殊竟至如此之大！推想他們在生計窘迫難熬之時，肯定會有抱怨命運比不上我而無由訴說的苦衷。丹閣十叔道光十八年送八千文錢祝賀我中了進士，你們想想他的光景，難道容易辦足八千文錢嗎？用來表示他為我而高興已極，其情固然令人感動；就是以此作為謀求日後報償的「釣餌」，用心也是令人同情的。

任尊叔見我得了官職，他的歡喜，是出於誠心誠意，這也是使我常常思念的。

竟希公名下的公款，當道光十四年我考取舉人抽出款項三十二貫作為賀禮時，他們兩房很不高興。祖父說：「等國藩孫得了官職，第一件事就是先歸還竟希公名下這筆公款。」這話已經說得爛熟，只是各位堂叔不敢頂嘴計較而已。同是竟希公的後世子孫，而我家和他們兩房一榮一枯，懸殊如此巨大。假使命運之神，一旦把繁榮氣象轉移到他們那兩房，而把衰敗氣象移遷到我們這一房，那麼，不要說六百兩銀子，就是六兩銀子，又怎麼能得到呢？

六弟、九弟的岳家，都是孤兒寡母，貧困飢餓得無計可施，我們家不去援救他們，又由誰家去援救呢？我家少還八兩銀子，未必就會被債主來逼取；他們得到八兩銀子，全家就會好比冬盡春來。賢弟試作設身處地想一想，便會知道這就如同救人於水火。

彭姑奶奶待我很好，晚年家境貧困，見了我就痛哭。現在姑奶奶已經去世，所以把錢送給宜仁彭姑祖，也是不忍心認為姑奶奶已經過世的意思。送錢給騰七，因為他是姑媽的兒子，跟我從小在一起長大。送錢給各位舅祖，是推重祖母的愛心而為。送錢給彭舅曾祖，是推重祖父的愛心而為。送錢給陳本七、鄧升六二位先生，是因為汪覺庵老師的關係而牽涉所致。

其餘要饋贈的人，要不是實在不忍心他們的貧窮，就都是因為各種人際關係而涉及到的。我既不敢有意花錢討好，沽名釣譽，又怎麼敢用自己的豪爽大方，來比照祖父的刻薄吝嗇，做出這種奸詐卑鄙的設想和行徑呢？

諸弟生我十年以後，見諸戚族家皆窮，而我家尚好，以為本分如此耳，而不知其初皆與我家同盛者也。兄悉見其盛時氣象，而今日零落如此，則大難為情矣。凡盛衰在氣象，氣象盛則雖饑亦樂，氣象衰則雖飽亦憂。今我家方全盛之時，而賢弟以區區❶數百金為極少，不足比數❷。設以賢弟處楚善、寬五之地，或處葛、熊二家之地，賢弟能一日以安乎？凡遇之豐嗇順舛，有數❸存焉，雖聖人不能自為主張。天可使吾今日處豐亨之境，即可使吾明日處楚善、寬五之境。君子之處順境，兢兢焉常覺天之過厚於我，我當以所餘補人之不足。君子之住嗇境，亦兢兢焉常覺天之厚於我：非果厚也，以為較之尤嗇者，而我固已厚矣。古人所謂境地須看不如我者，此之謂也。來書有「區區千金」四字，其毋乃不知天之已厚於我兄弟乎？

【章旨】此章言君子處順境時，當思以己之所餘補人之不足。

【注釋】❶區區　指小小數目。❷比數　計算。❸數　氣數；命運。

【語譯】各位弟弟的出生，都比我晚十年以上，看到各親戚宗族家境都窮，而我家的情況還好，以為原先的情形就是這樣，卻不知道他們當初的家運，都跟我家同樣興旺。我全都看到過他們各家興旺時的氣象，今天竟敗落到如此地步，實在太難為情了。大凡家運的盛衰，都會表現在氣象上，氣象興旺，人即使挨餓也會高興，氣象衰敗，人即使能夠吃飽也會憂愁。如今我們家正是全盛時期，而賢弟們把區區幾百兩銀子看成極少，認為不值得計算。假使賢弟們處在楚善、寬五的地步，或是處在葛、熊二家的地步，你們能夠安然地過上一天嗎？大凡遭逢寬裕與拮据，順利與挫折，都有命運在決定，即使是聖人也不能自己主宰。天命可以使我們今天處在寬裕發達的境地，也就可以使我們明天便處在楚善、寬五的境地。君子處在順暢的境地，就要小心謹慎地常常感到上天對我太優厚了，我應當用自己剩餘的部分，去補救他人的困乏。君子處在艱難的境地，也得常小心謹慎地自覺，上天所賜給我的優厚：並非真的優厚，而是比起那些更加艱難的人，我本有的已算是很優厚了。古人所說的處境，應當看到不如我的人，講的就是這個道理。你們的來信中，有「區區千金」四個字，這不是不懂得上天對我們兄弟已經夠優厚了嗎？

兄嘗觀《易》之道，察盈虛消息❶之理，而知人不可無缺陷也。日中則昃❷，月盈則虧，天有孤虛❸，地闕東南，未有常全而不缺者。〈剝〉❹

也者，〈復〉❺之幾也，君子以為可喜也。〈夬〉❻也者，〈姤〉❼之漸也，君子以為可危也。是故既吉矣，則由吝❽以趨於凶；既凶矣，則由悔❾以趨於吉。君子但知有悔耳。悔者，所以守其缺而不敢求全也。小人則時時求全；全者既得，而吝與凶隨之矣。眾人常缺，而一人常全，天道屈伸之故，豈若是不公乎？今吾家椿萱重慶❿，兄弟無故，京師無比美者，亦可謂至萬全者矣。故兄但求缺陷，名所居曰「求闕齋」，蓋求缺於他事，而求全於堂上，此則區區⓫之至願也。家中舊債不能悉清，堂上衣服不能多辦，諸弟所需不能一給⓬，亦求缺陷之義也。內人不明此意，時時欲置辦衣物，兄亦時時教之。今幸未全備，待其全時，則吝與凶隨之矣，此最可畏者也。賢弟夫婦訴怨於房闥⓭之間，此是缺陷，吾弟當思所以彌其缺而不可盡給其求，蓋盡給則漸幾於全矣。吾弟聰明絕人，將來見道有得，必且韙⓮余之言也。

【章　旨】此章言君子為人處世之道，宜守其缺而不求全。

【注　釋】❶盈虛消息　滿虧減增。《易・豐》：「日中則昃，月盈則食，天地盈虛，與時消息。」❷昃　太陽西斜。❸孤虛　方術用語。即計日時，以十天干依次與十二地支相配為一旬，所餘的兩個地支稱為「孤」，與「孤」相對者稱為「虛」。常用來預測吉凶禍福與事業成敗。❹剝　《周易》六十四卦之一。《易・剝》：「象曰：山附於地，剝。」孔穎達疏：「山本高峻，今附於地，即是剝落之象。」❺復　《周易》六十四卦之一。《易・復》：「象曰：雷在地中，復。」即為復蘇之意。《易・雜卦》曰：「剝，爛也；復，反也。」後合用為盛衰、消長之意。❻夬　《周易》六十四卦之一。《易・夬》：「夬，決也，剛決柔也。」又：「澤上於天，夬。」孔穎達疏：「澤性潤下，雖復澤上於天，決來下潤，此事必然，故是夬之象也。」❼姤　《周易》六十四卦之一。《易・姤》：「象曰：天下有風，姤。」孔穎達疏：「風行天下，則無物不遇，故為遇象。」❽吝　此指高興、得意。《易・繫辭上》：「悔吝者，憂虞之象也。」虞，同「娛」。歡樂。❾悔　憂慮。❿椿萱重慶　指祖父母、父母都健在。⓫區區　誠摯。⓬給　滿足；豐足。⓭房闥　內室。闥，門內。⓮韙　是；對。

【語　譯】我曾經觀覽過《周易》的道理，考察過盈虛消長的規律，從而懂得人們不可以十全十美而沒有缺陷。太陽升到中午就會西斜，月亮圓滿之後又會變缺，天有孤虛，地缺東南，日月天地，也沒有常全而不缺的。〈剝卦〉是〈復卦〉的先兆，君子把它看成是可喜的現象。〈夬卦〉是〈姤卦〉的萌芽，君子把它看成是令人憂懼的事情。因此，已經獲得吉利之後，便會由得意而走向災禍；已經遭到災禍之後，便會由憂患而走向吉祥。君子只是懂得要有憂患意識而已。所謂憂患意識，就是為了自覺保持殘缺，而不敢追求十全十美。小人卻時時追求十全十美；已經得到十全十美之後，得意與災禍也就跟隨而來了。眾人常常短缺不足，某人卻常常福祿雙全，天道有屈有伸的規矩，難道會像這樣不公正嗎？如今我們家父祖健在，兄弟平安，京城中同鄉的家運沒有可以媲美的，也可以說是達到十全十美了。所以，我只希望有所欠缺，把自己的書房取名叫「求闕齋」，就是希望在別的事情上有所缺陷，而希望家中各位老人的福祿，能夠十全十美，這就是我誠摯而深切的願望。家中的陳年老帳，不能全部還清，家中老人的衣服，不能多製，弟弟們所需的費用，不能一概滿足，這也是為了保持有所欠缺的意思。妻子不明白我的這番用意，常常想添置衣服物件，我也就常常開導她。如今我們家幸而還沒盡善盡美，等到盡善盡美時，得意和災禍，也就隨之而來了。賢弟夫婦在內室私下訴說怨言，這正說明我們的家道還有欠缺，弟弟們應當設法彌補不足，但也不能完全滿足她們的要求，因為完全滿足，便又接近於盡善盡美了。你們聰慧過人，將來辨察為人處世之道有了體驗，肯定會認為我的這番話是對的。

至於家中欠債，則兄實有不盡知者。去年二月十六接父親正月四日手諭，中云：「年事一切，銀錢敷用有餘。上年所借頭息❶錢，均已完清。家中極為順遂，故不窘迫。」父親所言如此，兄亦不甚瞭瞭❷，不知所完究係何項，未完尚有何項。兄所知者，僅江孝八外祖百兩、朱嵐暄五十兩而已。其餘如耒陽❸本家之帳，則兄由京寄還，不與家中相干。

甲午冬借添梓坪錢五十千，尚不知作何還法，正擬此次稟問祖父。此外帳目，兄實不知。下次信來，務望詳開一單，使兄得漸次籌畫。如弟所云，家中欠債千餘金，若兄早知之，亦斷不肯以四百贈人矣。如今信去已閱❹三月，饋贈族戚之語，不知鄉黨已傳播否。若已傳播而實不至，則祖父受嗇吝之名，我加一信，亦難免「二三其德」❺之誚。此兄讀兩弟來書，所為躊躇❻而無策者也。茲特呈堂上一稟，依九弟之言書之，謂朱嘯山、曾受恬處二百落空，非初意所料，其饋贈之項，聽祖父、叔父裁奪。或以二百為贈，每人減半亦可；或家中十分窘迫，即不贈亦可。戚族來者，家中即以此信示之，庶不悖❼於過則歸己之義。賢弟觀之以為何如也？

若祖父、叔父以前信為是，慨然贈之，則此稟不必付歸，兄另有安信付去。恐堂上慷慨持贈，反因接吾書而尼沮❽。凡仁心之發，必一鼓作氣，盡吾力之所能為。稍有轉念，則疑心生，私心亦生。疑心生則計較多，而出納吝矣；私心生則好惡偏，而輕重乖❾矣。使家中慷慨樂與❿，則慎無以吾書生堂上之轉念也；使堂上無轉念，則此舉也，阿兄發之，堂上成之，無論其為是為非，諸弟置之不論可耳。嚮⓫使去年得雲、貴、廣西等省苦差，并無一錢寄家，家中亦不能責我也。

【章旨】此章言饋贈事項，一聽祖父、叔父裁奪。倘家中慷慨樂與，切不可因此信而生其轉念。

【注釋】❶頭息　第一年的利息。❷瞭瞭　清清楚楚。❸耒陽　縣名，即今湖南耒陽。❹閱　經歷。❺二三其德　心不專一，出爾反爾。語出《詩・衛風・氓》：「士也罔極，二三其德。」❻躊躇　猶豫不決。❼悖　違背；違反。❽尼沮　終止；阻止。❾乖　違背常理。❿與　給予。⓫嚮　往昔；當初。

【語譯】至於家中所欠的債務，我的確有不完全知道的地方。去年二月十六日，我接了父親正月初四日寫的信，其中說道：「過年所辦理的一切事務，銀錢夠用，尚有寬餘。去年借款的頭息錢，也已經交清。家中情況十分順心，所以目前狀況並不困難。」父親說的是這樣，具體情況我也不很明白，不知道已經還清的是哪些款項，沒有還清的有哪些款項。我所知道的，僅有江孝八外祖父家的一百兩、朱嵐暄的五十兩而已。其餘像耒陽本家的債務，我會從京城寄銀償還，跟家中不相關涉。道光十四年冬天，借了添梓坪五十貫，還不知道該怎樣去歸還，正準備這次請教祖父。

除此而外的帳目，我的確不知道。下次寫信來，務必請詳細開列一張清單，使我能夠逐一籌劃歸還的事。像弟弟所說的家中欠債，已有一千多兩銀子，倘若我早知道這回事，也就決不會提出用四百兩送人了。如今我的信發去已經過了三個月，饋贈宗族親戚的話，不知道在鄉親中已經傳開了沒有。倘若話已經傳開而實際上卻沒有送到，那麼，祖父就會招致吝嗇的名聲，我再另寫一封信去作解釋，也免不了要被人家嘲諷為三心二意。這是我讀了兩位弟弟的來信之後，感到遲疑不決、無計可施的原因。現在我特意給家中各位老人寫一封信，是依照九弟的話寫的，說朱嘯山、曾受恬處的二百兩銀子落了空，不是我當初所意料的，饋贈族戚的事項，全憑祖父、叔父決定。或者用二百兩作贈送，每人減半也可以；或者因為家中十分艱難，就索性不贈也行。親戚宗族有人來了的，家中就把這封信給他們看，這樣，也許可以不致違背有了過錯歸自己承當的道理。你們看這樣做怎麼樣？

倘若祖父、叔父，認為我前一封信是對的，準備慷慨地饋贈族戚，我寫給他們的這封信，就不要轉寄回家，我另寫一封報平安的信寄回去。這是因為我怕家中大人已經決定慷慨饋贈，反而由於接到我的這封信又終止。大凡仁愛的念頭一旦出現，就必須一鼓作氣，竭盡自己的能力去實施。稍微一轉念頭，疑慮就會產生，私心也會出現。疑慮一旦產生，計較就會增多，付出也就會吝嗇；私心一旦出現，好惡就會錯位，輕重也就會倒置。假使家中大人慷慨地樂意饋贈，就切切不要因為我的這封信而使得大人改變主意；假使家中大人不改變主意，那麼，這一舉措是由我提出，大人們辦成，不論這樣做是對是錯，各位弟弟置之不理就可以了。假使我去年得的是雲南、貴州、廣西等省的苦差事，沒有一文錢寄回家，家中也不能責怪我啊！

九弟來書，楷法佳妙，余愛之不忍釋手。起筆收筆皆藏鋒，無一筆撒手亂丟，所謂有往皆復也。想與陳季牧講究，彼此各有心得，可喜可喜。然吾所教爾者，尚有二事焉。一曰換筆。古人每筆中間必有一換，如繩索然，第一股在上，一換則第二股在上，再換則第三股在上也。筆尖之著紙者僅少許耳，此少許者，吾當作四方鐵筆用。起處東方在左，西方向右，一換則東方向右矣。筆尖無所謂方也，我心中常覺其方。一換而東，再換而北，三換而西，則筆尖四面有鋒，不僅一面相向矣。二曰結字有法。結字之法無窮，但求胸有成竹❶耳。

六弟之信，文筆拗而勁，九弟文筆婉而達，將來皆必有成。但目下不知各看何書，萬不可徒看考墨卷，汩沒❷性靈。每日習字不必多，作百字可耳。讀背誦之書不必多，十葉可耳。看涉獵之書不必多，亦十葉可耳。但一部未完，不可換他部，此萬萬不易之道。阿兄數千里外教爾，僅此一語耳。

羅羅山兄讀書明大義，極所欽仰，惜不能會面暢談。

【章旨】此章言練字讀書之道。

【注釋】❶胸有成竹　比喻做事之先，已有定見。❷汩沒　銷磨；埋沒。

【語譯】九弟的來信，楷書寫得很好，我喜愛得不願意放手。起筆收筆，都能鋒芒不露，沒有一筆放手亂畫，正是人們所說的有往都有還。想來是跟陳季牧探討研究，彼此各有領悟，令人高興，令人高興。但是，我要指點你的，還有兩件事。一是要換筆。古人寫字，每筆中間，總有一次要換筆，好比絞繩索一樣，先是第一股在上面，初次換筆便是第二股在上面，再次換筆便是第三股在上面了。筆尖接觸紙的部分，僅是少許一點而已，這少許一點，我們要當作四方鐵筆使用。起筆的時候，是筆的東面在左，西面向右，一換筆，就是東方向右了。筆尖本無所謂方與不方，但我們心中，要常常感覺到它是方的。初次換筆而向東，再次換筆而向北，三次換筆而向西，這樣，筆尖就會四面有鋒，不僅是對著一面了。二是結字要有方法。構字的方法無窮無盡，只是要求胸有成竹而已。

六弟的來信，文筆奇拗而強勁，九弟的來信，文筆婉轉而通暢，將來都必然會有成就。只是不知道你們現在看些什麼書，切切不可只看別人考場上作的那些八股文之類，消磨了自己的聰明才智。每天習字不一定很多，練一百個字就可以了。讀需要背誦的文章也不一定很多，有上十頁就可以了。看涉獵性質的書不一定要很多，也是上十頁就可以了。但一部書沒有讀完，就不要換讀其他的書，這是萬萬不可改變的門道。我在數千里之外，教給你們的讀書方法，僅是這一句話而已。

羅澤南兄讀書，能明辨大義，我極為欽佩，可惜不能跟他會面暢談。

余近來讀書無所得，酬應之繁，日不暇給，實實可厭。惟古文、各體詩，自覺有進境，將來此事當有成就，恨當世無韓愈、王安石一流人與我相質證耳。賢弟亦宜趁此時學為詩、古文，無論是否，且試拈筆為之。及今不作，將來年長，愈怕醜而不為矣。每月六課，不必其定作時文也，古文、詩、賦、四六❶無所不作，行之有常。將來百川分流，同歸於海，則通一藝即通眾藝，通於藝即通於道，初不分而二之也。此論雖太高，然不能不為諸弟言之。使知大本大原，則心有定向，而不至於搖搖無著。雖當其應試之時，全無得失之見亂其意中，即其用力舉業❷之時，亦於正業不相妨礙。諸弟試靜心領略，亦可徐徐會悟也。

外附錄〈五箴〉一首、〈養身要言〉一紙、〈求闕齋課程〉一紙。詩文不暇錄，惟諒之。

兄國藩手草　三月初十日

（道光二十四年）

【章　旨】此章言自己學習古文和各體詩的情況與體會。

【注　釋】❶四六　四六文，即駢體文。因其多用四言六言的句子對偶排比，故有「四六」之稱。❷舉業　又稱舉子業，指科舉應試的詩文。

【語　譯】我近來讀書沒有多少收穫，應酬事務繁多，每天不夠應付，實在令人生厭。唯有古文和各種體裁的詩，我自己感到有些進步，將來在這些方面，應當會有所成就，遺憾的是當代沒有韓愈、王安石一流的人物，來跟我互相探討論證。你們也應當趁這段時光學習寫詩、作古文，不管像與不像，姑且試著拿起筆來寫。不趁現在寫，以後年齡大了，更加怕出醜而不敢寫了。每月六次習作，不一定老是作八股文，古文、詩、賦、駢文，沒有不練習的，做起來要有恆心。將來會百川分流，同歸大海，也就是精通了一種技藝，就會精通多種技藝，精通了多種技藝，就會精通事物的原理，原理與技藝，本來是不可分割的。這番議論，雖然太高深，但我不能不給你們說一說，使你們懂得萬事萬物的根本規律，心中就會有確定的努力方向，而不至於搖擺不定。即使在你們參加科舉考試的時候，也會完全沒有患得患失的念頭，擾亂你們心中的目標，就是在你們集中全力作應試文字的時候，也與正業不相妨礙。你們試著靜心地領會，也可以漸漸地體認和理解到這番道理。

另外，給你們鈔錄了一篇〈五箴〉、一張〈養身要言〉、一份〈求闕齋課程〉。我寫的詩文沒有時間鈔了，請原諒。

兄國藩手草　三月初十日

五箴❶并序　甲辰春作

少不自立，荏苒遂泊❷今茲。蓋古人學成之年，而吾碌碌尚如斯也，不其戚矣！繼是以往，人事日紛，德慧日損，下流❸之赴，抑又可知。夫疢疾❹所以益智，逸豫❺所以亡身，僕以中材而履安順，將欲刻苦而自振拔，諒❻哉其難之與！作〈五箴〉以自創❼云。

立志箴

煌煌先哲❽，彼不猶人？藐焉小子，亦父母之身。聰明福祿，予我者厚哉！棄天而佚❾，是及凶災。積悔累千，其終也已。往者不可追，請從今始。荷⑩道以躬，輿⑪之以言。一息尚活，永矢⑫弗諼⑬。

居敬箴

天地定位，二五⑭胚胎。鼎焉作配，實曰三才。儼恪齋明⑮，以凝女⑯命。女之不莊，伐生戕性。誰人可慢？何事可弛⑰？弛事者無成，慢人者反爾。縱彼不反，亦長吾驕。人則下女，天罰昭昭。

主靜箴

齋宿日觀⑱，天雞一鳴。萬籟⑲俱息，但聞鐘聲。後有毒蛇，前有猛虎。神定不懾，誰敢余侮？豈伊⑳避人，日對三軍。我慮則一，彼紛不紛。馳騖半生，曾㉑不自主。今其老矣，殆擾擾以終古。

謹言箴

巧語悅人，自擾其身。閑言送日，亦攪女神。解人㉒不誇，誇者不解。道聽塗說㉓，智笑愚駭。駭者終明，謂女實㉔欺。笑者鄙女，雖矢猶疑。尤悔㉕既叢，銘以自攻。銘而復蹈，嗟女既耄㉖。

有恆箴

自吾識字，百歷洎茲。二十有㉗八載，則無一知。曩㉘之所忻㉙，閱時而鄙。故者既拋，新者旋徙。德業之不常，日為物牽。爾之再食，曾未聞或愆㉚。黍黍之增，久乃盈斗。天君㉛司命，敢告馬走㉜。

【章旨】此章言寫作〈五箴〉的目的及自箴於五方面的要求。

【注釋】❶五箴　即從五方面規諫勸戒。自揚雄作〈五箴〉，「箴」遂成為一種文體。❷洎　及；到。❸下流　下游。此喻落後的狀態。❹疢疾　疾病。此喻災難、憂患。❺逸豫　安閒悅樂。歐陽修《五代史・伶官傳序》：「憂勞可以興國，逸豫可以忘身。」❻諒　確實；實在。❼創　懲；引以為戒。❽先哲　稱前代德才兼備的人。❾佚　通「逸」。安樂。❿荷　肩負；承擔。⓫輿　扛抬。此謂宣傳。⓬矢　通「誓」。諾言。⓭諼　遺忘。⓮二五　當指陰陽二氣與金木水火土五種物質。⓯齋明　清心潔身。⓰女　通「汝」。你。下同。⓱弛　鬆懈放縱。⓲日觀　日觀峰，山名。⓳萬籟　各種聲響。⓴伊　此作語助，無實義。㉑曾　乃；卻；竟。㉒解人　通達事理或文意的人。㉓道聽塗說　沒有根據的傳聞。此類傳聞，必多謬妄，故為智者所棄。㉔實　是。語助，無實義。㉕尤悔　過失和災禍。㉖耄　昏亂。《楚辭・七諫・怨世》：「心悼怵而耄思。」㉗有　通「又」。㉘曩　從前。㉙忻　同「欣」。喜悅。㉚或愆　有罪咎。㉛天君　心，即一身之主。㉜馬走　即馬僕，管馬的僕人。自謙之詞。

【語譯】

五箴　並序　道光二十四年春作

我年輕時，不能自圖建樹，光陰漸漸流逝，於是到了今天。在古人已經學有所成的年齡，而我還是這樣碌碌無為，能不悲傷嗎？從此以後，人際交往，日益紛繁，德操智慧，日益減損，自己將會跌入下游的局面，這是可想而知的。憂患可用來增長智慧，安樂可使人毀滅自身，我以中等材質，而走在安穩順利的人生道路上，想要自覺下苦功振奮起來，的確是很難的。所以，我寫了這篇〈五箴〉來警戒自己。

立志箴

輝煌的先哲，他們不也是普通人嗎？藐小的我，也一樣是父母所生。在聰明福祿方面，上天給予我的已夠豐厚。放棄天授而貪圖安逸，這就會遭到災禍。老是後悔，縱然積累千萬次，那結局也是一事無成。逝去的時光不可追回，一切從今天開始。我要用鐵肩擔起道義，用文字廣泛宣傳。只要一息尚存，我將永遠不忘記自己的諾言。

居敬箴

天地的位置，一經確定，陰陽五行，也就隨之而形成。像鼎足一樣媲美共存，人與天地合稱為三才。嚴肅謹慎，清潔身心，才能堅定你的教令。你如果不莊重，便會傷害自己的性命。誰人可以怠慢？什麼事可以漫不經心？漫不經心的人，將會無所成就，怠慢人的人，將會遭到人的怠慢。縱使對方不怠慢你，也只會助長你的驕縱。即使別人都能謙遜地對待你，但上天對驕縱者的懲罰，是明辨無誤的。

主靜箴

齋戒住在日觀峰，天雞一聲長鳴，各種聲響，悄然靜寂，只能聽到佛寺鐘聲。後面有毒蛇，前面有猛虎，神情鎮定而無所畏懼，誰敢侮辱我？哪裡需要躲避他人？可以每天面對萬馬千軍。我的謀劃如果專一，別人紛亂，我也不會紛亂。但我奔忙了半生，卻仍然不能自主。這樣若是到老，恐怕只能永遠紛亂。

謹言箴

用花言巧語討好別人，是自己弄得自己紛亂。用閒談來打發時光，也會擾亂你的神志。聰明人不自誇，自誇者不聰明。散布沒有根據的傳聞，只會招來智者的嘲笑和愚者的驚異。驚異者一旦明白了真相，便會說你這是欺騙。嘲笑者會鄙視你，你即使發誓，人家也會懷疑。過失和災難已經堆積，便刻下誓言來指責自己的過錯。如果刻下誓言之後，老是重蹈覆轍，可歎你已經昏亂。

有恆箴

自從我識字以來，到今天不知經歷了多少事情。但整整二十八年，我卻沒有獲得一點真知。以往所欣賞的東西，過一段時間便又鄙棄。舊的學業已經拋開，新的追求隨即又作轉移。進德修業，不能持之以恆，藉口是為外部事物所牽累。但當你再次進食的時候，從沒有聽到你有自責。糧食一粒一粒地增加，時日久了便能積滿一斗。思想能左右命運，我願意聽從指揮。

養身要言　癸卯入蜀道中作

一陽初動處❶，萬物始生時。不藏怒焉，不宿❷怨焉。右仁，所以養肝也。

內有整齊思慮，外而敬慎威儀。泰而不驕，威而不猛。右禮，所以養心也。

飲食有節，起居有常。作事有恆，容止有定。右信，所以養脾也。

擴然而大公，物來而順應。裁之吾心而安，揆之天理而順。右義，所以養肺也。

心欲其定，氣欲其定，神欲其定，體欲其定。右智，所以養腎也。

【章旨】此章言保養身體要從仁、禮、信、義、智五方面著力。

【注釋】❶一陽初動處　即冬至時節。其時陰氣極盛之後，陽氣回復。❷宿　積蓄。

【語譯】

養身要言　道光二十三年入蜀途中作

一日陽氣萌動回復，便是萬物開始生長的時節。心中不要懷藏憤怒，不要積存怨恨。（以上說的是修養「仁」，是為了保養肝臟。）

內心有嚴整齊一的思慮，外表有敬肅謹慎的威儀。安泰而不驕縱，威嚴而不兇暴。（以上說的是修養「禮」，是為了保養心臟。）

飲食有節制，起居有規律。做事有恆心，儀容舉止有常態。（以上說的是修養「信」，是為了保養脾臟。）

心胸寬廣而大公無私，各種事物出現時都能順應。捫心自問而安然無愧，用天理衡量而順適無違。（以上說的是修養「義」，是為了保養肺臟。）

思想要求穩定，氣性要求穩定，精神要求穩定，體魄要求穩定。（以上說的是修養「智」，是為了保養腎臟。）

求闕齋課程

癸卯孟夏立

讀熟讀書十葉。看應看書十葉。習字一百。數息[1]百八。記過隙[2]影（即日記）。記〈茶餘偶談〉一則。（右，每日課。）

逢三日寫回信。逢八日作詩、古文一藝。（右，月課。）

熟讀書：《易經》、《詩經》、《史記》、《明史》、屈子、《莊子》、杜詩、韓文。

應看書不具載。

【章　旨】此章言自訂的學習科目。

【注　釋】❶數息　計算呼吸次數。這是一種靜坐休息的方法。❷過隙　即白駒過隙，形容光陰過得極為迅速，好比陽光穿過縫隙一般。《莊子・知北遊》：「人生天地之間，若白駒之過郤，忽然而已。」

【語　譯】

求闕齋課程　道光二十三年四月訂立

讀已經熟讀的書十頁。看應該看的書十頁。習字一百個。默數呼吸一百零八次。記過隙影（即日記）。記《茶餘偶談》一條。（以上，是每天的功課。）

逢三的這一天，給人寫回信。逢八的這一天，作詩和古文一種。（以上，是每月的功課。）

要熟讀的書目：《易經》、《詩經》、《史記》、《明史》、屈原作品、《莊子》、杜甫的詩篇、韓愈的文章。

應該看的書目，不再全部開列。

【說　明】這封「與弟書」，進德和修業兩方面，都談得十分深刻。

首先，曾國藩詳細地述說了自己主張向親戚宗族饋贈銀兩的原因。道光十九年，他因議修族譜，在湘南、湘中一帶奔忙了大半年，對族戚家的經濟狀況，作了一番深入的考察，將各家的貧窮困苦情狀，銘刻在心。因而當自己擔任四川正考官，獲得俸銀千兩，經濟狀況稍微寬裕的時候，便想到於情於理，都應當救助這些族戚，並認為這種扶貧濟困的胸懷，就是讀書人應當竭力修養的「仁心」，「仁心」一旦萌發，就要一鼓作氣，付諸實施，盡力而為。在此基礎上，他進而談到了自己學《易》的體會，認為在利祿方面，不要追求盛滿，不要只想世間好處都占盡，應該自覺地留有餘缺，以利保持清醒的頭腦，不致因貪得無饜而葬送了前程。

其次，曾國藩從評點九弟、六弟的來信著手，因勢利導，談到了練字讀書的方法。對於練字，他強調一要學會換筆，二要掌握結字方法。對於讀書，他強調要有背誦，要有涉獵，但都不可貪多，不可圖快。不要為了應付科舉考試，只看別人在考場上臨時寫就的八股文、試帖詩，損害了自己的靈性；不要這部書還沒有看完，又換另一部，泛泛而毫無所得。要紮紮實實，熟讀多練，打好基礎，求有心得。這些，無疑都是經驗之談。為了使弟弟在進德修業方面有所參照，曾國藩還鈔寄了自己的〈五箴〉、〈養身要言〉、〈求闕齋課程〉，現身說法，傾注了自己高度的責任心。

致澄弟溫弟沅弟季弟　八月二十九日

四位老弟左右：

昨二十七日接信，快暢之至，以信多而處處詳明也。

四弟〈七夕〉詩甚佳，已詳批詩後。從此多作詩亦甚好，但須有志有恆，乃有成就耳。余於詩亦有工夫，恨當世無韓昌黎及蘇、黃一輩人，可與發吾狂言❶者。但人事太多，故不常作詩，用心思索，則無時敢忘之耳。

【章旨】此章言四弟〈七夕〉詩寫得不錯，並指出今後應當多作，且須有志有恆，方能有所成就。

【注釋】❶狂言　妄誕的言論。此為謙語，指有獨立見解的詩論。

【語譯】四位老弟左右：

二十七日接到你們的來信，我暢快到了極點，因為信件多，而且處處都寫得詳細明白。

四弟的〈七夕〉詩寫得非常好，我已經在詩的後面寫了詳細的批語。從此以後，多作些詩也很好，但必須有志氣，有恆心，才會有所成就。我在寫詩方面也有些功夫，只遺憾當代沒有像韓愈及蘇軾、黃庭堅一流的人物，可以讓我在他們面前大發狂言。但是由於應酬請託之類的事務太多，所以我不常作詩，然而在用心思索詩藝方面，我卻沒有一時一刻敢於忘記。

吾人只有進德、修業兩事靠得住。進德，則孝弟仁義是也；修業，則詩文作字是也。此二者，由我作主，得尺則我之尺也，得寸則我之寸也。今日進一分德，便算積了一升穀；明日修一分業，又算餘了一文錢。德業並增，則家私日起。至於功名富貴，悉由命定，絲毫不能自主。昔某官有一門生，為本省學政，託以兩孫當面拜為門生。後其兩孫歲考❶臨場大病，科考丁艱❷，竟不入學。數年後兩孫乃皆入，其長者仍❸得兩榜❹。此可見早遲之際，時刻皆有前定。盡其在我，聽其在天，萬不可稍生妄想。六弟天分較諸弟更高，今年受黜❺，未免憤怨。然及此正可困心橫慮，大加臥薪嘗膽❻之功，切不可因憤廢學。

【章　旨】此章謂於讀書人而言，只有進德修業兩件事靠得住。至於功名富貴，則絲毫不能自主。六弟科考失利，切不可因憤廢學。

【注　釋】❶歲考　各省提督學政巡迴所屬舉行的考試。又稱歲試。凡是府、州、縣的生員，增生、廩生，皆須應歲考。❷丁艱　即丁憂，指遭逢父母之喪。❸仍　重複；頻繁。❹兩榜　俗稱舉人為一榜，進士為兩榜。❺黜　貶斥。此指挫折。❻臥薪嘗膽　形容刻苦自勵。《史記·越王句踐世家》：春秋時，越國被吳國打敗。「越王句踐返國，乃苦身焦思，置膽於座，坐臥即仰膽，飲食亦嘗膽也。」

【語　譯】我們只有增進道德、提高學業兩件事切實可靠。進德，就是講求孝悌仁義；修業，就是寫詩文、練書法。這兩件事，是由我們自己主宰的。得到一尺，便是自己的一尺；得到一寸，便是自己的一寸。今天增進了一分道德，便算是積累了一升穀；明天提高了一分學業，又算是增加了一文錢。道德學業一齊增高，也就是家產一天天地積攢起來。至於功名富貴，全是由命運決定，絲毫不能由自己主宰。從前有個官員，他有一個門生，是他家鄉那個省的提督學政，他把兩個孫子託付給這位學政，並當面拜為學政的門生。後來他的這兩個孫子在參加歲考的時候，臨入場卻生了大病；科考的時候，他們卻又得在家守喪，終於沒有考入縣學讀書。幾年以後，他的這兩個孫子，卻都考進了縣學，其中年齡大的那個，還接連中了兩榜。由此可見，科舉功名的早與遲之間，時時刻刻都是有個預先注定。盡力，這在於我，安排，這在於天，千萬不可稍有胡思亂想。六弟的天資，比其他幾位弟弟更高，今年考試受挫，不免會有憤怨不平。然而到了這種境地，正可以發下狠心，痛下一番刻苦自勵的功夫，千萬不可因為怨憤而廢止了學業。

九弟勸我治家之法，甚有道理，喜甚慰甚。自荊七遣去之後，家中亦甚整齊，問率五歸家便知。《書》曰：「非知之艱，行之維艱。」九弟所言之理，亦我所深知者，但不能莊嚴威厲，使人望若神明耳。自此後，當以九弟言書諸紳❶，而刻刻警省。

【章旨】此章謂九弟所言治家之法，甚有道理。

【注釋】❶紳　束在衣外的寬帶。

【語譯】九弟勸導我治家的方法，說得很有道理，真叫人非常高興，倍感寬慰。自從荊七被打發走以後，家中的秩序也很整肅，王率五歸家之後，你們問問就知道了。《尚書》中說過：「不是懂得道理為難，而是實行起來為難。」九弟所說的道理，也是我所深刻瞭解的，只是不能莊嚴威烈，使人看了就像對待神明一樣敬畏而已。從此以後，我應當將九弟的話寫在衣帶上，時時告誡和檢查自己。

季弟信，天性篤厚，誠如四弟所云：「樂何如之！」求我示讀書之法及進德之道，另紙開示。餘不具。

國藩手草 八月二十九日
（道光二十四年）

【章旨】此章讚揚季弟信如其人，天性篤厚。

【語譯】季弟的來信，表現出他的本性忠實厚道，的確像四弟所說的：「讓我們多麼高興啊！」季弟要我告訴讀書的方法和增進道德的途徑，我在另外一張紙上寫明了。其餘的事，不再陳述。

國藩手草 八月二十九日

【說明】這封「與弟書」，中心是談進德修業。曾國藩訓勉諸弟：我們讀書人當以進德修業作為首要的任務。所謂進德，就是講求孝悌仁義；所謂修業，就是學習詩文書法。這兩件事，行之在我，盡之在我，自己完全可以主宰。至於科舉功名的得與不得，得遲得早，往往受制於多方面的因素，並非一己所能左右。因此，我們的努力原則，應是有志有恆，涵養自我，把握時機。

這番訓勉，基調是積極的。今人所謂「才能為機遇而備」，說的就是這個意思。

致澄弟溫弟沅弟季弟　九月十九日

四位老弟足下：

自七月發信後，未接諸弟信，鄉間寄信，較省城百倍之難，故余亦不望也。

九弟前信有意與劉霞仙同伴讀書，此意甚佳。霞仙近來讀朱子書大有所見，不知其言語容止、規模❶氣象何如。若果言動有禮，威儀可則❷，則直以為師可也，豈特友之哉？然與之同居，亦須真能取益乃佳，無徒浮慕虛名。人苟能自立志，則聖賢豪傑何事不可為？何必藉助於人？「我欲仁，斯仁至矣。」❸我欲為孔❹孟，則日夜孜孜，惟孔孟之是學，人誰得而御❺我哉？若自己不立志，則雖日與堯舜禹湯同住，亦彼自彼，我自我矣，何與❻於我哉？去年溫甫欲讀書省城，吾以為離卻家門局促❼

之地，而與省城諸勝己者處，其長進當不可限量。乃兩年以來看書亦不甚多，至於詩文，則絕無長進，是不得歸咎於地方之局促也。去年余為擇師丁君敘忠，後以丁君處太遠，不能從，余意中遂無他師可從。今年弟自擇羅羅山改文，而嗣後杳無信息，是又不得歸咎於無良友也。日月逝矣，再過數年則滿三十，不能不趁三十以前立志猛進也。

【章　旨】此章激勵諸弟立志猛進。

【注　釋】❶規模　格局；品格。❷則　用為動詞，意謂作為法則、效法。❸我欲仁二句　語出《論語・述而》：子曰：「仁遠乎哉！我欲仁，斯仁至矣。」意謂仁為美德，成仁與否，關鍵在於自己。❹孔　孔子，名丘，字仲尼。春秋時政治家、思想家、教育家。❺禦　抵擋；阻擾。❻與　通「預」。干預；影響。❼局促　狹窄；不舒展。

【語　譯】四位老弟足下：

自從七月寄信以後，我一直沒有接到你們的來信。在鄉下寄信，比在省城艱難百倍，所以，我也不埋怨責怪你們。

九弟在上一次來信中，說到想要和劉霞仙在一起讀書，這個想法很好。劉霞仙近來讀朱熹的書很有心得，不知道他的言談舉止、品格氣度怎麼樣。倘若言談舉止合乎禮數，莊重的儀容可以作為榜樣，那就直接尊他為老師也可以，哪裡只是把他當作朋友呢？但是，跟他住在一起，也應當真能獲取教益才好，不要只是在表面上追慕虛名。一個人如果能夠自己立志，那麼，聖賢豪傑的事業，哪一樣不可以做到？何必借助於他人呢？「我想要做到仁，仁就會到來。」我想要成為孔子、孟子一樣的聖賢，便要日日夜夜、孜孜不倦，只是專心學習孔孟，別人誰能阻擋住我呢？假如我自己不立定志向，那麼，即使天天同唐堯、虞舜、夏禹、商湯這些聖賢人物住在一起，他們仍然是他們，我卻仍然是我，他們對我能有什麼影響呢？去年溫甫六弟，要求到省城讀書，我覺得離開自家狹小的天地，去和省城中許多勝過自己的人在一起，他的長進定會不可估量。但兩年以來，你們看的書也並不很多，至於寫詩作文，則完全沒有什麼長進，這就不能歸罪於環境的狹小了。去年我為你們選擇了丁敘忠先生做老師，後來因為丁先生住處太遠，你們沒有去拜師，我的心目中也就再沒有別的人可以拜為老師了。今年六弟自己選擇了羅羅山批改文章，但此後卻杳無音信，這就又不能歸罪於沒有益友了。時光在不停地流逝，再過幾年，就將年滿三十，不能不趁在三十歲以前立定志向，勇猛前進。

余受父教，而余不能教弟成名，此余所深愧者。他人與余交，多有受余益者，而獨諸弟不能受余之益，此又余所深恨者也。今寄霞仙信[1]一封，諸弟可鈔存信稿而細玩之。此余數年來學思之力，略具大端。

六弟前囑余將所作詩錄寄回。余往年皆未存稿，近年存稿者不過百餘首耳，實無暇鈔寫，待明年將全本付回可也。

國藩草　九月十九日

（道光二十四年）

【章　旨】此章言教弟不見進益，自己深有所愧，深有所憾。

【注　釋】❶寄霞仙信　指道光二十四年九月〈致劉蓉書〉，提出了文以載道、文道並重的主張。

【語　譯】我接受了父親的教育，但我卻不能夠教導弟弟們成就功名，這是我所深感慚愧的。別人和我交遊，受到教益的人很多，而各位弟弟，偏偏不能受到教益，這又是我所深感遺憾的。現在我有寄給劉霞仙的一封信，你們可以把信稿鈔存一份，仔細地琢磨。這是我把自己多年來學習和思考的著力處，粗略地陳述了一個大的端倪。

六弟前次曾囑咐我把自己寫的詩鈔上寄回。我往年寫的詩都沒有保存底稿，近年留存底稿的，也不過一百多首而已，實在沒有空閒鈔寫，等明年我把全部詩稿捎回去就行了。

國藩草　九月十九日

【說　明】這封「與弟書」，重點是向弟弟們闡明一個自我與外物的關係問題。弟弟們畢竟還年輕，求學害怕下苦功，想問題比較幼稚，總是把希望寄託於外界條件。他們先是覺得自己家鄉的天地太局促，又沒有良師，因而一再要求到京師，到省城，到衡陽，拜師求學，以為到了廣闊天地，有了良師益友，進步自會不可限量。結果幾年時光過去，幾乎是依然故我。原因何在？曾國藩指出：癥結在於自己沒有立志。立志是成人之本，一個人，如果能夠立定志向，那麼，聖賢豪傑的事業，哪一樣不可以做成？何必借助於他人呢？如果自己不能立志，即使每天跟堯舜禹湯這些聖賢住在一起，他們對我能夠產生什麼影響呢？所以，優良品德的養成也罷，學業的精進也罷，關鍵都在於自我，而不在於外物。就二者的關係而言，自我努力，是第一位的，環境和師友這些因素，雖然也很重要，但是，都只能擺在第二位。

其次，曾國藩委婉地批評了弟弟們，不肯聽從自己的教導。他說：別人與我交往，多數人覺得受到了我的教益，而諸位弟弟偏偏沒有這種感受，這是我所深感遺憾的。為了克服這個傾向，他向弟弟們推薦了自己的〈致劉蓉書〉。此中回顧了自道光二十年入京學習以來的「為學大指」，闡述了文與道的關係，提出了文道並重的主張，是曾國藩數年來學習和思考的精鍊總結，的確值得弟弟們細細地玩味。

致澄弟溫弟沅弟季弟

三月二十一日

澄侯、溫甫、子植、季洪足下：

正月初十日發第一號家信，二月初八日發第二號家信，報升任禮部侍郎❶之喜，二十六日發第三號信，皆由摺差帶寄。三月初一日由常德❷太守喬心農處寄第四號信，計託帶銀七十兩、高麗參十餘兩、鹿膠二斤、一品頂帶三枚、補服五付等件。渠由山西迂道轉至湖南，大約須五月端午前後乃可到長沙。

予尚有寄蘭姊、蕙妹及四位弟婦江綢棉外褂各一件，仿照去年寄呈母親、叔母之樣。前喬心農太守行時不能多帶，茲因陳竹伯❸新放廣西左江道，可於四月出京，擬即託渠帶回。澄弟〈岳陽樓記〉，亦即託竹伯帶回家中。

【章旨】此章言所寄信件及託人捎回老家之物。

【注釋】❶禮部侍郎　官名。禮部為分掌中央政務的六部之一，主管國家典禮、祭祀、貢舉及文化教育的有關事宜。其長官為尚書二人、左右侍郎各二人，滿漢各半。❷常德　府名。轄境相當今湖南常德、桃源、漢壽、沅江等地。❸陳竹伯　名啟邁，湖南人。道光年間進士。官至江西巡撫。

【語譯】澄侯、溫甫、子植、季洪足下：

正月初十日，我發出了第一號家信，二月初八日，發出了第二號家信，報告升任禮部侍郎的喜訊，二十六日，又發出了第三號家信，都是由送公文的專差帶去的。三月初一日，從常德知府喬心農那裡，我發出了第四號家信，總計託他捎帶的，有七十兩銀子、十多兩高麗參、二斤鹿膠、三枚一品官的頂帶、五套官服等物。他從山西繞道轉向湖南，大約要五月端陽節前後才可以到達長沙。

我還有捎給蘭姐、蕙妹及四位弟媳婦的江綢棉外褂，每人一件，做照去年寄給母親和嬸母的樣式。上次喬心農知府動身時不能多帶，現在因為陳竹伯剛調任廣西左江道，可以在四月離京上任，打算就託他帶回。澄弟的〈岳陽樓記〉，也將託陳竹伯捎回家中。

二月初四澄弟所發之信，三月十八接到。正月十六七之信，則至今未收到。據二月四日書云，前信著劉一送至省城，共二封，因歐陽家、鄧星階❶、曾廚子各有信云云。不知兩次摺弁何以未見帶到。溫弟在省時，曾發一書與我，到家後未見一書，想亦在正月一封之中。此書遺失，我心終耿耿也。

【章旨】此章言幾封來信均未見到，甚為可惜。

【注釋】❶鄧星階　名子垣，湖南新寧人。以軍功累保知縣，晉知府，遷道員。

【語譯】二月初四日澄弟寄出的信，我於三月十八日收到。正月十六日、十七日寄出的信，卻至今還沒有收到。據二月初四日的來信說，前次的信，是派劉一送到省城，共計兩封，因為歐陽家、鄧星階、曾廚子，都有信在其中等等。不知為什麼送公文的專差，兩次都沒有帶到。溫弟在省城時，曾經給我寄過一封信，到家後，也沒有見到他的這封信，想必也在正月裡的那一封套件之中。這封信的遺失，使我心中始終不能寧貼。

溫弟在省所發書，因聞澄弟之計，而我不為揭破，一時氣忿，故語多激切不平之詞。予正月覆溫弟一書，將前後所聞溫弟之行，不得已稟告堂上，及澄弟、植弟不敢稟告而誤用詭計之故一概揭破。溫弟驟看此書，未免恨我，然兄弟之間，一言欺詐，終不可久。盡行揭破，雖目前嫌其太直，而日久終能相諒。現在澄弟書來，言溫弟鼎力辦事，甚至一夜不寐，又不辭勞，又耐得煩云云。我聞之歡喜之至，感激之至。溫弟天分本高，若能改去蕩佚一路，歸入勤儉一邊，則兄弟之幸也，闔家之福也。

【章　旨】此章言希望溫弟改掉放蕩毛病，歸入勤儉正路。

【語　譯】溫弟在省城所寄的信，因為聽從了澄弟的主意，而我又不給他說明真相，一時氣急忿怒，所以話中有很多激切不平的措辭。我正月間，給溫弟寫了一封回信，將先後聽到的、有關溫弟的行為，不得已告訴父母，以及澄弟、沅弟不敢告訴父母而錯用狡詐計策的緣故全部說明。溫弟陡然看到這封信，不免恨我，但兄弟之間，一旦講欺詐，真情終究不可以維繫長久。全部說破真相，雖然眼下顯得太直露，但時間長了，最終能夠互相諒解。現在澄弟寄來書信，說溫弟大力處理家事，甚至通夜不睡，既不辭勞苦，又不怕麻煩等等。我聽了這些，非常高興，非常感激。溫弟的天資本來很高，倘若能改掉放蕩的毛病，回到勤儉的正路，就是我們兄弟的幸運，全家的福分。

我待溫弟似乎近於嚴刻，然我自問此心，尚覺無愧於兄弟者，蓋有說焉。大凡做官的人，往往厚於妻子而薄於兄弟，私肥於一家而刻薄於親戚族黨。予自三十歲以來，即以做官發財為可恥，以宦囊積金遺子孫為可羞可恨，故私心立誓，總不靠做官發財以遺後人。神明鑒臨，予不食言❶。此時侍奉高堂❷，每年僅寄些須，以為甘旨❸之佐。族戚中之窮者，亦即每年各分少許，以盡吾區區之意。蓋即多寄家中，而堂上所食所衣，亦不能因而加豐，與其獨肥一家，使戚族因怨我而並恨堂上，何如分潤戚族，使戚族戴我堂上之德而更加一番欽敬乎？將來若作外官，祿入較豐，自誓除廉俸❹之外，不取一錢。廉俸若日多，則周濟親戚族黨者日廣，斷不畜積銀錢，為兒子衣食之需。蓋兒子若賢，則不靠宦囊，亦能自覓衣飯；兒子若不肖，則多積一錢，渠將多造一孽，後來淫佚作惡，必且大玷家聲。故立定此志，決不肯以做官發財，決不肯留銀錢與後人。若祿入較豐，除堂上甘旨之外，盡以周濟親戚族黨之窮者。此我之素志也。

至於兄弟之際，吾亦惟愛之以德，不欲愛之以姑息。教之以勤儉，勸之以習勞守樸，愛兄弟以德也；豐衣美食，俯仰如意，愛兄弟以姑息也。姑息之愛，使兄弟惰肢體，長驕氣，將來喪德虧行，是即我率兄弟以不孝也，吾不敢也。我仕宦十餘年，現在京寓所有惟書籍、衣服二者。衣服則當差者必不可少，書籍則我生平嗜好在此，是以二物略多。將來我罷官歸家，我夫婦所有之衣服，則與五兄弟拈鬮❺均分。我所辦之書籍，則存貯利見齋❻中，兄弟及後輩皆不得私取一本。除此二者，予斷不別存一物以為宦囊，一絲一粟不以自私。此又我待兄弟之素志也。恐溫弟不能深諒我之心，故將我終身大規模告與諸弟，惟諸弟體察而深思焉。

【章　旨】此章言自己的終身生活準則。

【注 釋】❶食言 言而無信，不履行諾言。食，吞沒。❷高堂 指父母。亦稱「堂上」。❸甘旨 特指奉養父母的食品。❹廉俸 指正俸加上「養廉銀」。❺拈鬮 用幾張小紙片寫上字或作上記號，搓成紙團，由有關人員任取其一，以決定選擇先後。❻利見齋 曾國藩老家藏書屋名。

【語 譯】我對待溫弟好似近於嚴峻苛刻，但捫心自問，還覺得算是無愧於兄弟之情。這說法，是有我的道理的。凡是做官的人，往往對妻室兒女感情深厚，而對兄弟感情淡薄，只富了自己一家，而對親戚本家，冷淡無情。我從三十歲以來，就認為做官發財是可恥，認為官宦人家，積攢錢財留給子孫後代，令人羞慚氣憤，所以內心發誓，絕不靠做官發財來留給後代。神明可以作證，我決不違背諾言。現在奉養父母，每年只寄少許銀錢，作為生活補助。本家及親戚當中的貧困人家，也每年各家分配一點，盡我一點點心意。因為即使多寄一些給家中，父母吃的穿的，也不能因此而豐厚。與其單獨讓一家富足，使得親戚本家因為怨恨我而連帶怨恨父母，哪能比得上分別周濟親戚本家，讓親戚本家感戴我父母的恩惠而更增加一分敬重呢？將來我倘若做了地方官，俸祿收入較多，發誓除了廉俸之外，不多取一文錢。廉俸收入倘若越來越多，周濟親戚本家的範圍，就越來越廣，絕不蓄積銀錢作為兒子的吃穿所需。因為兒子倘若有才有德，就不要依靠我的做官積蓄，也能自己尋求衣食；兒子倘若不成器，那麼，我多積一文錢，他就將多造一分罪孽，日後縱慾放蕩作惡，必將大大玷汙家族的名聲。所以，我立定這一志向，決不肯靠做官發財，決不肯積蓄銀錢留給後代。倘若俸祿收入較多，除父母奉養所需之外，全部用來周濟親戚家族中的貧困人家。這就是我素來的意願。

至於兄弟之間，我也只是用道德原則去親愛，不想用無原則的寬容去親愛。用勤勞節儉來教育，用經常勞動、保持樸素來勸勉，這是用道德原則親愛兄弟；使衣著豐足，飲食甘美，凡事有求必應，這是用遷就的態度親愛兄弟。遷就的愛，使兄弟四肢懶惰，驕氣滋長，將來喪失道德，損害品行，這是用不孝引導兄弟，我不敢這麼做。我做官十幾年，現在京城寓所中所有的，只是書籍、衣服兩類物品。衣服是當差的人必不可少的，書籍是我平生的嗜好，因此這兩類東西稍微多些。將來我離職回家，我們夫婦二人所有的衣服，就和五位兄弟拈鬮平均分配。我所購買的書籍，就存貯在利見齋中，兄弟及後輩都不得私自拿走一本。除了這兩類東西，我絕不另外保存一件物品，作為做官得來的財產，一根線一粒米，也不占為己有。這又是我對待兄弟素來的意願。恐怕溫弟不能深刻理解我的用意，所以把我終身的根本準則，告訴各位弟弟，希望你們考查觀察，並深刻思考。

去年所寄親戚各項，不知果照單分送否。杜蘭溪為我買《皇清經解》❶，不知植弟已由省城搬至家中否。

京寓一切平安。紀澤《書經》讀至〈冏命〉。二兒甚肥大。易南穀開復原官，來京引見。聞左青士亦開復矣。同鄉官京中者，諸皆如常。

餘不一一。

兄國藩手草　三月二十一日

（道光二十九年）

【章　旨】此章詢問銀錢分送等情，並告知京城近況。

【注　釋】❶皇清經解　書名。清代訓釋儒家經典書籍的彙刻。阮元主編。

【語　譯】我去年寄給親戚的各項銀錢，不知果真按照名單分別送去沒有。杜蘭溪替我買的《皇清經解》，不知子植弟已由省城運到家中沒有。

京寓中一切平安。紀澤學習《書經》，已經讀到〈冏命〉。紀鴻長得很壯實。易南穀恢復了原來的官職，已經來到京城接受召見。聽說左青士也官復原職了。同鄉在京城中任職的，情況都如往常。其餘情況，不一一詳述。

兄國藩手草　三月二十一日

【說　明】道光二十九年正月二十二日，曾國藩升任為禮部侍郎。這封「與弟書」，就是在侍郎任上寫的。他由談論兄弟之道，和盤托出了自己的終身生活準則：決不靠做官發財，決不把銀錢留給後代，廉俸之外，決不多取一文錢；如果俸祿收入較多，除奉養父母所需之外，全部用來周濟親族中的貧困人家。

曾國藩認為：靠做官發財，是可恥的事，在官場辦事，如果不貪圖錢財，不失掉信用，不自以為是，不但能受人尊重，連鬼神也會欽敬；官宦人家，積攢錢財留給子孫，則是令人羞愧的事，兒孫如果有才有德，就不要靠前人做官得來的錢財，自己也能立業，兒孫如果不成器，前人多積錢財，反而可能促使他們縱慾放蕩，玷汙家聲；做官積攢錢財，如果僅讓自家富足，只會使貧困戚族怨我貪財，而且連帶怨及我父母小氣，哪裡比得上分別周濟戚族，使他們感戴我父母的恩惠而更增一層敬重呢？曾國藩不但是這樣想的，而且是這樣做了：他在翰苑做官十餘年，京寓中所有，只是當差人必不可少的服飾和自己生平所嗜好的書籍；自己雖無積蓄，但凡遇困窮及有疾病死亡者，助資必豐。道光二十八年在內閣學士任上，欽派稽查中書科事務以後，他更明確表示，今後每年春秋兩次，各寄回五六十兩銀子，作為家中日常用度及資助各家戚族的款項，並以此定為常規。

在曾國藩的時代，做官者能這樣想、這樣做，的確不同凡俗。

諭紀鴻　九月二十九夜

字諭紀鴻兒：

家中人來營者，多稱爾舉止大方，余為少慰。凡人多望子孫為大官，余不願為大官，但願為讀書明理之君子。勤儉自持，習勞習苦，可以處樂，可以處約，此君子也。余服官二十年，不敢稍染官宦氣習，飲食起居，尚守寒素家風，極儉也可，略豐也可，太豐則吾不敢也。凡仕宦之家，由儉入奢易，由奢返儉難。爾年尚幼，切不可貪愛奢華，不可慣習懶惰。無論大家小家、士農工商，勤苦儉約，未有不興，驕奢倦怠，未有不敗。爾讀書寫字，不可間斷，早晨要早起，莫墜高曾祖考以來相傳之家風。吾父吾叔，皆黎明即起，爾之所知也。

【章旨】此章教育紀鴻不可貪愛奢華，不可慣習懶惰，宜養成習勞習苦的君子之風。

【語譯】字諭紀鴻兒：

從家裡來到軍營的人，都稱讚你舉止大方，我為此稍稍感到安慰。

大凡人們，都希望子孫能做大官，我卻不希望你當大官，只希望你能成為知書明理的君子。勤勞節儉，自立自強，習慣於勞累，習慣於艱苦，可以過安樂的生活，也可以過儉約的生活，這才是君子。我當官二十年，從來不敢露染一點官場習氣，飲食起居，仍然保持清貧樸素的家風，非常節儉也行，略為豐厚也行，太豐盛我是不敢的。凡是做官的人家，由儉樸走向奢侈很容易，由奢侈返回儉樸就困難。你的年紀還小，千萬不要貪愛奢華，不要養成懶惰的習慣。不論家大家小、從事士農工商中何種職業，勤勞節儉，沒有不興旺的，驕奢懈怠，沒有不衰敗的。你讀書寫字，不要間斷，早晨要早起，不要喪失了從高祖、曾祖一代一代傳下來的家風。我的父親，我的叔父，都是天剛剛亮就起來，這是你所知道的。

凡富貴功名，皆有命定，半由人力，半由天事。惟學作聖賢，全由自己作主，不與天命相干涉。吾有志學為聖賢，少時欠居敬❶工夫，至今猶不免偶有戲言戲動。爾宜舉止端莊，言不妄發，則入德之基也。手諭。時在江西撫州門外

滌生手示　九月二十九夜

（咸豐六年）

【章　旨】此章教育紀鴻要舉止端莊，言不妄發，養成居敬工夫。

【注　釋】❶居敬　宋代理學家提倡的一種注重內心省察的修養工夫。

【語　譯】大凡富貴功名，都是命中注定，一半靠人為的努力，一半靠上天的安排。只有學習作聖賢人物，就全靠自己作主，不跟天命相關連。我有志向學習作聖賢，但因為年輕時缺乏持身敬肅的修養功夫，所以至今仍然免不了偶爾有言行舉止較為隨便的時候。你應當注意舉止端莊，言語謹慎，這是修養道德的基礎。手諭。時在江西撫州門外

滌生手示　九月二十九夜

【說　明】這封「教子書」，曾國藩明確提出，不企望兒子當大官，只希望兒子成為讀書明理的君子；指出君子之風的具體行為要求是勤儉自持，耐勞吃苦，享得安樂，耐得貧窮，不霑染官宦家庭氣習，能恪守寒素家風。他認為，一般說來，官宦人家的子弟，最容易犯的毛病，是一個「奢」字，一個「驕」字。並不是說，只有穿綾羅綢緞，吃山珍海味，才是奢侈，只要是皮袍馬褂俯拾即是，車馬僕從習以為常，這就是走向奢侈了；也不是說，只有高高在上，自以為是，才是驕傲，只要是看到鄉下人，便譏笑他貧窮鄙陋，看到傭工，便頤指氣使，這就是日益養成驕傲習氣了。

而一旦步入驕奢，即使是世家大族，也沒有不衰敗的。所以他十分重視對兒子的修身教育，反覆啟發他們，大凡富貴功名，一半靠人為的努力，一半靠上天的安排，誰也難期必有，唯有學為成人，才可以自己作主，因而勉勵他們從居敬工夫著手，學習作聖賢式的高尚人物。

致沅弟　正月初四夜

沅甫九弟左右：

十二月二十八日接弟二十一日手書，欣悉一切。臨江❶已復，吉安❷之克實意中事。克吉之後，弟或帶中營圍攻撫州❸，聽候江撫調度；或率師隨迪安❹北剿皖省，均無不可。屆時再行相機商酌。此事我為其始，弟善其終，補我之闕，成父之志。是在賢弟竭力而行之，無為遽懷歸志也。

【章旨】此章勉勵曾國荃克復吉安之後，繼續攻剿，不要急於懷歸。

【注釋】❶臨江　府名。治所在清江縣（今江西樟樹西南臨江鎮）。❷吉安　府名。治所在廬陵（今江西吉安）。❸撫州　府名。治所在臨川（今江西撫州）。❹迪安　李續賓，湖南湘鄉人。曾任浙江布政使。

【語譯】沅甫九弟左右：

十二月二十八日，我接到了你二十一日的來信，欣然知道了一切近況。

臨江已經收復，吉安的收復，實為意料中的事。攻克吉安以後，你或者帶領中營去圍攻撫州，聽候江西巡撫耆齡的調度；或者率軍跟隨李迪安向北去圍剿安徽，二者都沒有什麼不可以。到那時，再根據實際情況商議。這件事，我作了開頭，你作好收尾，彌補我的缺憾，完成父親的遺願。這全靠賢弟盡力而行，不要有急於想回家鄉的念頭。

弟書自謂是篤實一路人，吾自信亦篤實人，祇為閱歷世途，飽更事變，略參些機權作用，把自家學壞了。實則作用萬不如人，徒惹人笑，教人懷恨，何益之有？近日憂居猛省，一味向平實處用心，將自家篤實的本質還我真面、復我固有。賢弟此刻在外，亦急須將篤實復還，萬不可走入機巧一路，日趨日下也。縱人以巧詐來，我仍以渾含應之，以誠愚應之；久之，則人之意也消。若鉤心鬥角，相迎相距，則報復無已時耳。

【章　旨】此章言作人須保持篤實本質。

【語　譯】弟在信中，自稱是忠厚誠實一類的人，我自信也是忠厚誠實的人，只是由於經歷了人生道路的坎坷，飽嘗了世事變遷的艱苦，略微摻雜了一些隨機應變的作為，使自己學壞了。實際上我的這些作為，一萬個比不上別人，徒然惹人嗤笑，使人懷恨，有什麼益處呢？近來守父喪，在家深刻反省，專心向平和誠實方面努力，將自己的忠厚誠實本性，返回自己的本來面目，恢復自己的原有狀態。賢弟此時在外，也急切需要將自己的忠厚誠實本性恢復原貌，千萬不可走進投機巧詐的行列，一天比一天滑向下坡路。即使別人用巧詐的手段來對待我，我也仍然用含渾的態度去回應他，用誠懇愚笨的態度去回應他；久而久之，對方的巧詐之心，也就會消失。倘若鉤心鬥角，針鋒相對，報復就會沒有一個完了的時候。

至於強毅之氣，決不可無。然強毅與剛愎有別。古語云：自勝之謂強。曰強制，曰強恕，曰強為善，皆自勝之義也。如不慣早起，而強之未明即起；不慣莊敬，而強之坐尸立齋；不慣勞苦，而強之與士卒同甘苦，強之勤勞不倦。是即強也。不慣有恆，而強之貞恆，即毅也。捨此而求以客氣勝人，是剛愎而已矣。二者相似，而其流相去霄壤，不可不察，不可不謹。

【章　旨】此章言強毅之氣，決不可無；剛愎之性，決不可縱。

【語　譯】至於堅強剛毅的氣質，決不能沒有。但是，堅強剛毅與強硬固執，大有區別。古語說：能夠戰勝自我，叫做強。平常所說的努力克制，力行恕道，力為善事，都是戰勝自我的意思。比如不習慣早起，便強迫自己天沒亮就起床；不習慣端重嚴肅，便強迫自己坐在堂上代死者接受祭祀，先立於齋房，沐浴齋戒；不習慣勞苦，便強迫自己跟士卒同甘共苦，強迫自己勤苦而不倦怠。這些，就是強。不習慣持有恆心，便強迫自己堅定如一，這就是毅。拋開「強毅」二字，而追求用虛驕意氣勝過他人，這不過是強硬固執而已。二者形相近似，而品級卻有天壤之別，不可不明辨，不可不謹慎。

李雲麟❶氣強識高，誠為偉器，微嫌辨論過易。弟可令其即日來家，與兄暢敘一切。

兄身體如常，惟中懷鬱鬱，恆不甚舒鬯❷，夜間多不成寐，擬請劉鏡湖三爺來此一為診視。聞弟到營後體氣大好，極慰極慰。

九弟媳近亦平善，元日至新宅拜年。叔父、六弟亦來新宅。余與澄弟等初二至白玉堂❸，初三請本房來新宅。任尊家酬完龍願三日，因五嬸腳痛所許，初四即散，僅至女家及攸寶庵，並未煩動本房。溫弟與迪安聯姻，大約正月定庚❹。科四前耍包銃藥❺之紙，微傷其手，現已全癒。鄧先生訂十八入館。葛先生擬十六去接。甲三姻事擬對筱房之季女，現尚未定。三女對羅山次子，則已定矣。劉詹巖先生繹得一見否？為我極道歉忱。黃莘翁❻之家屬近況何如？苟有可為力之處，弟為我多方照拂之。渠為勸捐之事嘔氣不少，吃虧頗多也。母親之墳，今年當覓一善地改葬。惟兄腳力太弱，而地師又無一可信者，難以下手耳。餘不一一，順問近好，諸惟心照。

國藩手具　正月初四夜

（咸豐八年）

【章　旨】此章言家事近況。

【注　釋】❶李雲麟　字雨蒼，漢軍正白旗人。曾任新疆布倫托海辦事大臣，署伊犁將軍。治邊有政績。曾拜曾國藩為師。善詩，著有《嚝遊偶筆》、《西陲紀行》。❷舒鬯　即舒暢。鬯，通「暢」。❸白玉堂　曾國藩叔父曾驥雲的居室。❹定庚　即訂婚。舊俗訂婚時，男女雙方互換庚帖，上寫姓名、生辰八字、籍貫、祖宗三代等。❺銃藥　火銃的藥粉，易燃易爆。❻黃莘翁　即黃莘農，曾為曾國藩幕府中司寇，負責籌辦軍餉鹽務。

【語　譯】李雲麟氣質強毅，見識高明，的確是能任大事的人才，稍有議論過於輕率的缺點。你可以通知他近日內來家中，與我暢談一切。

我的身體如常，只是心中沉悶，經常不很舒暢，夜間往往睡不著覺，打算請劉鏡湖三爺來這裡為我診治一次。聽說弟到軍營以後，體質好了許多，我感到極為欣慰。

你的妻子近來也平安，大年初一來新宅院拜年。叔父和六弟也來了新宅院。我和澄侯弟等人，初二日去了白玉堂，初三日請本房來了新宅院。任尊家還龍王願，做了三天，這是因為五嬸腳痛時所許的願，初四日便散了，只去了女兒家和攸寶庵，並沒有打擾驚動本房。溫甫弟與李迪安結為親家，大約在正月間訂婚。科四前幾天玩包銃藥的紙，手受了輕傷，現在已經完全好了。鄧瀛皆先生，定於十八日來學館。葛罼山先生，計畫十六日去迎接。甲三的婚事，打算配筱房的小女兒，現在還沒有定妥。三女兒許配羅澤南的二兒子，已經定下來了。劉詹巖先生（繹）能見一面嗎？替我深深表示歉意。黃莘農的家屬近況怎麼樣？假如有能幫忙的地方，你為我多想些辦法照顧他們。他為勸勉募捐的事，嘔了不少氣，吃了許多虧。母親的墳，今年應當找一塊好地改葬。只是我的腳勁太弱，而風水先生又沒有一個可以信賴的人，難於辦理。其餘情況，不再一一詳述，順問近好，諸事只求默契。

國藩手具　正月初四夜

再，帶勇總以能打仗為第一義。現在久頓堅城之下，無仗可打，亦是悶事。如可移紮水東，當有一二大仗開。第弟營之勇銳氣❶有餘，沉毅不足，氣浮而不斂，兵家之所忌也，尚祈細察。偶作一對聯箴❷弟云：打仗不慌不忙，先求穩當，次求變化；辦事無聲無臭❸，既要精到，又要簡捷。賢弟若能行此數語，則為阿兄爭氣多矣。國藩又行。

【章　旨】此章指出沅甫軍營銳氣有餘，沉毅不足，並作對聯勸戒。

【注　釋】❶銳氣　銳利的士氣。❷箴　勸告；規戒。❸臭　氣味；氣息。

【語　譯】另外，帶兵總是以善於打仗為第一要義。現在長期駐紮在堅固的圍城之下，沒有仗可打，也是煩悶的事。假如能夠轉移駐紮到贛江以東，應當有一二次大仗可打。但是你軍營中的士兵銳氣有餘，沉著強毅不足，意氣浮躁而不加收斂，這是兵家所忌諱的，還望你細加明察。隨意作一副對聯勸戒你：打仗不慌不忙，先求穩當，次求變化；辦事無聲無臭，既要精到，又要簡捷。賢弟倘若能夠做到這幾句，便是為我爭氣很多了。國藩再及。

【說　明】咸豐七年二月，竹亭公逝世。曾國藩奏請奔喪回籍。三月，朝廷降旨賞假三個月回籍治喪。假滿後，曾國藩又奏請開兵部侍郎署缺，留在家鄉為亡父服喪；六月，獲准「暫行在籍守制」。

這封「與弟書」，就是在湘鄉老家寫的。

曾國藩教導沅弟，與人交接，要努力保持忠厚誠實的本性，不可滑入投機巧詐的行列。即使別人用巧詐的手段來對待我，我也仍然應該用含渾、老實的態度去回應他。時日一久，對方的巧詐心機，也就可能消失。唯有如此，才是官場載福之道。否則，鈎心鬥角，針鋒相對，彼此報復，終無了時。至於責求自身，則強毅之氣，斷不可無，剛愎之性，決不可有。能戰勝自我，這就是「強」，能持之以恆，這就是「毅」。拋開強毅，而希圖用虛驕意氣勝過他人，則不過是剛愎自用而已。

致沅弟　三月初六日

沅甫九弟左右：

初三日劉福一等歸，接來信，藉悉一切。

城賊圍困已久，計不久亦可攻克。惟嚴斷文報是第一要義，弟當以身先之。

【章旨】此章言攻打圍城，須注意嚴斷文報。

【語譯】沅甫九弟左右：

初三日劉福一等人回鄉，我接到你的來信，藉以知道了一切近況。

城內敵軍被圍困已經很久，估計過不了多長時間，便可以攻下。只有嚴密切斷文書情報，才是第一重要的事，你應當自己帶頭實施。

家中四宅平安。季弟尚在湘潭❶，澄弟初二日自縣城歸矣。余身體不適，初二日住白玉堂，夜不成寐。溫弟何日至吉安？在縣城、長沙等處尚順遂否？

【章旨】此章告知家中四宅平安，關切溫甫的行程情況。

【注釋】❶湘潭　縣名。在湖南東部。

【語譯】家中四房都平安。季洪弟還在湘潭，澄侯弟初二日從湘鄉縣城回來了。我身體不舒服，初二日住在白玉堂，通夜沒有入睡。溫甫弟哪天到達吉安？在縣城、長沙等地時，還順利嗎？

古來言凶德致敗者約有二端：曰長傲，曰多言。丹朱❶之不肖，曰傲，曰嚚訟❷，即多言也。歷觀名公巨卿，多以此二端敗家喪生。余生平頗病執拗❸，德之傲也；不甚多言，而筆下亦略近乎嚚訟。靜中默省愆尤❹，我之處處獲戾❺，其源不外此二者。溫弟性格略與我相似，而發言尤為尖刻。凡傲之凌物，不必定以言語加人，有以神氣凌之者矣，有以面色凌之者矣。溫弟之神氣，稍有英發之姿，面色間有蠻很❻之象，最易凌人。凡中心不可有所恃，心有所恃，則達於面貌。以門地言，我之物望大減，方且恐為子弟之累；以才識言，近今軍中煉出人才頗多，弟等亦無過人之處，皆不可恃。只宜抑然自下，一味言忠信，行篤敬，庶幾可以遮護舊失、整頓新氣。否則，人皆厭薄之矣。沅弟持躬涉世，差為妥叶。溫弟則談笑譏諷，要強充老手，猶不免有舊習，不可不猛省，不可不痛改。聞在縣有隨意嘲諷之事，有怪人差帖❼之意，急宜懲❽之。余在軍多年，豈無一節可取？祇因傲之一字，百無一成，故諄諄教諸弟以為戒也。

九弟婦近已全好，無勞掛念。沅在營宜整刷精神，不可懈怠，至囑。

兄國藩手草　三月初六日

（咸豐八年）

【章旨】此章言高傲和多言，是導致敗亡的兩個禍源，告誡沅甫、溫甫亟宜警惕。

【注　釋】❶丹朱　傳說中堯帝的兒子。傲慢荒淫，堯因禪位於舜。❷嚚訟　奸詐而好爭訟。❸執拗　性情固執違拗。❹愆尤　過失；罪過。❺戾　罪。❻很　通「狠」。暴戾；兇狠。❼差帖　此即「差跌」。過失；失誤。❽懲　戒止；改正。

【語　譯】自古以來，人們認為由於不好的品德而導致失敗的，大概有兩個方面：一是高傲，二是多言。丹朱的德行不好，就在於高傲，在於愛爭論是非，這便是多言。縱觀歷史上有名的公卿大臣，大都是由於這兩點而家破人亡。我素來犯有固執而不肯隨和的毛病，這便是高傲；雖然不大多說話，但筆下也大體近於好爭辯是非。安靜時，默默反省自己的過失，我之所以處處得罪他人，根源不外乎這兩點。溫甫弟的性格，大體跟我相似，但說話更為尖酸刻薄。凡是傲氣凌人，不一定是以言語凌人，有的是以神氣凌人，有的是以臉色凌人。溫甫弟的神氣，略有才華外露的姿態，表情中，有些蠻橫兇狠的氣勢，最容易盛氣凌人。大凡心中不能有所依仗，心中有所依仗，便會顯露於外表。從門閥地位而言，我在眾人中的威望已經大減，正擔心成為子侄兄弟的累贅；從才能見識而言，近年軍中已鍛鍊出很多人才，你們也沒有特別超過他人的地方，都不可依仗。只應當謹慎謙虛，一心自求言語忠誠，行為恭敬，也許可以遮蓋我舊日的過失，整飭出新的風貌。不然的話，別人都會討厭輕視。沅甫弟的持身處世，比較妥當。溫甫弟則談笑譏諷，希望勝過他人而妄充熟手，還不免有些舊日的習氣，不可不深刻地反思，不可不徹底地改正。聽說在縣裡有隨意嘲諷的事，有責備他人錯失的意味，應當迅速改掉。我在軍中多年，難道沒有一點可取之處？只是由於一個「傲」字，百事無成，因而懇切地教導弟弟們以我為戒。

你的妻子近日已經全好，不要掛念。你在軍營應當振作精神，不可鬆懈怠惰，這是我最重要的囑託。

兄國藩手草　三月初六日

【說　明】曾國藩自咸豐七年六月以來，雖然已經開兵部侍郎一缺，奉諱家居湖南湘鄉，但仍然時時記掛著前方的軍事，關心著九弟沅甫的前程與聲名。在這封「與弟書」中，他引用丹朱之例和自己之失告誡九弟，務必警惕高傲和多言兩大弊病。他指出，堯帝的兒子丹朱之所以被人斥為「不肖」，視為「惡人」，主要是因為他傲慢荒淫，爭強辯勝而自以為是；自己歷年以來之所以處處得罪於人，主要也是由於生性執拗和筆下往往不大留情。他認定，前車之鑑值得記取，縱觀歷代公卿大夫的敗亡以及近世官場導致禍患的原由，無一不是以這兩點為關鍵。因而他懇切地希望九弟能夠引以為戒，進而謹慎謙下，一心求得言語忠誠，行為恭敬，藉以改易自己的舊轍，從而振興家族的宏大基業。

諭紀澤　十月十四日

字諭紀澤兒：

接爾十九、二十九日兩稟，知喜事完畢。新婦能得爾母之歡，是即家庭之福。

【章旨】此章言收到家信，欣悉喜事辦完。

【語譯】字諭紀澤兒：

接到你十九日、二十九日兩封來信，得知喜事辦理完畢。新媳婦能博得你母親的歡心，這就是家庭的福氣。

我朝列聖相承，總是寅正❶即起，至今二百年不改。我家高曾祖考相傳早起。吾得見竟希公、星岡公皆未明即起，冬寒起坐約一個時辰，始見天亮。吾父竹亭公，亦甫黎明即起，有事則不待黎明，每夜必起看一二次不等，此爾所及見者也。余近亦黎明即起，思有以紹先人之家風。爾既冠❷授室❸，當以早起為第一先務。自力行之，亦率新婦力行之。

【章　旨】此章言早起是曾氏家風，教育紀澤應以早起為第一要事。

【注　釋】❶寅正　指淩晨四時。古人將一晝夜分為十二個時辰，以十二地支為名。寅即十二時辰之一，指淩晨三時至五時。❷冠　男子二十歲加冠，表示已屬成人。❸授室　把家事交付給兒媳，意即父母為子娶婦。

【語　譯】我朝各位皇上代代相承，總是淩晨四時就起床，直到今天，二百年來沒有改變。我們家高祖、曾祖、祖父、父親，四代相傳早起。我見到曾祖竟希公、祖父星岡公，都是天沒亮就起床；冬天寒冷，起來坐上約兩個小時，才看到天亮。我的父親竹亭公，也是剛剛天亮就起床，有要事便不等到天明就起來，每夜一定要起來看一二次天色不等，這是你所看到了的。我近來也是黎明就起床，想著有責任繼承先人的家風。你已經成年娶妻，應當以早起作為第一件要事。你自己要努力做到，也要帶領新媳婦努力做到。

余生平坐❶無恆之弊，萬事無成。德無成，業無成，已可深恥矣。逮辦理軍事，自矢❷靡❸他，中間本志變化，尤無恆之大者，用為內恥。

爾欲稍有成就，須從「有恆」二字下手。

【章　旨】此章言要想有所成就，必須從「有恆」二字下手。

【注　釋】❶坐　因為；由於。❷矢　通「誓」。發誓。❸靡　無。

【語　譯】我素來由於沒有恆心的這個毛病，什麼事都沒有成就。德業沒有成就，學業也沒有成就，已經深以為恥了。等到辦理軍事，自誓專心學問，不及其他，中途於本志又作了改變，尤其是更大的無恆，因而內心深以為恥。你想略有成就，必須從「有恆」二字著手。

余嘗細觀星岡公儀表絕人，全在一「重」字。余行路容止，亦頗重厚，蓋取法於星岡公。爾之容止甚輕，是一大弊病，以後宜時時留心。無論行坐，均須重厚。早起也，有恆也，重也，三者皆爾最要之務。早起是先人之家法，無恆是吾身之大恥，不重是爾身之短處，故特諄諄戒之。

【章　旨】此章言儀容舉止務須莊重。

【語　譯】我曾經仔細觀察星岡公，他的儀表冠絕他人，全在於一個「重」字。我走路、容儀、舉止也很莊重，這都是倣效星岡公。你的容儀舉止很輕浮，是一種大毛病，以後應當時常留心。不論走路起坐，都必須莊重。早起，有恆，莊重，這三件都是你最重要的事。早起是前輩的家規，無恆是我的大恥，不莊重是你的缺點，所以特地不厭其煩地告誡你。

吾前一信答爾所問者三條：一，字中換筆；一，「敢告馬走❶」；一，注疏得失；言之頗詳，爾來稟何以并未提及？以後凡接我教爾之言，宜條條稟覆，不可疏略。此外教爾之事，則詳於寄寅皆先生看讀寫作一緘中矣。此諭。

滌生手示　十月十四日

（咸豐九年）

【章　旨】此章告誡紀澤，以後凡所承教，均宜逐條稟覆，不可疏略。

【注　釋】❶馬走　指馬夫。走，僕人。

【語　譯】我前次信中，回答了你所問的三條：一是字中換筆，一是「敢告馬走」，一是注疏得失，說得頗為詳細，你的來信，為什麼並沒有提及？以後凡是收到我教導你的話，應該逐一答覆，不可以粗疏忽略。除此而外，有關教導你的事，已詳細地寫在寄給鄧寅皆先生關於看書、誦讀、寫字、作文的一封信中了。此諭。

滌生手示　十月十四日

【說　明】咸豐八年六月，曾國藩奉旨回營，辦理軍務。這封「教子書」，就是在湖北巴河軍營中所寫。他諄諄教導紀澤，持身務必注意三件事：

第一要早起。曾國藩認為，早起是勤奮的具體表現，是曾氏世代傳承的家風。家風就是一家的靈魂。興旺之家，無不由於勤奮，衰敗之家，無不出於疏懶。紀澤既已弱冠娶妻，便是一室之主，不但自己必須力行早起，而且要帶領妻子力行。

第二要有恆。曾國藩責己極嚴，考入翰苑以來，一心想在道德文章方面大有建樹，不意偶然從軍，中途易轍，常常深以無恆為恥。因而懇切告誡紀澤，無恆則萬事無成，你倘若想要稍有成就，非從「有恆」二字著力不可。

第三要莊重。曾國藩很欽佩祖父星岡公的作風。他細觀星岡公的威儀之所以超乎常人，認為全在於一個「重」字，由此深知自愛而後自重，自重而後人尊，因而容儀舉止，自覺模倣祖父遺風。並且指出紀澤的一個大毛病，就在於容儀舉止頗為輕浮，以後應當隨時留心改正。

致沅弟季弟　九月二十四日

沅、季弟左右：

恆營專人來，接弟各一信並季所寄乾魚，喜慰之至。久不見此物，兩弟各寄一次，從此山人❶足魚矣。

【章旨】此章言收到來信及乾魚，甚感欣慰。

【注釋】❶山人　即山虞，指掌管山林的官員。此時曾國藩正在祁門山區軍營中，故如此自嘲。

【語譯】沅、季弟左右：

恆營派專人來到這裡，我接到了你們各自寫的一封信，還有季洪捎來的乾魚，欣慰到了極點。許久不見乾魚，你們各寄一次，從此我這山人有足夠的魚吃了。

沅弟以我切責之緘，痛自引咎❶、懼蹈危機而思自進於謹言慎行之路。能如是，是弟終身載福❷之道，而吾家之幸也。季弟信亦平和溫雅，遠勝往年傲岸氣象。

【章旨】此章言沅弟信痛自引咎，季弟信平和溫雅，都是可喜氣象。

【注釋】❶引咎　由自己承擔自己所犯過失的責任。❷載福　充滿幸福。

【語譯】沅弟讀了我嚴辭責備的信，痛切地自覺承認錯誤，害怕陷入危機，而想走上謹言慎行的道路。真能如此，這是沅弟一輩子獲得幸福的途徑，也是我們全家的幸運。季弟的信，也寫得平和溫雅，遠遠勝過往年高傲的神態。

吾於道光十九年十一月初二日進京散館，十月二十八早侍祖父星岡公於階前，請曰：「此次進京，求公教訓。」星岡公曰：「爾的官是做不盡的，爾的才是好的，但不可傲。『滿招損，謙受益』，爾若不傲，更好全了。」遺訓不遠，至今尚如耳提面命❶。今吾謹述此語誥誡❷兩弟，總以除「傲」字為第一義。唐虞之惡人曰丹朱，傲；曰象❸，傲；桀紂❹之無道，曰強足以拒諫，辨足以飾非，曰謂己有天命，謂敬不足行，皆傲也。吾自八年六月再出，即力戒「惰」字以儆無恆之弊。近來又力戒「傲」字。昨日徽州❺未敗之前，次青心中不免有自是之見，既敗之後，余益加猛省：大約軍事之敗，非傲即惰，二者必居其一；巨室之敗，非傲即惰，二者必居其一。

【章　旨】此章告誡沅季二弟，宜以「傲」、「惰」二字為戒。

【注　釋】❶耳提面命　形容教誨慇勤懇切。❷誥誡　警誡；誡勉。❸象　虞舜的異母弟。時人將他與唐堯的兒子丹朱，並稱為惡人。❹桀紂　夏桀、商紂，都是失國的暴君。❺徽州　府名。轄境相當於今安徽歙縣、休寧、祁門、績溪、黟縣等地。

【語　譯】我在道光十九年十一月初二日進京，參加翰林院庶吉士的甄別考試。十月二十八日早晨，陪侍祖父星岡公站在庭院的臺階前，請求祖父說：「這次進京城，請您教訓。」星岡公說：「你的官是做不盡的，你的才幹是好的，但是不可以驕傲。『驕傲自滿招致損害，謙虛謹慎得到益處』，你如果能夠不驕傲，就更是優點齊備了。」祖父的遺訓，時間還不久遠，至今還好像在提著耳朵當面教導一樣。今天我鄭重地轉述這段話，告誡你們二位，總而言之，要把戒除「傲」字作為第一等要事。唐虞時代令人憎惡的人，一個叫丹朱，是因為驕傲；一個叫象，也是因為驕傲；夏桀、商紂昏淫無道，說自己的力量強大，完全可以拒絕諫諍，說自己的口才雄辯，完全可以掩飾錯誤，認為自己享有天命，認為「謹慎」二字自己用不著實行，這些都是驕傲。我自從咸豐八年六月再次出山，就努力克服「惰」字，用以警戒自己沒有恆心的毛病。近來又努力戒除「傲」字。前些日子，徽州戰事沒有失敗以前，李次青心中不免有些自以為是的見地，徽州一仗已經失敗之後，我更加陡然醒悟：大約軍事方面的失敗，不是由於驕傲，就是由於怠惰，二者之中必占其一；大家富戶的敗落，不是由於驕傲，就是由於怠惰，二者之中也必占其一。

余於初六日所發之摺，十月初可奉諭旨。余若奉旨派出，十日即須成行。兄弟遠別，未知相見何日。惟願兩弟戒此二字，并戒各後輩常守家規，則余心大慰耳。

兄國藩手草　九月二十四日

（咸豐十年）

【章　旨】此章叮囑沅、季二弟要勸戒後輩常守家規。

【語　譯】我在初六日所發出的奏摺，十月初就可以接到皇上的諭旨。我倘若奉旨出發，十天內就必須動身。兄弟分別甚遠，不知道哪一天再相見。只希望你們戒除這「傲」「惰」二字，並告誡後輩們常常遵守家規，那麼，我的內心，就感到極大的欣慰了。

兄國藩手草　九月二十四日

【說　明】這封「與弟書」，是曾國藩在安徽祁門軍營中，寫給沅甫和季洪二弟的。但其主要訓導對象，則是沅甫。因為沅甫帶兵，進步甚快，咸豐七年，胡林翼曾稱讚他「才大器大」。咸豐八年，他在江西吉安一帶，又贏得了極好的聲譽。在這種情況下，沅甫有些「傲」「惰」了。曾國藩出於兄長之責，鑑於閱歷之深，軍事之險，於是連連寫信，諄諄勸誡：九月初十日，他批評沅甫初五日信中「滿紙驕矜之氣，且多悖謬之語」，責問其評斷朝臣的「一手遮天之辭，狂妄無稽之語，不知果所何本」？九月二十三日，他先是詢問沅甫的傲氣，稍微平息收斂了幾分沒有，而後告誡道：「天下古今之庸人，皆以一『惰』字致敗；天下古今之才人，皆以一『傲』字致敗。吾因軍事而推之，凡事皆然。」九月二十四日這封信中，他先以祖父遺訓相勸勉，次以桀紂敗亡相警告，最後更總結出一條箴言，讓對方牢牢記取：「大約軍事之敗，非傲即惰，二者必居其一；巨室之敗，非傲即惰，二者必居其一。」

致澄弟　二月初四日

澄侯四弟左右：

二月初一日唐長山等來，接正月十四日弟發之信，在近日可謂極快者。

【章　旨】此章言正月信件傳遞極快。

【語　譯】澄侯四弟左右：

二月初一日唐長山等人來到這裡，我接到了你正月十四日發出的信，在最近可以說是傳遞極快的了。

弟言家中子弟無不謙者，此卻未然。余觀弟近日心中即甚驕傲。凡畏人，不敢妄議論者，謙謹者也；凡好譏評人短者，驕傲者也。弟於營中之人，如季高、次青、作梅、樹堂諸君子，弟皆有信來譏評其短，且有識至兩次三次者。營中與弟生疏之人，尚且譏評，則鄉間之與弟熟識者，更鄙晲❶嘲斥可知矣。弟尚如此，則諸子侄之藐視一切、信口雌黃❷可知矣。諺云：「富家子弟多驕，貴家子弟多傲。」非必錦衣玉食❸、動手打人而後謂之驕傲也，但使志得意滿，毫無畏忌，開口議人短長，即是極驕極傲耳。余正月初四信中言戒「驕」字，以不輕非笑人為第一義；戒「惰」字，以不晏❹起為第一義。望弟常常猛省，并戒子侄也。

【章　旨】此章批評曾國潢好譏人短長，即是驕傲，希望他力改此弊，並戒子侄。

【注　釋】❶鄙晲　因鄙薄對方而斜視之。❷信口雌黃　比喻不問事實，妄下論斷。❸錦衣玉食　錦繡的衣服，高貴的飲食，代指生活豪奢。❹晏　晚；遲。

【語　譯】你說家中子弟沒有不謙虛的，這卻未必如此。我看你近來心中就很驕傲。凡是敬畏別人，不敢妄加議論的人，就是謙虛謹慎的人；凡是愛好譏諷評論別人短處的人，就是驕傲的人。你對軍營中的人，比如左季高、李次青、陳作梅、馮樹堂等君子，都有信來譏諷評論他們的短處，並且有譏評達到兩次三次的。軍營中跟你生疏的這些人，尚且如此譏評，那麼，家鄉跟你熟識的人，更會遭到你的輕視嘲諷，便是可想而知了。你尚且如此，那麼，兒子和侄兒們的藐視一切、信口雌黃，又是可想而知了。俗話說：「有錢人家的子弟，大多驕橫，做官人家的子弟，大多傲慢。」不是一定要錦衣玉食、動手打人，而後才叫做驕傲，只要是自己得意忘形，毫無忌憚，開口便議論他人長短，就是極為驕傲了。我在正月初四日的信中說道：戒除「驕」字，須把不輕易非議譏笑別人，作為第一等要事；戒除「惰」字，須把不睡懶覺，作為第一等要事。希望弟弟常常深刻反省自己，並以此告誡子侄們。

此間鮑❶軍於正月二十六大獲勝仗，去年建德❷大股，全行退出。風波三月，至此悉平矣。余身體平安，無勞繫念。

兄國藩手草　二月初四日

（咸豐十一年）

【章　旨】此章言軍事近況。

【注　釋】❶鮑　鮑超，字春霆，四川奉節人。曾往長沙募勇，號「霆軍」，又稱「鮑軍」，為湘軍主力之一。❷建德　縣名，今屬浙江。

【語　譯】這裡鮑超軍在正月二十六日打了個大勝仗，去年在建德的大股敵軍，已經全部退出。三個月以來的風波，到今天就完全平定了。我的身體平安，不必費心掛念。

兄國藩手草　二月初四日

【說　明】曾國潢在家主政，肩負著率督子侄的職責。其品行如何，直接影響曾氏的家風、家聲及子侄的成長。因而曾國藩對他要求十分嚴格，對於他的「驕」「惰」習氣，尤其注意警防。每當發現問題，必定及時指出。在正月初四日的信中，曾國藩就曾批評他臘底信中「有一種驕氣」，指明凡是動口動筆，厭惡別人的平庸，嫌棄別人的淺陋，議論別人的缺點，喜歡揭露別人的隱私，都是驕傲的表現。二月初四日這封信，更直接揭示了他的驕氣所在。並且重申，戒除「驕」字，須把不輕易非議譏笑他人，作為第一等要事，戒除「惰」字，須把不貪睡懶覺作為第一等要事，希望國潢時時警惕，戒驕戒惰，作好子侄輩的表率。曾國藩深知，「富家子弟多驕，貴家子弟多傲」，「驕則滿，滿則傾」，自己已官至二品，職為兵部右侍郎，位高權重，若不從嚴約束子弟，導之去惡向善，星岡公傳下來的家風、家聲，難免不會敗落在自己手中。

致沅弟季弟　五月十五日

沅、季弟左右：

帳棚即日趕辦，大約五月可解❶六營，六月再解六營，使新勇略得卻暑也。擡小槍之藥與大炮之藥，此間並無分別，亦未製造兩種藥。以後定每月解藥三萬斤至弟處，當不致更有缺乏。王可陞❷十四日回省，其老營十六可到。到即派往蕪湖❸，免致南岸中段空虛。

【章　旨】此章言帳篷及彈藥供應事。

【注　釋】❶解　押送。❷王可陞　湘軍營官。❸蕪湖　縣名，今屬安徽。

【語　譯】沅、季弟左右：

帳篷近日正在趕緊置辦，大約五月間可以運送六個軍營的帳篷，六月間可以再運送六個軍營的帳篷，使新兵稍微能夠減輕一些暑熱。抬小槍的火藥與大炮的火藥，這裡並沒有區分，也沒有製造過兩種不同的火藥。以後一定每月運送三萬斤火藥到你們那裡，應當不會再有短缺。王可陞十四日回省城，他帶的老營十六日可以到達。到達以後，便派到蕪湖去，以免使得南岸中段兵力空虛。

雪琴❶與沅弟嫌隙已深，難遽期其水乳。沅弟所批雪信稿，有是處，亦有未當處。弟謂雪聲色俱厲。凡目能見千里，而不能自見其睫，聲音笑貌之拒人，每苦於不自見，苦於不自知。雪之厲，雪不自知；沅之聲色，恐亦未始不厲，特不自知耳。曾記咸豐七年冬，余咎駱❷、文❸、耆❹待我之薄，溫甫則曰：「兄之面色，每予人以難堪。」又記十一年春，樹堂深咎張伴山簡傲不敬，余則謂樹堂面色亦拒人於千里之外。觀此二者，則沅弟面色之厲，得毋似余與樹堂之不自覺乎？

【章　旨】此章婉言批評沅甫待人聲色頗厲。

【注　釋】❶雪琴　彭玉麟，字雪琴，湖南衡陽人。湘軍將領。因戰功擢至水師提督、兵部右侍郎，官加太子太保。❷駱　駱秉章，廣東花縣人。歷官布政使、按察使、湖南巡撫、四川總督。❸文　文俊，曾任江西巡撫。❹耆　耆齡，字九峰，滿洲正黃旗人。歷任員外郎、刑部主事、知府、江西布政使、江西巡撫等職。

【語　譯】彭雪琴與沅甫弟之間的隔閡，已經很深，難於希望很快就能水乳交融。沅甫弟對彭雪琴信稿的批語，有正確的地方，也有不妥當的地方。沅甫弟的批語說，彭雪琴聲色俱厲。大凡常人的眼睛，可以看到千里以外的物體，卻看不見自己的眼睫毛，從聲音表情方面拒斥他人，每每苦於自己看不見，苦於自己不知道。彭雪琴的嚴厲，彭雪琴自己不知道；沅甫弟的聲音臉色，恐怕也未必不嚴厲，只是自己不知道而已。曾記得咸豐七年冬天，我責怪駱秉章、文俊、耆九峰對我的刻薄，溫甫弟曾說：「大哥的臉色，常常給人難堪。」又記得咸豐十一年春天，馮樹堂極為責怪張伴山傲慢不敬，我也曾說過，馮樹堂的臉色往往拒人於千里之外。由這兩件事看來，那麼，沅甫弟對於自己臉色的嚴厲，難道不像我和馮樹堂那樣的不自覺嗎？

余家目下鼎盛之際，余忝竊將相，沅所統近二萬人，季所統四五千人，近世似此者曾有幾家？沅弟半年以來，七拜君恩，近世似弟者曾有幾人？日中則昃，月盈則虧，吾家亦盈時矣。管子❶云：「斗斛❷滿，則人概❸之；人滿，則天概之。」余謂天之概無形，仍假手❹於人以概之。霍氏❺盈滿，魏相❻概之，宣帝❼概之；諸葛恪❽盈滿，孫峻❾概之，吳主❿概之。待他人之來概而後悔之，則已晚矣。吾家方豐盈之際，不待天之來概，人之來概，吾與諸弟當設法先自概之。

【章　旨】此章言自家正處於鼎盛之際，宜設法自我抑制。

【注　釋】❶管子　管仲，名夷吾，字仲，又字敬仲，潁上（今安徽潁上）人。相齊桓公為政四十年，九合諸侯，一匡天下。❷斗斛　量物器具。古時以十斗為斛，南宋末年改為五斗。《管子・樞言》原文為「釜鼓」。❸概　刮平釜、鼓、斗、斛的用具。此處用為動詞，刮平。❹假手　利用他人為自己辦事。❺霍氏　霍光，字子孟，河東平陽（今山西臨汾西南）人。為西漢武帝、昭帝、宣帝三朝元老。曾任大司馬大將軍，封博陸侯。❻魏相　字弱翁，濟陰定陶（今山東定陶西北）人。漢宣帝時，任大司農、御史大夫、丞相，封高平侯。❼宣帝　西漢皇帝劉詢。❽諸葛恪　字元遜，三國琅琊陽都（今山東沂南）人。輔立孫亮，任大將軍，專國政。❾孫峻　三國時吳國皇族。❿吳主　此指孫亮。

【語　譯】我們一家，目前正在鼎盛時期，我竊居將相的高位，沅甫統率的軍隊近二萬人，季洪統率的軍隊四五千人，近代以來，像這樣的情況曾經有過幾家？沅甫弟半年以來，七次拜受皇恩，近代以來，像你這樣的情況，曾經有過幾人？太陽升到中天就要偏西，月亮圓滿以後就要虧缺，我們家也到了滿盈的時候了。管子說過：「斗斛過滿，別人便會刮平；人過滿，上天便會抑制。」我認為，上天用來抑制人滿的手段是無形的，仍然需要借用人們的手來抑制。霍家滿盈了，就由魏相來抑制他，宣帝來抑制他；諸葛恪滿盈了，就由孫峻來抑制他，吳王來抑制他。等別人來抑制時才後悔，便已經晚了。我們家正處在滿盈的時期，不要等到上天來抑制，別人來抑制，我和各位弟弟，應當設法自己主動來抑制。

自概之道云何？亦不外「清」、「慎」、「勤」三字而已。吾近將「清」字改為「廉」字，「慎」字改為「謙」字，「勤」字改為「勞」字，尤為明淺，確有可下手之處。沅弟昔年於銀錢取與之際不甚斟酌，朋輩之譏議菲薄，其根實在於此。去冬之買犁頭嘴、栗子山，余亦大不謂然。以後宜不妄取分毫，不寄銀回家，不多贈親族，此「廉」字工夫也。謙之存諸中者不可知，其著於外者，約有四端：曰面色，曰言語，曰書函，曰僕從屬員。沅弟一次添招六千人，季弟并未禀明，徑招三千人，此在他統領所斷做不到者，在弟尚能集事，亦算順手。而弟等每次來信，索取帳棚、子藥等件，常多譏諷之詞，不平之語。在兄處書函如此，則與別處書函更可知已。沅弟之僕從隨員，頗有氣焰，面色言語，與人酬接時，吾未及見，而申夫❶曾述及往年對渠之詞氣，至今飲憾。以後宜於此四端痛加克治，此「謙」字工夫也。每日臨睡之時，默數本日勞心者幾件，勞力者幾件，則知宣勤王事之處無多，更竭誠以圖之，此「勞」

字工夫也。

【章　旨】此章言自我抑制的要道，在「廉」「謙」「勞」三字。

【注　釋】❶申夫　李申夫，名榕，四川劍州（今劍閣縣）人。官至湖南布政使。

【語　譯】自我抑制的要道是什麼呢？實不外乎「清」、「慎」、「勤」三個字而已。我近來把「清」字改為「廉」字，把「慎」字改為「謙」字，把「勤」字改為「勞」字，更加明白淺顯，確實有了可以著手的地方。沅甫弟往年在銀錢的取與方面不太考慮，引起朋友們的譏諷輕視，根源就在這裡。去年冬天買犁頭嘴、栗子山，我也很不贊成。以後應當不亂取分文，不寄銀兩回家，不多餽贈親族，這就是「廉」字的功夫。謙虛，存在於內心的，別人無法知道；表現在外面的，大約有四個方面：一是臉色，二是言語，三是書信，四是僕從和部屬。沅甫弟一次增招六千人，季洪弟並沒有向我說明，也逕自招募了三千人，這些在別的統領那裡，絕對做不到的事情，在你們那裡，卻能把事辦成，也算順手。但你們每次來信，要求供給帳篷、彈藥等物資，常有很多嘲諷的言詞，不平的話語。給我這裡的書信尚且如此，那麼，給別的地方的書信，更是可想而知了。沅甫弟的僕從隨員，很有些囂張氣勢，臉色言語，跟人應酬的情形，我沒有親見，但李申夫曾經談到往年對他的語氣，至今抱恨而無由陳訴。以後應當在這四方面狠下功夫，加以克制，這就是「謙」字的功夫。每天臨睡時，靜心計算一下，今天做了幾件勞心的事，幾件勞力的事，便會知道盡心效勞朝廷大事的地方沒有多少，更應當竭盡誠心謀求報效，這就是「勞」字的功夫。

余以名位太隆，常恐祖宗留詒❶之福，自我一人享盡，故將「勞」、「謙」、「廉」三字時時自惕。亦願兩賢弟之用以自惕，且即以自概耳。

湖州❷於初三日失守，可憫可敬。

兄國藩手示　五月十五日

（同治元年）

【章　旨】此章言兄弟三人，均宜以「勞」「謙」「廉」三字自惕自概。

【注　釋】❶詒　通「貽」。遺留。❷湖州　府名。治所在烏程（今浙江吳興）。

【語　譯】我因為名譽地位太高，常常擔心祖宗遺留下來的福分，會由我一個人享盡，所以用「勞」「謙」「廉」三字，時常警惕自己。也希望兩位賢弟，用這三個字來警惕自己，而且就用它們來自我抑制吧。

湖州在初三日失守，駐守的將士令人可憐可敬。

兄國藩手示　五月十五日

【說　明】自古以來，我國歷代政治家，議論居官者的職守，大都強調「清」「慎」「勤」三字。曾國藩引為同調。在同治元年九月十四日的〈日記〉中，他曾給予疏證，說：『「清」字曰名利兩淡，寡慾清心，一介不苟，鬼伏神欽；『慎』字曰戰戰兢兢，死而後已，行有不得，反求諸己；『勤』字曰手眼俱到，心力交瘁，困知勉行，夜以繼日。」為了使其旨意更為簡明淺易，讓沅甫、季洪易於領會和著力，此處更將其改為「廉」「謙」「勞」三字。繼而又針對沅、季二弟的情況，具體指出銀錢取與要「廉」，言談舉止要「謙」，報效國事要「勞」。而且用日月中昃盈虧為喻，用前車之鑑為戒，勸導沅、季必須主動自勉自抑，切不可因為功大官高而盛氣凌人，任意妄為，忘乎所以。曾國藩位居將相，能如此克己自惕，力求行慊於心，並常常以危詞苦語，告誡諸弟抑然自概，在彼時彼境，其眼光器識，實屬迥異凡俗。

諭紀鴻　五月二十七日

字諭紀鴻兒：

前聞爾縣試幸列首選，為之欣慰。所寄各場文章❶，亦皆清潤大方。

昨接易芝生❷先生十三日信，知爾已到省。城市繁華之地，爾宜在寓中靜坐，不可出外遊戲征逐。茲余函商郭意城❸先生，在於東征局❹兌銀四百兩，交爾在省為進學之用。如郭不在省，爾將此信至易芝生先生處借銀亦可。印卷之費，向例兩學及學書共三份，爾每份宜送錢百千。鄧寅師處謝禮百兩，鄧十世兄處送銀十兩，助渠買書之資。餘銀數十兩，為爾零用及略添衣物之需。

【章旨】此章祝賀紀鴻縣試首選，告誡紀鴻在省城參加考試時，不可出外遊戲征逐。

【注釋】❶各場文章　縣試一般連考五場，每場一天，當場交卷。考試內容為四書文、試帖詩、心性理論。❷易芝生　湖南湘鄉人。曾國藩家姻親兼塾師。❸郭意城　名崑燾，湖南湘陰人。郭嵩燾之弟。道光舉人。咸豐三年，入為湖南巡撫張亮基幕府，積極籌劃軍餉，有力地支持了湘軍。官至內閣中書。❹東征局　即湖南東征籌餉局。專為東征安慶、金陵之湘軍籌餉。

【語　譯】字諭紀鴻兒：

前些日子，聽說你在縣試中，僥倖列為第一名，我為此感到欣慰。你寄來的各場考試的文章，也都清新圓潤而不俗氣。

昨天接到易芝生先生十三日的來信，知道你已經到達省城。城市是繁華的地方，你應當靜坐在公寓裡，不可出外遊玩，相邀宴飲。現在我將寫信和郭意城先生商量，從東征局兌出四百兩白銀，交給你作為在省城參加生員考試的費用。假如郭先生不在省城，你拿著這封信，到易芝生先生那裡借銀子也可以。印卷的用費，向來慣例是兩位老師和繕寫人員共計三份，你每份應送制錢一百串。鄧寅皆老師那裡的謝禮，應送白銀一百兩，鄧十世兄那裡，應送白銀十兩，作為幫他買書的用項。剩下的幾十兩銀子，就作為你零用和添補幾件衣服的費用。

凡世家子弟衣食起居，無一不與寒士相同，庶可以成大器；若沾染富貴氣習，則難望有成。吾忝為將相，而所有衣服，不值三百金，願爾等常守此儉樸之風，亦惜福之道也。其照例應用之錢，不宜過嗇謝廩保❶二十千，賞號❷亦略豐。謁聖❸後，拜客數家，即行歸里。今年不必鄉試，一則爾工夫尚早，二則恐體弱難耐勞也。此諭。

滌生手示　五月二十七日

（同治元年）

【章旨】此章言不可霑染富貴氣習，應常保持儉樸家風。

【注釋】❶廩保　指考場傳信的保丁。❷號　指管理號房的傭工。❸謁聖　學子考試後，到孔廟拜見孔子塑像或牌位。

【語譯】凡是世代官宦人家的子弟，如果他們的衣食起居，沒有一處不和貧寒人士相同，也許可以成為大器；如果霑染上富貴子弟的氣習，就難以希望他有所成就了。我竊居將相高位，但所有的衣服，還值不上三百兩銀子，希望你們永遠保持這種儉樸的作風，這也就是愛惜自己的福分的方法。那些按照慣例應當花費的銀錢，不能過分節儉（謝廩保二十串，賞號房也應當略微豐厚些）。你瞻拜孔聖人以後，再到幾家去拜客，然後就動身回鄉。今年不必參加鄉試，一是你的功夫還沒到時候，二是恐怕你體質瘦弱，難以禁受勞累。此諭。

滌生手示　五月二十七日

再，爾縣考詩有錯平仄❶者。頭場末句「移」，二場三句「禁」。仄聲用者禁止、禁戒也，平聲用者猶云「受不住」也，諺云「禁不起」，三場四句「節儉仁惠崇」

係倒寫否？十句「逸」仄聲，五場九、十句失黏❷。過院考❸時，務將平仄一一檢點，如有記不真者，則另換一字。擡頭❹處亦宜細心。再諭。

【章　旨】此章指出縣考中所作詩歌的不妥處及院考時應注意的事項。

【注　釋】❶平仄　指聲調。平聲指陰平、陽平；仄聲指上聲、去聲、入聲。❷失黏　作舊體詩術語。此指九、十兩句平仄失誤、聲韻不相黏貼。❸院考　學院（學政、學臺）主持的考試。❹擡頭　舊時寫文章，一般不分段，不另提行，只有遇到尊稱時，才另行頂格或空一格書寫，稱為擡頭。擡，也作「抬」。

【語　譯】另外，你縣考中作的詩，有錯了平仄的地方。頭場（末句「移」字），二場（第三句「禁」字。用仄聲的地方有禁止、禁戒的講究，用平聲的地方猶如說「受不住」，也就是俗話說的「禁不起」），三場（第四句「節儉仁惠崇」是倒寫嗎？第十句「逸」字是仄聲），五場（第九句與第十句失黏）。參加院考時，務必要把平仄一一加以檢點，假如有記不準確的，就另換一個字。抬頭的地方，也應當細心。再諭。

【說　明】清代生員考試，多承明制。初試叫縣試，考官是本縣的知縣。縣試合格，才允許參加府試，考官是管轄本縣的知府。府試合格，才允許參加院試。院試由本省的學政主持，合格者，便能取得生員資格，可以參加鄉試，報考舉人了。曾紀鴻雖然年近二十方通過縣試，但因為獲得了第一名，而且五場童試，文章都頗「清潤大方」，可見根底已較厚實，因而文正公「為之欣慰」，從安慶軍營寄來了賀信。信中於肯定紀鴻學習成績之餘，詳細指明了答卷中的紕繆及院試時應該注意的事項，並明確要求紀鴻院試期間應在公寓中靜坐溫習功課，不可到繁華鬧市遊玩飲宴，以免霑染富家子弟的壞氣習。

曾國藩認為，氣習移人，年輕人尤其易受影響。凡是世代官宦人家的子弟，如果在衣食起居方面，沒有一處不和貧寒人家相同，也許可以成為大器；如果霑染上富貴子弟的驕奢怠惰氣習，就難以希望他成為有用之材了。因而他訓導子弟極嚴，其大旨，一是希望他們能成為知書達禮的君子，二是要求他們能保持勤勞儉樸的家風。這封「教子書」，正鮮明地體現了這一要旨。

致沅弟季弟　五月二十八日

沅、季弟左右：

沅於「人概天概」之說，不甚厝意❶，而言及勢利之天下，強凌弱之天下。此豈自今日始哉？蓋從古以然矣。

【章旨】此章批評沅甫不應反駁「人概天概」之說。

【注釋】❶厝意　在意。厝，安置；措辦。

【語譯】沅、季弟左右：

沅甫對於「人概天概」的說法，不太放在心上，而說現在是講究勢利的天下，是強者欺凌弱者的天下。這種情況難道是從今天才開始的嗎？大概自古以來就是如此了。

從古帝王將相，無人不由自立自強做出。即為聖賢者，亦各有自立自強之道。故能獨立不懼，確乎不拔。昔余往年在京，好與諸有大名大位者為讎，亦未始無挺然特立不畏強禦之意。近來見得天地之道，剛柔互用，不可偏廢，太柔則靡，太剛則折。剛非暴虐之謂也，強矯而已；柔非卑弱之謂也，謙退而已。趨事赴公，則當強矯，爭名逐利，則當謙退；開創家業，則當強矯，守成安樂，則當謙退；出與人物應接，則當強矯，入與妻孥❶享受，則當謙退。若一面建功立業，外享大名，一面求田問舍❷，內圖厚實，二者皆有盈滿之象，全無謙退之意，則斷不能久。此余所深信，而弟宜默默體驗者也。

兄國藩手草　五月二十八日

（同治元年）

【章　旨】此章言為人處事，宜依從天地之道，剛柔互用，不可偏廢。

【注　釋】❶孥　兒女。❷求田問舍　典出《三國志·魏書·陳登傳》：「備（劉備）曰：『君（許汜）有國士之名，今天下大亂，帝主失所，望君憂國忘家，有救世之意；而君求田問舍，言無可採。是元龍（陳登字）所諱也。』」後因以「求田問舍」為只知買田置屋，專替個人打算，沒有遠大志向。

【語　譯】自古以來，所有的帝王將相，沒有哪一個不是從自立自強做起的。就是成為了聖賢的人物，也各人都有自立自強的方法。所以，他們才能獨立處世，無所畏懼，堅定不移。我往年在京城，愛和那些有大名聲、高地位的人作對，也未嘗沒有挺然卓立、不畏強手的意思。近來才認識天地間的規律，原來是剛柔互用，不可偏廢任何一方，太柔了便會倒伏，太剛了便會折斷。所謂剛，並不是說要暴虐，而是剛強勇武；所謂柔，並不是說要懦弱，而是謙遜禮讓。為公事效勞，就應當剛強勇武，為個人爭名逐利，就應當謙遜禮讓；開創家業，就應當剛強勇武，守業安樂，就應當謙遜禮讓；出外與人們交往應酬，就應當剛強勇武，回家與妻室兒女享樂，就應當謙遜禮讓。倘若一方面建功立業，在外邊享有大名聲，另一方面，又求田問舍，為自己謀取豐厚家私，兩方面都有盈滿的氣象，完全沒有謙遜禮讓的想法，就斷然不能長久。這一點，我是深信不疑的，你也應當默默地去體會此中的深意。

兄國藩手草　五月二十八日

【說　明】五月十五日，曾國藩在安慶軍營，曾經寫信給沅甫和季洪，談到自己已位居將相，沅弟統領著二萬人的軍隊，季弟也統領著四五千人；半年之中，沅弟七次領受皇恩，賞加頭品頂戴：此等情況，近世以來，曾有幾家？曾有幾人？二者都可以說是達到了頂峰。面對這種鼎盛狀況，他嚴肅指出，為了避免招來「人概天概」之禍，就須爭取主動，用「廉」「謙」「勞」三字自勉自抑，切不可自以為功高官大而盛氣凌人，任意胡為。

對於這番告誡，沅甫卻不甚在意，並以誰有權勢，誰就可以恃強凌弱的「天下大勢」相反駁。

於是，曾國藩又寫了這封「與弟書」，教導沅甫、季洪，須知「天地之道」乃是剛柔互用，不可偏廢。「剛」是頑強勇武，並非暴虐；「柔」是謙和禮讓，並非怯懦。赴公當剛，於私當謙；開創當剛，守成當謙；因事因時制宜，才合「天地之道」，方可自強自立。若是一面建功立業，外享大名，一面謀求良田美宅，內圖家資厚實，盡求盈滿，全無謙抑，即得大富大貴，也勢必不能長久。

致沅弟 正月二十日

沅弟左右：

十九日接弟十四日緘，交林哨官帶回者，具悉一切。

【章　旨】此章言收到來信，得知一切。

【語　譯】沅弟左右：

十九日，我接到了你十四日的信，是交林哨官帶回來的。一切情況都已知道。

肝氣發時，不惟不和平，并不恐懼，確有此境。不特弟之盛年為然，即余漸衰老，亦常有勃不可遏之候，但強自禁制，降伏此心。釋氏❶所謂「降龍伏虎」，「龍」即相火❷也，「虎」即肝氣也。多少英雄豪傑打此兩關不過，亦不僅余與弟為然。要在稍稍遏抑，不令過熾。「降龍」以養水，「伏虎」以養火。古聖所謂窒欲，即「降龍」也；所謂懲忿，即

「伏虎」也。儒釋之道不同，而其節制血氣，未嘗不同，總不使吾之嗜欲戕害吾之軀命而已。

【章旨】此章言肝火太旺時，要稍加遏制，不可過熾而傷害軀命。

【注釋】❶釋氏　釋迦牟尼的簡稱。後泛指佛教。❷相火　此即相火妄動，中醫學名詞。指肝腎陰虧，陰陽不能協調，因而表現為煩躁不安，慾念強烈。

【語譯】肝火發作時，不只是不能心平氣和，而且不知道有所畏懼，確實有這樣的情形。不僅是你正處壯年是如此，就是我已逐漸衰老，也常有勃然大怒、不可遏制的時候，只是努力自我克制，壓住這種情緒。佛家所說的「降龍伏虎」，「龍」就是指相火妄動，「虎」就是指肝火太旺。多少英雄好漢，都衝不過這兩關，也不僅我和你是這樣。關鍵在於逐步遏制，不要讓它過分強烈。「降龍」而養水，「伏虎」而養火。古代聖賢所說的遏制慾念，就是「降龍」；所說的克抑忿怒，就是「伏虎」。儒佛二家的主張，雖然不同，但是他們在自我節制情緒衝動方面，卻未嘗不一樣。總之，不要使自己的嗜慾，傷害了自己的身體和生命。

至於「倔強」二字，卻不可少。功業文章，皆須有此二字貫注其中，否則柔靡不能成一事。孟子所謂「至剛」，孔子所謂「貞固」，皆從「倔強」二字做出。吾兄弟皆稟母德居多，其好處亦正在倔強。若能去忿欲以養體，存倔強以勵志，則日進無疆矣。

【章旨】此章言「倔強」二字要堅持實施，以求日有進益。

【語譯】至於「倔強」二字，卻不可缺少。一個人的功業文章，都必須有這兩個字貫穿其中，不然，柔弱萎靡，不能完成一件事。孟子所提倡的「至剛」，孔子所提倡的「貞固」，都是由「倔強」二字引申出來的。我們兄弟，都是稟受母親的氣質品格比較多，其中的好處，也正在於倔強。倘若我們，能夠掃除忿怒慾念，以便保養身體，保持倔強，以便激勵意志，就可以天天上進而沒有止境了。

新編五營，想已成軍。郴桂❶勇❷究竟何如？殊深懸繫。吾牙疼漸愈，可以告慰。劉馨室一信鈔閱，順問近好。

兄國藩手草　正月二十日

（同治二年）

【章　旨】此章詢問最近招募的郴桂兵士是否頂用。

【注　釋】❶郴桂　指郴州、桂陽。今屬湖南。❷勇　指地方軍臨時招募的兵卒。

【語　譯】新近編置的五個兵營，想必已經成為正式軍隊了。郴桂一帶招來的士兵，究竟怎樣？我十分懸念惦記。我的牙疼漸漸轉好，可以請你放心了。寫給劉馨室的一封信，鈔給你一閱。順問近好。

兄國藩手草　正月二十日

【說　明】曾國荃自從同治元年五月率軍圍攻金陵以來，每遇不順，便肝火甚旺，常發雷霆。曾國藩深知，這既是憂勞太甚的緣故，也是心胸修養欠佳的表現，因而常常寫信，或委婉勸導，或明言責備，總是希望國荃在重任殊榮面前，能夠謙遜自抑，保持安泰心境，懂得愛惜聲名和福分。這封從安慶軍營發出的書信，也是勸他自我抑制，窒慾懲忿。

曾國藩首先指出，相火妄動，肝火太甚，最容易損毀功名，戕害軀命，多少英雄好漢，都衝不過這兩個關卡。儘管如此，但我們仍然應當盡力遏制，不要讓這類情緒過分強烈。接著他又加以辨析，指明肝火旺盛，並不等於性格倔強。前者是弊病，後者是優點，前者要抑制，後者要發揚。任何一個人的功業文章，都必然有「倔強」二字貫注其中，柔弱萎靡，斷然完成不了事業。我們若能掃除忿慾，以保養身心，保持倔強，以激勵意志，必將日新而又新，前程無量。

致沅弟　三月二十四日

沅弟左右：

二十三日張成旺歸，接十八日來緘。旋又接十九日專人一緘，具悉一切。

【章　旨】此章言連接兩封來信，盡知一切。

【語　譯】沅弟左右：

二十三日，張成旺歸來，我接到了你十八日的來信。隨後又接到了你十九日派專人送來的一封信，一切近況都已知悉。

弟讀邵子❶詩，領得恬淡沖融❷之趣，此自是襟懷長進處。自古聖賢豪傑、文人才士，其志事不同，而其豁達光明之胸大略相同。以詩言之，必先有豁達光明之識，而後有恬淡沖融之趣。如李白、韓退之、杜牧之❸則豁達處多，陶淵明、孟浩然、白香山則沖淡處多。杜、蘇二公無美不備，而杜之五律最沖淡，蘇之七古最豁達。邵堯夫雖非詩之正宗，而豁達、沖淡二者兼全。吾好讀《莊子》，以其豁達足益人胸襟也。去年所講「生而美者，若知之，若不知之；若聞之，若不聞之」❹一段，最為豁達。推之即「舜禹之有天下而不與」❺，亦同此襟懷也。

【章　旨】此章言古時聖賢豪傑、文人才士，都有豁達光明的胸襟。

【注　釋】❶邵子　邵雍，字堯夫，謚康節。北宋哲學家。著作有《皇極經世》、《伊川擊壤集》等。❷沖融　廣布瀰滿貌。❸杜牧之　名牧。晚唐詩人。其詩俊美清麗，韻味雋永。❹生而美者五句　出自《莊子・則陽》。原文為：「生而美者，人與之鑑。不告，則不知其美於人也。若知之，若不知之；若聞之，若不聞之。」意謂天生漂亮的人，不必對自己的漂亮過分地意識和看重。❺舜禹之有天下而不與　語出《論語・泰伯》。原文為：「巍巍乎！舜禹之有天下也，而不與焉。」孔子謂舜禹擁有天下，但不以其帝位自居。與，通「預」。此指介入私念。

【語　譯】你閱讀邵雍的詩篇，領會到其中恬淡沖融的情趣，這自然是襟懷長進的表現。自古以來，聖賢豪傑、文人才士，他們的志趣和事業雖然不同，但他們的豁達光明的胸襟，卻是大體相同的。以詩來說，必定要先有豁達光明的器識，而後才有恬淡沖融的情趣。比如李白、韓愈、杜牧的詩，就是豁達的情趣多，陶淵明、孟浩然、白居易的詩，便是沖淡的情趣多。杜甫、蘇軾二人的詩，最為完美，而杜甫的五言律詩，最見沖淡，蘇軾的七言古詩，最見豁達。邵堯夫雖然不是詩的正宗，然而他的詩中，豁達與沖淡的情趣，二者兼備。我愛好讀《莊子》，就是因為它的豁達，足以開闊人的胸襟。去年我所講到的「生而美者，若知之，若不知之；若聞之，若不聞之」這一段，最為豁達。推而廣之，「舜禹之有天下而不與」的心態，也同樣是這種襟懷的體現。

吾輩現辦軍務，係處功利場中，宜刻刻勤勞。如農之力穡❶，如賈❷之趣利，如篙工❸之上灘，早作夜思，以求有濟。而治事之外，此中卻須有一段豁達沖融氣象。二者並進，則勤勞而以恬淡出之，最有意味。余所以今刻「勞謙君子」❹印章與弟者，此也。

【章　旨】此章言身處功利場中，也須有一段豁達沖融的氣象。

【注　釋】❶力穡　指勤於農事。❷賈　古指設肆售貨的商人。❸篙工　持篙撐船的人。❹勞謙君子　語出《易・謙》：「勞謙，君子有終，吉。」勞謙，勤勞謙恭。

【語　譯】我們現在辦理軍務，是處在功利場中，應當時刻勤勞。好比農夫努力耕種，好比商人積極營利，好比篙工撐船上灘，白天勞作，夜晚深思，以求有所成就。而在治理事務之外，這中間卻必須有一股豁達沖融的氣象。二者互相促進，勤奮辛勞而又出於恬靜淡泊襟懷，必然最有意味。我所以叫人鐫刻「勞謙君子」的印章送給你，就是為了這一點。

無為❶之賊十九日圍撲廬江❷後，未得信息。捻匪❸於十八日陷宿松❹後，聞二十一日至青草塥。廬江吳長慶❺、桐城❻周厚齋❼均無信來，想正在危急之際。成武臣❽亦無信來。春霆❾二十一日尚在泥汊，頃批令速援廬江。祁門❿亦無信來，不知若何危險。少荃⓫已克復太倉州，若再克昆山⓬，則蘇州⓭可圖矣。吾但能保沿江最要之城隘，則大局必日振也。順問近好。

國藩手草　三月二十四日

（同治二年）

【章旨】此章言軍事近況及可振大局之策。

【注釋】❶無為　縣名。今屬安徽。❷廬江　縣名。今屬安徽。❸捻匪　即捻軍，北方抗拒清廷的民間組織。咸豐年間，首領是張樂行。同治年間，首領是賴文光。❹宿松　縣名。今屬安徽。❺吳長慶　字筱軒，安徽廬江人。同治初年，在李鴻章麾下任副將，晉總兵。光緒年間，任浙江提督。❻桐城　縣名。今屬安徽。❼周厚齋　名寬世，湖南湘鄉人。以軍功授永州總兵，官至湖南提督。❽成武臣　名大吉。曾任湘軍分統，官至記名提督。❾春霆　鮑超，字春霆，四川奉節人。授湖南提督。封子爵。謚忠壯。❿祁門　縣名。今屬安徽。⓫少荃　李鴻章，字少荃，安徽合肥人。歷官兩江總督、湖廣總督、直隸總督兼北洋通商事務大臣。謚文忠。著有《李文忠公全集》。⓬昆山　縣名。今屬江蘇。⓭蘇州　府名。清為江蘇巡撫治所。

【語　譯】無為一帶的敵軍，十九日圍攻廬江以後，沒有聽到什麼信息。捻軍在十八日攻陷宿松以後，聽說二十一日到了青草堨。廬江吳長慶、桐城周厚齋，都沒有送信來，想必正在危急關頭。成武臣也沒有送信來。鮑春霆二十一日還在泥汊，方才已發出指示，令他火速增援廬江。祁門也沒有送信來，不知是怎麼樣的危險狀況。李少荃已經收復了太倉州，倘若能再攻克昆山，蘇州就可以考慮攻克了。我們只要能夠確保沿江最重要的城池關隘，那麼，大局便一定能夠日益振興。順問近好。

國藩手草　三月二十四日

【說　明】曾國荃辦理軍務，雖有較大的建樹，但氣度襟懷仍未見開闊，凡事總想：「一面建功立業，外享大名，一面求田問舍，內圖厚實，二者皆有盈滿之象，全無謙退之意。」對此，曾國藩頗有隱憂，認為不是惜福之道、保泰之法，因而常借題誘導。這次看到曾國荃從金陵前線來信，談及閱讀邵雍詩句的感想，似已領悟恬淡沖融旨趣，曾國藩便即刻從安慶軍營覆信，讚揚他襟懷有了長進。並從歷代的詩人談到遠古的舜、禹，說明唯有具備豁達光明的胸懷，才能做到恬淡無為，進而勉勵他能做個既勤勞國事、鞠躬盡瘁，又豁達沖融、名利兩淡的「勞謙君子」。

致沅弟 九月十一日

沅弟左右：

接初五日戌刻❶來函，具悉一切。旋又接十九日所發摺片之批諭，飭❷無庸❸單銜奏事，不必咨別處。正與七年四月胡潤帥❹所奉之批旨相同。但彼係由官帥❺主稿會奏，飭令胡林翼無庸單銜具奏軍事，未禁其陳奏地方事件，與此次略有不同耳。

【章旨】此章言已接到朝廷批示，嚴令曾國荃以後不要單獨以個人官銜奏事，不要過問別處軍政。

【注釋】❶戌刻　十二時辰之一。十九時至二十一時。❷飭　通「敕」。命令；告誡。❸無庸　或作「毋庸」。不必；不用。❹胡潤帥　胡林翼，字貺生，號潤芝，湖南益陽人。道光進士，授編修，歷官知府、道員、按察使、布政使、巡撫等。謚文忠。有《胡文忠公遺集》。❺官帥　即官文，字秀峰，滿洲正白旗人。歷任侍衛、副都統、總督，至文淵閣、文華閣大學士。

【語譯】沅弟左右：

接到你初五日戌刻的來函，我知道了一切近況。隨後我又接到了朝廷對你八月十九日發去的摺片的批示，命令你以後不要單獨以個人官銜奏事，也不必過問別處的軍政事務。這正與咸豐七年四月胡潤帥接到的朝廷批示內容相同。但那是由官帥主擬奏稿共同上奏的，朝廷命令胡林翼不要單獨以個人官銜奏報軍事，沒有禁止他陳奏地方事件，和這次的批示稍有不同而已。

弟性褊激，於此等難免怫鬱。然君父之命，祇宜加倍畏慎。余自經咸豐八年一番磨煉，始知畏天命、畏人言、畏君父之訓誡，始知自己本領平常之至。昔年之倔強，不免客氣❶用事。近歲思於「畏」「慎」二字之中，養出一種剛氣來，惜或作或輟，均做不到。然自信此六年工夫，較之咸豐七年以前已大進矣。不知弟意中見得何如？弟經此番裁抑磨煉，亦宜從「畏」「慎」二字痛下功夫。畏天命，則於金陵之克復，付諸可必不可必之數，不敢絲毫代天主張。且常覺我兄弟菲材薄德，不配成此大功。畏人言，則不敢稍拂輿論❷。畏訓誡，則轉以小懲為進德之基。余不能與弟相見，託黃南翁❸面語一切，冀弟毋動肝氣。至囑至囑。

國藩手草　九月十一日（同治二年）

【章　旨】此章勸導沅甫應從「畏」「慎」二字痛下功夫。

【注　釋】❶客氣　虛驕之氣。❷輿論　眾人的議論。❸黃南翁　黃冕，字南坡，湖南長沙人。官至布政使銜雲南迤東道。

【語　譯】你的氣量狹小，性格急躁，面對這種批示，難免心情不舒暢。但對於君父的命令，只應當加倍敬畏謹慎。我自從經過咸豐八年的一番磨練，才懂得敬畏天命、敬畏人言、敬畏君父的訓誡，才知道自己的本領平常到了極點。年輕時心性倔強，不免意氣用事。近幾年想從「畏」「慎」二字中培養出一種剛強之氣來，可惜有時振作，有時停頓，全都做不到。然而自信這六年的工夫，比咸豐七年以前，已是大有進步了。不知在你心目中，覺得怎樣？你經過這次制裁磨練，也應該在「畏」「慎」二字方面狠下功夫。敬畏天命，就要把攻克金陵一事，看成是可能有必勝把握，也可能沒有必勝把握之列，絲毫不敢代替天命自作主張。而且要常常意識到，我們兄弟德才菲薄，不配成就這樣的大功。敬畏人言，就是不敢稍微拂逆眾人的意見。敬畏訓誡，就要把君父給予的細小懲戒，也轉而作為增進道德修養的根基。我不能和你見面，特拜託黃南坡先生面告一切，希望你不要為這事動肝火。這是最為重要的囑咐。

國藩手草　九月十一日

【說　明】曾國荃以浙江巡撫官銜呈上的奏章，受到了朝廷的訓誡。朝廷嚴令他以後不要單獨以個人官銜奏事，更不要過問別處的軍政。曾國藩深知他氣量狹小，性情急躁，恐怕他心情悶鬱，承受不了，便從安慶軍營寫信勸慰。先是說明這等事情，胡林翼在咸豐七年就曾遇到，已有先例；繼而說明為人臣子，對於君父的命令，「祇宜加倍畏慎」，受了制裁，應當從「畏」「慎」二字狠下功夫磨練自己；進而說明為人處世，應當常存履薄臨深之心，時時事事謹言慎行，敬畏天命，「不敢絲毫代天主張」，敬畏人言，「不敢稍拂輿論」，敬畏訓誡，要把君父的懲戒作為增進道德修養的根基。唯有這樣，才能從「畏」「慎」二字之中，轉而培養出一種剛強之氣。

致沅弟　正月二十六日

沅弟左右：

二十五日接十八日來信，二十六日接二十二夜來信。天保城以無意得之，大慰大慰。此與十一年安慶❶北門外兩小壘相似。若再得寶塔梁子，則火候到矣。

【章旨】此章言天保城於無意之中獲取，倍感欣慰。

【注釋】❶安慶　府名，安徽省治所。

【語譯】沅弟左右：

二十五日，我接到了你十八日的來信；二十六日，又接到了你二十二日的來信。天保城在無意之中獲取，令人感到大為欣慰。這與咸豐十一年，在安慶北門外獲得兩座小營壘的情形正好相似。倘若能再奪取寶塔梁子，那麼，攻克金陵的火候就到了。

弟近來氣象極好，胸襟必能自養其淡定之天，而後發於外者，有一段和平虛明之味。如去歲初，奉不必專摺奏事之諭，毫無怫鬱之懷，近兩月信，於請餉請藥，毫無激迫之辭，此次於莘田、芝圃外家渣滓悉化，皆由胸襟廣大之效驗，可喜可敬。如金陵果克，於廣大中再加一段謙退工夫，則蕭然無與，人神同欽矣。富貴功名，皆人世浮榮，惟胸次浩大，是真正受用。余近年專在此處下功夫，願與我弟交勉之。

【章　旨】此章讚揚沅甫胸懷涵養，已趨淡泊平和，並指出唯有胸次浩大，才是真正受用。

【語　譯】你近來的光景很好，胸襟一定能夠自養淡泊寧靜的天性，然後這種胸襟表現為外在的行為，就會有一種平和爽朗的氣態。比如你去年九月，首次接到不必單獨向皇上奏事的諭旨，絲毫沒有不舒暢的心態；近兩個月來，在要求供應軍餉軍火的信中，也毫無過激的語言；這次對莘田、芝圃外家的矛盾糾葛，也全部化為烏有。這些，都是由於你胸襟寬闊而產生的效驗，令人歡欣敬佩。如果金陵果真攻克，你在廣闊的胸襟之中，再加上一層謙讓的功夫，就能瀟灑超脫，神靈和凡人都會欽佩了。富貴功名，都是人世間的虛榮，只有胸懷寬廣，才是真正的受用。我近年來，專在這個方面下功夫，願意與你互相勉勵。

聞家中內外大小及姊妹親族，無一不和睦整齊，皆弟連年籌畫之功。願弟出以廣大之胸，再進以儉約之誡，則盡善矣。喜極答函，順問近好。

國藩手草　正月二十六日

（同治三年）

【章　旨】此章勸勉沅甫對家屬進行儉約規誡。

【語　譯】聽說家中內外大小及姊妹親族，無不和睦一心，這都是你幾年來籌謀經營的功勞。希望你出以廣闊的胸懷，再進一步予以勤儉節約的告誡，那就更為完美了。非常高興地寫了這封回信，順問近好。

國藩手草　正月二十六日

【說　明】曾國荃自咸豐六年募勇進入湘軍以來，屢有戰功，因而聲望日隆。但因氣量狹小，不謙不廉，曾國藩擔心他難成大器，屢屢予以勸誡。如前信中所反覆指出：「長傲、多言二弊，歷觀前世卿大夫興衰及近日官場所以致禍之由，未嘗不視此二者為樞機。」「天下古今之才人，皆以一『傲』字致敗。」「廉」「謙」「勞」為自古居官者常則，「沅弟昔年於銀錢取與之際不甚斟酌，朋輩之譏議菲薄，其根實在於此。去冬之買犁頭嘴、栗子山，余亦大不謂然。以後宜不妄取分毫，不寄銀回家，不多贈親族，此『廉』字工夫也。」對方一旦有了進步，曾國藩即欣喜之至，予以讚揚，如本函中所謂「弟近來氣象極好」，「皆由胸襟廣大之效驗，可喜可敬」云云，並進而勉勵、告誡：「富貴功名，皆人世浮榮，惟胸次浩大，是真正受用。」「如金陵果克，於廣大中再加一段謙退工夫，則蕭然無與，人神同欽矣。」對於「齊家」，「願弟出以廣大之胸，再進以儉約之誡，則盡善矣。」曾國荃此時年已四十，職為浙江巡撫、湘軍統領，作為兄長的曾國藩，尚且如此耐心勸導，其責弟之嚴，待弟之誠，手足之親，可見一斑。

致沅弟　六月十六日午初

沅弟左右：

接弟十二夜信，知連日辛苦異常，猛攻數日，並未收隊，深為惦念。弟向來督攻，好往來於炮子如雨之中，此次想無二致也。少泉前奏至湖州❶一看，仍回蘇州❷。此次十六啟行，不知徑來金陵乎？抑先至湖州乎？「難禁風浪」四字璧還❸，甚好甚慰。古來豪傑，皆以此四字為大忌。吾家祖父教人，亦以「懦弱無剛」四字為大恥。故男兒自立，必須有倔強之氣。惟數萬人困於堅城之下，最易暗銷銳氣。弟能養數萬人之剛氣而久不銷損，此是過人之處，更宜從此加功。

【章　旨】此章言古來豪傑，皆以「難禁風浪」四字為大忌，男兒自立，須有倔強之氣。

【注　釋】❶湖州　府名，因地濱太湖而得名。今屬浙江。❷蘇州　府名，以姑蘇山而得名。清時轄境相當今蘇州市及吳縣、常熟、昆山、吳江等縣地。❸璧還　敬辭。此指退還贈送之物。

【語　譯】沅弟左右：

接到你十二日夜晚的來信，知你連日來非常辛苦，猛攻了好多天，還沒有收兵，我極為掛念。你向來督戰，愛好往來於槍林彈雨之中，這次想來也沒有什麼兩樣。李少泉前些時候上奏朝廷，說要到湖州察看一次，而後仍然返回蘇州。他這次十六日啟程，不知是直接來金陵？還是先到湖州？你把「難禁風浪」四字退還給我，這樣很好，令人很欣慰。自古以來，英雄豪傑，都把這四個字作為大忌諱。我們家的祖父教訓後人，也是把「懦弱無剛」四個字作為大恥。所以，男子漢想自立，必須要有一股倔強之氣。只是你率領數萬人馬，久困在堅固的金陵城下，最容易在不知不覺中銷磨銳氣。你能夠蓄養數萬人的剛勁之氣，而長久不見銷減，這正是你勝過別人的地方，你更應當從此加倍努力。

子彈日內裝就，明日開行，不知果趕得上否？余啟行之期，仍候弟一確信也。順問近好。

國藩手草　六月十六日午初

（同治三年）

【章　旨】此章言攻城彈藥明日起運。

【語　譯】子彈近日已經裝好，明天起運，不知能不能趕得上攻城之用。我動身往金陵的日期，仍然得等候你給我一個確定的信息。順問近好。

國藩手草　六月十六日中午

【說　明】六月初九日，曾國藩從安慶軍營寫了一封信給曾國荃，批評他把朝廷催促迅速攻克金陵的諭旨看得太重，沉不住氣，是「少見多怪，難禁風浪」。曾國荃六月十二日夜間的覆信，對「難禁風浪」四字作了明確的辯白。曾國藩見了，非常興奮，連連說道：「甚好甚慰。」並藉古來英雄所見及祖父星岡公的遺訓，予以激勵，希望他保持並強化他所率領的數萬人馬久困金陵城下而不稍減的剛勁之氣，沉著勇毅，告成大功。

諭紀鴻 七月初九日

字諭紀鴻：

自爾起行後，南風甚多，此五日內卻是東北風，不知爾已至岳州❶否。余以二十五日至金陵，沅叔病已痊癒。二十八日戮洪秀全❷之尸，初六日將偽忠王❸正法。初八日接富將軍❹咨，余蒙恩封侯，沅叔封伯。余所發之摺，批旨尚未接到，不知同事諸公得何懋賞，然得五等❺者甚少。余藉人之力以竊上賞，寸心不安之至。

【章旨】此章言攻克金陵後處置洪秀全、李秀成及榮膺封爵諸事。

【注釋】❶岳州　府名，治所在巴陵（今岳陽市）。❷洪秀全　原名仁坤，廣東花縣人。太平天國領袖。一八五一年一月，在廣西桂平金田村起義，建立太平天國，稱天王。一八五三年定都南京，稱天京。一八六四年四月二十日，病逝於天京。❸偽忠王　李秀成，廣西藤縣人。太平天國著名將領，洪秀全封其為忠王。一八六四年六月十六日天京陷落，六月十九日李被俘，寫有供詞〈李秀成自述〉四萬餘字。❹富將軍　富明阿，姓袁，字治安，漢軍正白旗人。行伍出身。曾任江寧將軍，配合湘軍攻陷天京。後任吉林將軍，在任四年，墾田達數萬頃。病死家中。謚威勤。❺五等　指公、侯、伯、子、男五等爵位。

【語譯】字諭紀鴻：

自從你動身以後，南風很多，這五天裡卻是東北風，不知你已經到了岳州沒有。我於六月二十五日來到金陵，你沅甫叔的病已經好了。二十八日，羞辱了洪秀全的屍首；七月初六日，處死了偽忠王李秀成。初八日，接到富將軍的咨文，我蒙皇恩封為一等侯，你沅甫叔封為一等伯。我發往朝廷的奏摺，還沒有接到皇上的批示，不知道諸位同仁將得到什麼大賞，然而獲得五等封爵的人很少。我憑藉眾人的力量，而竊取到上等封賞，內心不安到了極點。

爾在外以「謙」「謹」二字為主，世家子弟，門第過盛，萬目所屬❶。臨行時，教以「三戒」❷之首末二條及力去「傲」「惰」二弊，當已牢記之矣。場❸前不可與州縣來往，不可送條子，進身之始，務知自重。酷熱尤須保養身體。此囑。

滌生手示　七月初九日

（同治三年）

【章　旨】此章叮囑紀鴻，考試前不要與州縣官員來往，不要送條子，進身之始，務知自重。

【注　釋】❶屬　專注；注目。❷三戒　戒色情、戒爭鬥、戒貪慾。❸場　考場，即場屋，亦稱科場。特指科舉考試士子的地方。

【語　譯】你在外的言行舉止，應當以「謙」「謹」二字為主，做官人家的子弟，門第太興隆，是眾人所關注的對象。你臨行時，我教給了你「三戒」中的第一條、第三條以及努力去掉驕傲、懶惰兩項毛病，你應當已經牢牢地記住了。考試前，不可跟州縣的官員來往，不可走後門送條子，你剛剛開始踏入求仕的路途，務必要懂得自重。天氣酷熱，你更要注意保養身體。此囑。

滌生手示　七月初九日

【說　明】曾紀鴻中了秀才以後，幾次晉省參加歲考、科考，都不順手。同治三年六月二十二日，天京已經攻克，曾國藩將赴金陵，便令紀鴻回湖南參加鄉試，並當面給予了一番務須「三戒」及革除驕傲懶惰習氣的教導。七月初九日，又從金陵軍營寫了這封信，叮囑紀鴻言行舉止，都應以謙虛謹慎為主，「世家子弟，門第過盛，萬目所屬」，不可不注意影響。考試前「不可與州縣來往，不可送條子，進身之始，務知自重」。七月二十四日，在由金陵返回安徽途中，又寫信給紀鴻，說自己已蒙恩封為一等侯爵，沅甫叔已封為一等伯爵，門戶太興盛了，內心深深感到敬懼，再次囑咐紀鴻在省城應「以『謙』『敬』二字為主，事事請問意誠、芝生兩位姻叔，斷不可送條子，致騰物議」。九月十四日，曾國藩又在金陵官署中，寫信給曾國潢，指出「紀鴻之文，萬無中舉之理」，「工夫太早，中則必為有識者所笑，亦可懼也。」總之，曾國藩始終未憑大學士的權位，讓紀鴻考試時走走後門，而是在落第之後，把他接到金陵節署，親自教學。文正公教子之嚴與愛子之切，於此可見。

致沅弟　八月初五日

沅弟左右：

初四夜接初一夜來函，具悉一切。貢院❶九月可以畢工，大慰大慰。但規模不可狹小，工程不可草率。吾輩辦事，動作百年之想。昨有一牘，言主考❷房後添造十八房住屋，須將長毛❸所造倉屋拆去另造，即不欲草率之意。此間所購木料，中秋前可到一批，九月再到一批。

【章　旨】此章言貢院規模不可狹小，工程質量不可草率。

【注　釋】❶貢院　舉行鄉試、會試的場所。❷主考　主持各省（包括京城）鄉試的官員。❸長毛　清政府有薙髮令，太平天國起義軍不聽這一套，因被指稱為「長毛」。

【語　譯】沅弟左右：

初四夜晚，我接到了你初一夜間發來的信件，全都知道了一切近況。

貢院在九月間可以完工，非常欣慰。但是貢院的規模不能狹小，工程質量也不可草率。我們辦事，要作百年大計的長遠打算。昨天有一封公文，說在主考房後面，增建十八間住房，必須把長毛蓋的倉屋拆掉，另行建造，這就是不想草率從事的意思。這裡購買的木料，中秋節前可以運到一批，九月可以再運到一批。

弟中懷抑鬱，余所深知。究竟弟所成就者，業已卓然不朽。古人稱立德、立功、立言為「三不朽」❶。立德最難，而亦最空，故自周、漢以後，罕見以德傳者。立功如蕭❷、曹❸、房❹、杜❺、郭❻、李❼、韓❽、岳❾，立言如馬、班、韓、歐、李、杜、蘇、黃，古今曾有幾人？吾輩所可勉者，但求盡吾心力之所能及，而不必遽希千古萬難攀躋❿之人。弟每取立言中之萬難攀躋者，而將立功中之稍次者一概抹殺，是孟子「鈎金輿羽」、「食重禮輕」之說也，烏乎可哉？不若就現有之功，而加之以讀書養氣，小心大度，以求德亦日進，言亦日醇⓫。譬如築室，弟之立功已有絕大基址，絕好結構，以後但加裝修工夫。何必汲汲皇皇⓬，茫若無主乎？

【章　旨】此章勉勵沅甫當在立德、立言方面再下功夫。

【注　釋】❶三不朽　語出《左傳・襄公二十四年》：「太上有立德，其次有立功，其次有立言，雖久不廢，此之謂不朽。」❷蕭　蕭何，沛縣（今屬江蘇）人。漢初丞相。曾佐劉邦起義，為劉邦戰勝項羽、建立漢朝，立下了卓著功勳。❸曹　曹參，沛縣人。漢初大臣。秦末從劉邦起義，屢建戰功。曾協助高祖平定陳豨、英布等異姓諸侯王。後繼蕭何為漢惠帝丞相。❹房　房玄齡，字喬，齊州臨淄（今屬山東淄博）人。唐初大臣。曾協助李世民籌謀統一，取得帝位。長期執政，與杜如晦、魏徵等同為唐太宗的重要助手。❺杜　杜如晦，字克明，京兆杜陵（今陝西西安東南）人。唐初大臣。曾協助李世民籌謀帝位。太宗即位後，與房玄齡共掌李唐朝政，時人合稱「房杜」。❻郭　郭子儀，華州鄭縣（今陝西華縣）人。大將。唐玄宗、肅宗、代宗、德宗四朝，都有卓著軍功。❼李　李光弼，營州柳城（今遼寧朝陽南）契丹族人。大將。與郭子儀一道，於平定「安史之亂」建有大功。❽韓　韓世忠，字良臣，綏德（今屬陝西）人。南宋抗金名將。❾岳　岳飛，字鵬舉，相州湯陰（今屬河南）人。南宋抗金名將。❿攀躋　攀仰；攀登。⓫醇　通「純」。精粹。⓬皇皇　同「遑遑」。匆匆忙忙。

【語　譯】你的內心鬱鬱不樂，我深為理解。畢竟你所成就的功業，已經是十分卓著，不可磨滅。古人稱頌立德、立功、立言，是「三不朽」的事業。其中，立德最難，也最為抽象，所以自從周代、漢代以後，很少見到因為立德而流芳百世的人。像蕭何、曹參、房玄齡、杜如晦、郭子儀、李光弼、韓世忠、岳飛這些立功的人，像司馬遷、班固、韓愈、歐陽修、李白、杜甫、蘇軾、黃庭堅這些立言的人，從古至今，曾有多少？我們所能夠努力的，只是在求盡心盡力所能達到的地步，而沒有必要急於要求自己能成為千百年來，極難攀比的那種人。你常常選取立言中極難達到的人作為標尺，而把立功中稍微欠一些的人一概抹殺，這就是孟子所批評的「三錢多重的金子比一大車羽毛還重」和「拿吃的重要性與禮的細節去相比較」的片面言行，怎麼可以呢？不如在現有功業的基礎上，再加上讀書養氣，小心謹慎，豁達大度，使得德行也一天天長進，文章也一天天精粹。好比蓋房子，你的功業已經有了極大的基礎，極好的結構，以後只需要加上裝飾的功夫就行了。何必急急忙忙，心中茫然，好像沒有主張呢？

劉❶、朱❷兩軍，望弟迅速發來。必須安慶六縣無賊，兄乃可撐住門面，乃可速赴金陵。至要至要。弟所遣散之勇，皆今在長沙領補全餉，必辦不到。十八萬鹽本何能遽爾暢銷？須令過長沙時暫補一半遣散者今年發全餉，則留者皆不願留，餘則營官給一限期票與勇余于蕭、毛兩軍擬用限期票札。弟給一限期札與營官，明年再補可也。順問近好。

國藩手草　八月初五日

（同治三年）

【章　旨】此章催令劉、朱兩軍速來安慶。

【注　釋】❶劉　劉松山，字壽卿，湖南湘鄉人。湘軍總兵，擢升廣東陸路提督。謚忠壯。❷朱　朱南桂，字芳浦，湖南長沙人。湘軍總兵，擢升副將。謚武慎。

【語　譯】劉、朱兩支部隊，希望你趕快派來。必須使安慶一帶六個縣沒有賊兵，我才可以撐住門面，才可以迅速趕赴金陵。這件事最為重要，最為重要。你所遣散的士兵，都叫他們在長沙領取應予補發的全部餉銀，這是必然辦不到的事。十八萬兩銀子的鹽，怎麼能夠很快地銷出去呢？你必須叫他們路經長沙時，暫且補領一半餉銀（遣散的士兵今年如果發了全餉，那麼，留下來的也就都會不願意留下了），其餘部分，便由營官付給他們一張限期票據（我在蕭、毛兩支部隊裡準備使用限期票札）。你給營官一張限期札，明年再補發就行了。順問近好。

國藩手草　八月初五日

【說　明】同治三年六月十六日（西元一八六四年七月十九日），天京陷落。六月二十三日，曾國藩與湖廣總督官文、陝甘總督楊岳斌、兵部侍郎彭玉麟、江蘇巡撫李鴻章、浙江巡撫曾國荃等會銜，將此事上奏朝廷。六月二十九日，清廷便賞給曾國藩太子太保銜、一等侯爵、雙眼花翎，賞給曾國荃太子少保銜、一等伯爵、雙眼花翎，主將李鴻章封一等伯爵、李臣典封一等子爵、賞戴雙眼花翎，蕭孚泗封一等男爵、賞戴雙眼花翎，楊岳斌、彭玉麟、駱秉章、鮑春霆等，均賞給一等輕車都尉世職。其他加官晉秩的湘軍文武官員，達一百二十餘人。

但曾國荃這位「首功之臣」，卻同時挨了朝廷的當頭一棒：上諭「著曾國藩飭令曾國荃督率將士，迅速將偽城克日攻拔，殲擒首逆」，活捉幼天王洪福瑱和忠王李秀成，「以竟一簣之功」，「倘若曾國荃驟勝而驕，令垂成之功或有中變，致稽時日，必唯曾國荃是問」！圍攻二十六個月，破了天京，被說成是「驟勝而驕」，曾國荃焉能不鬱鬱不樂？曾國藩對此，「實深廑係」，因而反覆、多方予以勸慰和開導。七月二十九日信中說：「從古有大勳勞者，不過本身得一爵耳。弟則本身既掙一爵，又贈送阿兄一爵。弟之贈送此禮，人或忽而不察，弟或謙而不居，而余深知之。」「吾弟於國事家事，可謂有志必成，有謀必就，何鬱鬱之有？千萬自玉自重。」這封信中則說：「究竟弟所成就者，業已卓然不朽。」今後「不若就現有之功，而加之以讀書養氣，小心大度，以求德亦日進，言亦日醇。譬如築室，弟之立功已有絕大基址，絕好結構，以後但加裝修工夫。何必汲汲皇皇，茫若無主乎？」八月初九日信中，更近於斥責：「弟若不知自愛，懊怒不已，剝喪元氣，則真太愚矣！」何以竟有如此言辭呢？深識清廷底裡的曾國藩，一則怕老九禁不住政治壓力，肝旺氣虛，損了性命，有福祿而無氣運消受；再則怕老九心狹氣盛，觸怒朝廷，中興功臣一變而為階下囚，前功盡棄。他敏銳地看出了「險象」，極力要穩住曾國荃的情緒，勉勵他立功之後，進而立德、立言，以求能夠體面地掛冠歸里，善始而且善終。

諭紀澤 九月初一日

字諭紀澤兒：

三十日成鴻綱到，接爾八月十六日稟。具悉爾十一後連日患病，十六尚神倦頭眩，不知近已全癒否。吾於凡事皆守「盡其在我，聽其在天」二語，即養生之道亦然。體強者，如富人因戒奢而益富；體弱者，如貧人因節嗇❶而自全。節嗇非獨食色之性也，即讀書用心，亦宜檢約，不使太過。余「八本」❷匾中，言「養生以少惱怒為本」。又嘗教爾胸中不宜太苦，須活潑潑地，養得一段生機。亦去惱怒之道也。既戒惱怒，又知節嗇，養生之道，已盡其在我者矣。此外壽之長短，病之有無，一概聽其在天，不必多生妄想去計較他。凡多服藥餌，求禱神祇❸，皆妄想也。吾於醫藥、禱祀等事，皆記星岡公之遺訓，而稍加推闡，教示後輩。

爾可常常與家中內外言之。

【章　旨】此章言凡事須守「盡其在我，聽其在天」二語，養生之道亦然。

【注　釋】❶節嗇　節儉；不浪費。《韓非子・解老》：「少費謂之嗇。」❷八本　即讀古書以訓詁為本，作詩文以聲調為本，養親以得歡心為本，養生以少惱怒為本，立身以不妄語為本，治家以不晏起為本，居官以不要錢為本，行軍以不擾民為本。❸神祇　舊指神明、神靈。祇，指地神。

【語　譯】字諭紀澤兒：

三十日成鴻綱來到這裡，我接到了你八月十六日的來信。得知你十一日以後，接連幾天患病，直到十六日還精神疲倦，頭腦暈眩，不知道近來完全好了沒有。我對於所有的事，都恪守「盡其在我，聽其在天」這兩句話，即便是養生之道，也是如此。身體強健的，好比富人，因為戒除了奢侈惡習而更加富有；身體瘦弱的，好比窮人，因為厲行節儉而保全了自己。所謂節儉，並非只在飲食和性慾方面有所控制，就是讀書用腦，也應當有所約束節制，不要太過了頭。我寫的「八本」牌匾中，講到了保養身體，應當以減少惱怒為根本。又曾經教導你，心中不要太苦惱，必須活潑潑地，蓄養一派生氣。這也是除去惱怒的方法。既戒除惱怒，又懂得節儉，養生的方法，就已經全部在我的掌握之中了。除此而外，年壽的長短，疾病的有無，一概聽從天命，不必多作胡思亂想，去加以計較。凡屬多服用藥物，向天地神明祈禱，都是妄想。我對於求醫服藥、祭神拜佛之類的事，都記著星岡公的遺訓，而又稍加推究闡發，用來教導後輩。你可常常跟家中裡外的人，談談這個問題。

爾今冬若回湘，不必來徐省問，徐去金陵太遠也。朱金權於初十內外回金陵，欲伴爾回湘。

近日賊犯山東，余之調度，概咨少泉宮保處。澄、沅兩叔信附去查閱，不須寄來矣。此囑。

滌生手示 九月初一日

(同治四年)

【章 旨】此章叮囑紀澤不必來徐省問，澄、沅二叔信件，閱後也不須寄來。

【語 譯】你今年冬天倘若回湖南，就不必來徐州看望我，因為徐州離金陵太遠了。朱金權在初十左右回金陵，想跟你作伴回湖南。

近幾天，敵兵竄犯山東，我對軍隊的調度，一概與李少泉宮保商量。澄侯、沅甫二叔的信，一併附上，供你查閱，不必寄來了。此囑。

滌生手示 九月初一日

【說　明】同治四年四月，僧格林沁，在追擊捻軍中戰死於山東曹州。五月，曾國藩奉旨北上剿捻。這篇家訓，就是他在徐州軍營中寫給兒子紀澤的。信中主旨「盡其在我，聽其在天」八個大字，既是講的養生之道，也是講的治身之法。就養生而言，是說要自覺戒除惱怒，懂得節制，始終保持一派生氣；至於壽年長短，疾病有無，則宜一概聽其在天，不必多生妄想。就治身而言，便如前文「與弟書」中所說：「吾人只有進德、修業兩事靠得住」；「此二者，由我作主，得尺則我之尺也，得寸則我之寸也」；「至於功名富貴，悉由命定」；「萬不可稍生妄想」。

這種「人事」與「天命」「一半對一半」的觀點，似乎在誘導受信者聽天由命，無所作為，其實不然。無論就養生而言，還是就進德而言，論者的本意都在於強調自我奮鬥精神，勉勵對方拋掉妄想，竭盡努力，作充分發揮主觀能動性的強者。

諭紀澤紀鴻　二月二十五日

字諭紀澤、紀鴻兒：

二十日接紀澤在清江浦❶、金陵所發之信。二十二日李鼎榮來，又接一信。二十四日，又接爾至金陵十九日所發之信。舟行甚速，病亦大愈為慰。老年來始知聖人教「孟武伯問孝」❷一節之真切。爾雖體弱多病，然只宜清靜調養，不宜妄施攻治。莊生云：「聞在宥天下❸，不聞治天下也。」東坡取此二語，以為養生之法。爾熟於小學，試取「在宥」二字之訓詁體味一番，則知莊、蘇皆有順其自然之意。養生亦然，治天下亦然。若服藥而日更數方，無故而終年峻補，疾輕而妄施攻伐強求發汗，則如商君❹治秦、荊公治宋，全失自然之妙。柳子厚所謂「名為愛之，其實害之」，陸務觀所謂「天下本無事，庸人自擾之」，皆此義也。

東坡〈遊羅浮〉詩云：「小兒少年有奇志，中宵起坐存《黃庭》❺。」下一「存」字，正合莊子「在宥」二字之意。蓋蘇氏兄弟父子皆講養生，竊取黃老❻微旨，故稱其子為有奇志。以爾之聰明，豈不能窺透此旨？余教爾從眠食二端用功，看似粗淺，卻得自然之妙。爾以後不輕服藥，自然日就壯健矣。

【章　旨】此章言養生之法，在於順其自然。

【注　釋】❶清江浦　市名，即清江。今屬江蘇。❷孟武伯問孝　《論語・為政》：孟武伯問孝。子曰：「父母唯其疾之憂。」意謂父母的愛子之心，無所不至，唯恐其子有病而常懷憂心。❸在宥天下　意謂存而不論，寬而不迫，任天下之自治，使民相安於無事。亦即任其自然，無為而治。在，存。宥，寬。❹商君　公孫氏，名鞅，衛國人，亦稱衛鞅。戰國時代政治家。秦孝公時，因戰功封商十五邑，號商君，因稱商鞅。❺黃庭　即《黃庭經》，道教經名。全稱《太上黃庭內景經》、《太上黃庭外景經》。講述道家養生修煉之道。❻黃老　以傳說中的黃帝與老子相配，並同尊為道家學派的創始人，故名。其學說的要義是「清淨無為」。

【語　譯】字諭紀澤、紀鴻兒：

二十日，我接到了紀澤在清江浦、金陵發出的信件。二十二日李鼎榮來到，又接了一封信。二十四日，又接到你十九日到達金陵時所發的信。船行駛得很快，病也大好了，我感到欣慰。我到老年，方才體會到，孔子教導孟武伯問孝行一節的真誠懇切。你雖然體弱多病，然而只適宜清靜調養，不可以隨意服用猛藥攻伐。莊周說：「只聽說存而不論，寬而不迫，任憑天下順其自然，沒有聽說人為地去治理天下。」蘇東坡選取這兩句話，用作養生的方法。你熟悉文字學，試著將「在宥」二字解釋品味一番，就會明白莊周、蘇東坡都有順其自然的意思。養生是這樣，治理天下也是這樣。倘若服用藥物，一天更換幾個藥方，無緣無故地一年到頭猛補，病輕而胡亂用藥猛攻，強求發汗，就會像商鞅治理秦國、王安石治理北宋一樣，完全失去了順其自然的妙趣。柳宗元所說的「名義上是愛撫它，實質上是損害它」，陸游所說的「天下本來沒有事，庸人枉自惹麻煩」，都是這個意思。蘇軾〈遊羅浮〉詩說：「小兒少年有奇志，中宵起坐存《黃庭》。」用一個「存」字，正好符合莊子所說的「在宥」二字的含義。大概蘇氏兄弟父子，都講究養生，暗中吸取了黃老思想的深微旨趣，因而稱許他兒子有非凡的志向。憑著你的聰明，難道還不能看透這番意趣嗎？我教你從睡眠、飲食這兩方面下功夫，看上去好似粗淺，卻找到了順其自然的妙趣。你以後不輕易服藥，自然就會一天天地健壯了。

余以十九日至濟寧❶，即聞河南賊匪圖竄山東，暫住此間，不遽赴豫。賊於二十二日已入山東曹縣境，余調朱星檻三營來濟護衛，騰出潘軍赴曹攻剿。須俟賊出齊境，余乃移營西行也。

【章　旨】此章言行軍計畫。

【注　釋】❶濟寧　州名。乾隆後，轄境相當今山東濟南、金鄉、嘉祥等地。

【語　譯】我於十九日到達濟寧府城，就聽說河南的捻軍，企圖竄入山東，所以我決定暫時住在這裡，不急於趕赴河南。捻軍於二十二日已經進入山東曹縣境內，我調遣朱星檻的三個營，前來濟寧保護警衛，騰出潘文質的部隊，趕赴曹縣攻剿。必須等到捻軍出了山東省境，我才能移動軍隊向西進發。

爾侍母西行，宜作還里之計，不宜留連鄂中。仕宦之家，往往貪戀外省，輕棄其鄉，目前之快意甚少，將來之受累甚大。吾家宜力矯此弊。餘不悉。

滌生手示　二月二十五日

（同治五年）

【章　旨】此章叮囑宜作還鄉打算。

【語　譯】你陪侍母親西行，應當作回鄉的打算，不要留戀湖北。做官人家，往往貪戀外省，輕易拋棄家鄉，這樣做的結果，是眼前得到的快樂很少，將來造成的拖累卻很大。我們家應當竭力糾正這一弊端。餘言不盡。

滌生手示　二月二十五日

【說　明】曾國藩教子，用意十分周詳。信中談得最多的，除了進德、修業以外，便是養生之事。同治四年九月晦日信中，他曾教導紀澤、紀鴻：懲忿、窒慾，是古人傳下來的養生要訣。懲忿，就是減少惱怒；窒慾，就是懂得節制。閒時蒔養花竹，飽看山水，可以驅除煩惱，保持一派太和生機；注意節制食色，克抑好名好勝慾望，可以蓄養清靜心境。這封信中，他又說道：養生之法，全在順其自然。藥物有利有弊，不可輕易服用。平日應從飲食、睡眠兩方面下些功夫。時間長了，自然日就壯健。這些，都是「盡其在我」的妙方。

諭紀澤紀鴻　三月十四夜

字諭紀澤、紀鴻：

頃據探報，張逆❶業已回竄，似有返豫之意。其任❷、賴❸一股，銳意來東，已過汴梁❹，頃探亦有改竄西路之意。如果齊省一律肅清，余仍當赴周家口以踐前言。

【章旨】此章言敵情近況。

【注釋】❶張逆　指梁王張宗禹為首的捻軍。❷任　指魯王任化邦為首的捻軍。❸賴　指陳玉成的部將，尊王賴文光。同治三年十一月，賴被公推為新捻軍首領。❹汴梁　金、元以後，對開封府的別稱。

【語譯】字諭紀澤、紀鴻：

方才根據偵探報告，張宗禹部已經往回逃竄，似乎有返回河南的意圖。其中任化邦、賴文光一股，銳意向東撲來，已經過了汴梁，不久又偵察到也有改向西路流竄的意向。如果山東境內的捻軍能夠全部肅清，我仍當趕赴周家口，藉以履行以前的承諾。

雪琴之坐船已送到否？三月十七果成行否？沿途州縣有送迎者，除不受禮物酒席外，爾兄弟遇之，須有一種謙謹氣象，勿恃其清介而生傲惰也。余近年默省之勤、儉、剛、明、忠、恕、謙、渾八德，曾為澤兒言之，宜轉告與鴻兒，就中能體會一二字，便有日進之象。澤兒天質聰穎，但嫌過於玲瓏剔透，宜從「渾」字上用些工夫。鴻兒則從「勤」字上用些工夫。用工不可拘苦，須探討些趣味出來。

余身體平安，告爾母放心。此囑。濟寧州

滌生手示　三月十四夜

（同治五年）

【章　旨】此章勉勵紀澤、紀鴻分別從「渾」、「勤」二字上用些工夫。

【語　譯】彭雪琴的坐船已經送到了沒有？三月十七日果真能夠去成嗎？沿途州縣，如果有歡送、迎接的，除了不接受禮物、酒席之外，你們兄弟對待人家，要有一種謙虛謹慎的氣態，不要自以為清高耿直，而產生驕傲情緒、怠慢他人。我近年以來，默默地體會到勤勞、節儉、剛毅、明智、忠誠、寬恕、謙虛、渾厚這八種德行，曾經給紀澤兒談過，也應當把我的話轉告給紀鴻兒，倘若從中能領會一兩個字，便會有一天比一天更進步的好氣象。紀澤兒天資聰敏，但近似過分聰明乖巧，應當從「渾」字上用些功夫。紀鴻兒便應當從「勤」字上用些功夫。用功不能過於拘泥、辛苦，要尋求出一些趣味來。

我身體平安，轉告你母親放心。此囑。濟寧州

滌生手示　三月十四夜

【說　明】曾國藩常常教導兒子要多讀書。讀書的目的何在？他說得十分明確：「吾輩讀書，祇有兩事：一者進德之事，講求乎誠正修齊之道，以圖無忝所生；一者修業之事，操習乎記誦詞章之術，以圖自衛其身。」用現代的話來說，讀書，第一是為了提高思想道德水平，第二是為了提高文化知識水平，二者都在於使自己能夠自立自強。

這封從山東濟寧軍營發出的家訓，談的就是進德之事，即修身八德：勤勞、節儉、剛毅、明智、忠誠、寬恕、謙虛、渾厚。前四德，是求之於己，後四德，是施之於人。曾國藩概括歷史現象，認為「天下古今之庸人，皆以一『惰』字致敗」，因而叮囑紀鴻要在「勤」字上多下些功夫；認為「天下古今之才人，皆以一『傲』字致敗」，因而叮囑紀澤待人接物，除了應當注意謙遜之外，還要在「渾」字上多下些功夫。曾國藩飽經政治上的風風雨雨，人事上的紛紛紜紜，待人處事，最講求一個「渾」字，認為「渾」字無往而不宜，最切於實用。咸豐七年十二月初六日〈致沅弟〉信中說：「與官場交接，吾兄弟患在略識世態，而又懷一肚皮不合時宜，既不能硬，又不能軟，

所以到處寡合。迪安妙在全不識世態，其腹中雖也懷些不合時宜，卻一味渾含，永不發露。我兄弟則時時發露，終非載福之道。」同治元年四月初四日，他批評紀澤說：「爾之短處，在言語欠鈍訥，舉止欠端重。」並說：「言語遲鈍，舉止端重，則德進矣。」要求言語遲鈍木訥，就是不要鋒芒畢露。這封信中，他進一步要求紀澤不要「過於玲瓏剔透」，就是說，察人斷事，不要太精明，不可太苛刻。水至清則無魚，人至察則無徒，要含渾一些，要留有餘地。

致沅弟　九月十二日

沅弟左右：

九月初六接弟八月二十七八日信，初十日接初五樊城❶所發之信，具悉一切。

【章旨】此章言連接兩封來信，得知一切近況。

【注釋】❶樊城　城鎮名。在今湖北襄樊。

【語譯】沅弟左右：

九月初六日，接到了你八月二十七、二十八日的來信，初十日，又接到了你初五日在湖北樊城發來的信，一切近況全已知道。

順齋一事❶業已奏出，但望內召不甚著跡，換替者不甚掣肘❷，即為至幸。弟謂命運作主，余素所深信；謂自強者每勝一籌，則余不甚深信。凡國之強，必須多得賢臣工❸；家之強，必須多出賢子弟。此亦關乎天命，不盡由於人謀。至一身之強，則不外乎北宮黝❹、孟施舍❺、曾子❻三種。孟子之集義而慊，即曾子之自反而縮❼也。惟曾、孟與孔子告仲由之強❽，略為可久可常。此外鬥智鬥力之強，則有因強而大興，亦有因強而大敗。古來如李斯❾、曹操❿、董卓⓫、楊素⓬，其智力皆橫絕一世，而其禍敗亦迥異尋常。近世如陸⓭、何⓮、肅⓯、陳⓰，亦皆予知自雄，而俱不保其終。故吾輩在自修處求強則可，在勝人處求強則不可。福益外家，若專在勝人處求強，其能強到底與否尚未可知。即使終身強橫安穩，亦君子所不屑道也。

【章旨】此章言為人求強，應在自我修養方面下功夫，而不應在跟人爭強鬥勝方面下功夫。

【注釋】❶順齋一事　指同治五年八月底，湖北巡撫曾國荃參劾湖廣總督官文事。❷掣附　比喻當別人做事的時候，故意從旁牽制。❸臣工　群臣百官。工，官。❹北宮黝　齊國人。生平事跡已不可考。《孟子・公孫丑上》謂北宮黝培養勇氣時，肌膚被刺，毫不顫動；眼睛被戳，眨也不眨。待人處事，毫不退讓，毫無畏懼。受到挫折侮辱，一定予以回擊。❺孟施舍　生平事跡已無可考。《孟子・公孫丑上》謂孟施舍培養勇氣的方法是：對待不能戰勝的敵人，跟對待能夠戰勝的敵人一樣，一概無所畏懼。❻曾子　名參，字子輿。孔子弟子。《孟子・公孫丑上》謂曾子培養勇氣的方法是：反躬自問，正義不在我，對方即使是位卑力弱的人，我也不去恐嚇他；反躬自問，正義在手，對方即使有千軍萬馬，我也勇往直前。❼縮　直。此謂勇往直前。❽孔子告仲由之強　《論語・陽貨》：子路曰：「君子尚勇乎？」子曰：「君子義以為上。君子有勇而無義為亂，小人有勇而無義為盜。」子路，即仲由。❾李斯　秦代政治家。歷官秦之廷尉、丞相。後為趙高所忌，被殺。❿曹操　字孟德。三國時政治家、軍事家、文學家。建安十三年，進位為丞相，率軍南下，被孫權和劉備的聯軍擊敗於赤壁。⓫董卓　字仲穎。曾廢漢少帝，立獻帝，自為太師，專斷朝政。後為王允、呂布所殺。⓬楊素　字處道。隋文帝時，任尚書左僕射，執掌朝政。參與宮廷陰謀，廢太子勇，擁立煬帝。晚年為帝所猜忌。⓭陸　陸建瀛，字立夫。道光進士。歷官雲南及江蘇巡撫、兩江總督、欽差大臣。太平軍攻克南京時，被殺。⓮何　何桂清，字根雲。道光進士。歷官浙江巡撫、兩江總督。太平軍攻破江南大營，何從常州逃至上海，被逮問處死。⓯肅　肅順，愛新覺羅氏，字雨亭，滿洲鑲藍旗人。歷官至戶部尚書，深為咸豐帝信用。咸豐帝病死時，受命為贊襄政務王大臣。慈禧太后和奕訢發動祺祥政變時，被殺。⓰陳　陳名夏，字百史。明崇禎進士。順治二年降清，歷任吏部尚書、內院大學士等職。因黨附多爾袞、譚泰，被參劾。終被議罪處死。

【語　譯】參劾官文的事，既然已經呈奏到朝廷，只是希望朝廷將他召還時，不要太露痕跡，前來替換他的人，不故意從旁牽制，就算萬幸。你說凡事是由命運作主宰，我素來就十分相信；說自強的人，往往都會勝過他人一籌，我卻不太相信。大凡國家的強盛，必須多得賢良的臣子；家庭的興旺，必須多出賢明的子弟。這也跟天命有關，並不完全取決於個人的謀劃。至於一個人的自強，不外乎北宮黝、孟施舍、曾子三種類型。孟子所說的集道義於一身，而達到自我滿足，也就是曾子所說的反躬自問，如果正義在我，便敢於勇往直前。看來只有曾子、孟子和孔子教導仲由的那種自強，稍微能夠保持得長久一些。除此而外，鬥智鬥力的自強，有的因為爭強好勝而興旺發達，也有的因為爭強好勝而遭到慘敗。古時候像李斯、曹操、董卓、楊素，他們的才智和能力，都是超絕當代，然而他們所遭到的禍患和慘敗，也是不同尋常的。當今像陸建瀛、何桂清、肅順、陳名夏，也都是爭強好勝的人，但是都沒有保住一個好結局。所以，我們在自我修養方面，圖自強是可以的，在跟別人爭強好勝方面，逞英雄就不可以了。福益外家，倘若專門在爭強好勝方面逞雄，他能不能逞雄一世還很難預料。即使一輩子都能夠安安穩穩地逞強到底，也是品德高尚的人所不屑於稱道的。

　　賊匪此次東竄，東軍小勝二次，大勝一次；劉❶、潘❷大勝一次，小勝數次，似已大受懲創，不似上半年之猖獗。但求不竄陝、洛，即竄鄂境，或可收夾擊之效。余定於明日請續假一月，十月請開各缺❸，仍留軍營，刻一木戳，會辦中路剿匪事宜而已。餘詳日記中。順問近好。

國藩手草　九月十二日

（同治五年）

【章　旨】此章言剿捻近況及續假諸事。

【注　釋】❶劉　劉銘傳，字省三，安徽合肥人。所部號「銘軍」，為淮軍主力之一。曾任直隸總督。為臺灣第一任巡撫。謚壯肅。❷潘　潘鼎新，字琴軒，安徽廬江人。所部為淮軍主力之一。歷署山東按察使、山東布政使、湖南巡撫、廣西巡撫等職。中法戰爭中，戰備不力，致使鎮南關一度淪陷，被革職。❸開缺　官吏因故不能留任，免除其所任職務，待另選人接充，稱為「開缺」。

【語　譯】捻軍這次向東竄擾，山東的軍隊獲得了兩次小勝仗，一次大勝仗；劉銘傳、潘鼎新部也都是取得一次大勝利，幾次小勝利。捻軍似乎已經受到懲戒，不像上半年那樣猖獗了。我只希望捻軍不是竄到陝西、商洛一帶，就是竄到湖北境內，或許可以收到夾擊的效果。我定在明天向朝廷奏請續假一個月，十月請求免去各項官職，但仍然留在軍營中，雕刻一個木質印章，會同辦理中路剿捻事宜而已。其餘的事情，詳細記在日記中。順問近好。

國藩手草　九月十二日

【說　明】曾國荃攻奪金陵之後，被封為一等伯爵、太子少保，賞戴雙眼花翎。而後便請假在家鄉湖南養病。同治四年六月，簡授為山西巡撫。翌年正月，因為捻軍麇集湖北，清廷「為地擇人」，又調補為湖北巡撫。三月，曾國荃抵達武昌履任。七月，湖廣總督官文奏請他為「幫辦湖北軍務」，企圖讓他離開武昌而赴前線。曾國荃趾高氣盛，為報私忿，於八月底貿然出奏，參劾官文「貪庸驕蹇」。對於這一「石破天驚」的舉動，老成持重的曾國藩，曾於八月二十四日夜晚寫信，從兩方面加以勸阻，一是說整人者必遭人整：「此等事幸而獲勝，而眾人眈眈環伺，必欲尋隙一洩其忿；

彼不能報復，而眾人若皆思代彼報復者」；二是說樹大招風，必致危害自己：「吾兄弟位高功高，名望亦高，中外指目為第一家。樓高易倒，樹高易折，吾與弟時時有可危之機。專講寬平謙巽，庶幾高而不危。弟謀此舉，則人指為恃武功，恃聖眷，恃門第，而巍巍招風之象見矣。」對於這番深中肯綮的勸誡，曾國荃卻不以為然，反而謂「自強者每勝一籌」。針對這一爭強好勝之論，曾國藩便又在河南周家口軍營寫了這封信，援引古時李斯、曹操、董卓、楊素等人之例，近世陸、何、肅、陳等人之鑑，反覆說明為人處事，只宜在自我修養方面下功夫求自強，而不可在爭強鬥勝方面著力逞英雄。唯有集義之強，略為可長可久。否則，即使終身強橫安穩，也會為君子之人所鄙棄。

致沅弟 正月初二日

沅弟左右：

鄂署五福堂有回祿❶之災，幸人口無恙，上房無恙，受驚已不小矣。其屋係板壁紙糊，本易招火。凡遇此等事，祇可說打雜人役失火，固不可疑會匪之毒謀，尤不可怪讎家之奸細。若大驚小怪，胡思亂猜，生出多少枝葉，讎家轉得傳播以為快。惟有處處泰然，行所無事。申甫❷所謂「好漢打脫牙和血吞」，星岡公所謂「有福之人善退財」，真處逆境者之良法也。

【章旨】此章言對待意外之災，應當泰然處之。

【注釋】❶回祿　迷信傳說中的火神，後用作火災的代稱。❷申甫　李榕，字申夫，或作申甫，四川劍州人。

【語譯】沅弟左右：

湖北官署五福堂發生火災，幸運的是人丁沒有事故，上房的人平安，但受的驚嚇已經不小了。

那些房屋都是木板牆壁，用紙糊著，本來就容易引起火災。凡是遇到這等事，只可以說是打雜的差役不慎失火，固然不可懷疑是幫會匪徒的毒辣陰謀，尤其不能責怪是讎家的奸細幹的。倘若大驚小怪，胡亂猜疑，生出許多麻煩，讎家反而可以藉機播弄，當作一件快事。唯有處之泰然，不當一回事。李申甫所說的「好漢打脫牙齒混著血也吞掉」，祖父星岡公所說的「有福氣的人善於退財」，真是身處逆境的好方法！

弟求兄隨時訓示申儆❶，兄自問近年得力惟有一「悔」字訣。兄昔年自負本領甚大，可屈可伸，可行可藏，又每見得人家不是。自從丁巳、戊午大悔大悟之後，乃知自己全無本領，凡事都見得人家有幾分是處。故自戊午至今九載，與四十歲以前迥不相同，大約以能立能達為體，以不怨不尤為用。立者，發奮自強，站得住也；達者，辦事圓融，行得通也。吾九年以來，痛戒無恆之弊。看書寫字，從未間斷；選將練兵，亦常留心。此皆自強能立工夫。奏疏公牘，再三斟酌，無一過當之語、自誇之詞。此皆圓融能達工夫。至於怨天本有所不敢，尤人則常不能免，亦皆隨時強制而克去之。弟若欲自儆惕，似可學阿兄丁戊二年之悔，然後痛下箴砭❷，必有大進。

【章旨】此章勉勵沅甫學得「悔」字訣，痛下針砭，力爭長進。

【注釋】❶申儆　申斥警誡。❷箴砭　即針砭。本謂用金針和砭石治病，此處用以比喻規戒過失。

【語譯】你要求我隨時訓導警告，我自己覺得近年來得力的就是一個「悔」字訣。我早年自以為本領很大，能屈能伸，能行能止，又經常能看出別人不對的地方。自從咸豐七年、八年痛悔醒悟之後，才知道自己完全沒有什麼本領，凡事都能看到別人有幾分是處。所以，從咸豐八年到今年共計九年，已經跟四十歲以前大不相同，簡要說來，是能夠以自立自達為根本原則，以既不怨天，也不尤人，為處事方法。自立，就是奮發自強，站得住腳；自達，就是辦事圓滿，能行得通。我九年以來，痛改沒有恆心的毛病。看書寫字，從不間斷；選將練兵，也常留心。這些都是奮發圖強、站得住腳的功夫。撰寫奏章公文，再三推敲思考，沒有一句過頭的話語，沒有一個自誇的言詞。這些都是辦事圓滿、能行得通的功夫。至於說埋怨上天，本來就有所不敢，責怪別人，卻往往不能避免，也都隨時抑制自己，而加以克服。你倘若想自我警惕，似乎可以學學老兄我咸豐七、八兩年的悔悟，然後痛下決心自我規戒，一定能有很大的進步。

「立」「達」二字，吾於己未年曾寫於弟之手卷中。弟亦刻刻思自立自強，但於能達處尚欠體驗，於不怨尤處尚難強制。吾信中言皆隨時指點，勸弟強制也。趙廣漢❶本漢之賢臣，因星變而劾魏相❷，後乃身當其災，可為殷監❸。默存一「悔」字，無事不可挽回也。

國藩手草　正月初二日

（同治六年）

【章　旨】此章告誡沅甫於能達處多加體驗，於不怨尤處多加強制。

【注　釋】❶趙廣漢　字子都，西漢涿郡蠡吾（今河北博野西南）人。宣帝時，任潁川太守，曾誅殺豪強原氏、褚氏等。遷京兆尹，執法不避權貴。後被殺。❷魏相　漢宣帝時，任大司農，遷御史大夫，繼為丞相，封高平侯。主張整頓吏治，考核實效，頗具政聲。❸殷監　即殷鑑。語出《詩・大雅・蕩》：「殷鑑不遠，在夏后之世。」原謂殷人滅夏，殷的子孫應當以夏朝的滅亡作為鑑戒。後泛稱可作借鑑的往事。

【語　譯】「立」「達」這兩個字，我於咸豐九年，曾經寫在你的手卷中。你也時時想著自立自強，但在辦事圓通方面還缺乏體驗，在不怨天尤人方面還難以克制。我在信中的話，都是隨時指點，勸導你強行克制。趙廣漢本來是漢朝的賢臣，由於迷信星象的變化而彈劾魏相，隨後便自遭禍殃，可以作為歷史借鑑。心中默默記住一個「悔」字，就沒有什麼事情不可以挽回了。

國藩手草　正月初二日

【說　明】曾國荃就任湖北巡撫之後，跟湖廣總督官文鬧得很僵，加上剿捻不利，郭子美一部戰敗，喪失了雲夢等三座縣城，精神壓力很大，內心十分懊惱。十二月二十二日，官署五福堂又被焚燒，因而他更妄生猜疑，怨天尤人。於是，曾國藩在河南周家口軍營寫了這封信，勸導他對待逆境的最好辦法是「好漢打脫牙和血吞」，咬緊牙關，自立自強。碰了釘子，一定要一聲不吭，痛下針砭，苦心焦慮，大悔大悟。唯有如此，才能在自覺磨練中求得長進。

致沅弟 二月二十九日

沅弟左右：

十八之敗，杏南❶表弟陣亡，營官亡者亦多，計親族鄰里中或及於難，弟日內心緒之憂惱，萬難自解。然事已如此，祇好硬心很❷腸，付之不問，而壹意料理軍務。補救一分，即算一分。弟已立大功於前，即使屢挫，識者猶當恕之。比之兄在岳州❸、靖港❹敗後棲身高峰寺❺，胡文忠在蓼山❻敗後舟居六溪口氣象，猶當略勝。高峰寺、六溪口尚可再振，而弟今不求再振乎？

【章　旨】此章勸勉沅甫抑制憂惱，專心料理軍務，以期再振雄風。

【注　釋】❶杏南　彭毓橘，字杏南、盛南，湖南湘鄉人。湘軍將領，曾國藩表弟。咸豐年間，從曾國荃援江西、克安慶、取蕪湖、攻江寧，屢立戰功，官至布政使。同治六年二月，與捻軍交戰，被執處死。❷很　通「狠」。兇狠；暴戾。❸岳州　府名。治所在今湖南岳陽。咸豐四年三月初十日，湘軍戰敗，太平軍攻占岳州。❹靖港地名，距長沙城北僅五十里，今屬長沙縣境。咸豐四年四月初二日，湘軍與太平軍交戰於此，湘軍慘敗。曾國藩投水自盡，被部下章壽麟營救。❺高峰寺　即長沙城南妙高峰。❻奓山　地名，在湖北境內。

【語　譯】沅弟左右：

十八日的戰敗，彭杏南表弟陣亡，營官戰死的也很多，估計親戚本家鄉鄰中，有的也遭了難，你近日來心緒的憂愁苦惱，一定很難自己寬解。但是，事情已經到了這種地步，就只好硬著心腸，不再過問，而一心一意料理軍務。能補救一分，就算一分。你已經在前面立了大功，即使多次受到挫折，瞭解你的人，仍然會原諒你。比起我在岳州、靖港慘敗以後，住在高峰寺，胡文忠公在奓山慘敗以後，住在六溪口船上的情形，還是應當稍微強一些。高峰寺、六溪口的人，尚且可以再度振作，而你現在就不打算再度振作了嗎？

此時須將劾官相❶之案、聖眷之隆替、言路之彈劾，一概不管。袁了凡❷所謂「從前種種，譬如昨日死；從後種種，譬如今日生」，另起爐竈，重開世界，安知此兩番之大敗，非天之磨煉英雄，使弟大有長進乎？諺云：「吃一塹，長一智。」吾生平長進，全在受挫受辱之時。務須咬牙厲志，蓄其氣而長其智，切不可苶然❸自餒也。

國藩手草 二月二十九日
（同治六年）

【章　旨】此章言應將挫敗視為上天磨練英雄之機，進而咬牙厲意，蓄氣長智，切不可灰心喪氣。

【注　釋】❶劾官相　事指同治四年八月底，曾國荃彈劾官文「貪庸驕蹇」，官文被解除湖廣總督職務，但依然是大學士、伯爵，調到京城管理刑部，兼正白旗蒙古都統。清制，大學士為正一品，是朝廷的最高官員，猶如唐宋時的丞相，故官文有「官相」之稱。❷袁了凡　袁黃，字坤儀，了凡是其號，明浙江嘉善人。萬曆進士，後升兵部主事。著有《袁了凡綱鑑》等。❸苶然　疲倦貌。

【語　譯】這種時候你必須把彈劾官文相國的事件、皇上關切之情的盛衰、朝廷諫議官員的彈劾拋開，一概不管。就像袁了凡所說的，「從前發生的種種事情，譬如昨天死去；此後發生的種種事情，譬如今日新生」，另起爐灶，重新開創局面，怎麼能知道這兩次挫敗，不是上天在磨練英雄，促使你大有長進呢？俗話說：「受一次挫折，長一分智慧。」我一生的長進，全都是在受挫受辱的時候獲得的。你務必要咬緊牙關，磨礪意志，積蓄銳氣，增長智慧，萬萬不可疲沓氣餒。

國藩手草　二月二十九日

【說　明】同治五年八月，曾國荃爭強鬥勝，貿然彈劾滿洲貴族官文，連及胡家玉。結果，官文被革除湖廣總督，胡家玉被革除軍機大臣，曾國荃自己也惹來了極大的麻煩。十二月初一日、初九日及翌年正月十四日，同治皇帝根據大學士官文等人的奏章，三次申斥曾國荃「調度無方」，「圍剿無力」，「不知所司何事」，「何以副朝廷之重」，「若僅以奏報鋪張、敷衍、搪塞為得計，該撫自問，當得何罪」！京城輿論也深責曾國荃而共恕官文。同治六年二月，曾國荃又因其率領的新湘軍郭松林部和彭毓橋部，連連潰敗，更授人以口實，朝廷進而嚴責「交部議處」。

曾國荃遇上了這般驚濤駭浪，抑鬱滿懷，如坐針氈。曾國藩從金陵官署寫了這封信，勉勵他硬著頭皮挺住，置「劾官相之案、聖眷之隆替、言路之彈劾，一概不管」，記住袁了凡的話，「從前種種，譬如昨日死；從後種種，譬如今日生」，視挫敗為上天磨練英雄的機緣，咬緊牙關，「另起爐竈，重開世界」！這番勸導，甚為及時而對症。

致沅弟 三月十二日

沅弟左右：

春霆之鬱抑不平，大約屢奉諭旨嚴責，雖上元❶之捷，亦無獎許之辭，用是怏怏❷者十之四；弟奏與渠奏報不符，用是怏怏者十之二；而少荃奏省三敗挫，由於霆軍爽約，其不服者亦十之二焉。余日內諸事忙冗，尚未作信勸駕❸。向來❹於諸將有挾而驕者，從不肯十分低首懇求，亦「硬」字訣之一端。

【章旨】此章闡釋鮑春霆鬱抑不平及自己尚未作信勸駕的原因。

【注釋】❶上元　指陰曆正月十五日。❷怏怏　因不滿而鬱鬱不樂。❸駕　稱指對方的敬辭。❹向來　往昔；從前。

【語譯】沅弟左右：

鮑春霆鬱鬱不平，大約是多次接到嚴厲責備的諭旨，雖然獲得了正月十五日的大勝仗，也沒有聽到皇上獎勵讚許的話，因此而悶悶不樂的成分，占了十分之四；你的奏報，跟他所上報的內容有些不相符合，因此而悶悶不樂的成分，占了十分之二；李少荃奏報劉省三戰敗受挫，是由於鮑春霆軍失約，他不服氣，也占到十分之二。我近來各種事務繁忙冗雜，還沒有寫信給你們勸解。向來對於將領們當中，有仗恃功勞而驕傲自大的，我從來不肯完全低頭懇求，這也是「硬」字要訣的一個方面。

余到金陵已六日，應酬紛繁，尚能勉強支持，惟畏禍之心，刻刻不忘。弟信以咸豐三年六月為余窮困❶之時，余生平吃數大塹，而癸丑六月不與❷焉。第一次壬辰年發佾生❸，學臺❹懸牌，責其文理之淺。第二庚戌年上日講疏內，畫一圖甚陋，九卿❺中無人不冷笑而薄之。第三甲寅年岳州、靖港敗後，棲於高峰寺，為通省官紳所鄙夷❻。第四乙卯年九江敗後，赧顏❼走入江西，又參撫、臬❽；丙辰被困南昌，官紳人人目笑存之。吃此四塹，無地自容。故近雖忝竊大名，而不敢自詡為有本領，不敢自以為是。俯畏人言，仰畏天命，皆從磨煉後得來。

【章　旨】此章言平生四次大受挫折，得到了磨練。

【注　釋】❶窮困　此謂走投無路。❷不與　即「不預」，不在其中。❸佾生　即備取生。❹學臺　主管一省文教的提督學政。清末改為提學使，或稱學臺、學院、學憲等。❺九卿　指中央朝廷主管官署的高級官員。❻鄙夷　鄙薄；輕視。❼赧顏　因羞愧而臉紅。❽撫臬　指總管全省地方政務的巡撫和管理全省刑名案件的提刑按察使司。後者又稱臬臺、臬司等。

【語　譯】我到金陵官署已經六天了，應酬紛紜繁雜，身體還能勉強支持，只是畏懼災禍的念頭，時時刻刻不能忘懷。你的信中，把咸豐三年六月，看成是我最為困窘的時候，其實，我平生受到過多次大挫，然而咸豐三年六月並不在其中。第一次是道光十二年參加府試，我被發充「佾生」，學臺掛出牌告，斥責我文理淺陋。第二次是道光三十年，上日講奏疏，其中畫了一張很醜陋的圖，九卿大臣當中沒有人不冷笑而看不起我。第三次是咸豐四年，岳州、靖港戰敗以後，在高峰寺暫時棲身，被全省的官員紳士所鄙薄。第四次是咸豐五年，九江戰敗之後，臉紅羞愧，逃到江西境內，又參奏了巡撫陳啟邁、臬司惲光宸；第二年被圍困在南昌，官員紳士，人人都用譏笑的目光看著我。受了這四次大挫折，我感到無地自容。因此，近來雖然竊據了大名聲，卻不敢自誇是有本領，不敢自以為最正確。低下頭來，懼怕人們議論；抬起頭來，懼怕天命譴責，這種謹慎態度，都是經歷磨練之後得來的。

弟今所吃之塹，與余甲寅岳州、靖港敗後相等，雖難處各有不同，被人指摘稱快則一也。弟力守「悔」字「硬」字兩訣，以求挽回。弟自任鄂撫，不名一錢，整頓吏治，外間知之者甚多，并非全無公道。從此反求諸己，切實做去，安知大塹之後無大伸之日耶？

國藩手草　三月十二日

（同治六年）

【章　旨】此章勉勵沅甫力守「悔」字「硬」字兩訣，反求諸己，以期挽回危局。

【語　譯】你如今所遭受的挫折，跟我咸豐四年在岳州、靖港失敗後的程度相等，雖然所遇困難的具體情形各有不同，被人指責非議、幸災樂禍，卻是一樣的。你要努力堅持「悔」字和「硬」字兩個要訣，以便爭取挽回危局。你自從擔任湖北巡撫，自己一個錢也沒有多占，著力整頓官場風紀，外界瞭解這個情況的人還是很多，並不是完全沒有公道。從此以後回過頭來，嚴格要求自己，切切實實做下去，怎能知道受了大挫折之後，沒有揚眉吐氣的那一天呢？

國藩手草　三月十二日

【說　明】曾國荃在政治鬥爭的驚濤駭浪之中，處於四面受敵的尷尬境地。曾國藩怕他禁受不住衝擊，招來更大的災禍，便從金陵官署連連寄信，予以勸導。如前所述，二月二十九日信中，曾勸他視「從前種種，譬如昨日死；從後種種，譬如今日生」，「另起爐竈，重開世界」；三月初二日信中，又勸他「事已如此，亦祇有逆來順受之法」，要訣仍然不外乎「悔」字「硬」字而已。如果能用「硬」字倣效冬天的收藏，用「悔」字啟動春天的生機，也許可以挽回損失的十分之一二。這封三月十二日的信，則可以看作是前述兩封信的「續篇」。

在這封信中，曾國藩頗為詳細地敘說了自己平生數次陷入困境，受人譏笑的情況，並說明自己吸取教訓、硬挺過來之後，思想修養，已是別有一番境界：雖已位居將相，忝竊大名，但「不敢自詡為有本領，不敢自以為是」，遇事謹慎，「俯畏人言，仰畏天命」，時時有如臨深履薄。這番現身說法，要旨仍然在於勉勵曾國荃力守「悔」字「硬」字兩項要訣，多作自我反思，一味向平實處著力，爭取大挫之後，有個大伸之日。

諭紀澤紀鴻

六月初四日

余即日前赴天津❶，查辦毆斃洋人、焚毀教堂一案。外國性情凶悍，津民習氣浮囂，俱難和叶。將來構怨興兵，恐致激成大變。余此行反覆籌思，殊無良策。余自咸豐三年募勇以來，即自誓效命疆場；今老年病軀，危難之際，斷不肯吝於一死，以自負其初心。恐邂逅❷及難，而爾等諸事無所稟承。茲略示一二，以備不虞❸。

【章旨】此章告知將於近日赴天津查處教案，恐不幸遇難，特略示後事。

【注釋】❶天津　府名。治所在今天津市。❷邂逅　倉促；偶然。❸不虞　指意外的變故。

【語譯】我近幾天就要前往天津，查辦打死洋人、燒毀教堂的案件。外國教士的性情兇暴強悍，天津民眾的習氣輕浮急躁，都難以和諧協調。將來結成讎怨，發兵動武，恐怕會使矛盾激化，釀成重大事變。我這次前往，反覆籌謀思考，根本沒有妙計良策。我從咸豐三年招募鄉勇以來，就自己發誓要在戰場上拚命效力；現在雖然年歲已老，抱病在身，然而正當危難之際，斷然不肯吝惜一死，以致違背了自己的初衷。恐怕一旦遇難，而你們兄弟處理各種事情，沒有得到我的指點。

現在大略示告一些，用來防備意外。

余若長逝，靈柩自以由運河搬回江南歸湘為便。中間雖有臨清❶至張秋一節須改陸路，較之全行陸路者差易。去年由海船送來之書籍、木器等，過於繁重，斷不可全行帶回，須細心分別去留。可送者分送，可毀者焚毀，其必不可棄者，乃行帶歸，毋貪瑣物而花途費。其在保定❷自製之木器全行分送。沿途謝絕一切，概不收禮，但水陸略求兵勇護送而已。

【章　旨】此章叮囑將靈柩等物運回湖南老家一事。

【注　釋】❶臨清　州名。治所在今山東臨清。❷保定　府名。治所在清苑，即今河北保定。

【語　譯】我倘若永遠離開了人世，靈柩自然以經由運河搬移江南回到湖南，才算便當。中間雖然有臨清到張秋一段，必須改走陸路，但比起全走陸路，還是稍微容易些。去年由海船送來的書籍、木器等物，過於繁雜笨重，斷然不能全部帶回去，要細心區分選擇，決定去留。可以送人的，分別送人；可以燒毀的，加以燒毀；那些硬是不可拋棄的，便要帶回去。不要因為貪愛瑣碎物品而多花運費。那些在保定自己製作的木器，全部予以分送。沿途謝絕一切迎送禮儀，一概不收財禮，只是在水路、陸路途中，稍稍要些士兵護送而已。

余歷年奏摺，令夏吏擇要鈔錄，今已鈔一多半，自須全行擇鈔。鈔畢後存之家中，留於子孫觀覽；不可發刻送人，以其間可存者絕少也。

【章旨】此章叮囑須將歷年奏摺鈔錄存覽。

【語譯】我歷年的奏摺，正在吩咐姓夏的文書，選擇重要的部分予以鈔錄，如今已鈔完一大半，自然會要全部摘鈔。鈔完以後，保存在家中，留給子孫閱覽；不要交付刻印成書送人，因為其中值得保存的很少。

余所作古文，黎蒓齋❶鈔錄頗多，頃渠已照鈔一份寄余處存稿。此外，黎所未鈔之文寥寥無幾。尤不可發刻送人，不特篇帙太少，且少壯不克努力，志亢而才不足以副之，刻出適以彰其陋耳。如有知舊勸刻余集者，婉言謝之可也。切囑切囑。

【章　旨】此章叮囑所作古文，尤其不可刻印送人。

【注　釋】❶黎蒓齋　名庶昌，貴州遵義人。為曾國藩幕僚，與張裕釗、吳汝綸、薛福成，並稱為曾門古文傳人。曾任出使英國、法國、西班牙等國參贊及出使日本大臣。著有《拙尊園叢稿》、《西洋雜志》、《續古文辭類纂》。

【語　譯】我所撰作的古文，黎蒓齋鈔錄了很多，不久前，他已照鈔一份寄到我這裡作為存稿。除此以外，黎蒓齋所沒有鈔錄的文章，便是寥寥無幾。古文尤其不可以交付刻印成書送人，不僅因為篇幅太少，而且少壯之時沒能努力，心志高遠而才力不能相稱，刻印出去，恰恰暴露它的低劣而已。假如有知己舊交，勸你們刊刻我的文集，婉言謝絕就可以了。囑咐你們切切記住。

余生平略涉儒先之書，見聖賢教人修身，千言萬語，而要以不忮不求為重。忮者，嫉賢害能，妒功爭寵，所謂「怠者不能修，忌者畏人修」❶之類也。求者，貪利貪名，懷土懷惠❷，所謂「未得患得，既得患失」❸之類也。忮不常見，每發露於名業相侔、勢位相埒之人；求不常見，每發露於貨財相接、仕進相妨之際。將欲造福，先去忮心，所謂「人能充無欲害人之心，而仁不可勝用也」❹。將欲立品，先去求心，所謂「人能充無穿窬之心，而義不可勝用也」❺。忮不去，滿懷皆是荊棘；求不去，滿腔日即卑污。余於此二者常加克治，恨尚未能掃除淨盡。爾等欲心地乾淨，宜於此二者痛下工夫，并願子孫世世戒之。附作〈忮〉、〈求〉詩二首錄右。

【章　旨】此章告誡修身應從「不忮不求」痛下功夫。

【注　釋】❶怠者不能修二句　語出韓愈〈原毀〉。❷懷土懷惠　形容小人只知追求個人利益。語出《論語・里仁》：「子曰：『君子懷德，小人懷土；君子懷刑，小人懷惠。』」❸未得患得二句　語出《論語・陽貨》。原句為：「其未得之也，患得之；既得之，患失之。」❹人能充無欲害人之心二句　語出《孟子・盡心下》。❺人能充無穿窬之心二句　語出《孟子・盡心下》。窬，通「踰」。翻越。穿窬，指挖洞翻牆的盜竊行為。

【語　譯】我平生略微涉獵儒家書籍，看到聖人賢士教導人們自我修養，千言萬語，而總括說來，都是把不嫉妒、不貪求看為最重要。嫉妒，就是嫉恨優秀人才，妒忌才能出眾的人物，就是嫉恨有功勞的人，竭力爭奪榮譽，也就是韓愈所說的「懶惰的人，不能自我修養，嫉妒的人，害怕別人自我修養」的這種情況。貪求，就是貪取財物、貪取名聲，一心想著田土恩惠，也就是孔子所說的「沒有得到時，唯恐得不到，已經得到後，又唯恐會失掉」的這種情況。嫉妒不是常常出現的，往往表現在名聲業績相等、權勢地位相同的人身上；貪求不是常常出現的，往往表現在跟金錢財物打交道、升官晉秩有阻礙的時刻。想要創造幸福，先應去掉嫉妒心思，正如孟子所說：「人能夠把不想害人的心擴而充之，仁愛便用不盡了。」想要樹立高尚品德，先應去掉貪求心思，又如孟子所說：「人能夠把不挖洞翻牆的心擴而充之，道義便用不盡了。」嫉妒之心不去掉，這樣的人，滿懷都是荊棘；貪求之心不去掉，這種人的作風，會一天一天墮入卑汙。我在這兩方面，經常加以克制懲處，遺憾的是，還沒有能夠掃除乾淨。你們想要心地乾淨，應當在這兩方面狠下功夫，並且希望子子孫孫、世世代代，都能戒除「忮求」之心。附上所作〈不忮〉、〈不求〉詩二首，鈔錄於後。

歷覽有❶國有家之興，皆由克勤克儉所致。其衰也，則反是。余生平亦頗以勤字自勵，而實不能勤。故讀書無手鈔之冊，居官無可存之牘。生平亦好以儉字教人，而自問實不能儉。今署中內外服役之人，廚房日用之數，亦云奢矣。其故由於前在軍營，規模宏闊，相沿未改；近因多病，醫藥之資，漫無限制。由儉入奢，易於下水；由奢反儉，難於登天。在兩江❷交卸時，尚存養廉❸二萬金。在余初意，不料有此；然似此放手用去，轉瞬即已立盡。爾輩以後居家，須學陸梭山❹之法：每月用銀若干兩，限一成數，另封秤出；本月用畢，只准贏餘，不准虧欠。衙門奢侈之習，不能不徹底痛改。余初帶兵之時，立志不取軍營之錢以自肥其私，今日差幸不負始願。然亦不願子孫過於貧困，低顏求人，惟在爾輩力崇儉德，善持其後而已。

【章旨】此章叮囑力崇儉德，善持其後。

【注釋】❶有　通「為」。治理。❷兩江　地區名。清初江南、江西兩省合稱「兩江」。康熙後江南雖已分為江蘇、安徽兩省，但統轄江蘇、安徽、江西三省的總督仍稱兩江總督。❸養廉　清代制度，官吏於常俸之外，規定按職務等級，每年另給銀錢，稱為養廉銀。雍正以後，其數額亦有固定，與正俸無異。❹陸梭山　即陸九韶，字子美，江西金溪人。宋代學者，講學於梭山，號梭山居士。

【語譯】普遍考察古今的記載，朝廷和家族治理得興旺的，都是由於既能勤勞又能節儉所取得的。朝廷和家族衰敗的時候，則是與此相反。我平生也常用「勤」字來自我勉勵，但實際卻不能做到勤奮。所以，讀書沒有親手鈔錄的卷冊，做官沒有值得保存的公文。平生也好用「儉」字來教育別人，但捫心自問，實際卻不能做到節儉。如今官署內外當差服役的人員，廚房日常開銷的費用，也可以說是夠奢華的了。其中原因，是由於以前在軍營中，格局宏大，沿襲下來，沒有能夠改變；近來因為體弱多病，醫藥費用全然沒有限制。由節儉走向奢華，比下水還容易；由奢華返回節儉，比登天還為難。我在兩江總督卸任移交的時候，還存有養廉費二萬兩銀子。在我當初的想法中，沒有料到會有這些結餘；然而像現在這樣放手用下去，轉眼之間，就會立即花費乾淨。你們以後在家過日子，要學習陸梭山的辦法：每月用多少兩銀子，限定一個數目，另外秤出來包裝好；本月開銷完畢，只准結餘，不准虧欠。官府奢侈的習氣，不能不徹底全盤改變。我開始帶兵的時候，曾經立定志向，決不取用軍營的錢來養肥自家，今天看來，還算是沒有違背當初的心願。然而我也不願意子孫過於貧窮，低眉俯首乞求別人，這就只有你們盡力崇尚節儉的美德，善於保持祖先留給後代的家業而已。

「孝」「友」為家庭之祥瑞。凡所稱因果報應，他事或不盡驗，獨孝友則立獲吉慶，反是則立獲殃禍，無不驗者。

吾早歲久宦京師，於孝養之道多疏；後來展轉兵間，多獲諸弟之助，而吾毫無裨益於諸弟。余兄弟姊妹各家，均有田宅之安，大抵皆九弟扶助之力。我身歿之後，爾等事兩叔如父，事叔母如母，視堂兄弟如手足。凡事皆從省嗇，獨待諸叔之家，則處處從厚。待堂兄弟以德業相勸、過失相規，期於彼此有成，為第一要義。其次，則親之欲其貴，愛之欲其富，常常以吉祥善事代諸昆季❶默為禱祝，自當神人共欽。溫甫❷、季洪❸兩弟之死，余內省覺有慚德❹。澄侯、沅甫兩弟漸老，余此生不審能否相見。爾輩若能從「孝」「友」二字切實講求，亦足為我彌縫缺憾耳。

滌生手示　六月初四日

【章旨】此章叮囑謹守孝友之道。

【注釋】❶昆季　兄弟。❷溫甫　名國華。咸豐八年（一八五八）九月，與太平軍陳玉成部在安徽肥西縣三河鎮作戰，戰死。諡愍烈。❸季洪　名國葆。同治元年（一八六二），與兄曾國荃分兩路進逼江寧（南京），屯兵雨花臺。軍中瘟疫流行。十一月十八日，染疾而亡。諡靖毅。❹慚德　謂德行方面的缺陷。

【語譯】孝敬父母、友愛兄弟，是家庭吉祥的徵兆。凡是世俗所說的因果報應，其他事物有的不能完全應驗，唯獨孝敬父母、友愛兄弟，就能立即得到吉祥幸福，與此相反，就會立即遭到災難禍患，沒有不應驗的。

我早年長期在京城裡做官，對於孝敬贍養父母的義務，多有疏失；後來輾轉在戰場上，很多事情得到了幾位弟弟的幫助，但我對幾位弟弟卻絲毫沒有補益。我的兄弟姊妹各家，都置下了田地房屋，大抵說來，都是九弟出力扶助的結果。我死了以後，你們事奉兩位叔父，要同事奉父親一樣；事奉嬸嬸，要同事奉母親一樣；看待堂兄弟們，要同看待親兄弟一樣。所有的事情，都按節省儉樸的原則辦，唯有對於幾位叔父家裡的事情，卻要處處優厚。對於堂兄弟們，以道德學業相勉勵，以過失相規諫，希望彼此都有成就，要把這條當作首要的原則。其次，親近他們，就要想到使他們地位尊貴，愛護他們，就要想到使他們家業富足，常常用吉祥美好的事，代替幾位兄弟默默祈禱祝福，自然會得到神靈庇佑、眾人欽敬了。溫甫、季洪兩位弟弟的死，我內心反省，感到是自己德行上的缺陷。澄侯、沅甫兩位弟弟，年紀漸漸老了，我這輩子不知道還能不能與他們相見。你們倘若能夠從「孝」「友」兩方面切實講求，也就可以替我彌補缺憾了。

滌生手示　六月初四日

附〈忮〉、〈求〉詩二首：

善莫大於恕，德莫凶於妒。
妒者妾婦行❶，瑣瑣奚比數❷？
己拙忌人能，己塞❸忌人遇❹。
己若無事功，忌人得成務；
己若無黨援❺，忌人得多助。
勢位苟❻相敵❼，畏逼又相惡❽。

己無好聞望❾，忌人文名著；
己無賢子孫，忌人後嗣裕。
爭名日夜奔，爭利東西騖❿。
但期一身榮，不惜他人污。
聞災或欣幸，聞禍或悅豫⓫。
問渠⓬何以然？不自知其故。
爾室神來格⓭，高明鬼所顧⓮。
天道常好還⓯，嫉人還自誤。
幽明⓰叢詬忌，乖氣⓱相回互。
重者災汝躬⓲，輕亦減汝祚⓳。
我今告後生，悚然⓴大覺寤㉑。
終身讓人道，曾㉒不失半步。
終身祝人善，曾不損尺布。

消除嫉妬心，普天零㉓甘露。
家家獲吉祥，我亦無恐怖。

（右〈不忮〉）

知足天地寬，貪得宇宙隘。
豈無過人姿㉔，多慾為患害。
在約㉕每思豐，居困常思泰㉖。
富求千乘車㉗，貴求萬釘帶㉘。
未得求速償，既得求勿壞。
芬馨比椒蘭㉙，磐固方泰岱㉚。
求榮不知饜㉛，志亢神愈忲㉜。
歲燠㉝有時寒，日明有時晦㉞。
時來多善緣㉟，運去生災怪。

諸福不可期，百殃紛來會。
片言動㊱招尤㊲，舉足便有礙。
戚戚抱殷憂㊳，精爽㊴日凋瘵㊵。
矯首望八荒㊶，乾坤一何㊷大！
安榮無㊸遽欣，患難無遽憝㊹。
君看十人中，八九無倚賴。
人窮㊺多過我，我窮猶可耐。
而況處夷途㊻，奚事生嗟愾㊼？
於世少所求，俯仰有餘快。
俟命堪終古㊽，曾不願乎外㊾。

（右〈不求〉）

【注釋】❶妾婦行　意謂女人的行徑。❷瑣瑣奚比數　句謂卑微低賤，什麼人肯跟他並列一起？奚，何。❸塞　指仕途不順利。❹遇　指仕途屢得機遇。❺黨援　朋輩的援助。❻苟　如果。❼敵　相當。❽惡　憎惡。❾

聞望　名聲，聲望。⑩騖　追求。⑪悅豫　喜悅；快樂。⑫渠　他。⑬格　來；至。⑭高明鬼所顧　語出揚雄〈解嘲〉：「高明之家，鬼瞰其室。」意謂貴寵人家，將要走向敗亡，已為鬼魅所窺伺。⑮還　此通「環」，指循環往復，因果報應。⑯幽明　此指陰間陽世，地府人間。⑰乖氣　互相背戾、衝突之氣。⑱躬　自身。⑲祚　福氣。⑳悚然　驚恐貌。㉑寤　通「悟」。醒悟。㉒曾　乃；而。㉓零　降；落。㉔姿　通「資」。資質；才能。㉕約　緊縮。此指貧窮。㉖泰　通暢；順達。㉗千乘車　一車四馬謂一乘，諸侯方可擁有千輛車。指代富有。㉘萬釘帶　皇帝賞賜功臣的寶帶。㉙椒蘭　申椒與蘭桂，香木。㉚泰岱　泰山。岱，泰山的別稱。㉛饜　滿足；飽足。㉜忲　過度。㉝燠　暖。㉞晦　昏暗。㉟緣　緣分；機遇。㊱動　動輒；往往。㊲尤　怨恨；責怪。㊳殷憂　深憂。㊴精爽　精神；氣象。爽，明，義同「精」。㊵凋瘵　凋敝，衰敗。㊶八荒　八方荒遠之地。㊷一何　多麼。㊸無　通「毋」。不要。㊹懟　怨恨。㊺窮　困窘。㊻夷途　坦途。㊼嗟慨　歎息。㊽終古　久遠；永久。㊾外　分外；意外所得。

【說　明】同治九年五月，天津府治東門外，法國天主教堂設立的仁慈堂內，死了三四十個收養的嬰孩，城內又盛傳常有拐騙幼童事件。而且有個名叫武蘭珍的拐騙犯，帶有蒙汗藥，供稱所為是天主教指使，藥物是天主教堂華人司事王三所提供。此事傳開，群情激憤。五月二十三日，天津地方官帶同拐犯前往天主教堂對質，市民不期而至者近萬人，強烈要求懲辦兇犯。法國駐天津領事豐大業聞訊，要求三口通商大臣崇厚派兵鎮壓，並直奔崇厚的衙門鳴槍、辱罵。恰遇天津知縣劉傑前來維持秩序，豐大業橫蠻糾纏，開槍打死了劉傑的隨從高升。豐大業的秘書也鳴槍威脅。市民怒不可遏，蜂擁而上，當場打死了豐大業和西蒙，焚毀了法國領事署、天主教堂、仁慈堂，並波及英、美的幾所教堂，共打死外國傳教士和經商者二十人，中國教民也被打死三四十人。這就是震驚中外的天津教案。

五月二十六日，擔任直隸總督才一年零三個月的曾國藩，接到朝廷諭旨，奉命前往天津處理此案。他深感天津民意激憤難違，外國侵略勢力猖狂難抗，朝廷腐敗無能，政見搖擺難依，加上自己年屆六十，肝病眩暈，切知此事棘手難辦。反覆籌思，恐有不測，於是於六月初四日在河北保定官署中，寫了這麼一封作者在〈日記〉中自稱為「遺囑」式的「示子書」，表明自己早年募勇成軍，即已自誓效命疆場，今雖年老多病，但危難之際，斷不肯吝於一死，以悖初衷；並叮囑紀澤、紀鴻，萬一自己遭遇不幸，當如何處理後事，當從何處著力修身齊家。言之不足，又示以詩，二者都是勉勵二兒「向平實處用功」。唯其平實，愈見愛子情篤。

諭紀澤紀鴻 十一月初二日

一曰慎獨則心安。自修之道，莫難於養心。心既知有善，知有惡，而不能實用其力，以為善去惡，則謂之自欺。方寸之自欺與否，蓋他人所不及知，而己獨知之。故〈大學〉❶之「誠意」章，兩言「慎獨」。果能好善如好好色，惡惡如惡惡臭，力去人欲，以存天理，則〈大學〉之所謂「自慊」❷，〈中庸〉❸之所謂「戒慎」「恐懼」❹，皆能切實行之。即曾子之所謂「自反而縮」❺，孟子之所謂「仰不愧」、「俯不怍」❻，所謂「養心莫善於寡欲」❼，皆不外乎是。故能慎獨，則內省不疚，可以對天地，質鬼神，斷無「行有不慊於心，則餒」❽之時。人無一內愧之事，則天君❾泰然。此心常快足寬平，是人生第一自強之道，第一尋樂之方，守身之先務也。

【章　旨】此章言審慎獨處，就能內心安然。

【注　釋】❶大學　為《禮記》中的一篇。內容有格物、致知、誠意、正心、修身、齊家、治國、平天下等條目。宋代朱熹撰《四書章句集注》後，遂與《論語》、《孟子》、〈中庸〉合稱為四書。❷自慊　自感愜意，心安理得。〈大學〉云：「所謂誠其意者，毋自欺也。如惡惡臭，如好好色，此之謂自謙。」謙，通「慊」。❸中庸　為《禮記》中的一篇。朱熹撰《四書章句集注》後，〈中庸〉便成為「四書」之一。❹戒慎恐懼　原句為「是故君子戒慎乎其所不睹，恐懼乎其所不聞」。意謂君子之心常存敬畏，即使無人見聞，也不敢稍自疏忽。❺自反而縮　意謂自我反思，理直氣壯。語出《孟子・公孫丑上》：昔者曾子謂子襄曰：「吾嘗聞大勇於夫子矣：自反而不縮，雖褐寬博，吾不惴焉；自反而縮，雖千萬人，吾往矣。」❻仰不愧二句　語出《孟子・告子下》：孟子曰：「君子有三樂」，其中之一即「仰不愧於天，俯不怍於人」。怍，慚愧。❼養心莫善於寡欲　語出《孟子・盡心下》。意謂修養心性的方法最好是減少物質慾望。❽行有不慊於心二句　語出《孟子・公孫丑上》：（孟子）曰：「行有不慊於心，則餒矣。」意謂只要做一件於心有愧的事情，那種浩然之氣就會疲軟了。❾天君　指內心。古人認為耳眼口鼻舌，皆聽命於心，故稱心為「天君」。

【語　譯】第一、審慎獨處，就能內心安然。自我修養之道，沒有什麼比修養心靈更為困難。心中既然懂得有善事，有惡行，卻不能在實踐中用自己的力量，做出向善除惡的舉動，這就叫做自我欺騙。內心有沒有自我欺騙，是別人所不能瞭解的，只有自己知道。所以，〈大學〉的「誠意」章，兩次講到要審慎獨處。果真能夠愛好善事，如同愛慕美麗的姿色，憎恨壞事，如同厭惡難聞的氣味，努力消除私慾，藉以保存天理，那麼，〈大學〉所講自我滿足，〈中庸〉所講自我警惕、常存敬畏，也就都能切實做到了。就是曾參所講的自我反思，理直氣壯，孟子所講的抬起頭來，不會愧對老天，低下頭來，不會愧對他人，以及所謂修養心性，沒有什麼比削減私慾更好的了，都不會超出這個範圍。因此，能夠審慎獨處，那麼，內心反思，就不會有歉疚，就可以面對天地，詰問鬼神，就斷然沒有因為於心有愧而氣不壯盛的時候。一個人，如果沒有一件內心感到慚愧的事，那麼，心地就會安然。這種心態，常常使人快慰、滿足、舒暢、平和，這是人生首要的自強途徑，首要的尋樂方法，也是保持自身品德、節操，應該最先做到的事情。

二曰主敬則身強。「敬」之一字，孔門❶持以教人，春秋士大夫❷亦常言之，至程❸朱則千言萬語不離此旨。內而專靜純一，外而整齊嚴肅，「敬」之工夫也；「出門如見大賓，使民如承大祭」，「敬」之氣象也；「修己以安百姓，篤恭而天下平」，「敬」之效驗也。程子謂「上下一於恭敬，則天地自位，萬物自育，氣無不和，四靈畢至。聰明睿智，皆由此出，以此事天饗帝」，蓋謂敬則無美不備也。吾謂「敬」字切近之效，尤在能固人肌膚之會❹、筋骸之束❺。莊敬日強、安肆日偷❻，皆自然之徵應。雖有衰年病軀，一遇壇廟祭獻之時、戰陣危急之際，亦不覺神為之慄，氣為之振，斯❼足知敬能使人身強矣。若人無眾寡，事無大小，一一恭敬，不敢懈慢，則身體之強健，又何疑乎？

【章　旨】此章言注重謹慎，就能身體強壯。

【注　釋】❶孔門　孔子的門下，此指儒家學派。❷士大夫　指有地位有聲望的讀書人。❸程　程顥、程頤兄弟都是北宋哲學家、教育家，前者人稱明道先生，後者人稱伊川先生。同為宋代理學的奠基者，世稱「二程」。❹會　會合；聚結。❺束　聯繫；緊紮。❻偷　苟且；懶散。❼斯　此；這。

【語　譯】第二、注重謹慎，就能體格強健。「謹慎」這一字眼，儒家用它來教育人們，春秋時代的士大夫們，也常常談論它。至於宋代的程顥、程頤和朱熹，就千言萬語都離不開這個旨意了。內心貞靜純粹，外表整齊嚴肅，這正是「謹慎」的功夫；孔子所提倡的「出門如同會見上等貴賓，指揮民眾，如同舉行隆重的祭祀」，這正是「謹慎」的表現；程顥所說的「修養自我，藉以安定百姓，誠懇謙恭，然後天下太平」，這正是「謹慎」的效驗。程顥認為，「君臣都能謹慎從事，那麼，天地自然安靜，萬物自然繁衍，氣候無不調和，麟、鳳、龜、龍四種靈物，都會出現。聰明才智，都會由此產生。這種態度，可以用來事奉皇天、祭獻上帝」，說的就是凡事謹慎，便會一切善美，無不具備了。我卻認為「謹慎」一詞，最為切近的效驗，尤其在於能夠使人肌膚強壯，筋骨結實。端莊謹慎，日益強健，安逸放縱，日益怠惰，都是自然的效應。雖然有的人年老體病，一旦遇到向神壇祖廟祭祀獻禮之時，置身戰場形勢危急之際，也會不知不覺地神志因而驚懼，氣勢因而振奮，這就足以得知，謹慎能夠使人身體強健了。倘若不論人多人少，不論事大事小，處處都能謹慎對待，不敢鬆懈怠慢，那麼，想求身體強健，又有什麼疑難呢？

三曰求仁則人悅。凡人之生，皆得天地之理以成性，得天地之氣以成形。我與民物，其大本乃同出一源。若但知私己，而不知仁民愛物，是於大本一源之道，已悖而失之矣。至於尊官厚祿，高居人上，則有拯民溺救民饑之責；讀書學古，粗知大義，即有覺後知覺後覺之責。若但知自了，而不知教養庶匯❶，是於天之所以厚我者，辜負甚大矣。

【章旨】此章言實現仁愛之道，就能讓人心悅誠服。

【注釋】❶庶匯　意謂芸芸眾生。

【語譯】第三、實現仁愛之道，就能使人心悅誠服。所有的人一生下來，都是契合天地的理念而形成人性，獲得天地的精氣而生成軀體。我跟民眾萬物，這根基都是同出於一個源泉。倘若只懂得偏愛自己，卻不懂得仁愛民眾和萬物，這就已經違背和喪失了萬類出自同一本源的道義。至於高官厚祿，權位高居眾人之上，就有把人民從水深火熱之中拯救出來、把人民從飢寒交迫之中解脫出來的責任；閱讀古籍，學習古人，粗略懂得正道，就有啟發教導後知後覺的責任。倘若只知道顧及自己，卻不知道要教導、養育廣大民眾，這對於上天厚愛我的一番情意，就辜負得太大了。

孔門教人，莫大於求仁。而其最切者，莫要於「欲立立人」、「欲達達人」❶數語。立者自立不懼，如富人百物有餘，不假外求；達者四達不悖，如貴人登高一呼，群山四應。人孰不欲己立己達？若能推以立人達人，則與物同春矣。後世論求仁者，莫精於張子❷之〈西銘〉。彼其視民胞物與❸，宏濟群倫，皆事天者性分當然之事。必如此，乃可謂之人；不如此，則曰悖德，曰賊。誠如其說，則雖盡立天下之人，盡達天下之人，而曾❹無善勞之足言，人有不悅而歸之者乎？

【章　旨】此章言力求實現仁愛之道，就要有民胞物與、宏濟群倫的胸懷。

【注　釋】❶欲立立人二句　語出《論語‧雍也》：子曰：「夫仁者，己欲立而立人，己欲達而達人。」句中第二個「立」、「達」都是使動用法。❷張子　張載，字子厚，鳳翔郿縣（今陝西眉縣）橫渠鎮人。北宋哲學家。〈西銘〉即其著述之一，原為《正蒙‧乾稱篇》的一部分，名曰〈訂頑〉。❸民胞物與　張載原語為「民吾同胞，物吾與也」。意謂人類和萬物同受「天地之氣」而生成，強調「無一物非我」。❹曾　乃；卻。

【語　譯】孔子的儒學教育人們，沒有什麼是比力求實現仁愛之道更為偉大的目標了。而其中最為切近的，沒有什麼比孔子所說的「自己想要建立功業，首先應幫助別人建立功業，自己想要仕途通達，首先應幫助別人仕途通達」這幾句話更為重要的了。建功立業的人頑強自立，無所畏懼，好比富裕人家，什麼東西都有剩餘，不要借助外人；仕途通達的人，四面八方都暢通無阻，好比貴人登高呼喚，群山四面回應。人，誰不希望自己建功立業、仕途通達呢？倘若能夠推己及人，使別人也能建功立業、仕途通達，那就跟萬眾共同興旺了。後代學者，論及力求實現仁愛之道，沒有比張載的〈西銘〉更為精闢的。他認為把民眾看成同胞，把萬物看成同夥，普遍救助廣大群眾，都是奉行天道的人生性分內所應當做的事。一定要像這樣去做，才可以稱為人；不這樣去做，就叫違背道德，就叫害人蟲。果真像他所說，那麼，雖然幫助天下所有的人建立了功業，幫助天下所有的人鋪通了仕途，自己卻認為並沒有什麼善行功勞值得提及，人們會有不心悅誠服歸附他的嗎？

四曰習勞則神欽。凡人之情，莫不好逸而惡勞。無論貴賤智愚老少，皆貪於逸而憚於勞，古今之所同也。人一日所著之衣、所進之食，與一日所行之事、所用之力相稱，則旁人韙之❶，鬼神許之，以為彼自食其力也。若農夫織婦，終歲勤動，以成數石❷之粟、數尺之布；而富貴之家，終歲逸樂，不營一業，而食必珍羞❸，衣必錦繡，酣豢高眠，一呼百諾，此天下最不平之事，鬼神所不許也。其能久乎？

【章旨】此章言慣於吃苦耐勞，就能讓鬼神欽敬。

【注釋】❶韙之　認為他是對的。韙，是；對。❷石　市制中的容量單位。十斗為一石，合一百二十市斤。❸珍羞　亦作「珍饈」。貴重珍奇的食品。

【語譯】第四、慣於吃苦耐勞，就能使鬼神欽敬。人之常情，沒有誰不好逸惡勞。不論身分貴賤、智力高低、年齡老少，都貪戀安逸而害怕勞苦，這是古今相同的。一個人，每天所穿的衣服、所吃的食物，跟他每天所做的事情、所用的氣力相稱，那麼，旁人就會對他的為人加以肯定，鬼神就會讚許他，認為他能自食其力。像耕田的農夫，紡織的農婦，終年勤勞，收得幾石糧食、織成幾尺粗布；然而富貴人家終年安逸享樂，不經營一種行業，卻吃的總是山珍海味，穿的總是綾羅錦繡，飽吃飽喝，高枕而臥，一呼百應，這是天下最不公平的事，是鬼神所不能容許的。這種狀況，能長久嗎？

古之聖君賢相，若湯❶之昧旦丕顯，文王❷日昃不遑，周公❸夜以繼日，坐以待旦，蓋無時不以勤勞自勵。〈無逸〉一篇，推之於勤則壽考，逸則夭亡，歷歷不爽。為一身計，則必操習技藝，磨煉筋骨，困知勉行❹，操心危慮，而後可以增智慧而長才識。為天下計，則必己饑己溺❺，一夫不獲，引為余辜。大禹❻之周乘四載，過門不入，墨子❼之摩頂放踵❽，以利天下，皆極儉以奉身，而極勤以救民。故荀子好稱大禹、墨翟之行，以其勤勞也。

【章　旨】此章讚揚古代聖君賢相，都是以勤勞自勵，造福天下。

【注　釋】❶湯　即成湯，又稱武湯、高祖乙。原為商族領袖，任用伊尹執政，後一舉滅夏，建立商朝。❷文王　即周文王。姬姓，名昌。商末周族領袖，稱為西伯。而後建立周朝，在位五十年。❸周公　姬姓，名旦。周文王之子，武王之弟，成王之叔父。西周初年政治家。因其采邑在周（今陝西岐山北），故稱周公。他制禮作樂，建立典章制度，主張「明德慎罰」。❹困知勉行　語出〈中庸〉：「或困而知之……或勉強而行之。」意謂遇困而求知，勉力而實行。❺己饑己溺　語出《孟子・離婁下》：「禹思天下有溺者，由己溺之也；稷思天下有飢者，由己飢之也；是以如是其急也。」意謂對別人的苦難表示同情，並把解除這些苦難引為己任。❻大禹　又稱夏禹、禹，姒姓，名文命。傳說中古代部落聯盟領袖，曾水行乘舟，陸行乘車，山行乘欙，澤行乘輴，不辭勞苦，領導人民疏通江河，導流入海，並興修溝渠，發展農業。❼墨子　名翟。春秋戰國之際思想家、政治家，墨家學派創始人。❽摩頂放踵　語出《孟子．盡心下》：「墨子兼愛，摩頂放踵，利天下為之。」意謂從頭頂到腳跟都摩傷了。形容不辭勞苦，不顧身體。放，到。

【語　譯】古代的聖君賢相，比如商湯王，黎明醒來，就想著如何弘揚道德；周文王處理公務，從早晨忙到太陽偏西，還顧不得吃飯；周公輔佐成王，謀劃國事，日以繼夜，夜而待旦。這些人都是無時無刻，不在以勤勞國政而自我勉勵。《尚書》中〈無逸〉一文，推論出勤勞就能長壽，懶散就會短命，分明可證，毫無差錯。為自身考慮，就必須學習掌握一門技藝，鍛鍊筋骨，刻苦求知，努力實踐，勞神憂慮，然後才能增進智慧，助長才能；為國家考慮，就一定要有同情心和責任感：別人飢餓，如同是我使得他飢餓；別人落水，如同是我使得他落水；一個農夫沒有收穫，也要看成是自己的罪孽所致。大禹治水，跋山涉水，乘坐四種交通工具，經過自己的家門，也不進去看看；墨翟從頭頂到腳跟都摩傷了，來為天下人民謀利益：他們都是對待自己極為節儉，救助民眾極為勤奮。所以，荀卿極力稱頌大禹和墨翟的道德操守，就是因為他們勤勞。

軍興以來，每見人有一材一技、能耐艱苦者，無不見用於人，見稱於時。其絕無材技、不慣作勞者，皆唾棄於時，饑凍就斃。故勤則壽，逸則夭；勤則有材而見用，逸則無能而見棄；勤則博濟斯民，而神祇❶欽仰，逸則無補於人，而神鬼不歆❷。是以君子欲為人神所憑依，莫大於習勞也。

【章　旨】此章言習慣於吃苦耐勞，就能受益眾多。

【注　釋】❶祇　地神。❷歆　歆饗。謂神靈饗用祭品、香火，而後保佑供祭者。

【語　譯】戰事發生以來，常常看到某人有一技之長、能夠禁受艱苦，沒有不被別人任用，沒有在當時不受稱道的。那些沒有任何才能技藝，不能吃苦耐勞的人，都被當時人們所唾棄，以至凍死餓死。所以，勤勞就能健康長壽，懶散就會短命夭折；勤勞就能有才華而受到任用，懶散就會無才能而遭到唾棄；勤勞就能廣泛救助民眾，因而神靈欽敬，懶散就會對世人無所補益，因而鬼神也不會保佑。因此，君子想要得到民眾擁護、鬼神佑助，沒有什麼比習慣於吃苦耐勞更重要的了。

余衰年多病，目疾日深，萬難挽回。汝及諸侄輩，身體強壯者少。古之君子，修己治家，必能心安身強，而後有振興之象，必使人悅神欽，而後有駢集❶之祥。今書此四條，老年用自儆惕❷，以補昔歲之愆；并令二子各自勖勉，每夜以此四條相課❸，每月終以此四條相稽❹，仍寄諸侄共守，以期有成焉。

滌生手示　十一月初二日（同治九年）

【章　旨】此章言寫這四條家訓的主要目的，在於勖勉子侄，以期有所成就。

【注　釋】❶騈集　並至。騈，並列。❷儆惕　警戒。儆，通「警」。❸課　考核。❹稽　查考。

【語　譯】我年老多病，眼睛昏矇日益加深，很難恢復。你們兄弟及侄兒們，身體強壯的也少。古時候的君子修身治家，一定是內心貞靜、身體強壯，而後才有家業振興的氣象，一定要使眾人心悅誠服，鬼神欽敬，而後才有福壽雙至的吉祥。今天寫下這四條，老年用來自我警戒，以便補救早年的過失；並讓兩個兒子，各自勉勵，每夜用這四條互相考核，月末用這四條互相檢查，並且寄給幾位侄兒共同遵守，以期有所成就。

滌生手示　十一月初二日

【說　明】此四則，光緒己卯傳忠書局刻本注明為「同治十年金陵節署中日記」，原無標題、稱謂及月日。查〈日記〉，同治九年十一月初二日記載：「寫『慎獨』、『主敬』、『求仁』三條，每條疏證二百餘字，以為暮年蓋愆之資，共七百餘字。」次日又記：「夜與紀澤一談，寫『習勞』一條，約四百字。」據此，可知此四則實作於同治九年十一月，前半部分寫於初二日，後半部分寫於初三日。

曾國藩於九月十四日，奏結天津教案，奉旨於十月十五日，從京師起程回任兩江總督。這時，他已年滿六十，進入了垂暮之境。加上長年勞累，體氣已虧，「右目無一隙之光，竟不能視」，左目雖尚有光，但用力稍過，即甚昏矇。因而亟思將自己得之於古人、驗之於實踐的修身養性的經驗，加以總結傳之子侄，「以期有成」，於是在金陵官署中，寫下了這篇家訓。這篇家訓，寫成於十一月，構思卻早在三個月之前。九月二十二日〈日記〉載：「是日細思古人工夫，其效之尤著者，約有四端：曰慎獨則心泰，曰主敬則身強，曰求仁則人悅，曰思誠則神欽。慎獨者，過慾不忽隱微，循理不間須臾，內省不疚，故心泰。主敬者，外而整齊嚴肅，內而專靜純一，齋莊不懈，故身強。求仁者，體則存心養性，用則民胞物與，大公無我，故人悅。思誠者，心則忠貞不貳，言則篤敬不欺，至誠相感，故神欽。四者之功夫果至，則四者之效驗自臻。」至十月十七日，對「思誠」條又作了修改。該日〈日記〉載：「在轎中思二十二日『日記』，所云『思誠則神欽』者，不若云『耐苦則神欽』。蓋必廉於取而儉於用，勞於身而困於心，而後為鬼神所欽伏，皆耐苦之事也。」至十一月初三日，該條則又改訂為「習勞則神欽」。由此可見，文正公訓示子侄，是非常嚴肅認真的。

三、齊家

致澄弟溫弟沅弟季弟　八月十一日

澄侯、溫甫、子植、季洪四弟足下：

久未遣人回家，家中自唐二、維五等到後亦無信來，想平安也。

余於二十九日自新堤移營，八月初一日至嘉魚縣❶。初五日自坐小舟至牌洲看閱地勢，初七日即將大營移駐牌洲。水師前營、左營、中營自又七月二十三日駐紮金口❷。二十七日賊匪水陸上犯，我陸軍未到，水軍兩路堵之。搶賊船二隻，殺賊數十人，得一勝仗。羅山於十八、二十三、二十四、二十六等日得四勝仗。初四發摺俱詳敘之，茲付回。

【章旨】此章言行蹤及軍事近況。

【注釋】❶嘉魚縣　在湖北省東南部。❷金口　地區名。在今武漢市西南。因在金水入長江之口，故名。

【語譯】澄侯、溫甫、子植、季洪四弟足下：

許久沒有派人回家了，家中自從唐二和維五等人到來之後，也沒有見寫信來，想必全家都平安無恙。

我於二十九日從新堤拔營出發，八月初一日到達了嘉魚縣。初五日自己乘坐小船到牌洲察看了地形，初七日就將大營遷移到了牌洲。水軍的前營、左營、中營，從閏七月二十三日駐紮金口。二十七日，敵軍從水路和陸路同時進犯，我方陸軍沒有趕到，水軍分兩路迎擊。奪得敵船二艘，殺死敵軍數十名，打了一次勝仗。羅澤南於十八日、二十三日、二十四日、二十六日，一連打了四次勝仗。初四日向朝廷上了奏摺，以上情況都作了詳細報告，現將底稿寄回家裡。

初三日接上諭廷寄，余得賞三品頂戴，現具摺謝恩。寄諭併摺寄回。余居母喪，並未在家守制，清夜自思，局蹐❶不安。若仗皇上天威，江面漸次肅清，即當奏明回籍，事父祭母，稍盡人子之心。諸弟及兒侄輩，務宜體我寸心，於父親飲食起居，十分檢點，無稍疏忽，於母親祭品禮儀，必潔必誠，於叔父處敬愛兼至，無稍隔閡。兄弟姒娣❷總不可有半點不和之氣。凡一家之中，「勤敬」二字能守得幾分，未有不興；若全無一分，未有不敗。「和」字能守得幾分，未有不興；不和未有不敗者。

諸弟試在鄉間，將此三字於族戚人家歷歷驗之，必以吾言為不謬也。諸弟不好收拾潔淨，比我尤甚，此是敗家氣象。嗣後務宜細心收拾，即一紙一縷、竹頭木屑，皆宜撿拾伶俐❸，以為兒侄之榜樣。一代疏懶，二代淫佚，則必有晝睡夜坐、吸食鴉片之漸矣。四弟、九弟較勤，六弟、季弟較懶。以後勤者愈勤，懶者痛改，莫使子侄學得怠惰樣子，至要至要。子侄除讀書外，教之掃屋、抹桌凳、收糞、鋤草，是極好之事，切不可以為有損架子而不為也。

【章旨】此章叮囑諸弟治家，宜恪守「勤敬和」三字。

【注釋】❶局蹐　形容戒慎、恐懼。❷姒娣　即妯娌，兄弟之妻的合稱。❸伶俐　乾淨；俐落。

【語譯】初三日，接到聖旨和軍機大臣寄來的皇上諭旨，我得到了三品頂戴的賞賜。現已寫好了奏摺，向皇上謝恩。隨信將諭旨和奏摺底稿寄回家中。我在母親去世之後，並沒有在家守孝，每到深夜時分，自己反思，就覺得恐懼不安。倘若仰仗著皇上的天威，將江面的敵軍逐漸肅清，我就將向皇上送呈奏章，表明心曲，回到原籍，侍奉父親，祭奠母親，稍微盡一點作兒子的孝心。各位弟弟及子侄，一定要體察我的內心，對父親的飲食起居，要十分檢點，不要有半點疏忽，供母親的祭品，必須潔淨，禮儀必須誠敬，在叔父面前，既要尊敬又要愛戴，不能有絲毫隔閡。兄弟妯娌之間，完全不能有半點不和睦的氣氛。大凡一個家庭之中，「勤敬」二字能夠保住幾分，就沒有不興旺的；倘若連一分也沒有，就沒有不衰敗的。「和」字能夠保住幾分，就沒有不興旺的；倘若不和睦，就沒有不敗落的。各位弟弟，試著在家鄉拿這三個字，到本族和親戚人家去一一驗證，就一定會覺得我的話是不錯的了。弟弟們不喜歡把房子收拾潔淨，比我更加厲害，這是衰敗之家的景象。以後一定要細心收拾，即使是一紙一線、竹頭木屑，都應收撿乾淨，為子侄們作好榜樣。第一代人閒散懶惰，第二代人自然縱慾放蕩，就必定會有白天睡大覺，晚上閒坐無聊，吸食鴉片之類的事情發生了。四弟、九弟比較勤勞，六弟、季弟比較懶惰。以後勤勞的要更勤勞，懶惰的要改正，不要讓子侄們學慣懶惰的樣子，這一點最為重要。子侄們除了讀書以外，讓他們掃地、抹桌凳、收糞、鋤草，這是很好的事，切不可以認為有損於富家子弟的身分而不教他們去做。

前寄來報筍❶殊不佳，大約以醃菜蒸幾次，又鹹又苦，將筍味全奪去矣。往年寄京有「報竹」❷，今年寄營有「報醃菜」，此雖小事，亦足見我家婦職之不如老輩也。因便付及，一笑。煩稟堂上大人。餘不一一。

兄國藩手草　八月十一日

坐小舟至京口❸看營，船太動搖，故不成字。

（咸豐四年）

【章　旨】此章因所寄「報筍」味道不佳而小發感慨。

【注　釋】❶報筍　新鮮嫩筍用開水燙過後和拌鹽菜製成。❷報竹　對不太鮮嫩的報筍的戲謔語。❸京口　地名。即今江蘇鎮江地區。此處應是「金口」之誤。

【語　譯】前些日子給我寄來的報筍，味道很不好，大約是用鹽菜蒸了幾次，又鹹又苦，讓筍子的味道完全喪失了。往年往京城寄來過「報竹」，今年往軍營中又寄來了「報鹽菜」，這雖然是件小事，也足以看出我們家的婦人，在本職事務方面，比不上老一輩了。藉此順便提及，供大家一笑。煩勞將以上情況，稟告家中大人，其他事項，不一一詳述了。

兄國藩手草　八月十一日

乘坐小船到金口視察軍營，船太搖晃，所以字寫得不太像樣。

【說　明】咸豐二年冬，曾國藩丁憂在籍。清依古制，父母逝世，官吏都要在家守制三年以後才可以服官。但由於太平軍聲勢洶湧，他在家守制不到四個月，咸豐帝便諭令以禮部侍郎身分，「幫同辦理本省團練」。於是他由幫辦團練而組湘軍，墨絰從戎了。咸豐四年閏七月，因其指揮岳州一役有功，朝廷賞給三品頂戴，並受令援攻武漢。這封〈致諸弟〉，便是他從湖北嘉魚進軍武漢途中，在金口所寫。

此信除了述及軍事近況之外，曾國藩因悔恨自己守制未終而囑咐諸弟代盡孝心，並談及治家之道。他強調治家必須堅守「勤敬和」三字，認為這三個字，若能守得幾分，家道未有不興，倘若全無一分，則未有不敗者；因而叮囑諸弟於此三字要身體力行，從小事做起，垂範子侄。「一代疏懶，二代淫佚」，上輩人不可不給下輩人做個好榜樣，這正是治家要道之一。

致澄弟　十二月二十四日

澄侯四弟左右：

十六日接弟十一月二十三日手書，并紀澤二十五日稟，具悉。弟病日就痊癒，至慰至幸。惟弟服藥過多，又堅囑澤兒請醫守治，余頗不以為然。

【章　旨】此章言收讀來信的欣慰心情與對服藥一事的不同看法。

【語　譯】澄侯四弟左右：

十六日我接到了你十一月二十三日的親筆信，以及紀澤二十五日的來信，全部知道了家中近況。你的病情，一天天好了起來，我感到十分欣慰。只是你服藥太多，又堅持要紀澤也請醫生來守著治療他的病，我覺得這種作法不是很正確。

吾祖星岡公在時，不信醫藥，不信僧巫，不信地仙。此三者，弟必能一一記憶。今我輩兄弟，亦宜略法此意，以紹家風。今年白玉堂❶做道場❷一次，大夫第❸做道場二次，此外禱祀之事，聞亦常有。是不信僧巫一節，已失家風矣。買地至數千金之多，是不信地仙一節，又與家風相背。至醫藥，則闔家大小老幼，幾於無人不藥，無藥不貴。迨至補藥吃出毛病，則又服涼藥以攻伐之，陽藥吃出毛病，則又服陰藥以清潤之，展轉差誤，不至大病大弱不止。弟今年春間多服補劑，夏末多服涼劑，冬間又多服清潤之劑，余意欲勸弟少❹停藥物，專用飲食調養。澤兒雖體弱，而保養之法，亦惟在慎飲食節嗜欲，斷不在多服藥也。洪家地契，洪秋浦未到場押字，將來恐仍有口舌。地仙、僧巫二者，弟向來不甚深信，近日亦不免為習俗所移。以後尚祈卓識堅定，略存祖父家風為要。天下信地、信僧之人，曾見有一家不敗者乎？北果公屋，余無銀可捐。已亥冬，余登山踏勘，覺其渺茫也。

【章旨】此章言我輩兄弟，應繼承祖父家風，不信醫藥，不信僧巫，不信風水先生。

【注釋】❶白玉堂　宅第名。原叫蕭家大屋，曾國藩出生地。此時已是曾驥雲住宅。❷道場　人病著或死後，家屬為給病者或死者消災祈福，請道師或僧尼到家進行迷信活動，叫做作道場。❸大夫第　宅第名。曾國荃所建，長約一華里，共九進十二橫，房屋數百間。❹少　稍微。

【語譯】我們的祖父星岡公在世的時候，不相信醫生和藥物，不相信僧人和巫術，不相信窺測地望的風水先生。這三點，你一定能夠一一記得起來。如今我們兄弟，也應當略微效法這一思想，藉以繼承淳樸家風。今年在白玉堂做了一次道場，在大夫第做了兩次道場，除此之外，求神祭鬼的事，聽說還常有。這就是說，在不信僧道巫術方面，已經丟掉家風了。購買墳地用費多達數千兩銀子，這就是說，在不信風水先生方面，又與家風相違背。至於醫藥，全家大小老少，幾乎沒有一個人不服藥，沒有一種藥物不名貴。等到補藥吃出了毛病，便又服用涼藥來攻治，陽藥吃出了毛病，便又服用陰藥來清潤，反反覆覆出差錯，不弄得大病大弱不肯停歇。你今年春天多服用補藥，夏末多服用涼藥，冬天又多服用清潤藥劑，我想勸你稍停一下藥物，專門用飲食來調養。紀澤雖然體質虛弱，但保養的方法也只是在於講求飲食，節制嗜好慾望，絕不在於多用藥物。購買洪家墓地的契約，洪秋浦沒有到場畫押簽名，將來恐怕還會有爭吵。風水先生和僧道巫術，你向來不很深信，近來也不免被習俗動搖。以後還希望你能夠堅定自己的卓識，略微保存祖父的家風為好。普天之下，迷信風水先生、迷信僧道巫術的人，曾經見過有一家不敗落的嗎？在北果建曾氏公屋，我沒有銀兩可捐。道光十九年冬天，我曾登山勘察，覺得這件事要辦成是很渺茫的。

此間軍事平安。左、鮑二人在鄱陽❶尚未開仗。祁門❷、黟縣❸之賊，日內並未動作。順問近好，并賀新喜。

國藩手草 十二月二十四日

（咸豐十年）

【章 旨】此章略告軍事近況。

【注 釋】❶鄱陽 縣名。即今江西波陽。❷祁門 縣名。在安徽省南部，鄰接江西省。❸黟縣 縣名。在安徽省南部。

【語 譯】這裡的軍事形勢平安。左宗棠和鮑春霆兩人，在鄱陽還沒有開戰。祁門和黟縣的敵軍，近幾天都沒有什麼舉動。順問近好，並賀新喜。

國藩手草 十二月二十四日

【說 明】這封「與弟書」，是曾國藩從安徽祁門寫給家政主持人澄侯的，因治病服藥事，而談到了繼承祖父家風的問題。

祖父星岡公繼承祖業，占有一百多畝水田和多處山林屋宇，僱有傭工，自己也終年參加輔助勞動，是湘鄉大界山區（今屬雙峰縣）一個頗有名望的財主。他見事敏捷，決事果斷，樂於給人排難解紛，性格剛烈，治家嚴格而頗有規章，是曾國藩心目中最為崇拜的人物。他有個「三不信」

的規條，即不信醫藥，不信僧巫，不信地仙。其中，不相信僧道巫術能驅神鎮鬼，不相信風水先生能預測吉凶，頗具破除迷信的色彩；不相信醫生藥物，雖有片面之處，但深恐為庸醫所誤，卻也是其時鄉間實情。所以，曾國藩認為這「三不信」深有道理。他說：「天下信地、信僧之人，曾見有一家不敗者乎？」「庸醫則害人者十之七，活人者十之三。余在鄉在外，凡目所見者，皆庸醫也。」而我家近年「做道場」、請風水先生相地買墳山訪墓地及亂投醫服藥諸事，頻頻出現，這些都是「與家風相背」的錯誤之舉。為了保持家道興旺發達，他一再勉勵澄侯：「今我輩兄弟亦宜略法此（指『三不信』）意，以紹家風。」「地仙、僧巫二者，弟向來不甚深信，近日亦不免為習俗所移。以後尚祈卓識堅定，略存祖父家風為要。」

致澄弟　十月十四日

澄弟左右：

接弟九月中旬信，具悉一切。

此間近事，自石埭❶、太平❷、旌德❸三城投誠後，又有高淳縣❹投誠，於十月初二日收復，東壩❺於初七日克復，寧國❻、建平❼於初六、初九日收復，廣德❽亦有投誠之信，皖南即可一律肅清。淮上苗逆❾雖甚猖獗，而附苗諸圩❿因其派糧派人誅求無厭⓫，紛紛叛苗而助官兵，苗亦必不能成大氣候矣。

【章旨】此章言與太平軍作戰近況。

【注釋】❶石埭　縣名，在安徽省南部。今併入石臺縣。❷太平　縣名，在安徽省南部。❸旌德　縣名，在安徽省東南部。❹高淳縣　縣名，在江蘇省西南部，鄰接安徽省。❺東壩　村鎮名，在高淳縣境。❻寧國　縣名，在安徽省東南部。❼建平　村鎮名，在寧國縣境。❽廣德　縣名，在安徽省東南部。❾苗逆　此指同治二年又起兵反清的苗沛霖。⑩圩　此指兩淮鹽灘築堤為界的地區。⑪厭　通「饜」。滿足；飽足。

【語譯】澄弟左右：

接到你九月中旬的來信，一切近況全都知道了。

這裡的近況是，自從石埭、太平、旌德三城的太平軍投誠以後，又有高淳縣的太平軍投誠，於十月初二日收復，東壩於初七日攻克，寧國、建平分別於初六、初九日收復，廣德也有投誠的消息，皖南一帶，就可以全部肅清了。淮河上游苗沛霖叛軍，雖然十分猖獗，但是附從苗軍的許多圩子，因為苗軍派糧派人，誅求無饜，紛紛反叛苗沛霖而幫助官兵，苗沛霖也一定不能成大氣候了。

近與兒女輩道述家中瑣事，知吾弟辛苦異常，凡關孝友根本之事，弟無不竭力經營。惟各家規模，總嫌過於奢華。即如四轎一事，家中坐者太多。聞紀澤亦坐四轎，此斷不可。弟曷❶不嚴加教責？即弟亦只可偶一坐之，常坐則不可。篾❷結轎而遠行，四擡則不可；呢轎而四擡，則不可入縣城、衡城，省城則尤不可。湖南現有總督四人，皆有子弟在家，皆與省城各署來往，未聞有坐四轎。余昔在省辦團，亦未四擡也。

以此一事推之，凡事皆當存一謹慎儉樸之見。

【章　旨】此章言家中架勢，斷不可過於奢華，凡事須存有謹慎儉樸之見。

【注　釋】❶曷　何故；為什麼。❷篾　薄竹片，可用以編製成物。

【語　譯】近來，我和兒女們談論起老家的瑣事，知道你非常辛苦，凡是有關孝敬父母、友愛兄弟方面的根本大事，你沒有不盡力籌謀的。只是各家的排場，我總嫌過於奢侈豪華。就像四抬大轎一事，家中乘坐的人就太多。聽說紀澤也坐四抬大轎，這是絕對不可以的。你為什麼不嚴厲地給予教育與批評呢？就是你也只應當偶爾坐一坐，經常坐就不好了。可以坐竹篾編織的轎子遠行，坐四抬大轎遠行，就不適宜；坐掛呢簾的四抬大轎，不可進入湘鄉縣城、衡陽府城，進省城就更加不可以了。湖南人現任總督一職的有四個，都有子弟在家，都跟省城各衙門有來往，沒有聽說有坐四抬大轎的。我從前在省城辦團練，也沒有坐過四抬大轎。由這件事推斷，凡事都應當保持一種謹慎儉樸的觀念。

八侄女發嫁，茲寄去奩儀❶百兩、套料裙料各一件。科三蓋新屋移居，聞費錢頗多。茲寄去銀百兩，略為佽助❷。吾恐家中奢靡太慣，享受太過，故不肯多寄錢物回家，弟必久亮❸之矣。即問近好。

國藩手草 十月十四日 （同治二年）

【章旨】此章言寄贈錢物事。

【注釋】❶奩儀 即奩資，用以購置嫁妝的禮金。❷佽助 幫助。❸亮 亮察；明鑑。

【語譯】八侄女出嫁，現寄贈用以購置嫁妝的白銀一百兩、做套服的衣料和做裙子的綢料各一件。科三建新屋搬遷，聽說花了很多錢。現寄贈白銀一百兩，稍微給予幫助。我擔心家中的人奢侈慣了，享受過分，因而不願意多寄錢物回家，你一定早就察覺到我的這番心思了。即問近好。

國藩手草 十月十四日

【說明】曾國藩有四個弟弟，三個弟弟在他的影響下走上了「立功立業」的道路。曾國華在三河鎮戰役中陣亡，曾國葆在金陵前線病逝，曾國荃在攻克金陵中建了首功。只留下大弟國潢，在鄉管理家務。曾國潢治家，十分講究排場，用度過於奢華，家中諸人外出，動輒就坐四抬大轎，招搖過市。曾國藩對於這種氣派頗為憂慮，多次寫信給曾國潢，勸告他治家不要鋪張，官氣、富貴氣不可太重，凡事都要從節儉處著手。這封從安慶前線發出的信，也是要求國潢常將有日思無日，凡事都應當保持一種謹慎儉樸的作風。

致澄弟 十一月十四日

澄弟左右：

十一月十一日朱齋三來，接十月初六日一函，具悉一切。

團山嘴橋稍嫌用錢太多，南塘竟希公❶祠宇亦盡可不起。湖南作督撫者不止我曾姓一家，每代起一祠堂，則別家恐無此例，為我曾姓所創見矣。沅弟有功於國，有功於家，千好萬好。但規模太大，手筆❷太廓，將來難乎為繼。吾與弟當隨時斟酌，設法裁減。此時竟希公祠宇業將告竣，成事不說，其星岡公❸祠及溫甫❹、事恆❺兩弟之祠皆可不修，且待過十年之後再看好從慢處來。至囑至囑。

【章旨】此章言曾家祠堂不必每代都建，星岡公祠及溫甫、事恆之祠，都可以不修。

【注釋】❶竟希公　曾國藩的曾祖父，詔贈光祿大夫。❷手筆　此指排場、手面。❸星岡公　曾國藩的祖父，詔封中憲大夫，累贈光祿大夫。❹溫甫　名國華。曾國藩的三弟，在族中排行第六，過繼給叔父驥雲為子。咸豐八年十月，戰死於三河鎮。追贈為道員，諡愍烈。❺事恆　名國葆，字季洪。曾國藩的季弟。咸豐九年，為替兄國華報三河戰役之仇，改名貞幹，更字事恆。同治元年，參與圍攻金陵，感染時疫，病死軍中。諡靖毅，加贈內閣學士銜。

【語　譯】澄弟左右：

十一月十一日朱齋三來到這裡，我接到了你叫他捎來的十月初六日的一封信，全部知道了一切近況。

團山嘴修橋，我覺得用錢太多，南塘的竟希公祠堂，也完全可以不建。湖南人當總督、巡撫的，不只有我們曾姓一家，每代修建一座祠堂，別人家恐怕沒有這種先例，是我們曾家的首創了。沅甫弟對國家有功勞，對家族也有功勞，可以說千好萬好。但做起事來排場太大，出手太闊綽，將來恐怕難以繼續下去。我和你應當隨時斟酌，想些辦法裁減。現在竟希公的祠堂將要完工，已經做成的事情就不必說了，但星岡公及溫甫、事恆兩位弟弟的祠堂，就都可以不作修建，等到過了十年以後再看情況（好從慢處著手）。這是最為重要的囑咐。

余往年撰聯贈弟，有「儉以養廉，直而能忍」二語。弟之直人人知之，其能忍，則為阿兄所獨知；弟之廉人人料之，其不儉，則阿兄所不及料也。以後望弟於「儉」字加一番工夫，用一番苦心，不特家常用度宜儉，即修造公費、周濟人情，亦須有一「儉」字的意思。總之，愛惜物力，不失寒士之家風而已。莫怕「寒村」❶二字，莫怕「慳吝」❷二字，莫貪「大方」二字，莫貪「豪爽」二字。弟以為然否？

【章旨】此章勸誡澄侯宜在「儉」字上加一番功夫，莫失寒士家風。

【注釋】❶寒村　寒磣；寒酸。難看；不體面。❷慳吝　小氣；吝嗇。

【語譯】我往年撰寫聯語贈給你，有「儉以養廉，直而能忍」兩句話。你的正直，是盡人皆知的，你的善於忍耐，則唯獨老兄我一個人知道；你的廉潔，是眾人都能料見的，你的不節儉，則是老兄我沒有料到的。以後希望你在節儉方面下一番功夫，用一番苦心，不僅僅是家常用度應當節儉，就是修建公用設施的用費、周濟他人的禮金，也必須有一個「儉」字的意識。總而言之，要愛惜物資財力，不要丟掉寒士的家風。不要怕「寒村」二字，不要怕「慳吝」二字，不要貪圖「大方」二字，不要貪圖「豪爽」二字。你認為對不對呢？

溫弟婦今年四十一歲。茲寄去銀一百、燕菜二匣，以為賀生之禮。

其餘寄親族之炭敬❶、芝圃之對，均交牧雲帶回。此間自蘇州克復、苗沛霖伏誅後諸事平安。即問近好。

國藩手草　十一月十四日

（同治二年）

【章　旨】此章言寄贈生日賀禮及炭敬諸事。

【注　釋】❶炭敬　指過冬的慰問金。

【語　譯】溫甫弟婦今年四十一歲。現寄贈一百兩白銀、兩匣燕菜，作為祝賀生日的禮物。其餘寄贈親族的炭敬、芝圃的對聯，都交給歐陽牧雲帶回。這裡自從蘇州克復、苗沛霖被誅滅後，凡事平安。即問近好。

國藩手草　十一月十四日

【說　明】曾國藩在家書中，常常強調一個「儉」字。他一再指出：家敗離不開一個「奢」字，人敗離不開一個「逸」字，討人嫌離不開一個「驕」字；治家儉而不奢，家道必可興隆，治身儉而不奢，居官必能清廉。這封從安慶寄回湘鄉的「致澄弟書」也是如此。他批評曾國荃好大喜功，愛講排場，愛擺闊氣，這種大手大腳的作風不好。他告誡曾國潢，要在「儉」字上加一番功夫，用一番苦心，莫怕人譏諷「寒村」、「慳吝」，莫圖人讚譽「大方」、「豪爽」，治家當愛惜財力物力，不要喪失寒士家風；家風不敗，子侄出則可望成器，居則當知惜福，家道方可久長。同治元年五月，他從安慶寫給紀鴻的信中也說：「凡世家子弟衣食起居，無一不與寒士相同，庶可以成大器；若霑染富貴氣習，則難望有成。吾忝為將相，而所有衣服，不值三百金，願爾等常守此儉樸之風，亦惜福之道也。」這於世家子弟的成長而言，的確是要言妙方。

諭紀瑞　十二月十四日

字寄紀瑞❶侄左右：

前接吾侄來信，字迹端秀，知近日大有長進。紀鴻奉母來此，詢及一切，知侄身體業已長成，孝友謹慎，至以為慰。

吾家累世以來，孝弟勤儉。輔臣公❷以上吾不及見，竟希公、星岡公皆未明即起，竟日無片刻暇逸。竟希公少時在陳氏宗祠讀書，正月上學，輔臣公給錢一百，為零用之需，五月歸時，僅用去二文，尚餘九十八文還其父。其儉如此！星岡公當孫入翰林之後，猶親自種菜收糞。吾父竹亭公之勤儉，則爾等所及見也。今家中境地雖漸寬裕，侄與諸昆弟切不可忘卻先世之艱難，有福不可享盡，有勢不可使盡。「勤」字工夫，第一貴早起，第二貴有恆；「儉」字工夫，第一莫著華麗衣服，第二莫多用僕婢雇工。凡將相無種，聖賢豪傑亦無種，祇要人肯立志，都可以做得到的。侄等處最順之境，當最富之年，明年又從最賢之師，但須立定志向，何事不可成？何人不可作？願吾侄早勉之也。蔭生❸尚算正途功名，可以考御史❹。待侄十八九歲，即與紀澤同進京應考。然侄此際專心讀書，宜以八股試帖為要，不可專恃蔭生為基，總以鄉試會試能到榜前，益為門戶之光。

【章旨】此章講述先輩勤儉故事，告誡紀瑞不可忘卻先世的艱難，應當立志成人，為曾氏門戶增光。

【注釋】❶紀瑞　字伯祥，號符卿，排行科四。曾國荃之子。❷輔臣公　名尚庭，字輔臣，號蘋庭，別號輔庭。曾國藩的高曾祖父。❸蔭生　憑藉上代餘蔭取得的監生資格。名義上是入監讀書，事實上只須經過一次考試，即可給予一定官職。❹御史　官名。此即監察御史，分道行使糾察檢舉職權。

【語譯】字寄紀瑞侄左右：

前些日子，接到了你的來信，字跡端正清秀，知你近來有了很大的長進。紀鴻陪侍母親來到這裡以後，我問到家中一切情況，知你身體已經長成，孝敬父母，友愛兄弟，言行謹慎，感到極為欣慰。

我們家歷代以來，都有孝順父母、尊敬兄長、勤勞儉樸的傳統。輔臣公以上的情形，我沒能見到，竟希公、星岡公，都是天沒亮就起床，整天沒有片刻空閒。竟希公年輕時，在陳家祠堂讀書，正月間上學，輔臣公給了他一百文銅錢，作為平時零用，直到五月間回家時，僅僅用掉二文，還剩九十八文，又交給了父親。他就是這樣的節儉！星岡公在孫兒我點了翰林以後，仍然親自種菜收糞。我父親竹亭公的勤儉情形，你們都是看到了的。現在家中的景況，雖然漸漸寬裕了一些，但你和你的弟兄們，切不可忘記前輩的艱難，有了福祿，不可以一代人就享盡，有了權勢，不可以一代人就用盡。「勤」字工夫，第一貴在早起，第二貴在有恆心；「儉」字工夫，第一不要穿華麗的衣服，第二不要多用奴婢僱工。大凡為將為相，這是沒有遺傳的，聖賢豪傑，也是沒有遺傳的，只要願意立志，都是可以做得到的。你們正處在最順利的環境中，又正當精力最充沛的年華，明年又跟隨最好的老師讀書，只要立定了志向，什麼樣的事業不能成功？什麼樣的人物不能造就呢？希望你及早努力。蔭生還可以算是正路功名，可以考取御史。等你長到十八九歲，就和紀澤一道進京應考。但你現在應當專心讀書，把八股文和試帖詩作為主攻對象，不可專靠「蔭生」作為進身的基礎，總要以在鄉試和會試中能名列榜前作為目標，這就更為曾氏門戶增添了光彩。

紀官❶聞甚聰慧，侄亦以「立志」二字，兄弟互相勸勉，則日進無疆矣。順問近好。

滌生手示　十二月十四日

（同治二年）

【章　旨】此章囑紀瑞、紀官兄弟以「立志」二字互勉。

【注　釋】❶紀官　字釗農，號焌卿，後改字愚卿，號思臣，排行科六。紀瑞之弟。

【語　譯】聽說紀官侄十分聰明，你應當用「立志」二字和他互相勉勵，這樣就會天天向上，沒有止境了。順問近好。

滌生手示　十二月十四日

【說　明】重視家庭教育，是曾國藩教育思想的一個重要特點。他將祖父及父母的教導，視為珍貴的精神財富，景仰備至，銘刻不忘，並不厭其詳地轉告子侄諸弟，以期成為傳之不衰的家訓家規。在他看來，家庭要能興旺，全靠培養優秀子弟。倘若子弟不賢明，無才藝，雖然積財萬貫，也是枉然。而子弟賢明與否，「六分本於天生，四分由於家教」。這封從安慶寫給侄兒——曾國荃長子紀瑞的家書，講述前輩勤勞儉樸的故事，教育他不可忘記前輩的創業艱難，有福不可享盡，有勢不可使盡，要繼承「孝弟勤儉」的家風傳統，立志長成人才，正是身為將相的曾國藩兢兢業業在作這「四分」工夫。

致澄弟　六月初五日

澄弟左右：

五月十八日接弟四月八日信，具悉一切。七十侄女移居縣城，長與娘家人相見，或可稍解鬱鬱之懷。鄉間穀價日賤，禾豆暢茂，尤是升平景象，極慰極慰。

【章　旨】此章言收到四月來信的欣慰心情。

【語　譯】澄弟左右：

五月十八日，我接到了你四月初八日的來信，一切近況全都知道了。七十侄女搬遷到縣城居住，能經常跟娘家的人見面，或許可以稍稍寬解一下她心中的鬱悶。鄉下的穀價一天比一天便宜，莊稼瓜豆長得茂盛，更是太平景象，令人極為欣慰。

此間軍事，賊自三月下旬退出曹❶、鄆❷之境，幸保山東運河以東各屬，而仍蹂躪於曹、宋❸、徐❹、泗❺、鳳❻、淮❼諸府；彼剿此竄，倏往忽來。直至五月下旬，張❽、牛❾各股，始竄至周家口❿以西，任⓫、賴⓬各股，始竄至太和⓭以西，大約夏秋數月，山東、江蘇可以高枕無憂，河南、皖、鄂，又必手忙腳亂。余擬於數日內至宿遷⓮、桃源一帶，察看堤牆，即由水路上臨淮⓯而至周家口。盛暑而坐小船，是一極苦之事。因陸路多被水淹，雇車又甚不易，不得不改由水程。余老境日逼，勉強支持一年半載，實不能久當大任矣。因思吾兄弟體氣皆不甚健，後輩子侄尤多虛弱，宜於平日講求養生之法，不可於臨時亂投藥劑。

【章旨】此章言軍事近況及自己近日的行程安排。

【注釋】❶曹　縣名。在山東省西南部。❷鄆　即鄆城縣。在山東省西南部。❸宋　即宋州。轄境相當今河南商丘地區和山東曹縣、單縣及安徽碭山縣等地。❹徐　府名。轄境相當今江蘇新沂、宿遷、睢寧以西、以北和安徽濉河以北地區。❺泗　州名。轄境相當今安徽泗縣、五河、天長和江蘇盱眙、泗洪等地區。❻鳳　鳳陽，府名。轄境相當今安徽天長、定遠、霍邱以北地區。❼淮　淮安，府名。轄境相當今江蘇清江及淮安、阜寧、鹽城、漣水、泗陽、淮陰、射陰、洪澤、建湖、濱海等地區。❽張　張宗禹，捻軍首領。太平天國封其為梁王。❾

牛　牛宏升，即牛洛紅，安徽亳州雉河集（今渦陽）人。捻軍將領。❿周家口　又稱周口，鎮名。在河南商水縣北部。⓫任　任柱，字化邦。與賴文光合統東捻軍。⓬賴　賴文光，太平天國將領。太平天國失敗後，與張宗禹分領東、西捻軍。⓭太和　縣名。在安徽西北部。⓮宿遷　縣名。在江蘇北部。⓯臨淮　即臨淮關，鎮名。在安徽鳳陽東部。

【語　譯】這裡的軍事情況是：捻軍從三月下旬退出了曹、鄆縣境，僥倖保住了山東運河以東地區的各縣，但仍然騷擾著曹、宋、徐、泗、鳳、淮各府；官軍圍剿那方，捻軍竄到這方，忽往忽來。直到五月下旬，張、牛各股，開始竄到周家口以西，任、賴各股，開始竄到太和以西，大約夏秋兩季幾個月中，山東、江蘇，可以高枕無憂，但河南、安徽、湖北一定又會手忙腳亂。我準備在近幾天內，動身到宿遷、桃源一帶，察看堤防長牆，就從水路上臨淮關，到周家口。盛夏坐小船，是一件十分辛苦的事。但因為陸路大都被水淹沒，僱車又很不容易，所以不得不改走水路。我已一天一天走向衰老境地，至多再勉強支撐一年半載，實在不能長期擔當重任了。因而想到我們兄弟的體質氣魄，都不很健旺，後輩子侄，更是身體大都虛弱，應當在平時講究養生的方法，不可臨到患病時亂投醫藥。

養生之法約有五事：一曰眠食有恆，二曰懲忿，三曰節慾，四曰每夜臨睡洗腳，五曰每日兩飯後各行三千步。懲忿，即余匾中所謂「養生以少惱怒為本」也。眠食有恆及洗腳二事，星岡公行之四十年，余亦學行七年矣。飯後三千步近日試行，自矢永不間斷。弟從前勞苦太久，年近五十，願將此五事立志行之，并勸沅弟與諸子侄行之。

【章　旨】此章言養生方法。

【語　譯】養生的辦法，大約有五件事：一是睡眠飲食要有一定的規律，二是克制惱怒，三是節制情慾，四是每天夜晚臨睡覺前洗腳，五是每天早晚兩頓飯後各走三千步。克制惱怒，就是我「八本堂」橫匾中所說的「養生要以減少惱怒為根本原則」。睡眠飲食，要有一定規律，以及睡前洗腳這兩件事，星岡公堅持施行了四十年，我也學著做了七年了。飯後走三千步，近幾天我才試著做，並且下決心永遠不間斷。你以前勞苦太久，如今年紀已近五十，希望你把這五件事立志施行，並且勸導沅甫弟和各位子侄也這樣做。

余與沅弟同時封爵開府❶，門庭可謂極盛，然非可常恃之道。記得己亥正月，星岡公訓竹亭公曰：「寬一❷雖點翰林，我家仍靠作田為業，不可靠他吃飯。」此語最有道理，今亦當守此二語為命脈。望吾弟專在作田上用些工夫，而輔之以「書、蔬、魚、豬、早、掃、考、寶」八字，任憑家中如何貴盛，切莫全改道光初年之規模。凡家道所以可久者，不恃一時之官爵，而恃長遠之家規；不恃一二人之驟發，而恃大眾之維持。我若有福罷官回家，當與弟竭力維持。老親舊眷、貧賤族黨不可怠慢。待貧者亦與富者一般，當盛時預作衰時之想，自有深固之基矣。

【章　旨】此章言門庭長久興盛的持家之道。

【注　釋】❶開府　此指出任外省總督、巡撫。❷寬一　曾國藩的乳名。

【語　譯】我跟沅甫弟同時加封爵號，擔任總督、巡撫，門庭可以說是極其興盛，但這並不是可以長久依賴的法寶。記得道光十九年正月，星岡公訓導竹亭公說：「寬一雖然欽點了翰林，我家仍然要靠種田為業，不能靠他吃飯。」這番話最有道理，今天仍然應當遵循這句話，把它作為命脈。希望你專心在種田方面下些功夫，再加上「書、蔬、魚、豬、早、掃、考、寶」八個字，不論家中如何顯貴，切切不要全部改變了道光初年的局面。大凡家道可以長久興旺的原因，不是依靠極盛一時的官職和爵位，而是依靠長遠的家規；不是依靠一兩個人的突然發跡，而是依靠眾人的維繫和護持。我倘若有福氣被免職回家，一定跟你一道盡力維護這個家庭。多年的老親，舊時的戚屬，貧賤的宗族，都不可怠慢。對待窮人，要跟對待富人一個樣，當門庭興盛的時候，要預先作好衰敗時的打算，持家自然就會有深厚而且堅實的根基了。

凱章❶家事，即照弟信辦一札照收。湘軍各營，俱不在余左右，故每月僅能送信一次，俟至周家口後，即送三次可也。餘詳日記中。順問近好。沅弟在鄂拆閱，均此。

國藩手草　六月初五日

（同治五年）

【章　旨】此章言張凱章家事，已辦公函寄付。

【注　釋】❶凱章　張運蘭，湖南湘鄉人。湘軍將領。以戰功擢同知、知府、福建按察使等。同治三年九月，與太平軍餘部戰於福建武平，被俘處死。謚忠毅。

【語　譯】張凱章家的事，就按照你來信的意見，辦了一份公函，望你查收。湘軍各營都不在我身邊，所以每月僅能送一次信，等到達周家口以後，每月就可以送三次信了。其餘的事，都詳細記在日記中。順問近好。沅甫弟在湖北拆閱，均此。

國藩手草　六月初五日

【說　明】曾國藩在山東濟寧軍營寫的這封「與弟書」，內容甚為廣泛，談了剿捻近況，談了養生方法，但重點仍是談治家之道。

同治三年六月，湘軍攻克了太平天國建都十二年的天京，清廷賞給兩江總督曾國藩太子太保銜，封一等侯爵；賞給浙江巡撫曾國荃太子少保銜，封一等伯爵。曾氏兄弟可謂位貴三公，權傾朝野，曾氏門庭可謂如日中天，達於極盛。

曾國藩對此殊榮，並沒有終日陶醉，而是始終保持著頗為清醒的頭腦，認為對於保持門庭興盛而言，「封爵開府」並不是可以長久依賴的法寶。他深知，大凡家道可以長期興旺的原因，不是依靠極盛一時的官職爵位，而是依靠優良而久遠的家規；不是依靠一兩個人物的暴發，而是依靠眾人的維護。因而在這封家書中，他反覆叮囑在家掌政的長弟國潢，要牢記星岡公的遺言：我們家要靠種田為業，不要靠做官吃飯。不但要專心在種田方面多下功夫，而且要以「書、蔬、魚、豬、早、掃、考、寶」這八個字作為輔佐，不論家庭如何顯貴，都切不可丟掉星岡公親手建樹起來的道光家風。這是曾國藩一貫的治家思想。早在咸豐十年閏三月，他就曾經寫信訓示紀澤：「吾祖星岡公最講究治家之法，第一起早，第二打掃潔淨，第三誠修祭祀，第四善待親族鄰里。凡親族鄰里來家，無不恭敬款接，有急必周濟之，有訟必排解之，有喜必慶賀之，有疾必問，有喪必弔。此四事之外，於讀書、種菜等事，尤為刻刻留心。故余近寫家信，常常提及書、蔬、魚、豬四端者，蓋祖父相傳之家法也。」這番治家思想，揭示了曾國藩的一個重要的文化觀點，即優良傳統就是一筆珍貴的精神財富，後人應當繼承和發揚，切切不可拋棄。

諭紀澤紀鴻　六月二十六日

字諭紀澤、紀鴻兒：

十六日在濟寧❶開船後寄去一信，二十三日在韓莊❷下寄沅叔一信并日記，均到否？

余於二十五日至宿遷。小舟酷熱，晝不乾汗，夜不成寐，較之去年赴臨淮時困苦備之。歐陽健飛言宿遷極樂寺寬大可住。余以楊莊換船，本須耽擱數日乃能集事，因一面派人去辦船，一面登岸住廟。擬在此稍停三日再行前進。爾兄弟侍母八月回湘。在徐州所開接禮單，余不甚記憶。惟本家兄弟接禮究嫌太薄，茲擬酌送兩千金。內澄叔一千，白玉堂六百，有恆堂四百。爾稟商爾母及沅叔先行挪用，合近日將此數寄武昌撫署❸可也。

【章　旨】此章言從濟寧赴宿遷途中情形及補送接禮等事。

【注　釋】❶濟寧　州名。治所在任城（今濟寧市）。轄境相當今山東濟寧、金鄉、嘉祥等地。❷韓莊　鎮名。在山東微山縣東南部。❸武昌撫署　曾國荃所駐湖北巡撫官署。

【語　譯】字諭紀澤、紀鴻兒：

我於十六日在濟寧開船後寄了一封信，二十三日又在韓莊下，給沅甫叔寄了信件和日記，都收到了嗎？

我於二十五日到達宿遷。小船中十分悶熱，白天乾不了汗，夜晚睡不成覺，比起去年往臨淮時，可謂困苦備嘗。歐陽健飛說，宿遷城內有個極樂寺，十分寬敞，可供居住。我在楊莊換船，本來要耽擱幾天才能辦完事，因而一面派人去尋找船隻，一面上岸住進寺廟。我準備在這裡暫住三天再趕路。你們兩兄弟，陪侍母親八月回湖南。在徐州所開列的接禮帳單，我不太記得了。只是本家兄弟的接禮，終究嫌少了一點，現酌量再送二千兩銀子，其中澄侯叔一千兩，白玉堂六百兩，有恆堂四百兩。你們跟母親及沅甫叔商量一下，先挪用了，我當於近幾天內，將這個數目的銀子，寄到武昌巡撫官署就行了。

吾家門第鼎盛，而居家規模禮節，總未認真講求。歷觀古來世家久長者，男子須講求耕讀二事，婦女須講求紡績酒食二事。〈斯干〉❶之詩，言帝王居室之事，而女子重在酒食是議。〈家人〉❷卦，以二爻為主，重在中饋。〈內則〉❸一篇，言酒食者居半。故吾屢教兒婦諸女親主中饋，後輩視之若不要緊。此後還鄉居家，婦女縱不能精於烹調，必須常至廚房，必須講求作酒、作醯醢❹、小菜、換茶之類，爾等亦須留心於蒔❺蔬養魚。此一家興旺氣象，斷不可忽。紡績雖不能多，亦不可間斷。大房唱❻之，四房皆和之，家風自厚矣。至囑至囑。

滌生手示　宿遷　六月二十六日

（同治五年）

【章旨】此章叮囑紀澤、紀鴻，必須認真講求居家的規矩和禮節。

【注釋】❶斯干　《詩・小雅》篇名。末章有「乃生女子」，「無非無儀，唯酒食是議，無父母詒罹」等語。❷家人　《周易》卦名。其中有「無攸遂，在中饋」句，意謂一個家庭，若要不出現過失，婦女最好在家中料理飲食起居就行了。❸內則　《禮記》篇名。篇中詳述了女子服侍父母公婆的禮節和規矩。❹醯醢　醯，醋。醢，用魚、肉等製成的醬。❺蒔　移栽。❻唱　通「倡」。倡導。

【語譯】我家門第，正處在鼎盛時期，然而家庭生活的規矩和禮節，始終沒有認真講究過。據我觀察，自古以來，官宦人家，能夠維持長久不衰的，男子須要講求種田和讀書這兩件事，女子須要講求紡紗績麻和備酒辦飯這兩件事。〈斯干〉這首詩，說的是帝王家中的事，而談到婦女的職責重點是備酒辦飯。〈家人〉一卦，是以二爻為主，重點也在婦女主持飲食等事。〈內則〉這一篇，談備辦酒食的內容占了一半。所以，我多次教導兒媳婦及女兒，要親手操辦家中的飲食，但後輩看待這些，卻似乎沒有什麼要緊。以後回到鄉下過日子，婦女縱使不能精通烹調，也必須經常下廚房，必須講求釀酒、製醋、作肉醬、醃小菜及換茶一類事，你們也必須留心種菜、養魚。這是一家興旺的氣象，斷斷不可忽視。紡紗績麻，雖然不能要求作得太多，但也不能間斷。大房帶頭，四房都響應，家風自然就會淳厚。這是最重要的叮囑。

滌生手示　宿遷　六月二十六日

【說　明】 這封家書，是曾國藩從山東濟寧赴河南周家口途中，寫給兒子紀澤、紀鴻的，述說自己認真研究了歷代官宦人家，家運能夠長盛不衰的原因，主要在於男子都能夠講求種田和讀書，女子都能夠講求紡紗績麻和備酒辦飯，也就是都能夠堅守一個「勤」字：「勤」以養生，「勤」以致富，並引用《詩經》、《周易》、《禮記》等經典著述作了說明。聯想到自己一家，認為兄弟同時封爵開府，正是門庭鼎盛時期，若想保持盛局，也就必須講求這「男耕女織」的「居家規模」。

講求「居家規模禮節」，是曾國藩一貫的治家主張。早在咸豐六年二月紀澤授室之前，他就從江西南康寄信拜託在家諸弟：「新婦始至吾家，教以勤儉，紡績以事縫紉，下廚以議酒食。此二者，婦職之最要者也。孝敬以奉長上，溫和以待同輩。此二者，婦道之最要者也。」迨至同治七年在金陵節署，他的女兒等早已是貴不可言的「千金小姐」了，但曾國藩卻仍然給她們制定了「衣、食、粗、細」四字為缺一不可的、每天習勞的繁重功課單，並寫了四句話，作為勉勵之辭：「家勤則興，人勤則儉。能勤能儉，永不貧賤。」所有這些，用意都在要求子侄、女兒、兒媳，不染官家習氣，自覺保持「勤儉孝友」的淳厚家風，並流傳下去，給後世子孫的健康成長營造一個良好的家庭環境。

致澄弟 七月初六日

澄弟左右：

六月六日，彭芳四送一家信，想已接到。久未接弟信，惟沅弟寄弟五月底信，言哥老會❶一事，粗知近況。吾鄉他無足慮，惟散勇回籍者太多，恐其無聊生事，不獨哥老會一端而已。又米糧酒肉百物昂貴，較之徐州、濟寧等處數倍，人人難於度日，亦殊可慮。

【章旨】此章言家鄉局勢可慮。

【注釋】❶哥老會　又稱「哥弟會」，民間秘密結社之一。稱首領為老大哥或大爺，互稱「袍哥」。初以「反清復明」為宗旨，後相繼參與農民起義和反洋教鬥爭。

【語譯】澄弟左右：

六月初六日，我派彭芳四送了一封家信，想必已經收到。很久沒有接到你的來信，只有沅甫弟寄來了你五月底寫的一封信，談到了哥老會的事，使我略微知道了最近的一些情況。我們家鄉，別的沒有什麼值得憂慮的，只是回鄉的散兵太多，恐怕他們無聊生事，並不只是哥老會這一方面。

另外，又有米、糧、酒、肉等物價格昂貴，比徐州、濟寧等地高出幾倍，人人難過時日，這也十分令人憂慮。

余意吾兄弟處此時世，居此重名，總以錢少產薄為妙。一則平日免於覬覦❶，倉卒❷免於搶掠，二則子弟略見窘狀，不至一味奢侈。紀澤母子八月即可回湘，一切請弟照料。「早、掃、考、寶、書、蔬、魚、豬」八字，是吾家歷代規模。吾自嘉慶末年至道光十九年，見王考❸星岡公日日有常，不改此度。不信醫藥、地仙、和尚、師巫、禱祝等事，亦弟所一一親見者。吾輩守得一分，則家道多保得幾年，望弟督率紀澤及諸侄切實行之。富圫木器不全，請弟為我買木器，約值三百金為率❹。但求堅實，不尚雕鏤，漆水卻須略好，乃可經久。屋宇不尚華美，卻須多種竹柏，多留菜園，即佔去田畝，亦自無妨。

【章旨】此章囑託國潢率督諸侄謹守家規。

【注釋】❶覬覦　非分的企圖。❷倉卒　匆忙；慌亂。❸王考　對去世的祖父的敬稱。❹率　標準；限度。

【語譯】我的想法是，我們兄弟處在這樣的時局，擁有顯赫的名聲，總以銀錢少、田產薄為妙。一則平時免得他人打主意，亂時免得兵匪來搶劫，二則子弟們稍微知道了家中的窘迫狀況，不至於一股勁地奢侈浪費。紀澤母子八月份就可以回到湖南，一切請你照料。「早、掃、考、寶、書、蔬、魚、豬」八個字，是我們家歷代的規矩。我從嘉慶末年到道光十九年，見到祖父星岡公天天堅持，從不改變這個法度。他老人家不信醫藥、地仙、和尚、巫師、禱祝等事，也是你所一一親眼看到過的。我們守住一分，家道就能多保住幾年，希望你能監督並率領紀澤以及各位侄兒切實施行。富托的木製家具不齊，請你替我代買一些，大約以花三百兩銀子為限。只要求質地堅實，不要求雕刻精美，油漆卻要稍微好一些，才能經久耐用。房屋不要求華麗，但要多種竹，多栽松柏，多留菜園，即使占去一些田地，也沒有多大妨礙。

吾自六月十五日，自濟寧起行，二十五至宿遷。奇熱不復可耐，登岸在廟住九日，今日始開船行至桃源。計由洪澤湖❶溯淮至周家口，當在八月初矣。身體平安，惟目光益矇，怕熱益甚，蓋老人之常態也。餘詳日記中。順問近好。

沅弟均此。

國藩手草 七月初六日

（同治五年）

【章　旨】此章言行蹤及近況。

【注　釋】❶洪澤湖　我國第四大淡水湖，在江蘇洪澤縣西部。

【語　譯】我從六月十五日，由濟寧起程，二十五日到達宿遷。天氣熱得不能忍受，上岸在極樂寺住了九天，今天才開船到了桃源。估計從洪澤湖逆淮河西上到達周家口，應當在八月初了。我身體平安，只是目光更加模糊，也更加怕熱了，大概這是老年人的常態吧。其餘的事，詳細載在日記之中。順問近好。

沅弟均此。

國藩手草　七月初六日

【說　明】這封家書，是曾國藩從山東濟寧赴河南周家口途中，在桃源寫給長弟國潢的。他擔心湖南百物昂貴，民不聊生，回籍的散兵太多，恐與哥老會結合起來鬧事，因而認為在當今這樣的時代，名聲顯赫的家庭，少積些銀錢，少置些田產，反為妙著。一則平時可免他人的覬覦，亂時可免盜匪的搶掠，二則子弟也會因為略知艱難而不致驕奢淫逸。但總的說來，家道要興旺，還得靠繼承祖父星岡公傳下來的「八字訣」家規。

所謂「八字訣」，是曾國藩根據星岡公的遺訓及《朱子格言》中的「黎明即起，灑掃庭除，要內外整潔」，「飲食約而精，園蔬愈珍饈」，「祖宗雖遠，祭祀不可不誠，子孫雖愚，經書不可不讀」等語，加以綜合總結而獲得。早在咸豐十年閏三月二十九日〈致澄弟〉中，他就作過說明：「余與沅弟論治家之道，一切以星岡公為法，大約有八個字訣。其四字即上年（五月二十四日）所稱『書、蔬、魚、豬』也，又四字則曰『早、掃、考、寶』。『早』者，起早也；『掃』者，掃屋也；『考』者，祖先祭祀，敬奉顯考、王考、祖考也，言考而妣可該也；『寶』者，親族鄰里，時時周旋，賀喜弔喪，問疾濟急，星岡公常曰：『人待人，無價寶也。』星岡公生平於此數端最為認真，故余戲述為八字訣曰：書、蔬、魚、豬、早、掃、考、寶也。」

實現這「八字訣」，於世家子弟，頗為不易。所以，曾國藩一再囑託在家掌政的國潢，「望弟督率紀澤及諸侄切實行之」，教育他們勤奮自持，半耕半讀，成為既知書達禮，又務勞作的有用之材。

致澄弟　十二月初六日

澄弟左右：

十一月二十三日芳四來，接弟長信并墓誌❶。二十六日接弟十一日在富托發信，具悉一切。

【章　旨】此章言連接兩封來信，具悉一切。

【注　釋】❶墓誌　文體名。多用散文記敘死者姓氏、籍貫、生平等。往往與「銘」相結合，即用韻文概括全篇，對死者予以讚揚、悼念或安慰。

【語　譯】澄弟左右：

十一月二十三日，芳四來到這裡，我接到了你的一封長信及墓誌。二十六日，又接到了十一日在富托發出的一封信，一切情況都已知道。

余於十月二十五接入覲❶之旨，次日寫信召紀澤來營，厥後又有三次信止其勿來，不知均接到否。自十一月初六接奉回江督❷任之旨，十七日已具疏恭辭；二十八日又奉旨令回本任，初三日又具疏懇辭。如再不獲命，尚當再四疏辭。但受恩深重，不敢遽求回籍，留營調理而已。茲將初三摺稿付閱。余從此不復作官。同鄉京官，今冬炭敬猶須照常饋送。昨今李翥漢回湘，送羅家二百金，李家二百金，劉家百金，昔年曾共患難者也。

【章旨】此章言力辭兩江總督一職，但求留營調理。

【注釋】❶覲　晉見皇上。❷江督　即兩江總督。統轄江蘇、安徽、江西三省的軍政、民政大權。

【語譯】我在十月二十五日，接到朝廷叫我入京晉見皇上的諭旨，第二天寫信讓紀澤來軍營，此後又寫了三封信阻止他不要來，不知道都收到了沒有。自從十一月初六日，接到讓我回到兩江總督任上的諭旨，十七日我已經呈送奏章，恭敬地推辭；二十八日又接到諭旨，叫我仍回兩江總督任上，初三日我又寫了奏章，懇切地推辭。假如再得不到批准，我還要寫奏章辭謝。但我深受皇恩，不敢驟然要求回到原籍，只是留在軍營調理身體罷了。現將初三的奏摺稿付回，供你一閱。我將從今以後，不再做官。同鄉人在京城當官的，今年冬天的炭敬銀兩，仍然須要照常贈送。昨天已派李翥漢回湖南，送給羅家二百兩銀子，李家二百兩銀子，劉家一百兩銀子，他們都是往年曾經跟我們共過患難的人。

前致弟處千金，為數極少。自有兩江總督以來，無待胞弟如此之薄者。然處茲亂世，錢愈多則患愈大，兄家與弟家總不宜多存現銀。現錢每年足敷一年之用，便是天下之大富，人間之大福。家中要得興旺，全靠出賢子弟。若子弟不賢不才，雖多積銀、積錢、積穀、積產、積衣、積書，總是枉然。子弟之賢否，六分本於天生，四分由於家教。吾家代代皆有世德明訓，惟星岡公之教，尤應謹守牢記。吾近將星岡公之家規編成八句，云：「書、蔬、魚、豬，考、早、掃、寶，常說常行，八者都好；地、命、醫理，僧巫、祈禱，留客久住，六者俱惱。」蓋星岡公於地、命、醫、僧、巫五項人，進門便惱，即親友遠客久住亦惱。此「八好」「六惱」者，我家世世守之，永為家訓。子孫雖愚，亦必略有範圍

也。寫至此，又接弟十一月二十三日信并紀澤信矣。餘詳日記中。順問

近好。

國藩手草　十二月初六日

（同治五年）

【章　旨】此章言應當牢記星岡公的教導，世世守之，永為家訓。

【語　譯】六月間送給你的那一千兩銀子，數目極少。自從有人擔任兩江總督以來，恐怕沒有誰對待親弟弟像這樣刻薄的。然而處在這樣動亂的世道，錢財愈多，禍患愈大，我家與你家，都不適宜過多地積存現銀。現錢每年足夠應付一年的用度，就是天下的大富戶，人間的大福氣。家中要想興旺，全靠造就出優秀的子弟。假如子弟無德無才，即使多多貯積銀兩、貯積錢財、貯積穀米、貯積產業、貯積衣服、貯積書籍，都是枉然。子弟是否優秀，六成在於天生，四成由於家教。我家代代都有世代相傳的功德和明確的訓導，獨有星岡公的教導，尤其應該嚴格遵守，牢牢記住。我近來將星岡公制訂的家規，編成了八句話，說：「書、蔬、魚、豬，考、早、掃、寶，常說常行，八者都好；地、命、醫理，僧巫、祈禱，留客久住，六者俱惱。」星岡公對於相地、算命、行醫、和尚、巫師這五種人，看到他們進門，心中就煩惱；即使是親戚朋友、遠方客人，長期住

下，也覺得煩惱。這「八個好」、「六個惱」，我們家應當世代堅守，永遠作為家訓。子孫即使愚笨，也必須稍微有些規矩。

寫到這裡，又接到你十一月二十三日的來信和紀澤的來信了。其餘的情況，都詳盡地寫在日記中。順問近好。

國藩手草　十二月初六日

【說　明】 這是曾國藩從河南周家口軍營中寫給長弟國潢的一封家信。信中明確提出了「家教」問題。曾國藩之所以十分重視家教，一是因為他歷覽古今人事，深知「家中要得興旺，全靠出賢子弟」，而「子弟之賢否，六分本於天生，四分由於家教」；二是因為他曾親身得益於祖輩父輩的教育，念念不能忘懷，深知正確而嚴格的家訓，是一筆十分珍貴的遺產。因而他反覆強調一個家庭要想家運長旺，不能靠一時所得的權勢、財產，而要靠長遠的家規，不能靠一人二人的驟然發跡，而要靠眾多子弟的共同維護，並明確要求在家主政的老四，要率督子侄，不忘前輩的艱難，「治家之道，一切以星岡公為法」，「切莫全改道光初年之規模」。為了便於流傳，他特意把星岡公的家規，歸納為「八好」「六惱」，希望此後「世世守之」，「永為家訓」。

諭紀澤　二月十三日

字諭紀澤兒：

二月初九日王則智等到營，接澄叔及爾母臘月二十五日之信併甜酒、餅粑等物。十二日接爾正月二十一日之稟，十三日接澄叔正月十四日之信，具悉一切。

【章　旨】此章言收閱家信情況。

【語　譯】字諭紀澤兒：

二月初九日，王則智等人來到軍營，我接到了澄侯叔以及你母親臘月二十五日的來信和甜酒、餅粑等物品。十二日，接到了你正月二十一日的來信，十三日，又接到了你澄侯叔正月十四日的來信，知道了一切近況。

富圫修理舊屋，何以花錢至七千串之多？即新造一屋，亦不應費錢許多。余生平以大官之家，買田、起屋為可愧之事，不料我家竟爾行之。澄叔諸事，皆能體我之心，獨用財太奢與我意大不相合。凡居官不可有清名，若名清而實不清，尤為造物❶所怒。我家欠澄叔一千餘金，將來余必寄還，而目下實不能遽還。

【章　旨】此章批評在富圫修理房屋花錢太多。

【注　釋】❶造物　人們以為萬物是上天所造，故稱天為「造物」。

【語　譯】富圫修理舊房，為什麼花錢多至七千串？就是新建一處住宅，也不應當花費這麼多錢。我平生認為做大官的人家，購買田地、建造房屋，是令人羞愧的事情，沒想到我們家竟然這樣做了。你澄侯叔在許多方面，都能體諒我的用心，唯獨花錢太奢華，跟我的想法極不相合。大凡做官不能有清廉的名聲，如果名聲清廉，而實際不清廉，尤其會引起上天的惱怒。我家欠澄侯叔一千多兩銀子，將來我一定會寄錢歸還他，但眼前實在不能很快歸還。

爾於經營外事，頗有才而精細，何不稟商爾母暨澄叔，將家中每年用度，必不可少者逐條開出，計一歲除田穀所入外，尚少若干，寄營余核定後，以便按年付回。袁薇生入泮❶，此間擬以三百金賀之。以明余屏絕榆生❷，惡其人非疏其家也。余定於十六日自徐起行回金陵。近又有御史參我不肯接印，將來恐竟不能不作官。或如澄叔之言，一切遵旨而行亦好。茲將摺稿付回。曾文煜到金陵住兩三月，仍當令其回家。余將來不積銀錢留與兒孫，惟書籍尚思添買耳。

【章　旨】此章叮囑紀澤將家中一年的開支預算，列明稟報。

【注　釋】❶入泮　此指考進縣學。明清時，凡州、縣考試新進生員，須入學宮拜謁孔子，因稱入學為「入泮」或「遊泮」。❷榆生　袁秉楨，又字榆生，湖南湘潭人。曾國藩的大女婿。

【語　譯】你對於經營外面的事務很有才能，而且精明細緻，為什麼不向你母親及澄侯叔稟報商量，把家中每年的用費中必不可少的項目，逐條開列出來，計算一年除了田地糧食收入以外，還缺多少，寄到軍營經我核定以後，以便按年寄款回來。袁薇生考進了縣學，這裡準備送三百兩銀子表示祝賀，用以表明我跟袁榆生斷絕往來，是厭惡他本人，而不是疏遠他家裡。我決定十六日從徐州出發回金陵。最近又有侍御參劾我不肯接兩江總督的大印，將來恐怕竟不能不做官。或許就照澄侯叔所說的，一切事情遵照諭旨而行，這樣也好。現在將奏摺稿寄回。曾文煜到金陵兩三個月，仍然要他回家。我將來不會積攢銀錢留給兒孫，只有書籍，還想再多買一些而已。

沅叔屢奉寄諭，嚴加詰責。劾官之事，中外多不謂然。湖北紳士公呈請留官相，幸譚❶鈔呈入奏時，朝廷未經宣佈。沅叔近日心緒極不佳，而捻匪久蹂鄂境不出，尤可悶也。此信呈澄叔閱，不另致。

滌生手草　二月十三日

（同治六年）

【章　旨】此章言曾國荃處境不順。

【注　釋】❶譚　譚廷襄，字竹厓，號竹巖，浙江山陰（今紹興市）人。道光進士。歷官直隸總督、陝西巡撫、山東巡撫、湖廣總督、刑部尚書等職。死後追贈太子太保，謚端恪。

【語　譯】沅甫叔多次接到朝廷嚴詞指責的諭旨。他彈劾官文的事，朝廷內外，大都不以為然。湖北的紳士，共同呈請挽留官文相國，幸而譚廷襄鈔了這份呈文上奏時，朝廷沒有宣布。沅甫叔近幾天的情緒非常不好，而捻軍又長久橫行湖北，不肯離開，尤其令人煩悶。這封信應送給澄侯叔看看，我不另外寫信了。

滌生手草　二月十三日

【說　明】曾國藩訓督子弟極為嚴格，反覆教育子弟，頭腦中要牢固樹立一個「儉」字。對於積錢、買田、起屋的奢華之舉，他尤其極力反對。這封在徐州寫給紀澤的家信，就嚴厲批評了紀澤修理富圫舊屋，不該花費七千串之多。咸豐九年初，他曾告誡老九，建房「不宜太宏麗」。咸豐十年十月，他又寫信給老四，說在黃金堂買田起屋，是「重余之罪戾，則寸心大為不安，不特生前做人不安，即死後做鬼也是不安」；「去年沅弟起屋太大，余至今以為隱慮」；你若執意在黃金堂添置田產，「余即以公牘捐於湘鄉賓興堂，望賢弟千萬無陷我於惡」。在曾國藩看來，當官而熱衷於積錢買田起屋，最容易誘發貪婪之心，最容易助長驕逸之氣。而官敗離不開一個「貪」字，家敗離不開一個「奢」字，人敗離不開一個「逸」字，討人嫌離不開一個「驕」字。所以，「居身務期儉樸」。儉而不奢，家道興旺；儉而不奢，居官清廉。這是中國的古訓，也正成為了曾國藩諄諄告誡子弟的一項重要內容。

致歐陽夫人 五月初五日午刻

歐陽夫人左右：

自余回金陵後，諸事順遂。惟天氣亢旱，雖四月二十四、五月初三日兩次甘雨❶，稻田尚不能栽插，深以為慮。科一❷出痘，非常危險，幸祖宗神靈庇佑，現已全癒❸發體，變一結實模樣。十五日滿兩個月後，即當遣之回家，計六月中旬可以抵湘。如體氣日旺，七月中旬赴省鄉試可也。

【章旨】此章言紀鴻出痘，現已全癒，計於六月中旬抵湘。

【注釋】❶甘雨　適時而有益於農事的雨。❷科一　曾紀鴻，字栗誠，排行科一。❸全癒　即痊癒。病全好了。

【語譯】歐陽夫人左右：

自從我回金陵以後，各種事務都還順利。唯有天氣極其乾旱，雖然四月二十四日、五月初三日兩次下了好雨，稻田還是不能插秧，令人深感憂慮。科一出天花，特別危險，幸而祖宗神靈保佑，現在身體已經完全好了，也長胖了，變成了一副壯壯實實的模樣。十五日病好滿兩個月以後，就會打發他回家，估計六月中旬可以回到湖南。如果體質氣血日益強旺，七月中旬，到省城去參加鄉試是可以的。

余精力日衰，總難多見人客。算命者常言十一月交「癸運」，即不吉利，余亦不願久居此官，不欲再接家眷東來。夫人率兒婦輩在家，須事事立個一定章程。居官不過偶然之事，居家乃是長久之計。能從勤儉耕讀上做出好規模，雖一旦罷官，尚不失為興旺氣象。若貪圖衙門之熱鬧，不立家鄉之基業，則罷官之後，便覺氣象蕭索。凡有盛，必有衰，不可不預為之計。望夫人教訓兒孫婦女，常常作家中無官之想；時時有謙恭省儉之意，則福澤悠久，余心大慰矣。

【章　旨】此章叮囑夫人，居家乃是長久之計，須事事立個一定章程。

【語　譯】我的精力日益衰減，總是感到難於過多地會見客人。算命先生常說十一月交「癸運」，就不吉利；我也不希望長久做這個官，不想再接家屬到東邊來。你帶領兒子、媳婦等人在家裡，必須事事立個一定的規矩。當官不過是偶然的事，在家才是長久之計。能夠從勤勞儉樸、耕田讀書方面做出好的格局，即使一旦罷官回家，仍然不失為興旺氣象。倘若貪圖衙門的熱鬧，不在家鄉建立基業，那麼，罷官回家之後，便會覺得氣象蕭條了。凡是有興盛，也必然會有衰落，不能不預先作好打算。希望你教育訓導兒孫、媳婦、女兒，常常存著家中無人當官的想法；時時有謙恭待人、節省儉樸的意識，那麼，幸福就能久長，我的內心就十分快慰了。

余身體安好如常。惟眼矇日甚，說話多則舌頭蹇澀❶。左牙疼甚，而不甚動搖，不至遽脫，堪以告慰。順問近好。

國藩手草　五月初五日午刻

（同治六年）

【章旨】此章言身體近況。

【注釋】❶蹇澀　遲鈍；不順當。

【語譯】我的身體平安，跟往常一樣。只是視力昏矇，一天比一天嚴重，話講多了，舌頭就顯得遲鈍。左邊的牙齒痛得厲害，但還不太鬆動，不至於很快脫落，可以告慰。順問近好。

國藩手草　五月初五日午刻

【說　明】這封家信，也是談「家教」問題的。曾國藩在金陵官署給歐陽夫人寫信，闡明「居官不過偶然之事，居家乃是長久之計」的道理，囑託夫人主持家務，必須事事立定一個好規矩，一是要率督兒子、媳婦、女兒，從「勤儉耕讀」方面多下功夫，一是要教育兒子、媳婦、女兒，「常常作家中無官之想，時時有謙恭省儉之意」。總之，要把後世子孫教育成為既知書達禮，又務勞作的勤儉、孝友的有用之人。通觀《曾文正公家書》，可以說，這就是他的一以貫之的「家教」思想的要旨。

這個一以貫之的「家教」思想，在他的《雜著・筆記二十七則》中，有很完整的說明。他說：君子講究「世澤」，即「修之於身，式之於家，必將有流風餘韻，傳之子孫，化行鄉里」。「世澤」有三種：「詩書之澤」，即以讀書做學問傳家；「禮讓之澤」，即以品德高雅傳家；「稼穡之澤」，即以艱苦、淳樸地從事農耕傳家。三種「世澤」中，唯「稼穡之澤」「可大可久」。講究「世澤」者，不但應該「修之於身」，做堂堂正正的人，而且應該「式之於家」，教育子弟也做堂堂正正的人。只有這樣，才算有「澤」於後人。其他如權勢、財產之類，都是難於長久的，而且容易助長後世子孫的驕奢淫逸之氣，反而害了子孫。早在道光二十九年四月十六日〈致諸弟〉信中，他就說道：「吾細思，凡天下官宦之家，多衹一代享用便盡。其子孫始而驕佚，繼而流蕩，終而溝壑，能慶延一二代者鮮矣。商賈之家，勤儉者能延三四代；耕讀之家，謹樸者能延五六代；孝友之家，則可以綿延十代八代。我今賴祖宗之積累，少年早達，深恐其以一身享用殆盡，故教諸弟及兒輩，但願其為耕讀孝友之家，不願其為仕宦之家。」這番見解，既是受儒家教化的薰陶，更是星岡公「家教」觀點的直接繼承與發展。星岡公說過：「寬一雖點翰林，我家仍靠作田為業，不可靠他吃飯。」「我家以農為業，現在雖然富貴了，但不要忘了過去。」「吾子孫雖至大官，家中不可廢農圃舊業。」對於星岡公的這些遺言，曾國藩深有感慨地說：「懿哉至訓，可為萬世法已。」

◎新譯顏氏家訓

李振興　黃沛榮　賴明德／注譯

歷代家訓名著甚多，《顏氏家訓》則是歷史上第一部體系龐大、內容豐富的家訓。作者為南北朝時期北齊的文學家顏之推，其書從居家教子到個人修養規範，內涵廣博，問世後即在民間普遍流傳，影響深遠。本書目的在使這部《家訓》能通俗化，使人人都看得懂，故注釋採口語化的說明，篇後並有「研析」部分，對正文進行分析探討，解說文章旨義，並就其時代意義予以闡發，期盼現代讀者能從中得到啟示。

◎新譯爾雅讀本

陳建初　胡世文　徐朝紅／注譯

《爾雅》是中國第一部按義類編排的綜合性辭書，全書共收一四四八個詞條，包含四千三百多個被釋詞。由於它廣泛採輯了《詩》、《書》、《易》、《禮》、諸子百家經典著作中的古詞古義，分門別類加以解釋，成為士人研讀經典、進身入仕的津梁，自古以來即受到格外的重視，到唐代已成為「十三經」之一。本書參酌前賢時哲諸多《爾雅》研究的成果，詳為導讀、注譯和解說，為現代讀者提供一普及性、通俗性的《爾雅》讀本。

◎新譯聰訓齋語

馮保善／注譯

《聰訓齋語》是一部家訓隨筆。書中所涉內容頗為廣泛，其重點討論，則不外乎立品、讀書、養身、擇交、節儉數端。書名「齋語」，而不稱「家訓」，昭示了著者更喜歡書齋閒話、父子祖孫閒談的教育策略，及其探索子孫教育路徑的良苦用心。本書注釋語譯簡明暢達，評析文字出之會心，深入淺出，堪為讀者閱讀之最佳佐助。

◎新譯增廣賢文・千字文

馬自毅／注譯　李清筠／校閱

《增廣賢文》於明清時期廣泛流傳，家喻戶曉，內容通俗易懂，言簡意賅，從不同角度闡發為人處世、修身齊家之道。《千字文》於南朝梁武帝時即已編定，影響、流傳至今。內容雖僅千字，但全部都是常用字，是兒童學字的好教材。其中有大量詞句直接源自典籍，可以由此入門，一探中國文化的宏偉殿堂。本書將二書加以合刊並詳為注譯，幫助讀者重溫、汲取老祖宗的生活智慧。

國家圖書館出版品預行編目資料

新譯曾文正公家書／湯孝純注譯; 李振興校閱.——
二版六刷.——臺北市：三民，2020
面；　公分.——(古籍今注新譯叢書)

ISBN 978-957-14-5348-4（平裝）

856.277　　99010776

古籍今注新譯叢書

新譯曾文正公家書

注譯者｜湯孝純
校閱者｜李振興

發行人｜劉振強
出版者｜三民書局股份有限公司
地址｜臺北市復興北路386號(復北門市)
臺北市重慶南路一段61號(重南門市)
電話｜(02)25006600
網址｜三民網路書店 https://www.sanmin.com.tw

出版日期｜初版一刷 2001年8月
初版二刷 2005年5月
二版一刷 2010年6月
二版六刷 2020年1月
書籍編號｜S032080
ISBN｜978-957-14-5348-4

三民書局